Aún siguen aquí

AF276170

Lisa Jewell
Aún siguen aquí

Traducción de Verónica García

Título original: *The Family Remains*

© del texto: Lisa Jewell, 2022
© de la traducción: Verónica García, 2024
© Editorial Planeta, S. A., 2024
   Avda. Diagonal, 662-664, 08034 Barcelona (España)
   www.planetadelibros.com

Adaptación de la cubierta: Booket / Área Editorial Grupo Planeta
Imagen de la cubierta: Shutterstock
Primera edición en Colección Booket: febrero de 2025
Segunda impresión: mayo de 2025

Depósito legal: B. 237-2025
ISBN: 978-84-08-29869-4
Impreso en España

Biografía

Lisa Jewell nació en Londres en 1968. *La fiesta de Ralph* fue su primer libro y todo un éxito de ventas. Desde entonces, ha escrito dieciocho novelas más. Su nombre aparece de forma recurrente en las listas de los más vendidos de *The New York Times* y de *The Sunday Times* y es autora de los bestsellers *Dentro de casa* y su secuela, *Aún siguen aquí*, ambos publicados en Crossbooks. Su última novela se titula *Nada de esto es verdad*. Actualmente vive en Londres, con su marido, dos hijas adolescentes y el mejor perro del mundo.

En memoria de Steve Simmonds

Las familias del 16 de Cheyne Walk

Los Lamb
Henry Lamb sénior y Martina Lamb;
Henry Lamb júnior —su hijo—, alias Phineas Thomson;
Lucy Lamb —su hija—, exmujer de Michael Rimmer y madre de Libby, Marco y Stella;
Libby Jones —hija de Lucy—, antes conocida como Serenity Lamb, pareja del periodista de investigación Miller Roe.

Los Thomsen
David y Sally Thomsen;
Clemency Thomsen —su hija—, ahora vecina de Cornualles;
Phineas Thomsen —su hijo—, también conocido como Finn Thomsen, vecino de Botsuana.

Birdie Dunlop-Evers, música.
Justin Redding, pareja de Birdie.

Prólogo
Junio de 2019

Samuel

—¿Jason Mott?

—Sí. Aquí. Soy yo.

Miro al joven que está justo debajo de mí, con los pies hundidos en el barro del Támesis hasta la altura de los tobillos. Su cabello color arenisca le cae como dos cortinas a ambos lados de su suave y pecosa cara. Lleva unas botas de agua hasta la rodilla y un chaleco caqui con muchos bolsillos. Lo rodea una multitud embobada. Me acerco a él con cuidado de no mancharme los zapatos.

—Buenos días —lo saludo—. Soy el inspector Samuel Owusu. Esta es Saffron Brown, de la brigada forense. —Veo que intenta ocultar la emoción de estar ante la presencia de dos detectives de la policía, pero fracasa—. Tengo entendido que ha encontrado algo. ¿Le importaría explicarnos lo sucedido?

Él asiente con entusiasmo.

—Sí. A ver. Como ya adelanté por teléfono, soy un guía de *mudlarking*.[1] Profesional. He venido aquí esta mañana con

---

1. Acto de hurgar en el barro del río Támesis a la búsqueda de objetos de valor arqueológico, antropológico o histórico. *(N. de la t.)*

un grupo de clientes y este muchacho aquí presente —señala a un chico que tendrá unos doce años— estaba rebuscando por ahí y abrió esta bolsa. —Apunta a una bolsa de basura negra que reposa sobre una viga—. La primera regla de mi profesión es no tocar lo que encuentras, pero esto estaba ahí plantado, como si alguien lo acabase de dejar, así que no me parece del todo reprobable que lo haya abierto.

A pesar de que desconozco las reglas que rigen el *mudlarking*, le lanzo al chico una mirada reconfortante y él parece aliviarse.

—En fin. No sé, o sea, no es que yo sea un experto en ciencias forenses... —Jason Mott le dedica a Saffron una sonrisa nerviosa y veo que se sonroja ligeramente—. Pero me pareció que podían ser, ya sabe, huesos humanos.

Camino sobre la viga y abro la bolsa solo un poco. Saffron me sigue y mira sobre mi hombro. Lo primero con lo que nos topamos es una mandíbula humana. Me doy la vuelta para mirar a mi compañera. Ella asiente, se pone los guantes y despliega una tela plástica.

—Muy bien —digo al levantarme y mirar al grupo reunido en el barro—. Vamos a tener que evacuar la zona. Necesito su cooperación.

Durante un instante, todos se quedan quietos. No obstante, Jason Mott enseguida se pone manos a la obra y consigue reunirlos a todos en el paseo, donde se vuelven a quedar juntos y embobados. Veo aparecer varios *smartphones* y advierto:

—Por favor, nada de vídeos. Estamos ante un asunto policial y rogamos discreción. Gracias.

Los móviles desaparecen.

Jason Mott se detiene a mitad de la escalera y se vuelve hacia mí.

—¿Son...? —comienza—. ¿Son humanos?

—Eso parece —respondo—. No obstante, no lo sabremos a ciencia cierta hasta que los hayamos enviado a examinar. Agradezco su contribución, señor Mott. —Le dirijo una sonrisa amigable, con la esperanza de que comprenda que debe dejar de hacer preguntas y marcharse de una vez.

Saffron regresa junto a los huesos y comienza a trasladarlos de la bolsa a la tela plástica.

—Pequeños —comenta—. Probablemente de un niño. O de un adulto bajito.

—Pero ¿indudablemente humanos?

—Sí, indudablemente humanos.

Oigo que una voz nos llama desde el paseo. Es Jason Mott. Suspiro y me giro para mirarlo con toda la calma de la que soy capaz.

—¡¿Saben cuánto tiempo llevan ahí?! —grita—. ¿Solo con mirar?

Saffron me lanza una sonrisa tensa. Luego se dirige a Jason.

—No tenemos ni idea. Dele sus datos personales al agente que está junto al coche patrulla. Lo mantendremos informado.

—Gracias. Muchas gracias. Qué pasada.

Al momento, Saffron saca una pequeña calavera de la bolsa negra. Le da la vuelta y la posa en la tela plástica.

—Ahí está —dice—. ¿Lo ves? Una fractura capilar.

Me agacho y la veo. La probable causa de la muerte.

Mis ojos se deslizan por la orilla, de arriba abajo, y por la margen del río, como si el asesino pudiese estar en este mismo instante escapando de mi vista con el arma homicida aún en la mano. Luego vuelvo a fijarme en la diminuta calavera de color ceniza y se me llena el corazón tanto de tristeza como de determinación.

Dentro de esta bolsa de huesos hay todo un mundo.

Veo que la puerta a ese mundo se abre. Y la atravieso.

Primera parte

1

Julio de 2018

Aún adormilada, Rachel miró la pantalla de su móvil. Un número francés. El teléfono se le escurrió de la mano al suelo y lo volvió a coger solo para quedarse mirando el número con los ojos como platos; la adrenalina la anegaba a pesar de que no eran ni las siete de la mañana.

Al final, descolgó. Tomó aire.

—¿Sí?

—*Bonjour*, buenos días. Soy la detective Avril Loubet, de la policía municipal de Niza, Costa Azul. ¿Hablo con la señora Rachel Rimmer?

—Sí —respondió—. Soy yo.

—Señora Rimmer, lamento decirle que la llamo para darle una noticia muy desagradable. Por favor, dígame: ¿está usted sola?

—Sí. Estoy sola.

—¿Puede llamar a alguien para que vaya a hacerle compañía?

—Sí, mi padre vive aquí cerca. Pero, por favor, dígame qué ha pasado.

—Bueno, lamento comunicarle que esta mañana, a primera hora, la asistenta de su marido Michael Rimmer ha encontrado su cuerpo sin vida en el sótano de su casa, en Antibes.

Rachel emitió un sonido: una aspiración repentina que sonó como el silbido de una locomotora a vapor.

—Ay —dijo—. ¡No!

—Lo lamento mucho, pero así es. Parece haber sido apuñalado hace varios días. Lleva muerto al menos desde el fin de semana.

Rachel se incorporó y se pasó el teléfono a la otra oreja.

—Pero... ¿sabe por qué? ¿O quién ha sido?

—Los agentes de la policía científica están investigando la escena del crimen. Recopilaremos todas las pruebas que podamos. No obstante, parece que las cámaras de vigilancia habían sido desactivadas y que el señor Rimmer había dejado la puerta trasera abierta. Lamento no poder darle detalles más concretos por el momento, señora Rimmer. Lo siento de veras.

Rachel colgó la llamada y dejó que el teléfono le cayera sobre el regazo.

Se quedó mirando por la ventana con la mirada perdida; el sol estival entraba por los bordes de la persiana. Suspiró hondo. Luego se bajó el antifaz, se tumbó de costado y se volvió a dormir.

2

Junio de 2019

Me llamo Henry Lamb. Tengo cuarenta y dos años. Vivo en el mejor apartamento de un bloque de pisos de estilo *art déco* a la vuelta de la esquina de Harley Street. ¿Que cómo sé que es el mejor? Porque me lo dijo el portero. Cuando me sube un paquete —no está obligado a hacerlo, pero es tan cotilla que lo hace solo para fisgonear—, mira por encima de mi hombro y sus ojos se iluminan solo con ver el trocito de interior que se vislumbra desde la puerta de entrada. Contraté a un diseñador. Tengo un gusto exquisito, pero no sé cómo combinar elementos elegantes entre sí para crear armonía visual. No, no se me da nada bien crear armonía visual. No pasa nada. Se me dan bien muchas otras cosas.

En estos momentos no vivo solo —rotundamente no—. Antes de que llegaran, me sentía muy solo. Regresaba cada tarde a mi piso inmaculado, en el que me había gastado una millonada para renovarlo, y solo me esperaban mis malencarados gatos persas. Y pensaba: «Qué agradable sería tener a alguien con quien charlar acerca de cómo me ha ido el día». O: «Cuánto me gustaría que hubiese alguien en la cocina preparándome una buena comida, descorchando una botella de algo frío o, aún mejor, llenando la coctelera». Me daba lástima mi propia situación, y esto duró muchos años. Pero ahora hace más de doce meses que tengo invitados —mi hermana Lucy con sus dos hijos— y jamás estoy solo.

Hay gente en la cocina constantemente, pero no me preparan cócteles ni desbullan ostras ni me preguntan qué tal me ha ido el día; usan mi parrilla eléctrica para prepararse bocatitas calentitos, como ellos los llaman, usan el cazo que no deben para hacerse chocolate caliente y se confunden al separar para reciclar. Se pasan el día viendo vídeos bulliciosos e ininteligibles en los móviles que yo mismo les compré y gritándose cuando no hay ninguna razón para hacerlo. Y luego está el perro. Una especie de Jack Russell terrier que mi hermana se encontró en las calles de Niza hace cinco años cuando rebuscaba en los contenedores de basura. Se llama *Fitz* y me adora. El sentimiento es recíproco. En el fondo, me gustan más los perros y solo me compré a los gatos porque son más apropiados para la gente egoísta como yo. Hice un test *online* —«¿Cuál es tu raza de gato ideal?»—, respondí treinta preguntas y el resultado fue el persa. Creo que no se equivocaba. El único gato con el que había tenido contacto antes en mi vida fue una criatura rencorosa con garras afiladas que vivió en mi casa cuando yo era pequeño. Sin embargo, estos persas son un mundo aparte. Exigen que los quieras; no te dejan elección. En cambio, no tragan a *Fitz* y detestan que yo le preste atención. La relación entre los animales es horrenda.

Mi hermana se mudó a mi casa el año pasado por razones que no soy capaz ni de empezar a verbalizar. La versión resumida es que estaba en la calle. La versión extendida requeriría que escribiese una redacción. La versión intermedia es que, cuando yo tenía diez años, nuestra —enorme— casa fue invadida por un cruel timador y su familia. A lo largo de más de cinco años, dicho estafador fue lavando el cerebro a nuestros padres y los dejó sin blanca. Usó nuestro hogar como prisión y como patio de recreo, y no cejaba hasta que conseguía exactamente lo que quería de todos los que lo rodeábamos, su propia esposa y los hijos de ambos inclusive. Sucedieron incontables hechos atroces en esos años; por ejemplo, mi hermana se quedó embarazada a los trece años, dio a luz a los catorce y abandonó a su hija de diez meses en Londres y huyó al sur de Francia cuando apenas había cumplido los quince. Tuvo otros dos hijos con dos hombres distintos, los alimentó y los vistió con dinero que se ganaba tocando el violín en las calles de Niza, pasó varias noches al raso y luego decidió volver a casa cuando —entre muchas otras circunstancias— creyó que podía echarle mano a la cuantiosa herencia que mis padres habían dejado en fideicomiso.

En fin, la buena noticia es que la semana pasada al fin se hizo efectivo el fideicomiso y ahora —aquí iría bien un toque de fanfarria— los dos somos millonarios, lo que implica que se puede comprar una casa propia, y ella, sus hijos y su perro podrán mudarse de una vez por todas y yo volveré a disfrutar de mi soledad.

Entonces no me quedará más remedio que encarar la nueva fase de mi vida.

Los cuarenta y dos son una edad extraña. No eres joven, pero tampoco viejo. Si fuese hetero, supongo que estaría desesperado, corriendo de aquí para allá en busca de una esposa a la que aún le funcionasen los ovarios. Sin embargo, no soy hetero, y tampoco es que ningún hombre desee formar una pareja estable y duradera conmigo, de modo que estoy en la peor situación posible: soy un gay imposible de amar y a quien el físico le está empezando a fallar.

Matadme.

No obstante, aún queda un rayo de esperanza en el futuro. El dinero está bien, pero no es eso lo que refulge. Lo que refulge es una pieza del puzle de mi pasado que yo creía perdida; un hombre del que llevo enamorado desde que ambos éramos unos críos en la casa de los horrores en la que crecimos. Un hombre que ahora cuenta cuarenta y tres años, lleva una barba bastante desaliñada y unas marcadas líneas de expresión. Un hombre que trabaja de guardabosques en Botsuana. Un hombre que es —giro de la trama— el hijo del estafador que me destrozó la infancia. Y también —segundo giro de la trama— el padre de mi sobrina Libby. Sí, Phineas dejó embarazada a Lucy cuando él tenía dieciséis años y ella trece, asunto que está mal en muchos niveles. Sería lógico pensar que eso me haría olvidarlo, y sí, durante un tiempo así fue. No obstante, todos hicimos cosas malas en esa casa; ni uno salió sin una mancha en su expediente. He aceptado que nuestros pecados fueron medios de supervivencia.

Llevo sin ver a Phineas Thomsen desde que yo tenía dieciséis años y él dieciocho. No obstante, la semana pasada, el novio de mi sobrina, que es periodista de investigación, nos dijo que lo había encontrado. Una especie de regalo de cumpleaños superconsiderado por su parte: «Toma, cariño, te regalo un padre desaparecido».

Así que en esas estoy, enclaustrado en la calma de mi habitación en una brillante mañana de junio, con el portátil encendido, acariciando el ratón táctil con los dedos, moviendo el cursor por la página web de la reserva natural donde trabaja; lugar que pretendo visitar dentro de muy muy poco.

Phin Thomsen es como se hacía llamar cuando vivíamos juntos de pequeños.

Finn Thomsen es el seudónimo detrás del que se ha ocultado todos estos años.

Qué cerca anduve. Solo había que cambiar la «Ph» por una «F». Podría haberlo encontrado hace años si hubiese jugueteado un poco con el alfabeto. Qué jugada más inteligente. Muy inteligente. Phin es la persona más inteligente que he conocido en mi vida. Bueno, aparte de mí, claro está.

Me sobresalto cuando oigo que llaman a la puerta. Suspiro.

—¿Sí?

—Henry, soy yo. ¿Puedo pasar?

Es mi hermana. Vuelvo a suspirar y cierro la tapa del portátil.

—Sí, claro.

Abre la puerta lo justo para deslizarse por el hueco que deja y luego la cierra con cuidado tras de sí.

Lucy es una mujer muy grata a la vista. El año pasado, cuando la vi por primera vez desde que ambos éramos adolescentes, me sorprendió lo guapa que era. Su cara cuenta historias, aparenta cada uno de sus cuarenta años, apenas se arregla, viste como un saco de harapos y, aun así, siempre es la mujer más guapa de cualquier lugar. Hay algo en la yuxtaposición de sus ojos entre ambarino y avellana y las vetas doradas de su pelo, en su liviandad, en lo melifluo de su voz, en su forma de moverse y su prestancia, en la manera en que toca las cosas y en cómo mira. Mi padre parecía una empanada de carne con patas, pero mi hermana tuvo la suerte de heredar la belleza de nuestra elegante madre medio turca. Yo quedé a caballo de los dos. Por suerte, tengo el cuerpo de mi madre, pero por desgracia heredé las facciones chabacanas de mi padre. He hecho lo que he podido con lo que la naturaleza me ha dado. No se puede comprar el amor, pero sí una mandíbula marcada, dientes alineados y labios carnosos.

Mi cuarto se inunda del aroma del aceite que mi hermana usa para acondicionar su cabello; un mejunje que viene en una botella de cristal marrón y que parece que haya comprado en una feria rural.

—Quería hablar contigo —me dice, y quita una chaqueta de una silla que hay en una esquina de mi dormitorio para poder sentarse— sobre lo que pasó la semana pasada en la fiesta de cumpleaños de Libby.

Le lanzo una mirada de «Sí, te escucho. Continúa».

—Sobre lo que les dijiste a ella y a Miller.

Libby es mi sobrina. La hija que Lucy tuvo con Phin a los catorce años. Miller es su novio periodista. Asiento.

—¿Pretendes ir a Botsuana con ellos?

Asiento de nuevo. Sé lo que me va a decir.

—¿En serio?

—Sí, por supuesto.

—¿Crees...? ¿Te parece buena idea?

—Sí, creo que es una idea estupenda. ¿Por qué no?

—No lo sé. Es que creo que lo plantean como una escapada romántica, ellos dos solos...

Chasqueo la lengua.

—Él pretendía invitar a su madre; no creo que lo tomase como un viaje romántico.

Obviamente, lo que estoy diciendo no tiene ningún sentido, pero me he puesto a la defensiva. Miller quiere llevar a Libby a Botsuana para que se reencuentre con su padre, a quien no ha visto desde que era una bebé. Pero Phin también forma parte de mí. Una parte enorme, casi todo mi ser. Literalmente —y lo digo de verdad— he pensado en él cada hora, al menos una vez, desde los dieciséis años. ¿Cómo no voy a querer ir a verlo ahora; es más, ahora mismo?

—No les molestaré —propongo—. Los dejaré a su aire.

—Ya —dice Lucy poco convencida—. ¿Y a qué te dedicarás?

—Pues... —me detengo. ¿A qué pienso dedicarme? No tengo ni idea. A estar con Phin.

Y después... Bueno, después ya veremos lo que sucede, ¿no?

3

Agosto de 2016

Rachel conoció a Michael en la isla Martha's Vineyard a finales del verano de 2016. Ella estaba esperando a que un farmacéutico joven y ligeramente moralista le diese la píldora del día después. Él se adelantó y le soltó al chico: «¿Está listo ya?».

El farmacéutico moralista pestañeó despacio y le contestó: «No, señor, aún no. ¿Podría tomar asiento? No tardará mucho».

Michael se acomodó al lado de Rachel. Se cruzó de brazos y suspiró. Ella se percató de que estaba a punto de entablar conversación, y no se equivocó.

—Qué tío —farfulló—. Un encanto.

Ella se rio y se giró para mirarlo. Rondaba los cuarenta, mientras que ella estaba en la treintena. Bronceado, cómo no; tras un largo verano en Martha's Vineyard, todos se iban a casa morenos. Le hacía falta un corte de pelo; probablemente quisiese esperar a regresar a la ciudad.

—Es bastante moralista —respondió ella en un susurro.

—Sí —asintió él—, sí que lo es. No es lo esperable para una persona de su edad.

Rachel, en aquel momento, fue hiperconsciente del sudor

que justo se acababa de limpiar en la ducha y que pertenecía a un tal Aiden; de las marcas que sus caderas habían dejado en el interior de sus muslos y del aliento dulzón a cerveza de ese jovenzuelo que aún impregnaba ciertos rincones de su cuerpo. Y ahí estaba ahora: coqueteando con un hombre que podría ser el padre de Aiden mientras esperaba por un anticonceptivo de emergencia.

Claramente tenía que volver a casa. Su verano había sido desesperado y sucio, y ella estaba vacía y gastada.

El farmacéutico tomó una bolsa de papel de la cinta transportadora que tenía detrás y comprobó la etiqueta.

—¿Rachel Gold? —llamó—. Aquí tengo su tratamiento.

—Ah. —Rachel le lanzó una sonrisa a Michael—. Esa soy yo. Espero que te atienda pronto.

—Te has colado —bromeó Michael con una sonrisa sardónica.

Ella introdujo el número PIN en el lector de tarjetas y tomó la bolsa que le tendía el farmacéutico. Cuando se giró para marcharse, Michael aún la estaba mirando.

—¿De dónde eres? —le preguntó.

—De Inglaterra.

—Ya, eso es obvio, pero ¿de qué parte?

—De Londres.

—Y ¿de qué zona de Londres?

—¿Lo conoces?

—Tengo un piso en Fulham.

—Ah —dijo ella—. Vale. Yo vivo en Camden Town.

—¿Dónde exactamente?

—Eeeh... —Rachel soltó una risita.

—Perdona. Soy muy anglófilo. Estoy obsesionado con tu país. No te haré más preguntas. Te dejo que te vayas, Rachel Gold.

Ella alzó la mano libre en un vago gesto de despedida,

atravesó la farmacia a buen paso, cruzó la puerta y salió a la calle.

Dos meses más tarde, Rachel estaba comiendo en la mesa de trabajo de su estudio cuando vio aparecer un correo electrónico en su bandeja de entrada. El asunto decía: «Del americano anglófilo para la colona inglesa».

Su cerebro tardó un par de segundos en descifrar la secuencia de palabras aparentemente inconexas. Entonces, lo abrió.

Hola, Rachel Gold:

Soy Michael. Nos conocimos en una farmacia de Martha's Vineyard en agosto. Olías a humo de hoguera y a cerveza. En el buen sentido.

Voy a pasar un par de meses en Londres y quería que me recomendaras algún lugar de Camden que merezca la pena explorar. No he visitado esa zona desde que era adolescente —intentaba pillar algo de costo y acabé comprando una mochila a rayas y una cachimba—. Seguro que el barrio tiene mucho más que ofrecer que el mercado y los camellos, y me encantaría tener la perspectiva de una vecina. Si te ha horrorizado toparte con esta misiva en tu bandeja de entrada, por favor, no dudes en borrarla/ignorarla/llamar a la policía. —No, mejor no llames a la policía.

En cualquier caso, me encantaría saber de ti. Por cierto, fue mi ligeramente obsesivo conocimiento de los códigos postales de Londres lo que me condujo hasta tu dirección de correo electrónico. Busqué en Google «Rachel Gold NW1» y apareciste en pantalla. Qué apropiado que una diseñadora de joyas se apellide Gold. Si yo me apellidase Diamond formaríamos la pareja perfecta. No obstante, mi apellido es Rimmer. Saca tus propias conclusiones. En fin, te leeré si me escribes, y si no, compraré algo en tu página

27

web y se lo regalaré a mi madre por su cumpleaños. Tienes mucho mucho talento.

Un saludo,

Michael

Rachel se quedó sentada un rato, con el aliento contenido, tratando de decidir si quería sonreír o acongojarse. Recuperó la cara de aquel hombre de su memoria, pero no fue capaz de verla tal como era. En su lugar, no hacía más que aparecer la cara de Michael C. Hall, que la distorsionaba. Al final del correo aparecía el nombre de una empresa: MCR International. La buscó en Google y encontró una página con pinta de impersonal de lo que parecía ser una especie de empresa de transporte o paquetería con sede en Antibes, en el sur de Francia. Buscó «Michael Rimmer, Antibes» en Google y, tras husmear un rato, al fin dio con él en un periódico local, donde se lo veía con una copa de champán en la mano en la fiesta de inauguración de un restaurante. No se parecía a Michael C. Hall en absoluto. Parecía... «Guapo de libro» sería como lo describiría. Guapo de libro. No obstante, había algo sexual en la forma en la que su camiseta blanca rozaba la cinturilla de sus vaqueros. No la llevaba metida por dentro ni se solapaba, sino que sus bordes se tocaban ligeramente. Una especie de invitación. A ella se le hizo repentina y sorprendentemente excitante, y cuando volvió a centrarse en su cara, él le pareció más que guapo de libro. Le pareció duro. Casi cruel. Pero a Rachel eso no le importaba; incluso le gustaba. Podía usarlo a su favor si quería.

Cerró el correo. Le contestaría, quedaría con él, se acostarían. Todo eso ya lo sabía. Pero aún no. Lo dejaría esperar un tiempo. Al fin y al cabo, no tenía ninguna prisa.

4
Junio de 2019

A la mañana siguiente salgo a correr. Admito que no me gusta nada correr. Pero tampoco me gusta ir al gimnasio a ver a los chicos perfectos que ni siquiera se dignan a mirarme. El gimnasio era como mi patio de recreo, pero ya no. Ahora me pongo un atuendo discreto, bajo la mirada y aprieto los dientes hasta que siento esa reconfortante y satisfactoria conexión entre mis pies, el suelo, mis pensamientos y el ritmo de la música que suena en mis oídos. Y no paro hasta haber dado la vuelta entera al circuito de Regent's Park. Entonces el día me pertenece.

No obstante, hoy soy incapaz de encontrar ese punto perfecto. El aire rechina en mis pulmones y me paso todo el rato queriendo parar, sentarme. Hay algo que no encaja. Todo está fuera de su sitio desde que me enteré de que Phin sigue existiendo.

Mis pies impactan contra el asfalto con tal intensidad que casi noto los bultos del camino bajo las suelas de mis zapatillas de deporte. El sol aparece de pronto a través de una cortina nubosa de junio y me opaca la vista. Me pongo las gafas de sol y al fin dejo de correr.

Me he perdido, y Phin es el único que puede ayudarme a encontrar el camino de vuelta.

Llamo a Libby al volver a casa.

A la adorable Libby.

—¡Hola, tú!

Es el tipo de persona que te saluda con un «¡Hola, tú!».

Se lo devuelvo tan efusivamente como puedo.

—¡Hola, tú!

—¿Qué te cuentas?

—Ah, no mucho, la verdad. Acabo de salir a correr. Y me he duchado. Estaba pensando en lo que hablamos en tu fiesta de cumpleaños.

—¿Lo del safari?

—Sí, lo del safari. Lucy opina que no debería ir.

—Ah. ¿Por qué?

—Cree que Miller y tú preferís que sea una escapada romántica solo para dos.

—Ah, no, qué va. Nos encantaría que vinieses. No obstante, ha habido un pequeño inconveniente.

—¿Cuál? —Me reacomodo en la silla de escritorio.

—Miller llamó al alojamiento para preguntar si podría reservar plaza para una persona más y según parece Phin... —se detiene.

—¿Sí?

—Ya no está.

Me recuesto en la silla pesadamente. La mandíbula se me ha descolgado por el impacto de la noticia.

—¿No está?

—Sí. Dicen que ha tenido una emergencia familiar. No saben cuándo volverá.

—Pero... —me detengo.

Estoy que echo humo. El novio de Libby es un periodista de investigación de renombre. Se ha pasado un año entero buscando a Phin —no por mí, claro, sino por Libby—, y luego, cinco segundos después de haber dado con él, claramente ha hecho alguna estupidez que ha provocado que Phin escape: el equivalente periodístico a pisar una ramita durante una partida de caza.

—No lo comprendo —digo, e intento sonar tranquilo—. ¿Qué ha pasado?

Libby suspira y me la imagino tocándose las puntas de las pestañas, cosa que suele hacer cuando habla.

—No lo sabemos. Miller no podría haber sido más discreto al realizar la reserva. Lo único que se nos ocurre es que Phin haya podido reconocer mi nombre. Asumimos que solo me conocería por Serenity Lamb, pero quizá se haya enterado del nombre que me dieron cuando me adoptaron. Aunque no sabemos cómo.

—Asumo, por supuesto, que Miller utilizó un seudónimo para hacer la reserva.

Libby se queda en silencio. Yo suspiro y me paso la mano por el pelo aún mojado.

—¿Verdad que lo hizo?

—No lo sé. Pero, en realidad, ¿era necesario?

—Teniendo en cuenta que escribió un artículo de cinco mil palabras sobre nuestra familia en una revista importante hace solo cuatro años, yo diría que sí. Seguro que Phin no se pasa todas las horas del día sentado con aire autoritario en un *jeep*. Sospecho que entra en internet. —Aprieto los labios. «Borde, borde, borde. No seas borde con Libby»—. Disculpa —le digo—. Perdóname. Es que estoy frustrado. Creía...

—Lo entiendo —asegura—. Lo entiendo.

Pero no lo entiende. No lo entiende en absoluto.

—Bueno —digo—, entonces, ¿qué pensáis hacer? ¿Vais a ir de todos modos?

—No estoy segura —responde—. Nos lo estamos pensando. Tal vez lo pospongamos.

—O también podríais... —comienzo; una posible solución se está fraguando en mi mente— enteraros de adónde ha ido.

—Sí. Miller está trabajándose al encargado de las reservas. A ver lo que puede sacarle. No obstante, parece que nadie sabe demasiado sobre Phin Thomsen.

Termino con la conversación. Cantidad de asuntos que no puedo hablar con Libby me están revoloteando descompuestos por la mente y necesito paz y tranquilidad para que tomen forma.

Vuelvo a acceder a la página web de la reserva natural donde trabajaba Phin. Es un sitio muy respetable. De renombre internacional. Impecablemente ecológica, respetuosa con el medioambiente, buenas relaciones públicas. Phin, sin lugar a dudas, solo trabajaría en una empresa con una reputación impecable como esta.

A los quince años me dijo que quería trabajar de guía de safari. No tenía ni idea de cómo iba a llegar desde la casa de los horrores donde crecimos hasta su trabajo de ensueño, pero lo hizo. ¿Quería ser yo socio fundador de una pequeña empresa de diseño de *software* cuando era niño? No, por supuesto que no. Quería ser lo que la vida dispusiese para mí. Lo que acabase siendo después de haber hecho todas las cosas que hace la gente normal que no ha crecido en una casa de los horrores y luego se ha pasado la juventud viviendo solo en estudios minúsculos, sin formación académica ni amigos ni familia. Quería ser eso. Sin embargo, en la historia que esta rueda interminable de universos me ha concedido, estoy aquí y debería alegrarme y dar las gracias.

Y, en cierto modo, así es. Imagino que en otro de esos múltiples universos podría —como le pasó a mi padre— quedarme sentado y engordar, mientras esperaba a que mis padres muriesen para poder reclamar mi parte de la herencia. Podría haber vivido una existencia de tedio y abulia. Pero no me quedó más remedio que ponerme a trabajar, y he conseguido llenar mi vida de éxito. Y supongo que eso es bueno, ¿no?

Pero Phin, cómo no, él sabía lo que quería ser incluso entonces. No esperó a que lo formase el universo. Él dio forma al universo a su voluntad.

Me voy al trabajo y la misma falta de concentración me acosa en una teleconferencia y en dos reuniones. Salto cuando me hablan personas que nunca me habían molestado antes y luego me siento lleno de desprecio por mí mismo. Cuando llego a casa a las siete, mi sobrino Marco está sentado en el sofá con un amigo del colegio: un chico muy agradable al que ya conocía y con quien me había esforzado por ser amable. Se levanta cuando me ve entrar y dice:

—Hola, Henry. Marco dijo que podía venir. Espero que no te importe.

Se llama Alf y es un encanto. Pero, ahora mismo, no quiero que esté en mi sofá y ni siquiera le concedo una sonrisa. Gruño:

—Por favor, dime que no tenéis pensado cocinar.

Alf le lanza una mirada confusa a Marco; luego ambos niegan con la cabeza.

—No —dice Alf—, solo íbamos a pasar el rato aquí.

Asiento secamente y luego me dirijo a mi cuarto.

Sé lo que voy a hacer. Y es que tengo que hacer algo o voy a explotar. No puedo quedarme de brazos cruzados a la espera de que Miller Roe arregle este asunto. Tengo que encargarme yo mismo.

Entro en www.booking.com y reservo una estancia de cuatro días con todo incluido, el paquete dorado, en el Chobe Game Lodge de Botsuana.

Para uno.

5

Octubre de 2016

A sus treinta y dos años, Rachel intentaba no obsesionarse con la idea de que su vida adulta era un espejismo. El piso en el que vivía era propiedad de su padre, quien también financiaba su negocio. Esta dependencia en la adoración y la generosidad de su padre se había formado tan poco a poco que no se había percatado de en qué momento había pasado de ser «la típica ayuda que los padres les dan a sus hijos para que echen a andar sus vidas» a ser un tema que le daba demasiada vergüenza mencionar. Su empresa de bisutería daba dinero, pero ella aún no estaba recibiendo beneficios. Podía engañarse al pensar que sí que era rentable, cuando la paga mensual de su padre hacía que sus cuentas corrientes pasasen de rojo a negro. Pero en realidad aún le quedaba al menos un año para comenzar a valerse por sí misma, y eso solo si todo le salía bien y no se topaba con ningún escollo. En seis meses cumpliría los treinta y tres: bastante lejos de las costas benignas de los treinta, que era la edad a la que se había imaginado que se independizaría de su padre.

Sin embargo, mirándola desde fuera, Rachel Gold era una persona impresionante: metro setenta y siete, en forma, acicalada, ligeramente distante. Parecía una mujer hecha a sí misma, que pagaba la hipoteca y las mensualidades del gimnasio y que disponía de su propia cuenta de Uber.

Un viernes por la tarde de finales de octubre, una semana después de haber recibido el correo del americano —al que, por cierto, aún no había respondido—, Rachel salió después del trabajo a tomar una copa con la chica que ocupaba el estudio de al lado del suyo en el edificio entre West Hampstead y Kilburn. Paige tenía veintitrés años y aún vivía con su madre, pero se ganaba el pan ella sola, contribuía con los gastos de la casa, se costeaba sus propias vacaciones y consumiciones y también el tinte para las cejas. Paige creaba joyas a partir de metales comunes; no como Rachel, que utilizaba oro y platino. Paige vivía por debajo de sus posibilidades y ahorraba. Había acabado la universidad hacía solo dos años, pero ya era más adulta que Rachel.

En el *pub*, Rachel pagó la primera ronda: una botella de *pinot* gris. Había calefactores en la terraza, así que se la bebieron fuera, con las mantas sobre las rodillas. Rachel le preguntó a Paige qué tal su vida romántica. Ella dijo:

—*Nil*. Nada. *Zero. Zilch*. ¿Tú?

—Un tío —comenzó Rachel, al principio dubitativa, pero luego con un inesperado aumento de convicción de que necesitaba mantener esa conversación—. Lo conocí en Estados Unidos este verano, y luego me rastreó en internet y me escribió a través de mi página web. Y la verdad es que... —Dejó la botella en la mesa—. No puedo dejar de pensar en él. Al principio era un poco, en plan, no sé, igual me daba un poco de mal rollo. Es mayor que yo, encima.

—Vaya. ¿Por cuántos años?

—Pues como unos diez o así. Rondará la cuarentena. Mira. —Le enseñó la pantalla de su teléfono a Paige para que esta viese la foto de Michael Rimmer que había descargado.

—Está bueno.

—¿Tú crees?

—Sí. En cierto modo, ¿sabes?

—¿En qué modo? —Entrecerró los ojos, pues no quería que Paige le devolviese sus propios pensamientos sobre Michael.

—Parece de los que te follarían duro y luego se quedarían ahí, en bolas, con las manos detrás de la cabeza, y te pedirían que les trajeses algo de beber.

—Joder. —Recuperó el móvil de las manos de Paige.

—Bueno, no tiene por qué ser algo malo, ¿sabes?

—Buf. No sé. Sí, a lo mejor tienes razón. O no. Bueno y malo, supongo. El año que viene cumplo treinta y tres: ¿es eso lo que quiero para mi futuro?

—No lo sé, dímelo tú. —Paige la miró inquisitiva, con un reto en la mirada.

—No. No. O sea, sí. Para pasar un rato divertido. Pero no para casarme con él, tener hijos y todo eso.

—¿Eso es lo que quieres?

—No, en realidad no, pero a lo mejor dentro de un tiempo sí, y no quiero acabar atada a un tío que es incapaz de ofrecer ningún tipo de cuidado, ¿verdad? Si te planteas tener hijos, tienes que juntarte con un tío que te cuide. Y este —volvió a mirar la foto de Michael Rimmer, agarrado a una copa de champán en un restaurante hortera de la Costa Azul— no parece capaz de cuidar a nadie.

—Bueno —dijo Paige—. Si no estás preparada para casarte y tener niños aún, puedes tomártelo como el último antes del definitivo. Solo pasará unos meses en Londres. Úsalo y listo.

Una ráfaga de energía nerviosa atravesó a Rachel al oír la sugerencia de Paige. La chica había puesto los pensamientos de Rachel en palabras.

—Sí —dijo—. Sí. Tal vez lo haga.

6

Junio de 2019

Lucy se acerca a un hombre joven que viste un traje gris ajustado y que sostiene una carpetilla. Le tiende una mano y él se la estrecha.

—Max Blackwood —dice—. Tú debes de ser Lucy. Encantado de conocerte. ¿Has llegado bien?

—Sí —responde ella—, gracias a Google Maps. Ahora es complicado perderse, ¿verdad?

—Muy cierto —responde él, y luego le regala historias de fallos de Google Maps por causa de los cuales los usuarios acaban en callejones sin salida o en campos llenos de ovejas o en jardines traseros de casas ajenas.

Mientras habla, se van acercando a la casa. Lucy trata de que no se le noten el asombro y el entusiasmo que siente. La ropa que lleva se la ha elegido Henry, su hermano. Le dijo: «Si vas a ver casas de un millón de libras, tiene que parecer que tienes un millón de libras». La arrastró por toda Marylebone High Street, entrando y saliendo de *boutiques* francesas de postín, y la obligó a comprarse un fondo de armario para buscar casa que consistía en pantalones entallados, vestidos largos y vaporosos, americanas y zapatillas de deporte blancas con detalles metalizados. Luego la metió en una peluquería de la que un tal Jed no la dejó salir hasta tres horas después, tras haberle cortado veinte centímetros de su cabellera dañada por el sol y haberle aplicado unas mechas de color rubio avainillado.

Henry la había obligado a blanquearse los dientes poco después de que se mudase con él. Ella se había dado cuenta de que él ponía una mueca cada vez que la veía sonreír y al fin le había preguntado: «¿Tengo algo en los dientes?», y él le había respondido: «Imagino que es normal perder la perspectiva en temas como este cuando llevas tanto tiempo sin mirarte al espejo».

Menudo capullo, su hermano mayor. Esconde sus desprecios tras un velo de humor negro, pero ella sospecha que la negrura va mucho más allá.

Se coloca las gafas de sol sobre la cabeza y mira la casa que tiene delante. Es una antigua vicaría de cuatro habitaciones justo a las afueras de St. Albans. Tiene frutales, unos columpios de madera, una cama elástica y un jardín de unos sesenta metros cuadrados de césped con un desvencijado cenador al fondo. Tiene ventanas con parteluz de piedra sobre las que penden unas gárgolas. La puerta de entrada, de doble paño, tiene una aldaba de cobre, un felpudo y bancos de obra a cada lado. Está descuidada y un poco anticuada. Las cortinas que ve a través de las ventanas están blanqueadas por el sol y hechas jirones. No obstante, es una de las casas más hermosas que ha visto en su vida. Pone cara de póquer y dice:

—Muy bonita.

—Sí que lo es —dice el hombre, que está buscando entre las llaves que lleva en la mano para encontrar la que corresponde a la puerta principal—. No suelen salir al mercado casas como esta. ¿Conoces la zona?

—Sí —responde ella—. Mi hija vive en St. Albans, cerca del centro.

Estas palabras aún le provocan un escalofrío de placer. «Mi hija.» Libby Jones. Serenity Lamb. La hija a la que tuvo que dejar atrás cuando era una bebé y a la que encontró hace un año, justo cuando cumplió los veinticinco. Libby Jones tiene el cabello rubio claro y los ojos azul celeste, y te sostiene la mirada cuando le hablas de una forma que te hace sentir que le puedes contar cualquier cosa y ella lo absorberá sin juzgarte. Tiene un acento de Londres; no una dicción pija británica como ella, que asistió a un colegio donde la obligaban a ponerse canotier y blusa de cuello fruncido, sino uno con las esquinas redondeadas, con fonemas omitidos al final de ciertas palabras: un acento formado en colegios públicos y casas pareadas. Tiene pecas en los brazos y lleva la raya al lado; se aparta el pelo de la cara y lo pone detrás de la oreja cada pocos minutos, y a veces se toca las puntas de las pestañas con el dedo, como para comprobar que siguen ahí. Huele a vainilla. Se lava las manos muy a menudo. Le gusta la fruta. Su caligrafía es muy cuidada. Es maravillosa.

—Ah —dice Max, que se vuelve para mirarla—. Qué bien. Seguro que se alegra de tener a su madre cerca.

La casa está vacía. Los propietarios se han mudado a un apartamento más pequeño y de obra nueva. Han dejado los esqueletos de algunos muebles atrás, para dar la impresión de una casa familiar adorada, pero en realidad la escasez solo hace resaltar el hecho de que el intenso universo que existió entre estas cuatro paredes ha llegado a su fin: los hijos se han marchado, el ruido y el caos de la unidad familiar se ha truncado hasta quedar solamente dos personas de mediana edad en un piso no se sabe dónde, llevando una existencia calma en los periodos entre visitas y llamadas telefónicas.

—Habría que hacer alguna que otra reforma —dice Max, que busca el interruptor de la luz sin dejar de avanzar—. Los propietarios invirtieron bastante dinero en ella cuando la compraron, pero eso fue hace veinte años. Es un poco como del siglo pasado, por así decirlo.

Lucy ya sabe que la va a comprar. Sabía que la iba a comprar desde que vio los detalles en internet. Tiene una distribución un poco extraña. Lucy creció en una casa perfectamente simétrica: un pasillo central que daba a cuartos exactamente iguales a ambos lados. Ahora no quiere simetría. Quiere huecos y recovecos y alcobas diminutas y corredores inesperados que dan a estancias que no tienen sentido alguno.

En el piso de arriba, las puertas de los dormitorios aún conservan los nombres de los niños que otrora las ocuparon: Oscar. Maddy. Milly.

Son nombres suaves, pero el daño que esos niños parecen haber infligido en esa casa no los respalda: papel pintado desgarrado, garabatos de rotulador, algo verde fosforito (probablemente blandiblú) pegado a la moqueta barata que cubre el suelo.

Tras haber pasado un año en el inmaculado apartamento de su hermano —teniendo que descalzarse junto a la puerta de entrada, usar espráis especiales para cualquier derrame por inocente que fuese, adoptar el sistema de diferentes trapos para las distintas superficies, vigilar que sus hijos no estuvieran a punto de tirar ni de manchar ni de estropear nada—, quiere esto: una casa en la que poder liarla, en la que tirar blandiblú por el suelo; una casa que absorba sus imperfecciones.

Hace caso omiso de las manchas de óxido que ve en los lavabos y en los retretes, de los lamparones verdes de agua que hay alrededor de los grifos de las bañeras, del cristal que falta en el aparador del cuarto de la colada y que ha sido reemplazado por un trozo de aglomerado. Pagará de mil amores un millón de libras por una casa que está desvencijada y machacada, por la moqueta sucia y los cristales rotos y por la cama elástica sobre la que crece moho. Pagará lo que sea necesario para poner cuatro paredes alrededor de la pequeña familia que ha criado en la calle, en playas, sofás, alojamientos temporales... y, durante los primeros años de la vida de Marco, en casa de un maltratador.

En cuanto dan por finalizada la visita, vuelve a su coche y Max le da los últimos detalles, le estrecha la mano de nuevo y se despiden. Lucy deja los papeles en el asiento del copiloto e introduce la dirección de Henry en Google Maps. No obstante, antes de marcharse, le envía un mensaje rápido a Libby:

> Acabo de ver la casa de Burrow's End. Es perfecta. Voy a hacerles una oferta. ¡Aaah!

Luego coloca el móvil en el soporte y arranca el coche, contemplando su casa en el retrovisor hasta que los árboles se la tragan por completo.

7

Octubre de 2016

Esa misma noche, Rachel contestó a Michael Rimmer. No estaba sobria del todo, pero tampoco demasiado borracha para enfrentarse al teclado.

Querido Michael:

Qué sorpresa encontrar tu mensaje en mi bandeja de entrada. Una grandísima sorpresa. Pero no desagradable ni inoportuna. Y gracias por tus amables palabras acerca de mi trabajo. Para darte un poco de contexto: vivo en un apartamento con vistas al canal, en dirección a King's Cross. Vivo sola. No tengo mascotas. Bebo y a veces también fumo. Sí, soy Bridget Jones, gracias por preguntar.

Me encantaría hacerte de guía turística. Aquí tienes mi número de móvil; escríbeme un mensaje cuando tengas tiempo y concretamos un plan.

Un saludo,

Rachel

Lo releyó una sola vez antes de darle a enviar y propulsarlo con fuerza e intención, pero sin reflexión, hacia el universo, donde cambiaría el rumbo de su vida de formas que no podía siquiera imaginar.

Una respuesta de Michael la esperaba cuando se despertó al día siguiente. Era casi mediodía. Se había saltado la clase de yoga. Siempre se saltaba la clase de yoga. Había pagado un bono de doce clases hacía ocho semanas y de momento solo había asistido a dos. Tomó el teléfono de la mesilla y tiró del cable del cargador. Lo encendió y ahí estaba. Michael Rimmer, el hombre al que tan precipitadamente había invitado a entrar en su vida tras una botella de vino, un chupito de vodka y un bol de aceitunas.

¡Hola, Rachel!:

¡Cuánto me alegro de saber de ti! Supongo que sabrás que Bridget Jones es básicamente la mujer de mis sueños, así que todo bien por ese frente. Llego el día 8, así que ¿cómo verías quedar un día de esa semana? Te escribiré cuando esté allí. Tengo muchas ganas de verte. De verdad.

Un saludo,

Michael

Rachel suspiró. ¿Se lo estaba pensando mejor? No exactamente. Quizá solo se lo estuviese pensando medio bien. Aun así, para el 8 faltaban aún diez días. Michael Rimmer podría morirse en ese tiempo. O ella misma. Su avión podía estrellarse en mitad del Atlántico. Pero de nada servía estresarse: si Michael Rimmer era su destino, entonces la cita llegaría.

Diez días después, entró un mensaje:

¡Hola, Rachel! ¡Soy Michael Rimmer! Acabo de llegar a Londres. ¿Tienes planes para mañana por la noche?

Rachel notó que se le sobresaltaban las entrañas. No había sabido nada de él desde que le había escrito aquel correo alcoholizado. Había hablado con un tío por Tinder: algo más joven que ella, pero bastante maduro. Charlie. Mensajero de material médico. Del sureste de Londres o por ahí. Quién sabe. El sureste era un misterio para Rachel. No obstante, llevaban una temporada hablando mucho y con intensidad. Habían tratado temas como la familia, los sueños, ambiciones y remordimientos, incluso pinceladas de política. Sin embargo, él aún no le había pedido una cita y, en realidad, Rachel era demasiado mayor como para andar esperando a que un chico llamado Charlie la invitase a una copa. Y por otro lado estaba Michael Rimmer, que se había hecho hueco a codazos y sin pudor hasta el frente de la fila con un mensaje de cuatro frases que iba directo al grano, de tal forma que Rachel consideró que en menos de veinticuatro horas ya se lo habría tirado. Y la perspectiva de estar tirándose a alguien en menos de veinticuatro horas le parecía muy atractiva.

Rebuscó en la galería de imágenes la foto de Michael Rimmer que había encontrado tras su primer correo, en la que aparecía con una copa de champán en la mano, con aspecto de haber comido bien y de tenerlo todo bajo control. La amplió con los dedos y los paseó por la pantalla durante un rato, imaginándoselo.

Luego abrió su mensaje de nuevo y escribió a toda prisa:

> Sí. Claro. Nos vemos en mi casa y ya decidimos qué hacer.

Michael Rimmer apareció frente a su puerta a las siete de la siguiente tarde, con un bronceado refulgente procedente de un país donde aún era verano. Llevaba flores. Champán.

Ella puso el ramo en agua y la botella en la nevera y lo llevó a tomar una copa a un bar, porque sabía que, si abrían el champán, estarían en la cama en menos de veinte minutos. Y le apetecía disfrutar de una cita como es debido, del ascenso gradual de la tensión sexual insoportable, antes de cruzar esa frontera.

Él le pareció incluso más guapo de lo que recordaba. Menos de libro. Llevaba una camiseta azul celeste, vaqueros y zapatillas de deporte. Olía a ropa recién salida de una maleta y a una sutil loción para después del afeitado que Rachel no fue capaz de identificar. Él le sostuvo las puertas y le ofreció la silla de una forma que Charlie, el mensajero de material médico, era poco probable que hubiese hecho.

Michael se pidió un margarita y Rachel un *dark 'n' stormy*, y charlaron.

—¿Tienes hijos? —le preguntó él.

Ella se quedó ligeramente sorprendida. Le parecía tan extraño que le preguntasen eso como que quisiesen saber si llevaba dentadura postiza. Rachel aún se sentía joven, demasiado joven, para ser madre. No obstante, Michael no había sido el único hombre que le había formulado esa pregunta en los últimos dos años; sin darse cuenta, había cruzado una frontera invisible hacia la «zona maternal». Intentó no palidecer ante la pregunta y respondió:

—No, no. Aún no. ¿Tú?

Vio que se le iluminaba la cara.

—Sí —dijo—. Sí. Solo uno. Un niño, Marco. Tiene... Bueno, nació en 2006, así que, madre mía, ya debe de haber cumplido los diez, ¿no?

—No pareces estar muy seguro.

—Es complicado. Hace mucho que no lo veo.

—¿Estás divorciado?

—Sí. Divorciado. Y mi ex... —Bufó como para dar a entender que era problemática—. Bueno, ya sabes, es un lío; es complicado. Ella sabe dónde estoy, pero prefiere no tener contacto conmigo. Lleva una vida caótica. Le ofrecí ayuda económica, para ella y para el niño, pero básicamente hizo bomba de humo. Sí. Es triste. Y, ay, si vieras a Marco, es el niño más guapo del mundo. Pero tal como viven, no va a acabar bien.

Rachel vio que los ojos de Michael brillaban por las lágrimas y notó que la cita había cambiado de marcha. Un cambio que parecía capaz de dar al traste con la promesa tácita del inevitable sexo que había rodeado cada momento de sus conversaciones previas, y que tal vez los llevase a algún otro lugar. Uno completamente inesperado: un sitio adulto y real.

Alargó la mano y cubrió con la palma la de él. Él giró la mano y enroscó los dedos con los de ella.

—No pasa nada —dijo, con los ojos secos de nuevo—. Es solo que me parece una lástima cómo la vida te puede arrancar de las cosas que más te importan.

—¿Has intentado hacerte con la custodia?

—No —respondió, acariciándole la mano con ternura—. No. Fue un divorcio rápido; ella no quería nada de mí. Yo pensaba que ya iríamos dándole forma al acuerdo con el tiempo. Al principio veía mucho a Marco. Pero entonces tuve que ir a Estados Unidos durante unas semanas, por negocios, y cuando regresé al sur de Francia... —Retiró la mano y la usó para gesticular una bomba de humo.

—Entonces, ¿vives en el sur de Francia?

—Vivo en muchos sitios. Pero sí, tengo una casa en Antibes. Es rosa. Tengo una casa rosa. Te encantaría.

—¿De qué tono de rosa? ¿No será fucsia?

—No, no. Un tono muy sutil. Mi ex lo comparaba al de las rosas muertas.

—¿Rosas muertas? Vaya. Qué extrañamente poético.

—Sí, bueno, Lucy es una mujer extrañamente poética.

«Lucy —pensó Rachel—. Lucy.» Ese es el nombre de la mujer. De la mujer que la antecedió.

8

Junio de 2019

Lucy gira la llave en la cerradura de la puerta principal de casa de Henry con el aliento bien contenido, como cada vez que vuelve allí. No porque crea que haya pasado algo malo, sino porque sabe que él preferiría no volver a escuchar el sonido de una llave ajena en su cerradura nunca más. Y que el hecho de estar a punto de entrar en su piso, de dejar su bolso sobre su mesa, de llamarlo, de abrir su nevera y de inspirar y espirar entre las cuatro paredes que delinean su muy propio y privado espacio le causará un malestar que desembocará en un comentario mordaz, una queja pedante o una presencia amargada tras la puerta de su cuarto, que cada día pasa más tiempo cerrada.

Stella está en casa de su amiga Freya G. —la llaman así para diferenciarla de su otra compañera llamada Freya— y Marco está jugando a un videojuego en la pantalla de plasma del salón con su buen amigo Alf. Lucy lanza una mirada nerviosa al pasillo que lleva a los dormitorios, deseando que el sonido no alcance el cuarto de Henry.

—Bajad el volumen un poco —les pide con amabilidad.

Marco no la mira, pero toma el mando a distancia y obedece.

Alf se vuelve y sonríe a Lucy.

—Hola, Lucy —dice—. ¿Cómo estás?

—Estoy bien —responde ella—. ¿Y tú?

—Bien también. Estoy... Ay, mierda. —Su atención vuelve a ser arrebatada por el juego que aparece en pantalla y Lucy se dirige a la cocina y se sirve una copa de vino.

Quiere contarle a Henry lo de la maravillosa casa que ha visto en St. Albans, pero sabe que, tras echarle un ojo a los detalles, él le dirá que está loca, que se equivoca, que está a punto de cometer un grave error. Le dirá que es un pozo de tragar dinero, que no entiende el mercado inmobiliario, que se va a arrepentir. A Lucy no le apetece oír eso.

Antes de que Henry pueda hacerle cuestionarse sus convicciones u obligarla a cambiar de opinión, Lucy escribe un correo a la inmobiliaria y les hace una oferta.

A la mañana siguiente, Lucy se percata de que la puerta del dormitorio de Henry sigue cerrada a las nueve menos diez, cuando regresa a casa tras haber dejado a Stella en el colegio. Normalmente es la hora a la que se va a trabajar, a veces incluso se cruzan en la acera delante del edificio. Atraviesa el pasillo de puntillas y, con mucho sigilo, gira el pomo de la puerta del dormitorio de su hermano y luego la abre con normalidad cuando se da cuenta de que no hay nadie allí. La cama está hecha y las cortinas abiertas.

Lo llama por si acaso estuviese en el baño adyacente, pero no obtiene respuesta.

Henry debía de tener una reunión a primera hora, asume. No obstante, ella solo ha pasado veinte minutos fuera. La ducha del cuarto de baño está seca. No hay condensación en el espejo. Cuando ella se marchó, él no se había levantado, eso seguro; y resulta inverosímil que le hubiese dado tiempo a prepararse y salir en el rato que ella ha pasado fuera. Henry jamás iría a ningún lado sin ducharse.

Está a punto de escribir un mensaje cuando se da cuenta de algo: el cepillo de dientes de Henry no está en el baño. Tiene uno eléctrico muy sofisticado que se carga en una base conectada por USB a la corriente. Tiene muchas opciones de configuración y una luz azul, y normalmente lo deja en la encimera de su lavabo, parpadeando. No está ahí.

Algo se agarra a las tripas de Lucy. De pronto, recuerda algo, un resquicio de un momento: despertar de un sueño profundo en plena noche, *Fitz* al pie de su cama, con las orejas levantadas y un gruñido reverberando al fondo de su garganta. Ambos se quedaron incorporados durante un rato, escucharon el ruido amortiguado del ascensor descendiendo a lo lejos, en el descansillo, y se volvieron a dormir.

Había asumido que fue algún vecino quien los había despertado, pero tal vez hubiera sido una persona de su propio apartamento.

Desbloquea el móvil y le escribe un mensaje a su hermano:

¿Dónde estás?

Contempla la marca de enviado. Se queda solitaria y gris. Según la aplicación, la última conexión de Henry fue a las 7.45.

Abre su armario y sus cajones. No sabe lo que anda buscando, pero sí lo que piensa. Cree que Henry salió de casa en mitad de la noche para tomar un avión hacia Botsuana, para buscar a Phin. Y por una razón arraigada y enfermiza, pensar que pueda encontrarlo la llena de miedo.

9

Viajar en primera clase. Si no lo has hecho, solo lo puedes imaginar. Y una vez que lo has probado, jamás puedes dejar de imaginarlo: te deja arruinado. Es probablemente la mejor razón para ser rico que existe.

Tomo un sorbo de champán. Son las ocho de la mañana, llevo despierto desde las tres y mi paladar no está ni remotamente listo para su amargor, pero me lo bebo porque puedo. Me imagino a Lucy en Londres, volviendo a casa tras dejar a Stella en el colegio, preguntándose por qué no estoy trasteando en la cocina o dónde me habré metido. Sospecho que lo deducirá enseguida. Somos muy distintos, pero nos une una conexión intensa, incluso tras haber pasado veinticinco años separados. No es raro en los niños que han sufrido un trauma infantil: es como un cable que te atraviesa y, de vez en cuando, notas un tirón. Ahora lo noto. Sé que está a punto de llamar a Libby, que ella llamará a Miller, que mi desaparición está a punto de convertirse en un asunto de envergadura, en un drama. Pero ya ves tú. Yo estoy volando. Para cuando me baje de este avión, serán incapaces de localizarme.

Creerán que me he ido a Botsuana. Pero no. Me dirijo a Chicago.

Ha sido una decisión de último minuto. Obviamente.

Había comprado un billete con destino al aeropuerto de las cataratas Victoria y alquilado un coche para que me llevase a la reserva natural. He perdido mucho dinero, pero por suerte he podido cancelar la habitación del hotel y me han devuelto el dinero. Y, en realidad, me alegro de no tener que ir a una reserva natural de África. No es lo que se dice un destino agradable para mí, mientras que Chicago sí.

Y bien, ¿por qué Chicago?

Bueno, pues bien entrada la noche de ayer entré en TripAdvisor para consultar las reseñas de la reserva natural Chobe. Creí que sería bueno tener un poco de perspectiva sobre dónde me estaba metiendo y qué podía esperar. Entonces me topé con un comentario de una mujer muy agradable y parlanchina que había pasado unos días allí ella sola hacía un par de semanas. Su reseña estaba plagada de nombres de empleados que habían sido de lo más serviciales y amables con ella, y me pareció el tipo de persona que estaría encantada de compartir su experiencia con un desconocido que le escribiese sin previo aviso. Y así fue. Nancy Romano, de Nueva Jersey. Muy dicharachera. Le pregunté si me podía recomendar un guía turístico, si alguno en particular destacaba entre los demás por sus conocimientos.

«¡Sí! —respondió—. ¡Pregunta por Finn! Es inglés, como tú, de pocas palabras pero muy inteligente y perspicaz; tiene un don especial para la oratoria y te pinta escenas vívidas con su narración. Muy buen tipo.»

Respondí algo como que era una pena que ya no estuviese allí, dado que había preguntado al personal que se ocupaba de las reservas —porque alguien ya me lo había recomendado— y me habían dicho que había desaparecido a causa de una emergencia familiar.

«Ah, sí —respondió Nancy—. Tiene familia en Chicago. Espero que no haya sucedido ninguna desgracia.»

¿Quién sabe si la «familia en Chicago» es ficticia o real?

Los cuatro —Lucy, Phin, su hermana Clemency y yo— hemos tenido que pasarnos la vida mintiendo y trampeando; pasando desapercibidos. Nos hemos tenido que cambiar el nombre, elaborar vidas falsas y pasados inventados. No tuve pasaporte hasta hace diez años; decía que me aterraba volar para desembarazarme de invitaciones al extranjero, y tuve que añadir una fobia a los túneles para evitar tener que cruzar a Francia en el Eurostar. Por eso, es muy probable que Phin tenga un guion predefinido que le sirva para justificarse ante los desconocidos. Pero no lo sé, me da la sensación de que esta vida paralela en Chicago es real. Y, de todas formas, supongo que estoy a punto de comprobarlo.

10

Noviembre de 2016

Rachel se volvió y, sin hacer ruido, olió la cabeza de Michael. «Si te agrada el aroma del cuero cabelludo de una persona —pensaba ella—, probablemente seáis compatibles en la cama.» Por el olor, dedujo que se lavaba el pelo a diario, jamás dormía con las sábanas sucias ni se ponía gorras sudadas ni comía hamburguesas baratas y luego se pasaba los dedos entre el cabello. Percibía notas prístinas de sándalo y cítricos, pero con el toque almizcleño justo para denotar que se trataba de un perfume caro, no de una colonia de supermercado.

Examinó la cara de Michael. Resultaba interesante observar el rostro de un hombre que ya había dejado atrás el primer rubor de la juventud. Poros abiertos en la nariz, arrugas pronunciadas en la frente y a ambos lados de la boca, pero su piel aún se mantenía suave y tersa. Se planteó si usaría cosméticos; sospechaba que era el tipo de hombre que compraría productos profesionales. A ella eso no le importaba en absoluto.

La noche había sido un éxito en el sentido de que la conversación, la comida y el sexo habían sido agradables. Ahora, cuando casi eran las ocho de la mañana, ahí estaba ella: olisqueando la cabeza de Michael, examinando sus poros, encontrándolo atractivo incluso dormido. Rachel podía contar con los dedos de una mano la cantidad de citas que había tenido que sería capaz de describir en términos tan favorecedores.

Le llegaron detalles de la noche anterior en oleadas. Recordaba haber hablado de la casa que él tenía en Martha's Vineyard —«Sin piscina, pero con un *jacuzzi* que te mueres»—. Recordaba que se había mencionado un yate atracado en el puerto de Antibes. La embarcación tenía nombre, algo sobre un diamante o sobre la plata; no lo recordaba. También habían hablado sobre un chalet a pie de pista de esquí. «Bueno, es más bien un apartamento, supongo, pero a mí me parece demasiado grande para darle ese nombre.» Rachel jamás había esquiado, pero el nombre de la pista le sonaba, así que asumió que sería de las caras.

—¿Te gusta esquiar?

—No —había respondido ella muy seria—. Pero me gusta beber y también comer.

—Pues entonces te encantará ir a esquiar.

—Ya me parecía a mí.

Se habían marchado tras dos copas y una tabla de embutidos y se habían encaminado hacia su apartamento, donde habían abierto el champán y habían pasado un rato en el balcón contemplando el canal, riéndose de lo mal que olía, buscando formas cada cual más rebuscada para describirlo: «Huele a salchicha de cerdo barata con un toque de caballa rancia y notas de lefa de anoche».

Luego, cuando las risas se apagaron, él dijo:

—Quiero besarte; vamos adentro.

Ella creía que sería más duro, más urgente, más «a cuatro patas» y menos «mirándose a los ojos». Le sorprendió para bien la intensidad emocional del encuentro.

Aunque también la perturbó.

Michael Rimmer iba a ser su última canita al aire.

No su primer marido.

Rachel comió con su padre ese mismo día. Él se interesó por cómo había ido su cita con «el americano».

Ella le quitó hierro:

—Es muy majo —dijo mientras se apartaba para que el camarero pudiese colocar la copa de *prosecco* delante de ella—. Seguro que te caería bien.

—¿Ah, sí? —Su padre alzó una ceja.

—Sí. Eso creo. Es inteligente, encantador y próspero.

—Viejo.

—Así, así.

—¿Cuántos años tiene?

—Cuarenta y seis.

—Mmm...

—¿Qué?

—¿Por qué no está casado?

—No lo sé, papá. ¿Por qué no lo estoy yo?

Él se rio mientras partía el panecillo por la mitad y luego se limpiaba los dedos con la servilleta de tela que tenía extendida sobre el regazo.

—Bueno, tú no te fíes. Un hombre de su edad que nunca se haya casado...

—Sí que ha estado casado.

—¿Cómo? Pero si acabas de decir...

—He dicho que no está casado. Está divorciado. Tiene un hijo.

—Cargas.

—Bueno, un poco sí. Pero no del todo. No está en contacto con él. Su ex no se lo permite.

Su padre se reclinó sobre la silla en un gesto dramático.

—Ay, Rachel.

—Mira —intervino ella—. No es nada serio, ¿vale? Solo va a pasar seis meses aquí. Es un divertimento. No le des demasiadas vueltas.

—Alguien tiene que dárselas, Rachel. Alguien tiene que darle al menos una.

La conversación siguió su curso, como siempre, hacia el tema de los negocios.

Estas conversaciones en su día habían resultado emocionantes y energizantes, cuando Rachel era una veinteañera cuyo padre «ayudaba a forjar su negocio». Ahora que básicamente la mantenía, estas conversaciones la hacían sentir incómoda y a la defensiva.

Abrió la aplicación que usaba para gestionar su negocio con la intención de enseñarle a su padre los últimos pedidos. No obstante, algo no cuadraba: los números de las columnas no concordaban. Abrió la última entrada y se quedó contemplándola boquiabierta durante unos instantes.

Alguien había hecho un pedido con valor de 54.000 libras. De una tacada. Había comprado incluso el anillo de oro blanco con diamantes amarillos, el artículo más caro de toda su web, por 8.500 libras.

—¿Estás bien, cielo? —le preguntó su padre.

—Eeeh, sí. Es que me ha llegado un pedido muy grande. —Le enseñó el móvil para que lo viese.

La cara de su padre se iluminó y sus manos se unieron en una palmada.

—¿Ves? Ahí está. ¿Qué te decía yo? Solo te hacía falta un pedido como este para echar a volar.

Ella solo lo escuchaba a medias. En su mente estaba calculando cuánto tiempo tardaría en preparar el pedido, cuánto tardaría en conseguir las piedras preciosas —solo tenía unas pocas en el estudio—, y su corazón se aceleró con los primeros síntomas del estrés.

—No estoy tan segura —dijo ella, contemplando los artículos del pedido—. No sé si voy a ser capaz de preparar todo esto en seis semanas. Al menos yo sola.

—Bueno —replicó su padre—, pues tendrás que contratar a alguien. ¿Quizá a alguna compañera de la facultad? ¿O conoces a alguien del edificio donde trabajas? La chica esa del estudio de al lado, por ejemplo.

—¿Paige?

—Sí. Paige. Mira, esto es lo que tienes que hacer. Escribe al cliente. Adviértele que, debido a la magnitud del pedido, tardarás unas ocho semanas en prepararlo en lugar de las seis anunciadas. Dile que necesitarás un depósito del cincuenta por ciento por adelantado. Contrata a Paige y ofrécele un diez por ciento. Trabaja de sol a sol. Completa el encargo. Fácil, ¿no?

Rachel asintió, pero su corazón no estaba convencido, y tampoco su instinto. Abrió la pestaña «Detalles del cliente». Entonces ahogó un grito.

Michael Rimmer
Apartamento 4, Moynihan Mansions
Radcliffe Gardens
Londres
SW6 2AS

—¿Rachel?

Alzó la vista para mirar a su padre.

—Va a salir bien. Lo sabes, ¿verdad? Puedes con ello. Puedes fijo.

Cerró a toda prisa la pestaña con los detalles del cliente y sonrió a su padre.

—Sí —dijo—. Sí, creo que tienes razón.

11

Junio de 2019

El móvil de Lucy trina y ella mira hacia donde está: sobre la mesa del comedor, justo delante de ella. No es la agencia inmobiliaria ni tampoco Henry. Es un mensaje del colegio de Stella. Algo sobre un mercadillo de repostería. Lo ignora. No puede pensar en mercadillos de repostería cuando su mente está copada por casas y Henry.

Recoge el plato vacío y lo lleva al lavavajillas, donde lo coloca en orden de tamaño respecto a los otros: el más grande al fondo y el más pequeño al frente. A veces, cuando se olvida de hacerlo así, oye a Henry recolocarlos; en una ocasión a las tres de la madrugada, después de haber salido de fiesta. Cuando recuerda que su hermano quizá esté en la otra punta del mundo y que puede organizar el lavaplatos como a ella le dé la gana, lo saca y lo pone al frente, con los pequeños.

El móvil vuelve a trinar. Otra vez el colegio de Stella. Una posdata del anterior mensaje acerca del mercadillo de repostería.

Se ruega a los voluntarios que se dirijan a las puertas traseras, que se abrirán a las 15.20. ¡Gracias!

Lucy aún alucina con los colegios ingleses. En Francia, los profesores no tienen ninguna intención de entablar relación con los padres; de hecho, preferirían que sus alumnos fuesen huérfanos, pensaba ella. Aquí los padres poco menos que viven en el colegio: cuentacuentos en el aula, asambleas especiales para padres, mercadillos de repostería cada cinco minutos. O eso le parece a ella.

Son las dos en punto. Lucy no tiene nada que hacer hasta que llegue la hora de recoger a Stella salvo preocuparse, de modo que saca un libro de recetas de la pequeña estantería que tiene Henry en la cocina y lo hojea para inspirarse. Sospecha que los alumnos de la Escuela Primaria de Havering, de la zona W1, no se pirrarán por una *roulade* de granada y limón ni por un bizcocho de remolacha y queso crema, así que saca el móvil y busca «Magdalenas glaseadas», encuentra una receta titulada «Las magdalenas glaseadas más sencillas del mundo» y empieza a preparar los ingredientes.

A las tres y veinte se despide de *Fitz* y lleva un táper consigo al colegio. Sonríe educadamente a las otras madres que se congregan ante la puerta trasera, todas con sus bolsas y tarteras, mientras esperan a que les abran. No ha querido trabar amistad con los padres del colegio de Stella; se marcha nada más dejarla por la mañana y no para en el parque por la tarde. Seguro que le harían preguntas que no quiere responder. Y, además, está a punto de mudarse. No obstante, sabe que a Stella le entusiasma verla tras el mostrador con todas las demás madres al salir de clase.

El bedel aparece tras las puertas y las madres se adentran en el diminuto patio urbano del colegio. Una mujer vestida con una bata de seda y con un pañuelo en la cabeza le sonríe y le pregunta:

—¿En qué curso está tu hija?

Lucy tiene que pararse a pensarlo, pues está acostumbrada al sistema francés. Entonces responde:

—En primero.

—Sí, como el mío. Esta es nuestra mesa.

Dejan su carga sobre la mesa; la otra madre ha traído tres bandejas de *cupcakes* del Tesco. Mientras abre los paquetes, dice ligeramente a la defensiva:

—No tenemos horno en nuestro cuarto, solo microondas.

Lucy asiente. Le gustaría replicar: «Por favor, no te disculpes. Yo he vivido en la calle con mis hijos». Sin embargo, no es una conversación que le apetezca mantener. Se mira las zapatillas de deporte que Henry le obligó a comprarse en Whistles, recuerda los dos millones de libras que tiene en el banco y percibe una oleada de horror y desagrado hacia su buena fortuna. Quiere darle todo su dinero a esta mujer, para que su vida cambie. Quiere darle el dinero a toda la gente que vive tal como ella se vio obligada a hacerlo.

Toma las magdalenas y las coloca en una bandeja. Las hay con glaseado rosa y azul, y todas llevan una perla de chocolate encima. Recuerda lo sucia que ha dejado la cocina; el fregadero lleno de boles, espátulas y bandejas de horno. Vuelve a pensar en Henry, dondequiera que esté, y nota una oleada de incomodidad en su conciencia. Llegan más madres y añaden sus dulces a la mesa; todas conversan a espaldas de Lucy, luego las aulas comienzan a expeler niños y Lucy escanea el patio en busca de los tirabuzones dorados de su hija. Y ahí está: su niña, cuyo rostro se ilumina al ver a su madre. Sale corriendo y deja atrás a sus amigas, las Freyas, hasta llegar a la mesa donde la espera Lucy.

—¿Has hecho magdalenas? —pregunta sin aliento.

—Sí —responde Lucy—. Estas.

Stella ahoga un grito al ver los tonos rosas y azules.

—¿Puedo comer una?

—Sí, pero tendrás que pagar.

—¿Cuánto?

Lucy se gira hacia la mujer del pañuelo.

—¿A cuánto las cobramos?

—¿Esas? —Señala las magdalenas de Lucy—. ¿Cincuenta peniques?

Hay doce magdalenas. Seis libras. Piensa el bien que podría hacer ese dinero en un colegio en el que el noventa por ciento de los niños son becados y saca la cartera, coge un billete de veinte libras y lo cuela sin que nadie la vea en la caja de caudales antes de entregarle a Stella una magdalena.

El mercadillo de repostería pasa como un borrón de dedos extendidos y monedas pegajosas y, de pronto, ya no queda nada que vender, son casi las cuatro de la tarde y el bedel está ayudándoles a recoger las mesas. Lucy abre una bolsa de basura negra y Stella la llena de desperdicios y de servilletas usadas. Se nota un aire de camaradería entre las madres al salir del patio y dirigirse hacia la acera. Lucy se sorprende a sí misma conversando en francés con una mujer de Costa de Marfil acerca de los deberes de matemáticas que les habían puesto la semana pasada y en los que, a todas luces, faltaba un número. Intenta hacer como que le importa, pero, en realidad, le da exactamente lo mismo.

Las madres se dispersan en cuatro direcciones y Lucy toma la mano de Stella. Ambas están a punto de irse a casa cuando nota que el teléfono le vibra dentro del bolso y su sexto sentido hace que se detenga y lo saque.

Y ahí está, justo como esperaba.

Un mensaje de Henry.

Es una foto suya en un avión con una copa de champán, acompañada de las palabras:

Sayonara, hermanita. ¡Me voy a Phinlandia!

Lucy nota que la atraviesa un pavor frío. El tono de Henry es liviano, pero su intención, ella lo sabe con terrible certeza, probablemente sea todo lo contrario.

12

He reservado una habitación doble en el mejor hotel del distrito de Northalsted de Chicago. Lo he elegido bastante al azar, pero con una pizca de lógica. Este barrio antes se conocía como Boystown y es el más respetuoso con las personas LGTB de todo el país. No tengo ni idea de si Phin es gay o no; nunca me lo confirmó. Pero siempre asumí que lo era y, aunque no viva en esta zona, él o algún conocido puede que la frecuenten.

Me tumbo en mi maravillosa cama y miro el móvil. Tengo un mensaje de Lucy. De hecho, hay muchos, y me doy cuenta, con un golpe de ansiedad, que en algún momento de las nueve horas que ha durado el vuelo y animado por el alcohol, he debido de mandarle un mensaje para revelarle mis planes, el cual se ha debido de enviar automáticamente cuando encendí el móvil en el aeropuerto O'Hare.

¿Adónde vas?

¿Sabes dónde está?

¿Henry? ¿Dónde estás? Por favor, llámame antes de hablar con Phin.

Henry, ¿qué narices pretendes hacer?

Suspiro. El Henry sobrio no habría permitido al Henry borracho que enviase ese mensaje precisamente por esto. Esta leve histeria. Esta suposición de que no tramo nada bueno. No puedo lidiar con Lucy en estos momentos. Este asunto no tiene nada que ver con ella, sino conmigo. La bloqueo con un gesto teatral de la mano y accedo a la galería de imágenes, donde abro la única foto que tengo de Phin, la que descargué de la web del safari.

Cuando la vi por primera vez, la semana pasada, me chocó bastante. Phin era inmaculado cuando vivíamos juntos. El meticuloso engominado de su cabello rubio para que le cayese justo encima de un ojo. La piel limpia y sin poros a la vista. Los pómulos bien definidos, la suave mandíbula, los labios blandos y esculpidos. Esa era la cara que llevaba toda la vida ansiando tener; con cada visita al cirujano plástico, con cada tratamiento de estética, eso era lo que esperaba recrear. Pero Phin ya no era esa persona. Phin no se ha quedado, como me ha pasado a mí, en una fase de niño-hombre justo a punto de pasarse; él ha aceptado su adultez, su hombría. Ha permitido que su piel suave se fría bajo el sol africano, que las arrugas se graben en sus gestos y ha ocultado la mitad de su hermosura con una barba espesa y arenisca.

Me ducho, me cambio de ropa, me perfumo y me obligo a parecer accesible. Salgo del hotel y me dirijo a una calle llena de bares de ladrillo visto, *brasseries* de terciopelo aguamarina y restaurantes cursis con nombres monosilábicos. Son las seis de la tarde y el cálido aire está lleno de anticipación, de posibilidades, de sexo.

Voy siguiendo mi instinto; me abandono a él. No tengo plan de acción. Ni de ningún otro tipo, en realidad. Abro la puerta de un bar llamado Gray Area, me acerco a la barra y me pido un chupito de mezcal para calmar los nervios y una copa de *pinot* gris para tener algo a lo que aferrarme. Entonces me acerco a un grupito de hombres que parecen rondar los treinta y tantos o los cuarenta y pocos y exagero el acento británico para decir:

—Disculpad mi intromisión. Me llamo Joshua Harris y estoy buscando a un viejo amigo que quizá haya desaparecido. Se llama Phin. Phin Thomsen.

Juntan las cabezas para mirar la imagen que les muestro en la pantalla de mi móvil. Uno de ellos la agranda con los dedos. Responden que no y se disculpan.

Repito el mismo guion una docena de veces, y otras tantas recibo una respuesta negativa y disculpas. Voy al bar de al lado. Este es un poco más hosco; en una plataforma decorada con grafitis hay un DJ barbudo pinchando una música que no puedo soportar. Me pido otro vaso de *pinot* gris y le pregunto a la camarera si ha visto a Phin Thomsen, el hombre que aparece en la foto que le muestro en el móvil. Dice que no. Cojo la copa de vino y me pateo el bar, interrumpo conversaciones aquí y allá, tengo que levantar bastante la voz para que se me oiga por encima de la música. Veo que aparece otro camarero y regreso a la barra para mostrarle la fotografía a él. Se la enseño también al DJ. Salgo de este bar y me dirijo a otro. No vuelvo al hotel hasta las tres de la madrugada. Le enseño la foto de Phin a cien, tal vez incluso a doscientas personas. Nadie lo conoce. Nadie lo ha visto en la vida. No pasa nada. No sé qué esperaba, en realidad. Y mañana será otro día.

13

Noviembre de 2016

Rachel presionó durante un buen rato el botón de cobre que había a la entrada del edificio de ladrillo visto de Fulham. Luego aguardó. No hubo respuesta. Volvió a apretar. Mismo resultado. Se sacó el móvil del bolsillo y apuñaló la pantalla con dedos temblorosos, luego se lo llevó con brusquedad a la oreja y esperó a que descolgaran.

—Ah, hola. ¿Qué tal?

Rachel se cambió el móvil de lado y dijo:

—Nada bien. Pero nada de nada. ¿Dónde estás?

—Volviendo a casa de hacer la compra. ¿Y tú?

—A la entrada de tu edificio.

—Ah. Estupendo. Apretaré el paso. Espérame ahí.

Sintió que la liviandad de su respuesta al enterarse de que estaba a la puerta de su casa la desarmaba ligeramente. Muchos de los hombres con los que había salido últimamente lo habrían tomado como acoso y se asegurarían de poner tierra de por medio.

Un rato después, Michael apareció por la esquina con un vaso de cartón en una mano y una bolsa de tela de la que sobresalía una *baguette* con su envoltorio de papel característico en la otra. Llevaba una barba de tres días y un abrigo de lana muy coqueto. De pronto, la asaltó la sensación de que ese hombre ya le era familiar, que no era solo un tío al que se había tirado anoche.

Michael esbozó una sonrisa al verla y se acercó a ella con los brazos abiertos. Rachel se irguió al recordar su ira, su indignación, su horror.

—¿Qué cojones te pasa? —comenzó—. ¿Qué puta mierda te pasa? ¿Qué te crees que soy?

—Eeeh...

Ella le mostró el móvil.

—Esto —dijo, señalando la pantalla—. ¿Qué es esto? ¿De dónde coño has sacado que me tienes que pagar por acostarte conmigo? ¿Qué he hecho yo para darte esa impresión?

Michael parpadeó con la pantalla del móvil ante los ojos y luego miró a Rachel.

—No entiendo...

—Lo de anoche me pareció bastante bien —intervino ella—. Creía que habíamos encontrado un equilibrio aceptable entre nosotros. A ver, sí que es verdad que te pasaste la mitad de la noche hablándome sobre las casas que tenías en medio mundo y luego entraste en mi diminuto piso con vistas al canal apestoso; quizá debería haber pillado el rollo *Pretty Woman* antes. Sin embargo, no sé por qué motivo, me sentí cómoda contigo, respetada y comprendida. Así que, explícame: ¿a qué cojones viene esto? —Volvió a menear el móvil delante de sus narices—. ¿Qué pretendes con ello?

Michael suspiró y su barbilla se hundió en su pecho.

—Ay, Dios —dijo—. Rachel, perdóname. Por favor. Entra. Hablemos dentro.

Rachel emitió un sonoro suspiro y se volvió a guardar el móvil en el bolso.

—Vale —respondió—. Vale.

Subieron juntos en absoluto silencio al ascensor con paredes de espejo y botones metálicos bien pulidos, y luego ella lo siguió por el pasillo enmoquetado hasta la puerta de su piso.

Una vez en la cocina, Michael vació la bolsa de tela y enchufó su teléfono en el cargador.

—¿Té? —ofreció—. ¿Café?

Rachel negó con la cabeza.

Michael suspiró.

—La he cagado, ¿verdad?

Rachel asintió.

—Sip.

—No sabía... No se me ocurrió que te lo fueras a tomar así. Es que, joder, es que me encantaron tus diseños y quería comprar algunos para regalo...

—¿A quién se los querías regalar?

—No sé. A amigos.

—¿Por qué?

—Por sus cumpleaños. —Se encogió de hombros, avergonzado.

—Pero ¿cincuenta y cuatro mil libras? ¿De golpe? Es una locura.

—Sí. Ya lo sé. Pero... en contexto...

—De ser multimillonario.

—Sí. Eso es. Me pareció... Mierda. —Michael se llevó las manos a las mejillas y gruñó en voz baja—. Soy un capullo. No lo pensé. Llegué a casa esta mañana y me sentía eufórico. Y un poco borracho todavía, tal vez. Habíamos pasado una velada... Bueno, en mi mente —se llevó un puño al pecho— había sido una noche increíble. Estaba entusiasmado. Y recordé que me contaste que tu negocio aún iba un poco a la deriva e imaginé la cara que pondrías al abrir el portátil y ver un pedido de esa magnitud y... No lo pensé. Simple y llanamente. Y no, no creo que deba pagarte por acostarte conmigo. Creo que eres una persona extraordinaria y mágica y her-

mosa y... y... magnífica. Ahora mismo cancelo el pedido.
—Abrió de golpe la tapa de un portátil que estaba sobre la
encimera de la cocina—. Ahora mismo.

Rachel se quedó de brazos cruzados, mirándolo.

Él presionó varias teclas y volvió a bajar la tapa del portátil.

—Ya está —dijo—. Listo. Por favor. Deja que te lo com-
pense. Si me lo permites, te prometo que jamás volveré a hacer una grosería de tal envergadura. Te lo juro, Rachel Gold,
no soy quien crees que soy. Soy feminista.

Rachel soltó una risotada seca que más parecía un ladrido.

—Bueno, feminista quizá no sea la mejor forma de describirlo. Pero soy buen tío, lo juro. Siempre he tratado a las
mujeres con el mayor de los respetos. Así me criaron. Venga.
Por favor. ¿Una cenita? ¿Esta noche? ¿Estás libre?

Rachel sintió que algo se abría en su interior: un hueco,
un espacio. Un lugar donde podía ser amable con ese hombre, donde podía dejar entrar a ese «buen tío» a quien habían criado bien. Podía darle otra oportunidad. Y no tenía
planes, y ya había atravesado media ciudad. Miró a su alrededor para observar el apartamento ahora que la neblina roja que colmaba su cabeza estaba levantándose y vio
una bonita cocina; azulejos negros, libros de cocina usa-
dos, utensilios desparejos en un recipiente esmaltado, una
ventana de guillotina al fondo con vistas al río. Se imaginó
entrando descalza en esa estancia por la mañana y prepa-
rándose un expreso en la cafetera de la esquina. Se imaginó a Michael acercándosele por detrás y abrazándola con
sus fuertes brazos, su aroma sobre su piel, su ropa bien
doblada sobre la silla del dormitorio, su aliento dulce en la
oreja; su mundo fundiéndose con el de ella. Le vino a la
cabeza la ex, Lucy. Se preguntó qué tendría que decir sobre la afirmación de que Michael siempre había tratado a

las mujeres con respeto. ¿Por qué habían roto? ¿De quién había sido la culpa?

Sin embargo, se sacudió esos pensamientos de la cabeza. Nadie sabía lo que pasaba en un matrimonio aparte de las dos personas implicadas. No era asunto suyo. Miró a Michael y dejó que se le suavizara la expresión. Entonces dijo:

—Vale. De acuerdo. Cenamos esta noche. Sí. Pero más te vale comportarte como es debido.

Michael se llevó la palma de la mano al pecho y dijo:

—Juro comportarme como es debido por siempre jamás.

14
Junio de 2019

Stella corretea para alcanzar a Lucy de regreso a casa de Henry.

—¿Por qué vamos tan rápido?

Lucy aproxima la tarjeta magnética al lector que hay a la entrada del edificio y guía a Stella a través de las puertas cromadas hacia el vestíbulo.

—Porque tengo que hacer unas llamadas.

—¿A quién?

—A Clemency.

Clemency es la hermana pequeña de Phin y la mejor amiga de Lucy.

—¿Tan importante es? ¿Qué pasa?

—No pasa nada, cariño. Todo va bien.

Salen del ascensor y entran en el piso de Henry. Lucy le da a Stella el bol en el que preparó el glaseado para que lo rebañe y se lleva el teléfono a su cuarto.

—Clem, soy yo. Escucha. Pasa algo raro. Phin se ha ido de la reserva y nadie sabe dónde está.

Hay un pequeño y frágil silencio y Lucy nota una sacudida de entendimiento.

—Ay, Dios. ¡Clem! ¿Fuiste tú? ¿Lo llamaste?

—¡Claro que lo llamé! Es mi hermano, no lo olvides.

—Pero el viaje iba a ser una sorpresa. Acordamos no decirle nada.

—No. Eso lo acordaste tú. Yo conozco a Phin y sé que odia las sorpresas. Con toda su alma. Y pensar que Henry estaría presente...

—¿Le dijiste que iba a ir Henry?

—Claro. Tenía derecho a saberlo. Es que... Mira, lo siento, Lucy, pero me parecía una idea horrible. Conozco a Phin y te garantizo que no quiere que nadie lo encuentre, y mucho menos Henry.

—¿Por qué dices eso? —pregunta Lucy, vacilante.

—Venga ya. Ya sabes por qué lo digo. Por cómo se comportaba Henry con Phin por aquel entonces. Estaba obsesionado con él. Y luego pasó lo que pasó. Al final.

Ambas se quedan en silencio. La historia que comparten es tan grande que a veces las palabras no la pueden contener y existe solamente en las pausas y en los silencios y en las oraciones sin terminar. Veintiséis años es tiempo suficiente para que a los recuerdos les salgan telarañas y se vuelvan abstractos. En veintiséis años, empiezas a dudar de tu memoria, a plantearte si de verdad pasó lo que tú crees que pasó. Y en la casa de los horrores en la que crecieron Lucy, Henry, Clemency y Phin, se manipulaba y se distorsionaba la verdad a todas horas; sus padres, las personas que deberían cuidarlos y protegerlos, permitieron que recibieran todo tipo de abusos y depravaciones.

«¿Suponía Henry un peligro para Phin entonces? —se pregunta Lucy—. ¿Y ahora?»

Suspira.

—Entonces, ¿sabes adónde ha ido?

—Ni idea. Ni siquiera pude hablar con él. Estaba fuera cuando llamé, así que le dejé un mensaje.

—¿Qué le dijiste?

—Que los Lamb lo habían localizado. Que iban a ir a verlo.

—¿Y no tienes ni la menor idea de adónde puede haber ido?

—No. En absoluto. Le dejé mi número y el de mamá. No he tenido noticias suyas. Y tal vez nunca las reciba. Siempre fue bastante misántropo. Nunca le gustó vivir en manada. Quizá no volvamos a saber de él en otros veintiséis años... —Clemency suspira—. Solo quería avisarlo, nada más. Quería que estuviese preparado. No que desapareciese. ¿Henry está muy cabreado?

Lucy se aclara la garganta y dice:

—Henry se ha largado.

Oye que Clem ahoga un grito a través de la línea telefónica.

—¿Adónde? ¿A África?

—Supongo.

—Pero ¿a qué? Si no sabe dónde está Phin.

—No tengo ni idea. ¿Igual ha dado con su rastro? ¿Habrá encontrado una pista? Lo único que sé es que está de viaje ahora mismo. Me acaba de enviar un mensaje; una foto suya en un avión. He intentado llamarlo, escribirle, pero me ha bloqueado.

—¿Te ha bloqueado? Ay, Dios.

—Sí. —Una pausa—. ¿Qué debo hacer?

—No lo sé. ¿Has registrado su apartamento? Para ver si encuentras algún indicio.

—No. Al menos no del todo. Pero incluso si descubro su paradero, ¿qué hago después?

—Bueno, pues tal vez podrías..., no sé, ¿ir?

Lucy suelta una carcajada ronca.

—Claro —dice—. Con dos niños, un perro y un pasaporte falso.

—Ya. Tal vez no sea buena idea. Volveré a llamar a la reserva. A ver si alguien sabe algo. Y quizá, con suerte, Phin me llame. Nunca se sabe. Joder, Luce, menudo lío. Lo siento mucho, de verdad.

Cuelgan y Lucy regresa al salón, donde ve a Stella con la barbilla cubierta de glaseado azul. Abre cajones y puertas. Revisa los bolsillos de todas las prendas que hay en el cuarto de Henry, de los abrigos del recibidor. Llama a su oficina y la informan de que les ha dicho que no volverá hasta dentro de una semana, pero que no saben adónde ha ido. Le pregunta a Oscar, el portero del edificio, si sabe dónde puede estar Henry, y él le dice que no. Entra en una *app* que le muestra los vuelos que han partido de Londres a las 7.45 y la cierra cuando descubre que salen como mínimo veinte vuelos cada quince minutos. Intenta escribirle, pero los mensajes rebotan. Recuerda la primera vez que lo vio, hace un año: el hombre extraño y sonriente que la esperaba en la cáscara vacía del hogar de su infancia, con su cabello teñido de rubio y su cara operada que la dejaron sin saber si se trataba de Henry o de Phin. Entonces, una imagen le viene a la cabeza como en un *flash*: Phin, en algún lugar del mundo, le abre la puerta a Henry y un par de manos lo empujan con fuerza hacia la esquina opuesta de la estancia. La atraviesa un escalofrío.

15

Diciembre de 2016

Para Navidad, Michael ya era oficialmente novio de Rachel.

A ella le sorprendió tanto por lo inesperado como por lo predecible.

Cuando veía el reflejo de ambos en un escaparate o en el espejo que cubría la pared de un restaurante, se percataba de que hacían buena pareja: ambos altos, de piel olivácea, con los dientes recién blanqueados y el cabello castaño y con cuerpo. La diferencia de edad quedaba cancelada por la similitud de su apariencia. La americanidad de Michael quedaba templada por su eurofilia, y la «inglesidad» de Rachel, por su educación cosmopolita. A pesar del océano y de los años que les impedían haber compartido experiencias similares que los pudiesen unir, tenían sentido como pareja.

Una semana antes de Navidad, Rachel llevó a Michael a una fiesta. La anfitriona era su mejor amiga, Dominique. Cada año invitaba a sus amigos a su *loft* reformado de Kentish Town. Era un caos legendario, cargado de drogas y de barullo hasta altas horas de la madrugada. Sin embargo, ahora Dominique estaba embarazada de su primer hijo y advirtió a los invitados de que la noche sería mucho más calmada; «Taxis a medianoche», rezaba la invitación.

Michael parecía un poco nervioso mientras se preparaban en el apartamento de Rachel.

Ya había conocido a algunos de sus amigos en citas dobles, pero jamás había tenido que socializar con ellos en gran grupo; en eso Rachel observó una disparidad entre ellos, tanto con respecto a la edad como a la nacionalidad. En Londres, Michael era un llanero solitario. Tenía algún que otro socio y un par de exnovias, pero no un grupo de amigos consolidado, con la confianza conversacional y emocional que conlleva haber vivido en la misma ciudad toda la vida.

Rachel sintió la necesidad de protegerlo al ver cómo se abotonaba la camisa, se miraba los dientes en el espejo y se acicalaba el pelo. Imaginó que le preocuparía lo que pensara la gente de él y si les causaría buena impresión. Entró en el cuarto de baño y le dio un beso en la mejilla.

—¿A qué ha venido eso? —le preguntó él, que se giró para mirarla.

—A nada —respondió ella—. Es que me gusta besarte en la mejilla.

Él le devolvió el beso y luego continuó peinándose.

—¿Debería andarme con ojo con alguien? ¿Algún ex conflictivo o algún pelmazo máximo?

—Ningún ex conflictivo, pero quizá más de un pelmazo máximo. Ya te los señalaré.

—Y recuérdame de qué conoces a Dominique. ¿Del instituto?

—Del colegio y del instituto. Nos conocemos desde los cuatro años.

—¿Y con quién está casada? Espera, no me lo digas. Ya me acuerdo: con Jonathan, el periodista de la prensa rosa.

—Correcto. Choca esos cinco.

—Está embarazada de cinco meses, sale de cuentas en abril.

—Choca otros cinco.

—Y trabaja de..., esto..., de escaparatista en Matches, la tienda esa para señoras ricas.

—Ostras, ¡lo has clavado! Sí, así es. Y lo más probable es que esté de mala uva por no poder beber y porque está en ese momento incómodo del embarazo en el que parece que estás gorda en lugar de en estado, así que no puede ponerse ropa mona y además vive cansada.

Michael asintió, reflexivo.

—Ah, ya —dijo—. Sí. Me acuerdo de esa fase. La recuerdo muy bien.

Rachel se encogió ligeramente al oír ese comentario. Michael no hablaba apenas de Lucy ni de su matrimonio ni de la familia con la que había perdido el contacto, pero cuando lo hacía, ella sentía un pellizco de resentimiento en las entrañas. Michael era nuevo para ella, un hombre fragante y bien conservado, sin ataduras ni compromisos más allá de las llamadas de negocios y reuniones a las que asistía de tanto en tanto. Sin embargo, bajo esa fachada, debía recordar que había existido un matrimonio misterioso con una mujer que tocaba el violín, que hablaba en verso, que dominaba el francés y que había dado a luz a su único hijo. Bajo esa fachada, había una vida que a ella no le estaba permitido comprender ni experimentar, lugares secretos a los que jamás le dejarían acceder. Notó que se le congelaba la sonrisa y se sacó ese pensamiento de la cabeza.

—Bueno —dijo entonces él—, no sé a ti, pero a mí me apetece un vaso de algo antes de marcharnos. Para ir cogiendo el puntito.

—Sin ninguna duda. Voy en un segundo.

Ella le dio otro beso y salió del baño, descorchó una botella de vino y sirvió una copa para cada uno. Se había propuesto esperar por Michael, pero cuando se quiso dar cuenta, se estaba llevando la copa a los labios y tomando un buen trago; su subconsciente le pedía que ahogase las brasas de los celos que ardían en su mente con una sustancia que la entumeciera. Jamás había sentido nada parecido a causa del pasado de otro hombre. No le gustaba; la hacía sentir inferior, como si Michael controlase su felicidad, como si tuviese el poder de encenderla y apagarla solo con un comentario descuidado o una anécdota irrelevante. Tomó otro sorbo de vino y cogió el móvil para escribir:

> Dom, ¿puedes pedirle a Jonathan que indague un poco en la vida de Michael? Que le saque información sobre su ex y su hijo y tal. No quiero seguir preguntándole yo porque es bastante reservado. ¡¡¡GRACIAS!!! Nos vemos en una hora.

—Es guapísimo —siseó Dominique al oído de Rachel—. Dios, por cómo lo describías pensaba que se iba a parecer a tu padre. Aunque... un aire sí que se dan...

—Ni se te ocurra seguir por ahí.

—Bueno, en el sentido de que tu padre también es un hombre mayor atractivo.

—¡Mi padre tiene sesenta y tres, Dom, no me jodas! Michael podría ser su hijo.

—Te estoy tomando el pelo, Rachel. En fin, que está muy muy bueno.

—¿Quizá un poco demasiado? ¿No crees?

Dominique siempre había elegido a sus novios por sus rarezas. Cuantas más, mejor. Jonathan era una letanía andante de rasgos poco comunes e idiosincrasias. Ella jamás se habría fijado en un tipo tan normal como Michael.

—¡No! Claro que no. Bueno, para ti, al menos. Es perfecto para ti. Hacéis muy buena pareja. ¡Salud!

Entrechocaron los vasos.

—¿Qué estás bebiendo? —preguntó Rachel al ver que el vaso de su amiga estaba lleno de un líquido rosa.

—Puaj. Agua con gas con amargo de angostura. Una mierda. Esto de no poder beber me tiene hasta el coño. —Se miró la barriga, que estaba cubierta por un top dorado similar a una túnica con tirantes que imitaban cadenas de oro—. Lo que hay que hacer por los hijos, pequeñín. Lo que hay que sacrificar. —Luego miró a Rachel y dijo—: Hablando de hijos, le he dado instrucciones a Jonathan. Se va a poner en plan periodista: formulará las preguntas adecuadas. Mañana te podré dar un informe completo. ¿Qué es lo que te preocupa, en concreto? Parece que le gustas de verdad.

—Sí, yo también lo creo. Es que me parece que cuando intento sacar el tema de su exmujer y de su hijo levanta una pared de ladrillos, y no quiero presionarlo más. Creo que hay algo que no me está contando. Nada más.

—Bueno, si oculta algo, Jonathan se lo sacará. Déjaselo a él. —Guiñó un ojo—. Bueno, voy a hablar con la gente. Nos vemos luego.

Rachel se rellenó la copa de vino y salió de la cocina. Después, atravesó el apartamento para acercarse a Michael, que estaba charlando con una mujer llamada Ella, a quien Rachel conocía de pasada. Ella era baja, rubia y efervescente de una manera que a Rachel, que no era efervescente en absoluto, le costaba digerir.

Vio que la cara de Ella perdía un poco el brillo cuando Rachel se acercó a ella, ya que jamás se había juntado con ella en una fiesta, y entonces su mirada se dirigió a Michael. Rachel vislumbró un fogonazo de comprensión cruzar sus extremadamente maquillados ojos.

—¡Hola! —intervino Rachel radiante—. Ella, me alegro de verte. Veo que ya has conocido a Michael.

—Sí, aunque en realidad no sabía su nombre. No habíamos llegado tan lejos. —Soltó una risita nerviosa.

—No —corroboró Michael—. Nos habíamos lanzado directamente a contarnos historias de lesiones de esquí.

—¡Ah! —exclamó Rachel—. ¡Qué gracia!

—Entonces sois... —Ella hizo un gesto vago con la mano entre Rachel y Michael.

—Ajá —asintió Rachel—. Sí, estamos juntos.

—¡Ah, muy bien! —comentó Ella—. Estupendo. Me parece genial.

—Sí —remarcó Rachel—. Sí que lo es.

Entonces agarró el brazo de Michael y se acercó más a él. Durante un instante, se visualizó desde fuera y se dio cuenta de que se estaba portando fatal; estaba siendo una persona a la que no podía soportar. Dependiente, afectada, insegura. Vio que a Ella se le había congelado la sonrisa y entonces comprobó que su mirada pasaba por encima de su hombro hacia otro lugar de la estancia antes de decir:

—Bueno, pues ha sido un placer conocerte, Michael. Disfruta de tu estancia en Londres. Y, Rachel, encantada de hablar contigo. Estás preciosa, por cierto. Como siempre.

Entonces los dejó solos, con una sensación extraña creciendo entre ambos.

—¿Se ha puesto celosa, señorita Gold?

—Que te den.

—Uy, uy, uy, yo creo que sí.

—En serio, que te den.

—Creo que me gusta. Un poquito.

—Déjalo estar.

—En serio. Es gracioso. Joder, no hay más que mirarnos. Estás muy fuera de mi alcance en todos los sentidos. Yo soy quien debería sentirse inseguro. Me gusta que pienses que te daré la patada por la señorita Pestañas Postizas esa. —Michael puso los ojos en blanco hacia donde estaba Ella, que se reía a pleno pulmón de las bromas de otro hombre un poco más allá.

—No pensaba eso. Solo me ha sorprendido que no mencionases que venías acompañado.

—Joder, si es que no me dejó ni hablar. Menuda cotorra. Una cotorra borracha, me permito añadir. Si me hubiese permitido abrir la boca, le habría dicho: «Por cierto, mujer diminuta con voz insufrible: debes saber que estoy saliendo con la mujer más hermosa de la fiesta. Se llama Rachel Gold; ¿la conoces?».

Rachel no pudo evitar sonreír, y Michael también. Bajó la cabeza hacia ella y capturó sus pupilas con las suyas.

—Eres la única mujer para mí, Rachel. La única. En el mundo entero. ¿Entendido?

La chica asintió, entregándose a su adoración, a pesar de que, en cierto modo, sentía que la reducía. Que la minimizaba.

16

Junio de 2019

Me despierto al día siguiente con un dolor de cabeza punzante. No es una resaca propiamente dicha —no bebí lo bastante como para tener resaca—, sino más bien un pellizco de *jet lag* mezclado con deshidratación y estrés. Después de desayunar, voy a una copistería que hay a la vuelta de la esquina del hotel y pido que me impriman la foto de Phin a tamaño A4. No soportaría que otro desconocido pasase sus sucios dedos por la pantalla de mi móvil. Luego, me pongo las gafas de sol y retomo mi misión. Paso tres horas camelándome a porteros y conserjes y parando a gente ocupada que intenta entrar o salir de los edificios para seguir con sus vidas.

Me tomo un descanso para comer en un restaurante de *brunch* con techo abovedado del que cuelgan glicinias falsas y me pido una quesadilla salvadoreña, un *masala chai* y un agua con gas con azafrán y cúrcuma. Se me ha abierto el apetito, a pesar de las náuseas que sentí durante la mañana, y me lo termino todo. A media comida, un chaval de pelo decolorado me pregunta qué tal está mi desayuno. Le respondo que sabe muy bien y parece encantado.

Entonces vuelvo a patear las calles y una película de sudor comienza a cubrirme la piel. Me siento tan lejos de casa.

Jamás había viajado más allá de las Canarias. Sin embargo, Chicago me parece agradable, europeo, y puedo imaginar que estoy en un barrio guay de París o de Berlín.

A las cuatro de la tarde, el móvil me avisa de que llevo caminados unos dieciocho mil pasos desde que me levanté. Me siento en un banco con una botella de agua y echo cuentas. ¿Por cuánto tiempo puedo mantener este ritmo? ¿Cuántos pasos más soy capaz de dar? Comienzo a parecer desaliñado y ligeramente preocupante; debería volver al hotel y darme una ducha. Pero he invertido demasiado tiempo y energía en las pesquisas de hoy: no puedo parar aún. Me saco el móvil del bolsillo para comprobar si tengo algún correo y veo una llamada perdida. No entiendo cómo puedo no haberme percatado de que me han llamado hasta que caigo en la cuenta de que llevo todo el día con el móvil en silencio. Compruebo el buzón de voz.

—Eeeh, hola, soy Lyle. Nos conocimos anoche. Buscabas a un tal Phin, ¿no? Bueno, no sé si te servirá de nada, pero el casero de mi amigo Joe se llama Finn y vive en África. Le describí al chico que me enseñaste y dice que puede encajar. Te puedo dar su número, si quieres. Llámame.

Parpadeo. Una sonrisa gigantesca está intentando asomar a mi rostro quemado por el sol, pero la contengo.

Busco el número de Lyle entre las llamadas perdidas y lo marco.

17

A la mañana siguiente, mientras Lucy está limpiando la cocina, le suena el teléfono. Se le detiene el corazón y luego le vuelve a latir al pensar que podría ser Henry. Sin embargo, es un prefijo de St. Albans; pero no es Libby, así que debe de ser una inmobiliaria. Responde ligeramente sin aliento.

—¿Sí?

—¡Hola! Soy Max Blackwood, de Raymond & Cobb. ¿Tienes un minuto?

—Sí —asiente ella—. Claro.

—Te cuento: he estado hablando con los propietarios y dicen que si puedes ofrecerles cincuenta mil libras más, la casa es tuya.

—Eso sería... —Es incapaz de hacer las cuentas para que el número tenga sentido.

—Sí, un millón cincuenta mil.

—Claro. Vale.

Le parece una locura la minucia que le parecen cincuenta mil libras al lado de tantos ceros. Debería negarse. Debería objetar. Pero quiere esa casa y no le apetece esperar más, así que se sorprende respondiendo, muy bajito pero con resolución:

—Sí. De acuerdo. Me parece bien.

—Entonces, ¿me das el visto bueno para que acepte en tu nombre?

—Sí, te doy el visto excelente. Pero con la condición de que harán todo lo posible para acelerar el proceso de venta. Por favor.

—Se lo mencionaré sin falta, Lucy. Te lo aseguro. No veo por qué iban a retrasar la venta, en realidad.

Cuando cuelga, Lucy estira el cuello echando la cabeza hacia atrás y reza en silencio a los dioses del mercado inmobiliario. «Por favor —piensa—, por favor: después de tantos años, concedednos una casa donde podamos estar a salvo. Por favor.»

18

Diciembre de 2016

La fiesta de Dominique se terminó, como indicaba en la invitación, a medianoche. La anfitriona despidió a los invitados desde la puerta, mientras estos iban subiendo al ascensor por turnos. Hacía tiempo que se había quitado los zapatos de tacón y lanzaba unos bostezos dramáticos. Rachel se acercó a ella y le dijo al oído:

—Escríbeme mañana.

Dominique contestó:

—No lo dudes.

Se dieron un abrazo y se despidieron, y Michael y Rachel se montaron en un Uber que los llevó de vuelta al apartamento de él.

Para estar en diciembre, no hacía demasiado frío, así que le pidieron al conductor que los dejase junto al río. La superficie en calma devolvía el reflejo de las farolas. A su espalda, en la hilera de grandes viviendas victorianas y a través de los ventanales, refulgían los árboles de Navidad. Rachel se ciñó el abrigo al cuerpo y se acurrucó contra el hombro de Michael al caminar. No era capaz de ordenar ni aclarar sus sentimientos; parecía como si alguien los hubiese esparcido por su mente. Sintió que estaba enamorada de él de una forma que jamás había imaginado estarlo de nadie, y mucho menos de un hombre mayor arrogante y con un pasado misterioso, que iba a marcharse al extranjero dentro de tres meses y medio. Cuando estaban juntos, lo único que quería era tocarlo, olerlo, que la abrazara. Le gustaba que la mirase cuando estaban con más gente, que le hiciese caso, que la rodeara con el brazo, que sus pensamientos estuvieran consumidos por ella. Lo añoraba hasta la agonía en los escasos momentos que pasaban separados. Si tardaba demasiado en descolgar el teléfono o en responder a un mensaje, se preocupaba, pues creía que estaba replanteándose la relación; que su encanto se había desvanecido; que su vínculo flaqueaba. El alivio que la embargaba cuando él respondía —o cuando contestaba la llamada; cuando le daba un ramo de flores con un ademán ostentoso; cuando le entrelazaba los dedos en el cabello; cuando la tomaba de la cintura; cuando posaba sus labios sobre los suyos— era tan intenso que a veces la dejaba sin aliento.

De vez en cuando se miraba en el espejo, tras uno de estos patéticos interludios desesperados, y se preguntaba quién era. ¿Seguía siendo Rachel Gold, la princesa de hielo, la rompehuevos, la morena escultural que jamás conseguiría encontrar a un hombre que cumpliera sus elevados estándares? ¿O era una persona completamente distinta? ¿Acaso nunca había existido una versión definitiva de sí misma? ¿Siempre había tenido una multitud en su interior? ¿La Rachel bobalicona que necesitaba asirse al brazo de su hombre en una fiesta para ahuyentar a la competencia siempre había estado ahí? «Qué mal —pensó para sí—. Qué cosa tan horrible.»

Ahora parecía haber ordenado esos sentimientos, dentro de lo posible.

Claro que seguía siendo Rachel Gold. Simplemente había conocido a alguien de quien necesitaba recibir una dosis de compromiso. Esa era la única diferencia.

Y, como si Michael fuese capaz de leerle la mente, se detuvo y la puso enfrente de él, cara a cara.

—Me gustó —le dijo— que te pusieses celosa antes.

—No estaba celosa.

—Claro que sí. Y me encantó. Que tú puedas sentir celos de mí... ¡Ja! O sea, me sorprende. Cualquiera podía considerarse afortunado. Y no sé qué he hecho yo para merecer los celos de una mujer como tú, pero me gustaría no dejar de hacerlo. Nunca. Porque te aseguro que solo de pensar en que otro hombre te hiciese sentir celos antes que yo me hace ponerme a mí celoso.

Se rieron y Rachel lo miró a los ojos y dijo:

—Ningún hombre me había hecho sentir celos. Jamás. Hasta hoy, lo único que quería de los hombres es que me dejaran en puto paz, si te soy sincera. Pero contigo... es distinto.

Michael se llevó una mano al corazón de forma exagerada y emitió un gruñido de placer.

—Para —dijo—. No lo puedo soportar. Me vas a hinchar el ego hasta que adquiera proporciones monstruosas y acabe dejándote por una estrella de Hollywood. Despotrica contra mí, por favor: recuérdame quién manda aquí. No puedo ser yo. No me hagas mandar.

«Estaba de broma, seguro; no podía estar hablando en serio», pensó Rachel. Entonces, sonrió y dijo:

—Vale, pardillo, convénceme de que no te deje tirado aquí mismo. Si no, iré a buscarme a un tío con más dinero y algo de personalidad.

Michael se rio, se balanceó sobre los talones y luego se enderezó y se aproximó a ella.

—Ay —suspiró—, de verdad. Eres demasiado..., uf, demasiado guapa. Demasiado de todo. Estoy..., joder, Rachel, estoy locamente enamorado de ti. No quiero ni pensar en que no estemos juntos, jamás. Mira, soy consciente de que solo llevamos unas semanas, de que estamos empezando, pero ya sé que esto es lo que quiero. Esta es mi parada. Y quiero dejarlo todo y... casarme contigo, Rachel. ¿Y tú? ¿Te quieres casar conmigo?

Ahí estaba. Ese aspecto veleidoso, escurridizo de su personalidad: el pajarillo que llevaba atrapado tantos años en su interior, chocando contra las paredes de su psique, la noción de quién era ella y de quién debería ser. Quería ser la mujer de Michael. Y ya. Así de simple. La ventana se abrió y el pájaro escapó.

—Sí —contestó, mientras apretaba la mano de Michael entre las suyas—. ¡Sí! ¡Joder! Claro que sí. Pero ¿dónde vamos a vivir?

—En todas partes —respondió Michael—. Viviremos por todas partes.

El lunes, al comenzar la jornada laboral, Rachel entró en tromba en el estudio de Paige.

—Tengo un encargo para ti —dijo con dramatismo.

Paige se bajó las gafas de pasta hacia la punta de la nariz y la miró a través de las pestañas.

—Guay, ¿de qué tipo?

—Un anillo de compromiso.

—Ah. Vale. No suelo hacer esas cosas, pero cuéntame.

—Tiene que ser de oro blanco. Con un solitario. Muy sencillo.

—Eso es más tu estilo que el mío. ¿Por qué quieres que lo haga yo?

—Porque —era casi incapaz de contener la emoción— es para mí.

Paige abrió los ojos como platos.

—¿En plan...?

Rachel asintió. Se sentía exultante y ridícula al mismo tiempo.

—¿Michael? ¿El americano?

—Sip.

—La hostia, Rachel, menudo bombazo. Pero... ¿cuánto lleváis? ¿Un par de meses?

Rachel volvió a asentir.

—Joder. O sea, que guay, pero ¿estás segura? Creía que iba a ser un rollo de seis meses y ya.

—Ya, yo también, pero al final me lo quedo.

—Vaya. Pues ven aquí que te abrace, tía. —Abrió los brazos y Rachel se acercó a ella y le dejó que la achuchara fuerte—. Tiene mucha mucha suerte —dijo—, espero que lo sepa.

—Sí que lo sabe. Es que es eso: no hay gato encerrado. Le parezco maravillosa y punto. Y él a mí. Y... —Se cortó al oír el tono de mensaje de su móvil tres veces seguidas y encendió la pantalla con el pulgar.

Tres mensajes de Dominique:

Jonno tiene noticias.
Cosas que deberías saber.
Llámame.

—Perdona —le dijo a Paige—, tengo que hacer una llamada. Vuelvo en un minuto.

Abrió la puerta de su estudio y dejó el bolso sobre su silla. Luego marcó el número de Dominique y se aclaró la garganta mientras esperaba a que su amiga descolgase.

«Cosas que deberías saber.»

Volvió a carraspear y se irguió cuando escuchó la voz de su amiga al otro lado de la línea.

—Dom —dijo a modo de saludo.

—Rach. Hola. ¿Estás bien?

—Sí, todo bien. ¿Tú?

—Súper. Acabo de notar al bebé por primera vez.

—Ay. ¡Ay! ¡Qué guay! Es...

—Raro, en realidad. Me ha parecido raro. Como si tuviese un pececito ahí metido. En fin. Escucha. Jonno por fin me ha dado el informe completo. Sobre Michael el Guapo. ¿Quieres que te cuente?

—Sí. Bueno, supongo. O sea, no hay nada malo, ¿verdad?

—No. Por Dios. Claro que no. Solo un par de cosillas que podrían considerarse señales de alerta.

—¿Cómo dices?

—Sí. Según parece, dijo que su ex..., Lucy, ¿verdad?

—Sí.

—Según parece, Michael dijo que era «una pirada».

—Vaya...

—Y también que la había sacado de la calle cuando tenía veintiún años.

—Perdona, ¿cómo que la había sacado...?

—Que la había sacado de la calle, sí. Era música callejera.

—Y ¿te dijo Jonno cuántos años tenía él entonces?

—No. Pero con el tema de la casa en Antibes y tal, debía de ser mayor que ella.

Rachel se cambió el móvil de oreja. No estaba segura de qué debía pensar de las señales de alarma que le acababa de presentar Dominique.

—¿Qué más?

—Bueno, esto no viene de la conversación que mantuvieron anoche, sino de lo que ha investigado Jonno en internet, pero, según parece, su empresa, MCR International, no es lo que parece.

—Vale...

—Sí, parece ser una fachada para varios negocios, algunos de los cuales dan como... mal rollo.

—¿En qué sentido?

—No lo sé, no me lo explicó en profundidad. Solo dijo eso, que daban mal rollo.

—Pero ¿en plan drogas? ¿Blanqueo de dinero? ¿O qué?

—No está seguro. Solo ha visto direcciones raras, almacenes en callejones de Argelia, naves industriales en polígonos de Belfast. Jonno las buscó en Google Maps y le parecieron sospechosas.

—Entonces, ¿le parecieron artimañas financieras? ¿Nada ilegal?

—Sí. Supongo que eso será. Movidas financieras. Nada en plan tráfico de menores. Aunque, a ver, esos almacenes en medio de la nada, quién sabe...

—¡Hostia, Dom, no jodas!

—¡Es broma!

—Ya lo sé, pero...

—¿No creerás en serio que...?

—¡No! ¡Claro que no! ¡Madre mía!

—Bueno, en fin, Rach, lo importante es que a Jonno le pareció un tío decente. A lo mejor no para casarte con él, pero lo bastante para no dejarlo.

Rachel tragó saliva.

—Ya —dijo—. Vale. ¿Algo más?

—Pueees no. Esto fue todo lo que sacó. La jovencita a la que sacó de la calle, a la que llamó pirada, y los negocios raros. Ah, y otra cosa más. Está coladito por ti.

El estómago de Rachel dio un vuelco agradable. «Sí —pensó—. Es verdad. Y yo por él. Y eso es lo que importa.»

—Bueno —dijo para zanjar la conversación, pues la cabeza le daba vueltas pensando en niños encerrados en almacenes, anillos de compromiso, músicas callejeras y la incongruencia de todo chocando entre sí, como muebles en un barco sacudido por una tormenta—. Dale las gracias a Jonno de mi parte. Dile que se lo agradezco mucho. Y tú cuídate mucho, y a tu pececito también.

Colgó y respiró hondo. Reunió sus pensamientos antes de que la marearan aún más, los alineó y los examinó. Lucy era bastante joven cuando Michael la conoció. Eso no significaba que hubiesen empezado a salir justo en ese momento. Quizá simplemente la ayudó, la rescató y luego el amor fue floreciendo poco a poco. Lo de sus negocios, bueno, todos los negocios son raros. El mundo está lleno de operaciones financieras extrañas y de empresas maleables que pasan por vacíos legales para evitar pagar impuestos y ganar más dinero gastando menos. ¿Y qué? Michael le había dicho que supervisaba ciertas operaciones, sobre todo de importación y exportación. No le había mentido. Le había contado que Lucy era música callejera y que él la había sacado de la calle. Le había dicho que su relación había sido una pesadilla. Nada nuevo hasta ahí. Nada preocupante.

Rachel volvió al estudio de Paige.

—Mira —comenzó; abrió un cuaderno y lo puso ante ella—, he hecho algunos bocetos.

19

Junio de 2019

Samuel

—Hola, Saffron.

—Hola, Sam. Ya han llegado los resultados. ¿Puedes hablar ahora?

Esbozo una mueca. No me gusta que me llamen Sam. Pero Saffron me cae muy bien, así que lo dejo pasar.

—Sí. —Dejo el sándwich sobre su envoltorio y me limpio la boca con una servilleta de papel—. Dime.

—Bueno, parece que nuestra chica tenía entre veintisiete y treinta y tres años. Metro cincuenta y siete. Delgada. Hasta ahí todo fácil.

—Vale —digo—, ¿y ahora viene lo difícil?

—Sí. Resultados contradictorios en el estado de los huesos. Parece que llevasen poco tiempo en el agua. Unos meses. Quizá un año. Pero los huesos en sí tienen unos veinte años de antigüedad. Tal vez más bien veinticinco.

—¿Y entonces...? —Me quedo ahí, incapaz de formar la segunda parte de la pregunta, pues aún me estoy planteando la primera.

—Entonces los huesos han debido de estar guardados en algún lugar durante mucho tiempo. Y luego trasladados. Encontramos trazas de follaje en la bolsa. Telas de araña también. Restos de insectos. Estamos analizándolos por separado. Los resultados deberían llegar en una hora más o menos. También había un par de cosas más.

—¿Ah, sí?

—Juanetes. La mujer tenía juanetes. Y signos de deterioro en las rodillas. Los que suelen sufrir las bailarinas de *ballet* o de cualquier otra modalidad de danza. ¿Podría ser una vía que explorar? También algunos restos de tela. Quizá de lo que se usó para envolver los huesos antes de traspasarlos a la bolsa de plástico. Quizá nos sirvan para algo. Sobre todo si es una tela poco común.

—¿Algún indicio de la causa de la muerte?

—Hay una pequeña fractura en el cráneo, en el hueso temporal.

—A causa de...

Hace una pausa y la oigo soltar el aliento contenido.

—Un impacto contundente.

Cierro los ojos y suspiro.

—Entonces, ¿se trata de una muerte violenta?

—Sí. Al noventa y nueve por ciento.

El peso de esta revelación se instala sobre mis hombros. Oficialmente tenemos un caso de homicidio entre manos. Sin apenas pruebas, ni físicas ni circunstanciales.

No obstante, por el lado bueno, no es urgente. Quienquiera que fuera esta pobre mujer, lleva más de veinte años muerta. Me puedo tomar mi tiempo. Nadie me va a meter prisa. Por el lado malo, este tipo de casos son los que me llevan a pasarme meses y meses persiguiendo sombras, incluso por toda la eternidad. Es el tipo de caso que no despierta ningún interés. Hasta que descubra quién es esta chica.

Hasta que pueda decirle a alguien a quién andamos buscando.

20

La casa de Phin está en el otro extremo de Chicago, en un barrio gentrificado, caro, comedido, donde familias jóvenes con alto poder adquisitivo aparcan sus SUV en los caminos de entrada a sus casas. Estas son básicamente de estilo victoriano, con ventanales y senderos de terracota que llevan hasta la puerta principal. El apartamento de Phin está en una de ellas. Se encuentra en el segundo piso, al que se accede por una escalera de madera pulida, con buenos cuadros en las paredes comunales y una lámpara de araña en el descansillo del último piso. Joe me recibe descalzo, con unos pantalones cortos azules y un polo negro. Joe es muy muy muy joven. No me cabe en la cabeza que pueda permitirse alquilar un apartamento tan lujoso. Pero, claro, no estoy yo para ir preguntando a la gente cómo han llegado a donde están en la vida.

—Hola —me saluda, y me invita a entrar.

Su voz es un pelín aguda. Si fuese un perro, sería de esos que chillan y tiemblan o de los que van en un bolsito y gruñen de vez en cuando.

—Muy amable —le agradezco, e intento que mi voz suene todo lo grave y meliflua que puedo para que se percate de que soy un hombre adulto, pero también de que no supongo ningún peligro—. Te agradezco muchísimo que me permitas venir a charlar contigo.

—¿Te apetece un zumo? —me ofrece, recostado contra la encimera de la cocina, con un pie posado sobre el otro—. ¿Un refresco? ¿Agua?

—Un vaso de agua, por favor.

Me apoyo en el respaldo de un sofá y miro alrededor. Es precioso este apartamento: colores neutros, ciertos toques de caza mayor —bocetos de tigres y elefantes, acuarelas de mapas de África—. No se parece en nada a mi piso, el que diseñé con Phin en mente, y de nuevo me percato de que llevo años tras un fantasma, viviendo en la estela de un joven que ya no existe. No obstante, en vez de disminuir mis ganas de encontrar a Phin, las incrementa. Joe me pasa un vaso de agua y le digo:

—¿Conoces a Phin?

—No. —Niega con la cabeza—. Nunca lo he visto. He hablado con él, eso sí. Es inglés, ¿no? Igual que tú.

—Sí, así es.

—También lo he visto en fotos; hay un par de ellas por aquí. Por eso sabía cómo era y... —Se queda callado y alza la vista para mirarme. Luego la vuelve a bajar—. ¿De qué lo conoces? ¿Sois muy amigos?

—A ver, sí y no. Nos conocimos de pequeños y luego me enteré de que se había mudado a África y de que trabajaba de guía de safaris. Estábamos a punto de ir a verlo (mi familia y yo; de ahí el plural) cuando desapareció. Y estamos muy pero que muy preocupados por él.

—Así que llevas mucho tiempo sin hablar con él, ¿no?

—Sí. Por desgracia, así es. Mi familia ha pasado muchos años sin contacto alguno. Esto era una especie de reencuentro. Por así decirlo.

Me lanza una mirada nerviosa y dice:

—Espero que no suene raro, pero hay varias fotos suyas en el apartamento y mis amigos y yo las usamos para echarnos unas risas, porque está bastante bueno y parece misterioso, y nos inventamos historias sobre él. Finn *el Buenorro, el Guardabosques*. Imagino que por eso se le encendió la bombilla a Lyle. Espero que no te lo tomes como una ofensa.

—No, no. Para nada. Lo comprendo.

—Es solo para pasar el rato. Ya sabes.

—Sí, por supuesto. —Muestro una amplia sonrisa—. ¿Cuánto tiempo llevas viviendo aquí?

—Un par de años, desde que me gradué. Lo pagan mis padres, por si te interesaba saberlo.

Hago un gesto de negación, como si ni se me hubiera pasado por la cabeza.

—¿Vives solo?

—Sí. Alguna vez alguien pasa la noche aquí, pero en general estoy yo solo. Pasar la noche en plan de amigos, nada más.

Le lanzo una sonrisa reconfortante. Ay, Señor, si no puedes echar una cana al aire de vez en cuando a los veintidós años, con lo mono que eres y viviendo gratis en este apartamento en un suburbio elegante de Chicago, ¿cuándo vas a ser capaz de hacerlo? Me apetece decirle que se ponga a ello, que se deje de fiestas de pijama platónicas y que le dé al tema. Quiero advertirle de que esto pasa demasiado pronto, que es una bonita rosa que florece y se marchita tan rápido que apenas te da tiempo a recobrar el aliento. Pero me lo callo, claro. Simplemente le digo:

—Y ¿has hablado con él últimamente? ¿Se ha puesto en contacto contigo?

—No, llevo sin saber de él varias semanas. Le escribí hace tiempo por unos arreglos que hay que hacer en el tejado. Andamiaje y tal. Pero desde entonces no he tenido noticias suyas.

—Y ¿este apartamento es suyo? ¿Vivía aquí?

Joe mira al techo y luego otra vez a mí.

—Supongo que sí. En algún momento. Hay cosas suyas por aquí.

—Como las fotos, por ejemplo.

—Sí, eso es. Estaban en un cajón del escritorio que hay en la habitación.

—¿Podría verlas?

—Sí, claro. Ya las había sacado para enseñártelas. Toma.

Se gira, coge una pequeña pila de fotografías de un estante y me las pasa.

Yo las hojeo con las mejillas bien pegadas a los dientes para no temblar, para no delatar mi entusiasmo ni mi ansiedad. Carraspeo y las miro.

Ahí está. Phin. No lleva barba ni tiene la piel curtida por el sol, como en la foto que llevo mirando obsesivamente desde la fiesta de cumpleaños de Libby, sino que está afeitado, joven; como al final de la veintena o principios de la treintena. Con varios cortes de pelo, desde rapado hasta largo y descuidado. Bronceado en unas, pálido en otras, en jersey y abrigo o en pantalones cortos y camisetas sin mangas. Veo que tiene un tatuaje, solo uno, en el bíceps —muy clásico, muy de marinero—, pero no distingo lo que es. Phin sonríe, frunce el ceño, ríe, come, bebe, mira a cámara o a otro lugar. Le pasa el brazo por los hombros a chicas, a chicos. Toma cerveza. Champán. Está en restaurantes y en playas. Está guapísimo en todas. No ha perdido ni un ápice de belleza desde los doce años hasta los cuarenta. Es horriblemente injusto. Busco algún indicio de que uno de los actores de reparto de estas fotos pueda ser una persona con quien comparta una relación íntima; busco algo que me indique su orientación sexual, de qué lado ha caído tras sus ambiguos inicios. Pero es asexuado, inmaculado, imposible de descifrar; como un presentador de un programa infantil.

—¿No sabrás por casualidad si..., bueno, si tenía pareja?

Joe niega con la cabeza, triste.

—Que yo sepa no. Nunca menciona a nadie, al menos. Y supongo que su vida en África es típica de soltero, ¿no?

—Sí, eso parece. ¿Podría...? ¿Te importaría que les sacase fotos? —dije, señalando las fotografías

—No, adelante.

Saco el teléfono y coloco las imágenes en la encimera de la cocina.

—¿Has dicho que tienes su dirección de correo electrónico? ¿Me la podrías pasar?

Por primera vez, Joe parece dudar.

—Pues... —Se rasca la barbilla—. Supongo. Pero ¿y si no quiere que nadie lo contacte? O sea, ¿y si se está escondiendo a propósito? ¿No sería una afrenta a su intimidad?

—Ay, Joe, eres muy amable por preocuparte por él. Y haces bien, por supuesto. Pero no, no está escondiéndose a propósito. Le hacía mucha ilusión este reencuentro, ansiaba volver a vernos, después de todo lo que hemos vivido juntos. Era lo que más quería en el mundo.

—Pero entonces ya la tendrás, ¿no? ¿No me has dicho que has hablado con él? La debes de tener.

Me he perdido.

—¿El qué?

—Su dirección de correo electrónico.

—Ah.

«Buena pregunta.»

—Buena pregunta —digo—. Es que..., eh..., siempre hablábamos por WhatsApp. Nunca por correo. Pero ahora no le llegan los mensajes. Y no contesta al teléfono. Y me parece todo un poco... preocupante.

Joe sigue sin parecer convencido, pero veo que vacila.

—Vale, de acuerdo —acepta, y coge el móvil—. Aquí va. Es finnthomsen@chobelodge.com.

Casi le pregunto cómo ha escrito Phin su nombre, pero me doy cuenta de que eso haría saltar las alarmas, así que lo escribo de la forma nueva que utiliza él últimamente y sonrío agradecido.

—Fantástico —comento—. Muchas gracias. Imagino que no conocerás a nadie más que pueda tener información sobre su paradero, ¿no? ¿Te alquila el piso a través de una inmobiliaria? ¿O sin intermediarios?

—Sin intermediarios. Bueno, se lo alquila a mis padres, técnicamente.

Me percato de que Joe está cansándose de tanta pregunta. Le estoy planteando cuestiones que no sabe si debería contestar. Si le pido el contacto de sus padres, lo sacaré de su zona de confort, así que doy una palmada y digo:

—Bueno, pues te dejo. Ya he abusado de tu hospitalidad más de lo debido. Muchas gracias, Joe, de verdad. Si descubro algo, te lo haré saber.

Sonrío e inclino ligeramente la cabeza. Me cuelgo el bolso sobre el pecho y le digo:

—¿Sería mucho pedir que me dejases usar el servicio antes de que me vaya?

—Claro, sin problema. Está al final del pasillo. —Señala vagamente hacia el fondo. Imito su gesto y él asiente.

El cuarto de baño está justo enfrente de su dormitorio. No puedo evitar asomar la cabeza por la puerta solo para echar un vistazo, para que mi mirada se pose en la cama de Phin, donde ha pasado la noche con sabe Dios quién. Quizá con algunas de las personas a las que ahora tengo retratadas en el móvil y a las que estaba abrazando, con las que estaba bebiendo, comiendo, riendo, amando. La cama está bien hecha:

103

sábanas grises con cojines de estilo marroquí y una colcha de color crema con puntilla. Hay un ventanal que da a la calle. Cierro los ojos y me imagino ahí, en esa cama, desperezándome tras haber pasado la noche acurrucado contra la sólida espalda de Phin, repasando su único tatuaje con los dedos. Abro los ojos de nuevo y veo la cama vacía. Me doy cuenta de que Joe es el único nexo que tengo con Phin. Si me marcho, vuelvo a la casilla de salida.

Uso el baño y luego regreso al salón, donde Joe está metiendo mi vaso de agua en el lavavajillas.

—Estaré en Chicago un par de noches más —le comento—. Me alojo en Northalsted. Si te apetece quedar para cenar, por ejemplo, o para tomar una copa, tienes mi número. Llámame. O escríbeme.

Me fijo en su expresión para ver cómo reacciona. Veo que algo, una especie de temor oscuro, le atraviesa el rostro. Me dan ganas de abofetearlo.

—Ah —dice—, sí, a lo mejor. Aunque estoy ocupadísimo. Pero si se me ocurre algo más, sobre Finn, te enviaré un mensaje.

Sonrío sin ganas. Adiós al Hugh Grant.

—Vale —respondo—. Bueno, gracias por atenderme.

Dejo a Joe allí, descalzo, cargando el lavavajillas, y hago que la puerta se cierre de un portazo. Me lo imagino cogiendo el móvil y llamando a Lyle para decirle:

—Qué intensito el tío este. Creo que lo voy a bloquear por si acaso.

Noto que la rabia me invade las sienes. Respiro hasta que se va y pido un Uber.

Mientras espero a que llegue, contemplo el ventanal tras el cual, lo sé bien, está la cama de matrimonio de Phin. Un instante después, veo que aparece la cara de Joe. Alzo la mano para saludarlo. Por diversión nada más.

21

Febrero de 2017

Rachel y Michael fueron de luna de miel a las Seychelles apenas dos meses después de la propuesta de matrimonio. «La edad aprieta» había sido su justificación para la prisa por formalizar la unión. Se alojaron en una cabaña de madera sobre pilotes encima de las aguas turquesas de un mar lleno de coral, con una pequeña piscina privada en la terraza y una bañera para dos con el fondo de cristal. Bebieron champán con el desayuno a diario, para acompañar la fruta fresca que les servían, y se pasaron los días enteros dormitando en hamacas y tumbonas. Y, como toda buena pareja de luna de miel —en especial las que solo se conocen desde hace unos meses—, pasaron bastante tiempo haciendo el amor.

Rachel se había sorprendido de que el sexo era más calmado de lo que ella había imaginado durante los primeros días de expectación que precedieron a su primera cita. Lo había agradecido al principio, pues había sido de ayuda para permitirse confiar en él: la había ayudado a sentirse a salvo con un hombre que había aparecido de la nada en su vida. Pero ahora, tras tres meses de relación, con un anillo en el dedo y el paraíso terrenal a las puertas de su cabaña, Rachel había esperado que las cosas se empezasen a poner más...

complejas para satisfacer sus necesidades. Porque a Rachel le parecía bien el sexo suave, pero no quería pasarse la vida entera haciendo el amor de una sola manera. Y sí, lo apropiado habría sido mantener esa conversación con Michael antes de haberse casado con él, pero su relación entonces estaba en un momento tan dulce, en esos primeros momentos en los que era tan preciosa y delicada... Y, después, se centró en la filigrana exacta que quería que tuviese su vestido de encaje antiguo; en esos últimos centímetros que quería rebajarles a sus caderas; en el corte preciso del diamante amarillo de su anillo de compromiso y en los quilates de la alianza de Michael. En peinar todo internet en busca del hotel perfecto en las Seychelles y en buscar unos zapatos que cupiesen en los hinchados pies de su embarazadísima amiga Dominique. El sexo había quedado en segundo plano, se había convertido en algo agradable que hacían cada día para tranquilizarse y convencerse de que no estaban haciendo una locura al casarse tan pronto.

Ahora, en cambio, ya no tenía otra cosa en la que pensar más que en el sexo. En el sexo y en la comida. Y estaba aburrida, harta de los embates delicados y de las suaves caricias, y de que Michael hundiese la cara en su pelo en un gesto amoroso. Pensó en el hombre al que había visto por internet, en aquella foto que destilaba tanta firmeza que ella había supuesto que era una persona a la que le gustaba asumir el control de todo, y, por descontado, también de ella. Solo a veces. No siempre; pero a veces.

El tercer día, después de cenar, Rachel rebuscó en el fondo de su maleta el paquete que se había traído de Londres. Las cuerdas aterciopeladas. La fusta. La ropa interior que no era de Victoria's Secret precisamente. Extrajo los objetos —todos nuevos— y los dejó al lado de la cama.

Entonces esperó a que Michael saliese de la ducha. Al

principio, él no se percató de la presencia de los objetos y entabló una conversación banal y poco estructurada que a punto estuvo de cortar el rollo. Pero luego sus ojos se posaron sobre los objetos y ella lo observó para calibrar su reacción. Primero, una sonrisa dudosa; luego, una pequeña carcajada. Después, una mirada de comprensión, seguido de un «¡Hala!».

Rachel no sabía qué había querido decir con eso. Esperó un segundo.

—¿Quieres...? —Su mirada pasó de los objetos a Rachel y volvió a donde había empezado—. ¿Eso es...?

—Se me ocurrió que..., bueno... ¿Te gustaría probar?

Michael se llevó una mano al pecho.

—¿Que me ates a mí?

—No, que tú me ates a mí.

—¿Y luego que te...? —Tomó la fusta y se la pasó por la palma de la mano—. ¿Que haga esto? —Se dio un golpe en la mano, y luego otro—. ¿A ti?

—Eeeh, sí.

—Hala —repitió, y luego soltó una carcajada gutural—. Bueno, pues, madre mía.

Rachel contuvo la respiración. No sabía hacia dónde iba a ir el tema, pero sí que acabaría en un lugar distinto de cualquiera que hubiesen vivido antes y que no habría vuelta a la inocencia de los primeros instantes de la relación.

—¿Alguna vez lo has...?

—Eh, no. No, no. Nunca. Nunca lo he hecho. —Negó con la cabeza con decisión—. Nop.

—¿Y qué te parecería que me pusiera eso? —Rachel dirigió la mirada hacia la ropa interior—. Podríamos probar a ver si te gusta.

De pronto, Rachel notó que el ambiente se retorcía y se deformaba. Vio a Michael coger la ropa interior, sostenerla con la punta de los dedos y examinarla con cautela.

—¿Que te pongas esto? —dijo, pero no era una pregunta casual.

—Sí. Si puede gustarte.

—Y... ¿lo has hecho ya? O sea, ¿has probado este tipo de cosas antes?

La pregunta cayó entre ellos como una daga. Rachel sabía lo que debía responder. Debía decir que no, que sería su primera vez. Porque sabía, en cada átomo de la energía emocional que llenaba la estancia, que Michael no quería enterarse de que había utilizado aquello con otros hombres. Ni de que él no era tal como ella esperaba. Pero no podía mentir. Rachel era incapaz de ocultar la verdad. Por eso dijo:

—Bueno, sí, un par de veces. No muy a menudo, pero sí.

—¿Y te gustó? ¿Te gusta que te aten? Y que te... ¿Qué? No sé..., ¿que te azoten?

—No son azotes. No duele. Hace cosquillas. —Intentó quitarle hierro al asunto, pero sabía que era demasiado tarde.

—Vaya. Joder, Rachel. Es que... —Dejó caer la ropa interior y se puso a caminar sobre el suelo de teca durante unos instantes—. Me parece... Buf. Me parece que no te conozco. Me parece que me he casado con una extraña.

A continuación, hubo un silencio tan oscuro y tan tenso que Rachel casi lo pudo saborear.

Intentó aligerarlo.

—Bueno, solo era una idea. No pasa nada.

—Yo diría que sí que pasa, Rachel. Porque —señaló los objetos— has traído esto desde Inglaterra. A nuestra luna de miel. Fue bastante premeditado. Planeado.

—No, en serio, no es nada. He traído un millón de cosas que no necesito, solo por si acaso. Incluso una rebeca. —Se rio, pero la carcajada sonó vacía—. En serio, olvídalo. Olvida que te lo he propuesto siquiera.

Cruzó la estancia y se puso a recolectar los objetos que

ahora tenía ganas de rociar con gasolina y quemar. Ansió que Michael la tocase cuando pasó a su lado, que la tomase del brazo y le dijese algo que aligerase la situación. Pero se quedó quieto, tieso como un palo; con la cara tensa, dura. Cogió los objetos, los metió en la maleta que tenía guardada en el vestidor y los guardó en un compartimento interior. Cuando se dio la vuelta, Michael ya no estaba en la habitación y la puerta de entrada repicaba con suavidad contra el marco.

El resto de la luna de miel quedó mancillado, arruinado. Aún conversaban mientras tomaban una copa después de cenar, se cogían de la mano para pasear por la playa, se sacaban fotos el uno al otro y selfis al atardecer. Pero no hubo más sexo. En absoluto. Los días aguamarinas daban paso a noches malhumoradas de rechazo y frialdad. Cada noche, Rachel se dormía abrazada a sí misma en su lado de la cama, ahogada por la tristeza y agobiada por el sonido de los ronquidos de Michael; ronquidos que deberían haber sido poscoitales, dichosos, el resultado de la libido agotada. En cambio, no eran más que los sonidos propios de un hombre de mediana edad que había cenado mucho y tomado demasiadas cervezas.

Regresaron a casa en las postrimerías heladas de febrero y pasaron la noche en el apartamento de Michael, en Fulham. Sin sexo. Al día siguiente era domingo. Comieron en un restaurante italiano en el que el dueño les obligó a aceptar una botella de champán cortesía de la casa, al enterarse de que acababan de regresar de su luna de miel, e hizo bromas inoportunas acerca de lo pronto que llegarían los niños. Cuando la oscuridad se apoderó de la tarde para ir convirtiéndola en noche, Rachel le dijo a Michael:

—Tengo muchísimo trabajo mañana, quiero llegar pronto. Creo que voy a dormir en mi casa.

Se mordió la mejilla por dentro y contuvo el aliento. Esperaba que se derritiera, que dijese que no, por favor, que se quedara, que la deseaba. Que lo sentía.

Pero ni siquiera alzó la mirada para decir:

—Claro, amor. Tiene sentido.

Rachel arrastró su maleta de luna de miel hasta la acera y la metió en el maletero de un Uber. Levantó la mirada para vislumbrar el apartamento de Michael, en busca de su sólida y familiar figura, quizá con la esperanza de verlo decirle adiós con la mano o incluso llamarla para que regresase. Su mirada escrutó las ventanas para descubrir un leve movimiento, una ondulación de una cortina retirada; pero nada. La fachada del edificio donde vivía Michael permaneció inmóvil y fría. Se abrochó el cinturón de seguridad y se aguantó las lágrimas hasta media hora después, cuando cerró la puerta de su apartamento tras de sí y lloró.

22

Junio de 2019

Samuel

—Sam. —Es Saffron—. Han llegado los resultados de las fibras textiles.

—Ah, genial.

—Toalla, según parece. De algodón. Esto indica que se envolvió el cadáver en una toalla después de la muerte. Pero lo más importante es que se han hallado trazas de materia orgánica en las fibras. Sangre. Y, qué suerte la nuestra, también pelo.

—¿Pelo? Madre mía.

—Sí, eso mismo. Y también una diminuta pizca de otra fibra. Los del laboratorio creen que puede ser sintética. Quizá un trozo de la etiqueta de la toalla; tiene trazas de texto impreso, pero no lo bastante como para leer ninguna palabra. No obstante, la están analizando; quizá podamos obtener la marca. Así que tenemos pelo, sangre y quizá una marca de toallas. Así las cosas, estoy la hostia de entusiasmada con el resultado.

No me gustan las palabrotas. Me molestan en los oídos. Pero, en esta ocasión, comprendo la necesidad de usarlas. Es mucho más de lo que podríamos haber deseado o soñado obtener.

—¡Qué puta pasada! —convengo.

Saffron se ríe.

—Nunca te había oído decir una palabrota.

—Nunca había tenido necesidad de hacerlo. Son unas noticias magníficas, Saffron. De verdad. Mantenme informado. ¿Cuándo recibirás la próxima actualización?

—En una hora. Lo están tratando como urgente. No pierdas comba.

—No la pierdo, Saffron. No le quito el ojo de encima.

Cuelgo el teléfono. Me vuelvo para asegurarme de que nadie me está mirando y alzo un puño al aire con mucha mucha cautela.

23

Observo las fotos de Phin en la pantalla de mi móvil, las que tomé de las fotografías que tenía Joe en su apartamento. Descubro que al menos cuatro fueron sacadas en el mismo bar de paredes revestidas en madera y fotos de estrellas del *rock* en blanco y negro. Tiene ventanales fijos y a través de ellos se ve la silueta de una hilera de motos y, más allá, una tienda de comestibles que se llama Organic no sé qué más, pues solo se ve una D. Busco en Google «Organic D» y aparece una tienda llamada Organic Delightful. Tiene cuatro franquicias en Chicago. Una de ellas, según Google Maps, está en frente de un bar, el Magdala, de grandes ventanales fijos y una hilera de motos frente a la entrada. Pido un Uber.

El Magdala no es un bar de ambiente, ni mucho menos. Es un bar de moteros, un *pub*. Me siento muy fuera de mi elemento al entrar. Un par de tipos que estaban sentados a la barra se dan la vuelta para mirarme, y me alegro de estar un pelín desaliñado, o al menos no tan fresco como esta mañana al salir del hotel. Por los altavoces suena *Take my breath away*, de Berlin. Ese pequeño detalle me reconforta. Me pido una cerveza y me la bebo en la misma silla en la que está sentado Phin en una de las fotos. Por raro que parezca, me emociono. Intento imaginarme qué tipo de vida vivía Phin cuando le tomaron esa foto. ¿Ya se había comprado su precioso apartamento? ¿Era feliz? ¿Se sentía querido? ¿Estaba solo? ¿Era rico? ¿Pobre? ¿Dónde vivía? ¿Qué estaría pensando? ¿Qué canción sonaba por los altavoces? Intento implantarme en su momento, transportarme allí mediante una energía mágica que pueda haber dejado en las grietas del cuero de la silla.

Sin embargo, como era de esperar, no hay ninguna energía mágica.

Me termino la cerveza y pido otra.

Sospecho, con gran certeza, que voy a acabar borracho.

Una hora después, cuando la veo entrar, llevo encima cuatro cervezas y el mundo me parece dorado y divertido. Parece exactamente la misma chica que sale en la foto de Phin. Lleva una camiseta negra lo bastante pequeña y ceñida para que no quepa duda de que no lleva sujetador. Al principio me parece joven, pero cuando se acerca la veo un poco más mayor. Al final de la treintena, diría yo. Lleva el pelo recogido con un pañuelo estampado. Bajo su falda vaquera aparecen un buen par de piernas y unos pies bronceados protegidos por unas chanclas. Lleva un casco de moto en la mano. Si te gustan las chicas morenas y motoristas de treinta y muchos, probablemente te parezca una mujer de diez.

Comienzo a levantarme, pero me detengo cuando veo que la sigue muy de cerca un hombretón con la cabeza rapada y los brazos cubiertos de tatuajes. Saluda a los tipos de la barra con un golpe de puño al pasar por su lado y luego la mujer y él se sientan en lo que a todas luces es su sitio de siempre, en la barra, y piden dos consumiciones.

Ella mira el móvil mientras él habla con el barman, y yo miro alternativamente a la foto que tengo en el móvil y a su cara, para comprobar que mis ojos no me están jugando una mala pasada, que de verdad es la mujer que aparece en la foto con Phin. Mis ojos no me han engañado. No me sorprende, pues jamás me han fallado. Debería haberme metido a detective.

Me termino la cerveza y llevo el vaso vacío a la barra, donde me siento junto a la mujer, que huele a champú en seco, y digo, con el mejor acento londinense de «Joshua del distrito cinco» que puedo poner:

—Disculpe por molestarla. Estoy intentando localizar a un viejo amigo. Se llama Phin y lleva varios días desaparecido. Tengo varias fotos suyas en este bar, y en una sale una mujer que se parece mucho a usted. ¿Le importaría echarle un vistazo?

La mujer se tensa. Veo un reguero de energía incómoda atravesar toda su fisonomía mientras espero a que me responda. De pronto, se vuelve para mirar a su acompañante, que se ha puesto a conversar con los otros parroquianos, y luego dirige su atención hacia mi móvil.

—Claro.

Abro la aplicación y le enseño la foto. No le pierdo ojo.

—Sí —confirma—. Soy yo. Pero no tengo ni idea de quién es ese tío. Es que... —Se acerca para mirar la imagen más de cerca—. Eso debió de ser hace unos seis o siete años, a juzgar por mi corte de pelo y por mi atuendo. —Empuja el móvil hacia mí de nuevo e inspira por la nariz—. Ya sabes cómo va. Te tomas unas copas, te pones a charlar con la peña, alguien saca una foto. —Vuelve a inspirar y se encoge de hombros.

—Entonces, ¿no lo conoces de nada?

—Eeeh, no. Lo siento.

El tipo de los tatuajes parece mostrarse más interesado

por nuestra conversación. Les da la espalda a los otros dos hombres y dice:

—Eh, ¿va todo bien?

La mujer le pone la mano sobre el antebrazo.

—Sí. No es nada. Este tío está buscando a un amigo suyo. Según parece, venía por aquí. Pero no lo reconozco.

El hombre me mira, desconfiado. Luego dice:

—Déjame ver. Llevo muchos años viniendo a este bar. Quizá lo haya visto por aquí.

Siento que la mujer emite algo, algo que reconozco, algo que casi puedo oler; un aroma hormonal. Es miedo. Por instinto, abro la foto en la que Phin sale con el chico de la gorra, en vez de en la que aparece ella. Sostengo el móvil en la mano con firmeza y señalo la cara de Phin con el dedo. El de los tatuajes la mira.

—Nop —dice seco—. Jamás lo he visto. Pero... —Usa los dedos para agrandar la cara del otro tipo—. A este creo que lo conozco. —Le da unos golpecitos a la pantalla y mira a la mujer—. ¿Tú lo conoces?

Ella le echa un vistazo y vuelve a alzar la mirada.

—Eeeh...

—¡Es él! —Golpea con más fuerza la pantalla de mi móvil y yo lo retiro—. El tío ese. Con el que te veías cuando nos conocimos. Kris. Kris Doll.

—¿Ah, sí?

—¡Sí! ¡Mira!

Me quita el móvil de las manos y lo pone delante de las narices de la mujer.

—¿Ves? —dice, mientras vuelve a ampliar la cara del tipo, presionando demasiado fuerte la pantalla—. Es Kris Doll. Tu ex.

—Ah —dice ella, poco convincente—. Es verdad. No lo había reconocido.

Quiero alejarme de ellos al instante. Su energía es tan tóxica que está a punto de ahogarme. Y ya estoy harto de que el tío este me machaque el móvil a golpecitos de su rollizo y enorme dedo.

—Vale —concluyo—. ¿Chris Doll? ¿D-O-L-L?

—Sí. Y Kris se escribe con K. K-R-I-S.

—¿Y sabéis dónde puedo encontrarlo?

Se miran el uno al otro y luego otra vez a mí.

—No —dice ella—. Llevo años sin verlo. Le perdí la pista cuando empecé con Rob. —Le toca el brazo para tranquilizarlo mientras dice estas palabras.

—¿No sabes dónde vive?

—Bueno, sé dónde vivía, pero es muy posible que se haya mudado. También sé que trabajaba en el lago, donde las barcas turísticas. Pero, ya te digo, hace mucho tiempo.

—Me resulta de gran ayuda, de verdad. Muchísimas gracias. Disculpad, no me habéis dicho vuestros nombres.

—Ah, sí, perdona. Yo soy Mati. Él es Rob.

—Gracias, Mati. Gracias, Rob. Soy Josh. Josh Harris. Os dejo mi número de teléfono por si os acordáis de algo más tarde. Sobre Phin. O sobre Kris.

—¿Qué pasa? —pregunta Rob—. ¿Has perdido a alguien?

—Sí —respondo—. He perdido a alguien. Alguien muy importante para mí. Pero con suerte estoy un poco más cerca de encontrarlo gracias a vosotros. Os lo agradezco.

Les doy un apretón de manos, le hago un gesto de despedida al barman y me marcho. A buscar a Kris «con K» Doll, el de las barcas, el ex; la clave, quizá, del extraño misterio del posible paradero de Phin Thomsen.

24

Samuel

Gracias a los esfuerzos de mis maravillosos colegas de la policía científica, ahora dispongo de gran abundancia de datos acerca de los huesos que encontró Jason Mott en la ribera del Támesis. Clavo la información al corcho que tengo en mi despacho y la contemplo.

- Mujer joven, 27-33; probablemente bailarina, durezas en ambos pies.
- Fecha aproximada de la muerte: 1995.
- Grupo sanguíneo A.
- Cuerpo envuelto en una toalla oscura de algodón de Yves Delorme. Esa misma toalla ahora costaría unas 200 libras. Logo vigente entre 1988 y 2001.
- Hojas procedentes de plátanos londinenses y ailantos (presentes en bastantes avenidas), pero también algunas flores de <u>verano</u> de ACACIA DE CONSTANTINOPLA, <u>poco común en Londres</u>.
- Color de pelo: rubio oscuro.
- Pequeña fractura en el cráneo, en el temporal izquierdo.

En estos momentos, un equipo de cinco agentes está revisando los archivos de personas desaparecidas de 1988 a 1999 en busca de una mujer joven, posiblemente bailarina, de cabello rubio oscuro y, según la reconstrucción facial que está realizando el escultor que colabora con la policía científica, con una barbilla muy poco pronunciada. Dada la calidad de la toalla en la que estuvo envuelto su cuerpo en algún momento, se están centrando en los informes procedentes de barrios adinerados y familias acomodadas. Aunque también es posible que esta pobre mujer se cruzara en el camino de alguien lo bastante rico como para gastar doscientas libras en una toalla y ella no tener medios económicos en absoluto. Otro agente está informando a un «detective de árboles», según lo llaman, para preguntarle si existe una zona de Londres en la que coexistan el plátano londinense y la acacia de Constantinopla. Y yo... estoy esperando. Esperando a que la puerta de mi despacho se abra de golpe y un miembro de mi equipo entre con una mirada de esperanza y posibilidad y me diga: «Creo que la he encontrado».

Porque solo es cuestión de tiempo, y lo único que se interpone entre el éxito y el fracaso es la posibilidad —por mucho que me duela considerarla— de que nadie haya denunciado la desaparición de esta pobre mujer.

25

Marzo de 2017

Rachel esperó tres días antes de escribir a Michael. Tres días de irse a la cama sola, despertar sola y comprobar el móvil seis veces por minuto. Tres días de fingir que todo iba bien cuando se encontraba con alguien. Tres días de «¡Sí! La luna de miel fue fantástica. Sí, la vida de casada es maravillosa. Sí, claro que os invitaremos a cenar un día de estos». Tres días de sentirse como si Michael le hubiese arrancado el corazón en las Seychelles y aún no se lo hubiera devuelto.

> M., no sé qué está pasando. Te echo de
> menos. ¿Podemos hablar, por favor?

Unos segundos después, llegó la respuesta:

> Hola, preciosa. Yo también te echo de
> menos. He estado ocupadísimo. ¿Cenamos
> hoy? Yo cocino.

Rachel ahogó un grito al leerlo. Tras tres días de infierno existencial, ¿eso era lo que le decía? ¿«He estado ocupadísimo»? ¿Mientras ella estaba muriendo lentamente por dentro? Hizo girar el anillo de compromiso unas cuantas veces, intentando decidir cómo se sentía, cómo responder. Y, entonces, respiró hondo y escribió:

Claro. Nos vemos a las siete.

No remató el mensaje con un beso ni con un emoji amoroso. Esperaba que él se diese cuenta y se preocupase por ella en la medida apropiada.

Esa noche, metió algunos enseres en el bolso; no quería llevar una maletita y que Michael se pensase que estaba lista para mudarse tan fácilmente después de lo que le había hecho pasar.

A las siete, cuando fue a meter la llave en la cerradura del apartamento de Michael, estaba tan nerviosa que al final la sacó y llamó con los nudillos. Se le aceleró el corazón cuando escuchó sus pasos por el pasillo. Había pasado tantísimas horas consumida por los pensamientos sobre Michael, imaginándoselo en varios estados y escenarios —con su exmujer, con otras, en un avión de vuelta a Estados Unidos— que la idea de verlo en la vida real, de que estuviese frente a ella en carne y hueso, le parecía casi imposible: bronceado, relajado, alegre, con su camisa azul claro y sus pantalones de vestir de color azul marino, descalzo, con una copa de vino en la mano y una sonrisa adornando su hermoso rostro.

—Cariño.

«Cariño.»

Solo eso. ¿Qué? ¿Qué quería decir? ¿Qué significaba todo eso? ¿Significaba que lo sentía? ¿Que ella debía perdonarlo? ¿O que él la había perdonado a ella? ¿Quién tenía razón? ¿Quién se había equivocado?

De pronto, se vio envuelta en sus brazos con un ligero apretón. Pero no era el que ella necesitaba, el abrazo desesperado de los recién casados que acaban de regresar de la luna de miel y se vuelven a encontrar tras su primera disputa marital, sino un abrazo normal, perfectamente estándar, entre un marido y una mujer.

Entonces, de forma igual de repentina, él se comenzó a alejar de ella y a dirigirse a la cocina. Rachel olió las cosas ricas que estaba preparando y oyó que él decía algo como «Tengo un blanco siciliano muy bueno. ¿O prefieres un vodka frío? Lo que no me quedan son tónicas, así que tendrás que mezclarlo con zumo de naranja», pero no estaba segura porque en realidad no lo estaba escuchando.

—¿Rach?

—¿Qué? Ah, perdona. Blanco. Por favor. Gracias.

Ya en la cocina, tomó un taburete y luego la copa que él le ofrecía, y lo observó sin perderle ojo: a ese hombre con el que se había casado hacía dos semanas y media en el mejor y más romántico día de su vida; a ese hombre que la había llamado «una extraña» en plena luna de miel y que había dejado de tocarla; a ese hombre que estaba haciendo como si no hubieran pasado tres días separados sin comunicarse. Durante varios minutos, Rachel sintió una especie de mudez anestesiada.

—¿Qué tal te ha ido la semana? —le preguntó él.

—Ah, pues ya sabes, ha sido... la peor de mi vida.

Observó su reacción. Su muñeca dejó de girar la cuchara de madera con la que revolvía la salsa que estaba preparando en el fogón. La miró y le dijo:

—Vaya, cariño, ¿qué ha pasado?

Entonces, se acabó la mudez y llegó la rabia.

—¿Que qué ha pasado? —preguntó en un tono recubierto de incredulidad—. ¿Me lo preguntas en serio?

Él entrecerró los ojos y puso cara de confusión.

—Joder, Michael. Volvimos de nuestra puta luna de miel

el sábado. Me fui a mi casa el domingo y estamos a miércoles y es la primera vez que nos vemos o que hablamos desde entonces. No nos acostamos en los últimos diez días del viaje, me dijiste que creías haberte casado con una extraña y ahora haces como si nada de eso hubiese sucedido. Me... me... ofreces vino y revuelves salsas. No lo entiendo. No entiendo qué está pasando.

Hizo una pausa y alzó la vista para mirarlo. Él posó la cuchara de madera sobre el soporte y apoyó las palmas de las manos sobre la encimera. Rachel lo vio suspirar.

—No te has enterado de nada —le dijo.

—¿Disculpa?

Volvió a suspirar.

—¿Por qué crees que no volvimos a acostarnos durante el resto de la luna de miel?

—Porque te desagradaban mis sugerencias de mal gusto.

Michael le lanzó una mirada de ira condescendiente y dijo:

—Para nada.

—Entonces, ¿qué? ¿Qué fue lo que sucedió?

—Bueno, tú hiciste una sugerencia. A mí no me gustó. Entonces me comenzaste a tratar con indiferencia. ¿Cómo crees que me he sentido yo? —Esta última pregunta la pronunció en un tono neutro, casi retórico, como si no esperase que ella tomase en consideración sus sentimientos.

Rachel abrió la boca para responder, pero entonces se percató de que no sabía qué decir. Un segundo después, dijo:

—No te traté con indiferencia; fuiste tú quien empezó a ignorarme.

—Bueno, esa es tu interpretación de los hechos. Yo recuerdo verte la espalda noche tras noche en la cama.

—Michael, por Dios, ¡qué dices! Para nada. No fue así. Tú sabes perfectamente que no fue así. Dejaste de tocarme en el momento que hice la sugerencia. Cada noche lo intentaba, sin falta. Me ofrecía a masajearte la espalda, a abrazarte, y tú no hacías más que decir que tenías demasiado sueño, o calor, o lo que fuera.

—Bueno, como he dicho, esa es tu interpretación de los hechos. Yo lo único que recuerdo es a una mujer decepcionada y enfadada porque no iba a poder hacer las cosas que quería y a un recién estrenado marido que se sentía fuera de lugar y aterrado de que su esposa lo fuese a dejar por otra persona que sí quisiera hacer esas cosas que a ella le apetecía hacer.

Rachel ahogó un grito.

—Espera. No. No, eso no es verdad. Eso no fue lo que pasó. No pude dejar más claro que quería tener relaciones contigo. No pude ser más abierta. Y lo que sugerí, Michael, era solo por diversión. No me define, no es parte de mi personalidad. —Se llevó la mano al pecho—. Solo era para divertirnos. Solo...

Michael suspiró, tomó la cuchara de madera y retomó la tarea que había dejado a medias.

—Y luego esa misma persona coge las maletas y pasa tres días desaparecida sin dar señales de vida y deja al recién estrenado marido dudando de si vuelve a estar soltero. De si su relación ha terminado. Y entonces ella se digna a enviarle un mensaje y el recién estrenado marido tiene demasiado miedo para plantearse qué puede significar, así que va al supermercado y compra pechugas de pollo ecológicas y los tomates más caros del mercado y se entretiene en cortarlos y en hacer que sepan bien. Y la chica llega y le dice al marido que, en realidad, esto (toda su tristeza y miedo y preocupación) es, de una forma u otra, culpa suya.

Volvió a parar de revolver y miró a Rachel a los ojos con intensidad. Ella se había sentido como encandilada por la entonación cantarina de sus palabras, pero ahora habían calado y tuvo que sacudir la cabeza, como para desencajar una obstrucción, un elemento que pudiera dar sentido a todo. Recordó cada momento de agonía que había vivido desde que se había marchado del piso de Michael el domingo por la tarde. Recordó la distancia que los había separado en la enorme cama de las Seychelles. Cada caricia rechazada. El muro de hielo que emanaba de él cada noche. Volvió a sacudir la cabeza.

—Bueno —dijo al fin—, pues yo no lo recuerdo así, Michael. En absoluto. Creía que me odiabas.

—¿Debería?

—¿Qué? ¿Odiarme?

—Sí.

—¡No! Claro que no deberías odiarme. ¡No he hecho nada malo!

—Ya, bueno, yo tampoco.

—No. No he dicho que lo hayas hecho. Solo... —Suspiró—. ¿Qué hacemos ahora?

—Ahora —respondió él, abriendo un paquete de cilantro fresco— comemos. Y bebemos. Y luego...

—¿Sí? ¿Y luego...?

—Bueno, ya veremos, ¿no? Ya veremos.

Al principio la conversación fue trabajosa, pero el vino les fue reblandeciendo el ánimo y la charla se fue animando, aunque seguía siendo ligeramente inquieta, pues evitaban hablar de temas incendiarios o controvertidos. Conversaron sobre el trabajo, sobre los planes para el verano. Michael iba a encargar que pintasen y limpiasen a fondo la casa de Antibes, que vaciasen la piscina y que la volviesen a rellenar, para que pudiesen pasar el verano allí. Plantearon la posibilidad de comprar sábanas nuevas, para que Rachel pudiese empezar de cero como la nueva señora de la casa. Ella evitó hacer preguntas sobre Lucy, sobre qué tipo de sábanas había dejado atrás, qué clase de toallas le gustaban, si usaba la piscina, si había supervisado la reforma de la casa de Michael. Las preguntas que formuló fueron neutras. Y luego, después de haber comido, el ambiente maduró y se profundizó con la expectación acerca de lo que iba a pasar después.

—Bueno, supongo que... —Miró la hora en el móvil—. Son casi las diez. ¿Deberíamos...?

—¿Ir a la cama?

—Sí, eso creo.

—Vale. Pues entonces...

Michael se levantó y le ofreció una mano que ella tomó con una sonrisa insegura y luego lo siguió hacia el dormitorio.

Allí, él le quitó suavemente la ropa, le pasó los dedos por la piel e hizo todos los suaves y dulces movimientos que Rachel había empezado a dar por sentados y que ahora le parecían dones dorados y abundantes. Le quitó el sujetador desde la espalda y luego le dio la vuelta y la besó en la boca, un beso profundo e interminable que la hizo temblar desde el cuero cabelludo hasta las puntas de los dedos. Se acercaron a la cama, Michael la acostó y luego se puso sobre ella mientras se quitaba su propia ropa y Rachel lo observaba con los ojos abiertos de deseo, de alivio, de amor. Una vez desnudo, se le puso encima a horcajadas y la besó de nuevo. Rachel le puso las manos sobre las caderas y lo acercó, lo guio hacia ella; estaba lista, muy lista, después de tantos días de carestía. Pegó su entrepierna a la de él y se separó al darse cuenta de que no había nada donde debería haber algo, donde siempre había algo.

Continuaron así unos minutos, pero hiciera lo que hiciese Rachel, era evidente que Michael no iba a ser capaz de hacer lo que ella tenía tantas ganas de que hiciese. Él gruñó de frustración y Rachel le puso la mano en la cara y le dijo:

—Tranquilo, no pasa nada. No te preocupes.

Pero, al tiempo que las palabras abandonaban su boca, sintió que él la empujaba sin ningún tipo de miramiento hacia el otro lado de la cama, con la suficiente fuerza como para hacerla gritar. Michael se había levantado y se dirigía hacia la estantería, donde lanzó un puñado de libros por la habitación con un grito primitivo. Por instinto, Rachel se hizo un ovillo fetal, agarrándose las rodillas con los brazos, y luego, cuando otro montón de libros salieron volando hacia ella, se tapó con el edredón todo lo que pudo.

—Michael —dijo, mirándolo por un hueco entre los brazos—. Joder. ¡Michael! ¡Para! Te he dicho que no pasa nada.

Michael se dio la vuelta. Tenía la cara roja de ira. La miró y le dijo:

—Claro que pasa algo, hostia. Esto... es por ti. Es todo culpa tuya.

—¿Qué?

—Tú con tus mierdas de que te ate y demás. Con tus otros tíos. Que sí te han hecho eso. En cuanto cierro los ojos los veo. En fila. Y no me los puedo sacar de la cabeza. Tú me los has metido ahí. Putos pervertidos.

—¡No, Michael! Nada de «hilera de tíos». Solo uno o dos novios, nada más. No fue... nada serio.

—Eso no tiene nada que ver, Rachel. Joder. No tiene nada que ver.

—Entonces, ¿a qué viene esto?

—A ti. Viene a ti. Creía que te conocía. Creía saber quién eras. La chica de oro de la farmacia. La chica encantadora, con clase, elegante. La que estaba a la espera de su príncipe.

—¿A la espera de su...? Venga ya, Michael. Eso es una

gilipollez y lo sabes. Nunca te oculté que había tenido más novios. Muchos. Joder, cuando me viste en la farmacia era un desastre total. Estaba de resaca y esperando por la píldora del día después, por el amor de Dios.

Rachel vio que a Michael le vibraba un músculo en la mejilla al asimilar ese recordatorio a esa historia suya tan editada.

—Sí —dijo—. Quizá debería haber visto lo que había en ese momento.

—¿Lo que había?

—Sí. Mercancía dañada.

Rachel notó un puñetazo en lo más hondo de sus entrañas al escuchar estas palabras y el ardor de la bilis en la garganta.

—¿Disculpa?

—Sí. Imagino que me cegó el acento británico. Que asumí que estaba ligado a la clase. Otra vez.

«Otra vez.» Se refería a Lucy.

—Jamás te dije que fuese una mujer con clase. Jamás. Follamos en la primera cita. ¿De dónde sacaste que era una mujer con clase?

Se contrajo al oír la rudeza de su vocabulario.

—Muy buena pregunta, Rachel. Muy muy buena.

Él había estado paseando por la habitación, pero en ese momento se detuvo y miró a Rachel.

—Ponte a cuatro patas.

—¿Perdón?

—He dicho que te pongas a cuatro patas. —Dio un paso hacia la cama.

Rachel se alejó de él ligeramente, hacia el cabecero.

—Michael...

—Ponte de espaldas y apóyate en las rodillas y en las manos.

—Pero...

—Hazlo, Rachel. Que lo hagas.

Rachel obedeció. Pensó que quizá así arreglaría la situación. Si se dejaba hacer, solo esta vez, él se libraría de las inseguridades que lo habían atormentado desde aquella noche en las Seychelles. Tal vez se cargaría de un plumazo a la «fila de hombres» que había permitido que residieran en su mente. A lo mejor los devolvía al buen camino. Porque, tal como Rachel se dio cuenta de forma contundente y con una patética sensación de vergüenza, lo único que deseaba era que todo volviera a la normalidad. Retomar los abrazos matutinos y las cenas tardías en vinaterías, los paseos de la mano por la ribera del río y que Michael suspirara contra su pelo y le dijera que era guapa, que era divina, que estaba fuera de su alcance en todos los niveles posibles.

Despacio, en silencio, se dio la vuelta y se puso a cuatro patas.

Lo que pasó a continuación fue duro y rápido y brutal. Le tiró del pelo tan fuerte que ella puso una mueca de dolor. La agarró de las caderas con tanta intensidad que al día siguiente le salieron moratones con forma de dedo. Después, cuando terminó, la empujó sin miramientos y se fue directo al baño.

—¡Bueno! —le gritó por encima del sonido del agua del grifo—. Pues ahora entiendo por qué te gustan estas cosas. El sexo duro. ¿No lo llaman así? A lo mejor puedes sacar esas cosas de la maleta para la próxima vez, ¿eh?

Rachel trató de buscar una nota de dulzura en su voz. De picardía. Pero no la encontró.

26
Junio de 2019

Anoche me llevó unos treinta segundos localizar a Kris Doll valiéndome de mi pulgar y un buscador. Parece ser que organiza visitas guiadas en moto, probablemente la más grande que haya visto en mi vida. En su web había una foto de él sentado sobre la enorme motocicleta, vestido con tejanos, botas de cuero y camiseta blanca. En las maletas laterales de la moto había botellas de champán enfriándose entre hielo. El texto sobre la imagen rezaba: «La manera más cinco estrellas de ver la ciudad». Debajo, ponía:

Visitas guiadas exclusivas e individualizadas por la ciudad y el lago en una Honda Goldwing personalizada en la compañía de un guía turístico con más de veinte años de experiencia en vivir, trabajar y recorrer las calles de esta maravillosa ciudad. Personalice su recorrido a su gusto o escoja uno de los clásicos de Kris. La duración de la visita es de tres horas y, por un módico precio adicional, puede añadirse una consumición de champán mientras se contempla la puesta de sol en el lago Míchigan. Por favor, rellene el cuestionario para formalizar la reserva o llame al número de teléfono que aparece más abajo.

Sí —pienso, volviendo a mirar la foto—, ay, sí, por favor. Súbeme de paquete en tu moto enorme, Kris Doll, transpórtame por la ciudad, sírveme champán al atardecer y cuéntame anécdotas. Por favor.

Marco el número que aparece al final de la página y le dejo un mensaje en el buzón de voz: «¡Hola, Kris! Me llamo Joshua Harris. Me encantaría reservar una visita guiada para hoy mismo, pero no sé si se puede con tan poca antelación. Si no, ¿podría ser mañana? Me vale a cualquier hora. Por favor, llámame cuando escuches este mensaje».

Me llama al momento.

—Claro —dice. Parece amable, mucho más que Rob con sus tatuajes y su aire de rabia turgente—. Justo me han cancelado una visita mañana. ¿Te va bien a las cinco y media?

—Ah —respondo—, sí. ¡Perfecto! Me va de perlas.

Me explica lo que tengo que hacer y cuándo: «Crema del sol: aunque vayas con casco, te sorprendería la cantidad de rayos que absorbe la piel, y para mañana hay pronóstico de cielo despejado. Ah, y lleva pantalones largos. No te voy a tirar de la moto —me río—, pero si lo hago, te interesa evitar rasguños innecesarios. Como es el turno de la tarde, ¿te interesaría añadir la botella de champán? Son veinte dólares adicionales».

Acepto la oferta del champán, concertamos el punto de recogida y trazamos a grandes rasgos el recorrido del *tour*. Y entonces cuelgo; tengo la cara cubierta de sonrisas.

Esa noche, voy a un bar con la expresa intención de encontrar a alguien que me acompañe a mi hermosa habitación de hotel. Llevo meses sin acostarme con nadie. O más tiempo, en realidad. Pero aquí me hallo, en una ciudad dinámica, lejos de casa, del trabajo, de Lucy. Me parece que hoy he avanzado un montón y que me merezco soltar la melena, tomar unas copas, buscar a alguien que me haga sentir mejor conmigo mismo después del interludio de Joe, que aún me ronda la mente, a pesar de que han pasado ya veinticuatro horas.

Me doy una ducha larga y me termino casi todos los miniproductos del hotel. Me paso una mano sobre mi barbilla peluda, pero decido no afeitarme. Después, abro el portátil y ojeo los resultados de la búsqueda «bares cerca de mí». Luego me pongo unos Levi's negros y una camiseta Muji a juego, unos mocasines de cuero marrón de John Lobb y una camisa de color azul oscuro con cuadros verdes. Hoy voy a ser Phin, pero no el viejo Phin, sino la nueva versión; más masculina. Abro el minibar y saco un botellín de cerveza artesana, le arranco la chapa y me la bebo a morro. «Soy Phin», pienso para mis adentros, y esa noción envía una corriente eléctrica a mi núcleo y me veo solo en una habitación de hotel de Chicago, dando un puñetazo al aire y diciendo «A por ellos». Como un puto friki.

Vuelvo acompañado de un chico de nombre Nicholas. No Nick. Nicholas. Tiene veintiocho, pero aparenta varios menos. No es muy guapo (mis disculpas a su madre), pero tras haberme pasado dos horas allí parado intentando parecer masculino y siendo ignorado por todos los tíos buenos, me conformé con lo que pude. Huele bien y, para ser sincero, eso es básicamente lo que más me importa. Le hablo a Nicholas de «mi» infancia y del sociópata de mi padre, el timador David Thomsen, que se apropiaba de casas ajenas, violaba a menores de edad, robaba a gente incauta y encerraba a niños en sus cuartos. Su cara es un cuadro.

—Ay, madre —dice—. Ay, madre. —Me agarra la rodilla en un gesto de solidaridad.

Llegado el momento, me doy cuenta de que no me interesa demasiado el acto sexual en sí. Ni me va ni me viene, como se suele decir. Claramente lo he dejado demasiado tiempo. Me es indiferente y, después, parece que me llena más la sensación de tener una persona a mi lado, la calidez del aliento en mi cuello, la delgada pierna enroscada con dulzura a mis caderas, la voz que me susurra al oído:

—Phin, ¿te parece bien que me quede a dormir?

Me acerco la mano de Nicholas al hombro, hacia la boca, y la beso. Luego, me la coloco bajo la barbilla.

—Me parece genial. Sí. Por favor.

Y nos dormimos entrelazados. Y me siento casi, aunque no exactamente, en paz.

A la mañana siguiente, Nicholas ha desaparecido. No ha dejado ni rastro, ni una nota ni una tarjeta de visita. Me meto en Grindr a ver si soy capaz de encontrarlo, pero no tengo suerte. No sé su apellido, así que no puedo buscarlo en Google. Y eso es todo. Hemos pasado la noche abrazados, desnudos, pero claramente Nicholas, tan entrañable, simple y sangre de horchata, no tenía intención de llevar la relación más allá. Y, como siempre, no tengo ni idea de por qué.

Pero tengo otras cosas de las que preocuparme. Esta tarde me la voy a pasar de paquete en la Honda Goldwing de Kris Doll, con champán refrigerándose en las maletas y otro gran paso adelante en la búsqueda de Phin. Así que aparto a Nicholas de mis pensamientos y salgo de un salto de la cama vacía para dar comienzo a la jornada.

27

Samuel

Por fin, el hallazgo.

Bridget Elspeth Veronica Dunlop-Evers.

Sus padres denunciaron su desaparición en 1996.

Llevaban años sin saber de ella, pero interpusieron la denuncia cuando no se presentó a la reunión familiar para despedir a un hermano moribundo. Tras unos meses, la retiraron. Supusieron que Bridget —o Birdie, como la conocía todo el mundo— debía de haber decidido cortar toda relación con la familia que la había criado y buscarse la vida lejos de ellos.

De las transcripciones de los interrogatorios a varios miembros de la familia de Birdie se deduce que la joven era una especie de oveja negra, que probablemente estuviese mejor sin ellos.

Me ajusto el cuello de la camisa, estiro el papel sobre la mesa, me aclaro la garganta y marco el último número conocido de la madre de Birdie, Madelyn Dunlop-Evers.

—¿Sí?

La voz es frágil, tal como uno se imagina la de una mujer de ochenta años.

—Hola. ¿Hablo con la señora Dunlop-Evers?

—En efecto.

—Buenas tardes. Soy el inspector Samuel Owusu.

—¿Samuel qué?

—Owusu. Inspector. La llamo de la unidad especial de crímenes de la comisaría de policía de Charing Cross, en Londres. Me gustaría hablar con usted sobre su hija, Bridget.

—Bridget. No. Aquí no vive ninguna Bridget. Hay un chico. Está aquí al lado. ¿Quiere que le diga que se ponga?

Suspiro, cierro los ojos despacio y los vuelvo a abrir.

—¿Hay alguien con usted, señora Dunlop-Evers? ¿Podría alguien contestar algunas preguntas?

—¿Sobre el chico?

—Sí, sobre el chico.

Oigo que el teléfono cambia de manos, el sonido de las palmas sobre el micrófono, distintas voces de fondo, y luego un hombre que dice:

—¿Quién es?

—Soy el inspector Samuel Owusu. Llamo de la comisaría de policía de Charing Cross. De la unidad especial de crímenes. ¿Con quién hablo?

—Soy Philip Dunlop-Evers. El hijo de Madelyn.

—Vale. Genial. ¿Podría hablar con usted sobre Bridget? O Birdie. Su... Asumo que es su hermana.

—Sí. Eeeh. Sí, por supuesto.

—Quería saber... ¿Era bailarina?

Un breve silencio.

—Sí. Estudió *ballet* durante muchos años. Al menos hasta los dieciocho.

Samuel nota que se le encoge el estómago. Una oleada de alivio ebrio lo atraviesa.

—¿Cree usted que sería posible que viniese a Londres a conversar con nosotros?

—¿Sobre qué?

—Sobre asuntos relacionados con la desaparición de su hermana.

—Esto... Bueno... Vaya. Ha pasado mucho tiempo. Sí. Claro. Por supuesto que iré. ¿Cuándo le gustaría que fuese?

—Lo antes posible, por favor, señor Dunlop-Evers.

—Por favor, llámeme Philip.

—Lo antes posible, Philip.

28

La madre de Marco lleva todo el fin de semana de un humor raro. La madre de Marco siempre está rara, pero ahora está más rara que de costumbre. El tío Henry ha desaparecido y ella no suelta prenda de por qué ni adónde. Marco asumió que había ido a África a buscar a Phin, el padre de Libby, pero según parece Phin ya no está en África y su madre no le cuenta por qué. Lleva dando vueltas por el apartamento desde el viernes comprobando obsesivamente el teléfono cada treinta segundos, perdiendo los papeles con él y con Stella por nimiedades, olvidando sacar a pasear al perro y dejando el piso del tío Henry hecho un asco. Cada vez que Marco le intenta sacar el tema, hace como si estuviese demasiado ocupada.

El domingo, Marco se fija en que *Fitz* está contemplando con anhelo la salida del apartamento y decide llamar a la puerta de la habitación de su madre.

—¿Mamá? —le dice—. Creo que *Fitz* quiere salir.

—Ah —es su respuesta—. ¿Lo puedes sacar tú?

—Estoy haciendo los deberes.

La escucha suspirar.

—Vale. Lo sacaré dentro de un rato.

—Está dando vueltas en círculos, mamá —dice, con los ojos clavados en el perro—. ¿Sabes cómo te digo? Como cuando quiere hacer caca.

Ella suspira de nuevo y luego abre la puerta.

—Vale —dice—. Vale.

Marco grita cuando ve que *Fitz* se agacha sobre las patas traseras.

—¡No! ¡*Fitz*, no!

El perro se vuelve a poner en pie. Marco mira a su madre mientras esta amarra la correa al arnés.

—¿Por qué nunca te acuerdas de sacarlo? —pregunta.

—Tengo muchas cosas en la cabeza, Marco.

—¿Sobre Henry?

—Sí, sobre Henry.

—Mamá. Por favor. Dime qué es lo que pasa.

—No sé qué es lo que pasa.

—Ya, pero algo sabrás. ¿No puedes llamarlo?

Su madre se detiene un segundo y Marco ve que su voluntad se resquebraja ligeramente.

—Me ha bloqueado, Marco.

—¿El tío Henry?

—Sí. El tío Henry. Me ha bloqueado.

«Qué fuerte —piensa Marco—. Esto son palabras mayores.»

—Bueno, pues ¿y si lo llamamos desde mi móvil?

Una ráfaga de comprensión atraviesa las facciones de su madre.

—Ah —dice sin más—. Sí. —Luego, mira al perro y añade—: Lo intentaremos cuando vuelva.

Marco espera su regreso con ansias. Tiene el móvil en la mano, ha marcado el número de su tío y está listo. Cuando vuelve su madre, le pasa el teléfono y ella le da al botón de llamar. Marco escucha el tono de llamada e intercambia una mirada con su madre. Sigue sonando hasta que el tono acaba por convertirse en un biiip prolongado. Entonces cuelga y le envía un mensaje:

No me jodas, Henry. ¿Qué te pasa?

Entonces, entra en WhatsApp y lo llama desde allí. De nuevo, sin respuesta. Le envía otro mensaje desde la aplicación.

Henry. Soy Lucy. POR FAVOR, LLÁMAME.

Casi al instante, Henry bloquea a Marco.

—¿Le hemos hecho algo? —le pregunta a su madre, con la voz ligeramente rota—. No lo entiendo.

Su madre le sonríe y le dice:

—No, no le hemos hecho nada. Verás, Marco, tu tío no es...

—¿Qué?

—Es complicado. ¿Recuerdas cuando llegamos a Londres, el año pasado? ¿Te acuerdas de que no tuve claro quién era al verlo, por lo mucho que se parecía a Phin?

Marco asiente.

—Bueno, pues es que el tío Henry estaba ligeramente obsesionado con Phin. De adolescentes. Lo seguía a todas partes y lo miraba embobado, y luego...

Marco vuelve a asentir, pero, en cambio, su madre niega con la cabeza.

—Nada —dice—. Luego nada.

—¡No! Cuéntamelo. ¿Qué ibas a decir? ¿Tiene que ver con la razón por la que nos ha bloqueado? ¡Tienes que contármelo!

—Es... Uff. Marco, mira, sé que quieres mucho a Henry.

Y yo aprecio que tengáis ese vínculo; no quiero estropear vuestra relación. Y te prometo que lo que estoy a punto de decirte no implica de ninguna de las maneras que Henry no te adore ni que sea mala persona. Porque no lo es. En absoluto. Pero cuando éramos adolescentes, cuando nos pasaron todas aquellas desgracias en la casa de Chelsea, Henry a veces no se portaba bien con Phin. Lo tiró al río porque no quiso besarlo, y él estuvo a punto de ahogarse. Y luego, la noche en la que nos escapamos, Henry ató a Phin a un radiador y..., bueno, pudo haber muerto de nuevo. Su comportamiento para con él era un poco retorcido. Clemency le contó a Phin que Henry iba a ir a Botsuana, así que él se marchó ese mismo día. Ahora creo que Henry puede haberse enterado del posible paradero de Phin y está yendo a...

—¿A qué? ¿Crees que va a hacerle daño?

—No, al menos no en el sentido estricto de la palabra. Pero sí que lo incomodará. Lo hará sentir inseguro, ¿me entiendes?

El cerebro de Marco se volvió loco, como si un montón de chispas volasen por todas partes, cuando intentó asimilar esa información. El tío Henry era un poco raro, pero no de la forma que su madre le había descrito. Era raro de una forma guay y borde. Era gracioso. Lo hacía reír. Comprendía cosas que los demás adultos no. Pero este asunto de Phin...

—Tenemos que encontrarlo —dice Marco.

—Sí, ya lo sé. Es lo que llevo intentando hacer todo el fin de semana. He encontrado todos sus dispositivos viejos, pero no tengo ni idea de cómo acceder a ellos.

—Dámelos a mí.

Ella suspira y se pone en pie, va a su habitación y sale un minuto después con dos iPhone viejos, un Apple Mac, un iPad y un montón de cargadores.

—Lo he intentado todo —dice—. Cada combinación de

fechas y cumpleaños y números de vivienda. No soy capaz de entrar.

Marco da un golpecito con los nudillos en el borde de la mesa del comedor; la cabeza le da vueltas a causa de los pensamientos contradictorios.

—Podría pedirle ayuda a Alf.

—¿Alf? ¿Es *hacker* o qué?

—Sí, algo así.

—Hum. A Henry no se le da mal la informática precisamente. También podría considerársele un *hacker*. Dudo mucho que ninguno de sus dispositivos sea menos que impenetrable.

—Ya. Pero es viejo. Alf es joven. Los *hackers* jóvenes pueden con los viejos.

Mira a su madre y ve que ella tiene una sonrisa irónica en los labios.

—Por intentarlo no perdemos nada, supongo.

Marco asiente con confianza, saca el móvil y le escribe un mensaje a Alf.

29

Atravieso el aparcamiento hacia el tipo que está de pie junto a la enorme motocicleta.

—¡Hola! —digo, y extiendo la mano enérgicamente—. Soy Joshua Harris. Tú debes de ser Kris.

Kris me toma la mano con la suya y la estrecha ligeramente. Intento no hacer ninguna mueca. Tengo que ver por dónde respira antes de planear cómo jugársela.

—¡Sí! Kris Doll, encantado de conocerte.

Me mira de arriba abajo y, durante un momento, creo que lo hace con lascivia, pero entonces me acuerdo de que salía con la buenorra de Mati del Magdala, así que es poco probable que yo sea su tipo; seguramente estará comprobando que voy bien vestido para ir de paquete en su moto. Asiente a modo de aprobación y luego saca unos documentos de una bandolera.

—Muy bien —dice mientras hojea los folios con las puntas de los dedos—. Solo tengo que hacerte unas preguntas, si no te importa. Temas de seguridad; burocracia. Las bases legales. Si quieres leerlas, adelante, no hay prisa.

Me lanza una supersonrisa. Es muy atractivo, pero, en mi opinión, debería cuidarse mejor la piel: la tiene muy seca.

Y su pelo oscuro y desgreñado necesita urgentemente un buen acondicionado y un acicalado, pero si se pasa el día con el casco puesto, imagino que no le parece que merezca la pena el esfuerzo. Le echo unos treinta y ocho. Tomo los papeles, me siento en un banco y los hojeo; firmo «Joshua Harris» con una floritura y se los devuelvo.

Les echa un vistazo rápido.

—Fantástico. Súper. Vale. Vamos a prepararte. ¿Has subido en una Goldwing alguna vez?

—Nop. Nunca.

—¿En algún otro tipo de moto?

—Eso sí. Un par de veces. De paquete con amigos. Pero no soy aficionado; no me va.

—Imagino que serás incapaz de recordar las marcas de las motos en las que has subido, entonces.

Confirmo su teoría con un gesto de la cabeza. Lo he decepcionado.

—Lo siento —me disculpo.

Él le quita hierro.

—No te preocupes. No pasa nada. En realidad, esta moto es la más cómoda que existe en el mercado, te lo prometo. Jamás querrás ir de paquete con nadie más. Venga, arriba.

Me ayuda a subir y me siento erguido, como un principito a punto de ser transportado en un palanquín de oro. Me explica la ruta que vamos a realizar, pero no lo escucho. Observo la parte de atrás de su cabeza mientras se acomoda en la parte delantera del asiento y se pone el casco. Luego le miro los hombros: son tan anchos como le corresponden a un hombre que antes se dedicaba a pasear a gente en una barca a remo. Noto el único grado de separación que existe entre Phin, él y yo, y me pregunto si seré capaz de encontrar el momento de desvelar mi conexión con nuestro amigo en común en algún punto de la conversación. Tiene que sonar natural, una coincidencia extraña. No puede sentirse interrogado. No debo apresurarme.

Kris me lleva por la llamada Milla Magnífica, una avenida de rascacielos que colinda con las riberas del río Chicago.

—¡¿De qué parte de Inglaterra eres?! —se gira para gritarme.

—¡De Londres! —le grito en respuesta.

—Guay —dice.

—¿Has estado alguna vez en el Reino Unido?

—Sí. Hace unos años. Salía con una chica inglesa.

—¿Adónde fuiste?

—A su casa. Vivía en Milton Keynes.

—Ah —comento—, es bonito.

Me señala cosas, iglesias y demás, pero percibo que no le interesan en absoluto, y a mí tampoco. Al fin nos sumimos en un silencio social, contemplo el paisaje en movimiento y huelo la gasolina de las calles y la leve humedad del casco —sabe Dios cómo se limpiará el interior de un casco, pero intento no pensar demasiado en ello—. Luego, cuando las farolas se encienden y la ciudad va dando paso a la orilla del lago Míchigan, la moto se detiene junto a una playa de arena y nos bajamos.

Kris saca una manta de la maleta y la estira sobre la arena. Saca una cerveza sin alcohol de la nevera portátil para él y descorcha la media botella de champán y me sirve una copa a mí. El cielo se está volviendo de un rosa edulcorado por encima del lago; los altos edificios de la ciudad son como siluetas de papel negro. El aire es del suave calor de junio y he pasado una maravillosa tarde sobre la moto de Kris viendo una ciudad que no conocía. La experiencia ha tenido un inesperado tinte de intimidad: ahora es como si estuviésemos vinculados de alguna forma, y me pregunto si todos los que contratan sus servicios se sienten así o si solo les sucede a las personas solitarias y heridas como yo. Casi no he probado bocado en todo el día, de modo que el champán barato y tibio se me va directo al fondo del estómago y a la sangre. Entonces, mientras mis ojos admiran la belleza de la silueta de Chicago reflejada en el espejo rosa dorado que es el lago, me percato de que estoy llorando.

Giro la cabeza unos grados para evitar que Kris me vea y me seco las mejillas disimuladamente con los hombros.

—¿No es precioso? —dice, y yo asiento de nuevo, ya que no me fío de poder hablar.

Me anega una emoción que no dispongo de vocabulario suficiente para describir. Una agitación en mi alma de pérdida y vacío y falta e inconclusión. Me siento incompleto. Siempre me he sentido así. Y en varios momentos de mi vida creí que al doblar la siguiente esquina hallaría algo que me completaría. Creí que me completaría dar con Libby, volver al hogar de mi infancia, ser rico y exitoso, ser guapo y cachas, tener buen sexo con mala gente, mal sexo con buena gente, amoríos sin amor, una cocina de escándalo con alacenas sin tiradores... Todas estas cosas pensé que me completarían, pero ninguna lo ha logrado. Y ahora aquí estoy, a orillas del lago Míchigan, con un hombre guapo de nombre Kris Doll sentado a mi lado, que bebe cerveza sin alcohol como buen conductor responsable, directamente del botellín; y el cielo está en llamas y nadie me quiere y yo no quiero a nadie y estoy solo, muy muy solo, y, joder, vaya, ¿cómo tengo que buscar a Phin? Tengo que encontrarlo y, si eso no me arregla, juro por Dios que nadaré por el lago y me lanzaré al naranja ácido de su superficie hasta quedar reducido a un borrón de cenizas.

Me aclaro la garganta y me enderezo.

—¿Cuánto tiempo llevas dedicándote a esto? —le pregunto a Kris.

—Ah, pues, ya sabes, unos cuantos años. Antes trabajaba en el lago, dando paseos en barca, excursiones; esas cosas.

Hago como si no supiera nada de eso.

—Entonces, ¿eres de Chicago? ¿Naciste aquí?

—Sí. Desde la cuna. ¿Y tú? ¿Siempre has vivido en Londres?

—Sí, así es. Nací en un hospital con vistas al Parlamento, me crie a orillas del Támesis y ahora vivo en el centro. Soy londinense hasta la médula. —Hago una pausa para buscar una forma de dirigir la conversación hacia la información que necesito. Doy con ella—. ¿Qué pasó con la chica de Milton Keynes?

—Ah, rompimos. No pudimos soportar la larga distancia. Además, ella... —Hace una pausa—. Bueno, le resultó imposible aceptar mi sexualidad.

Me quedo sin aliento. ¿Kris Doll no es hetero?

—O sea que ¿no te van solo las chicas?

—Correcto. —Pasa las manos por el botellín de cerveza—. Sí. Creía que los ingleses erais todos liberales y tolerantes. Al menos los que había conocido hasta entonces eran así. Pero ella no, según quedó claro.

—¿Conoces a muchos británicos?

—Unos cuantos, sí. Sobre todo tíos. Cuando salgo de copas y tal.

—¿A qué tipo de bares sueles ir? ¿Hay algún lugar para chicos *queer* aficionados a las motos?

Suelta una risotada irónica.

—No. No muchos. Antes iba a un bar de moteros, pero me metí en una situación un pelín complicada con una chica y ahora me ciño a los bares normales.

—¿Una situación complicada?

—Sí. —Vuelve a reírse—. Me gustaba mucho, pero a ella le gustaba otro tío, y se pasó meses jugando con nosotros, enfrentándonos, y luego... En fin. Giro de la trama: resultó que el tío era bi, como yo, y él y yo..., ya sabes. —Se ríe y esboza una mueca—. No le hizo ni pizca de gracia. Por eso dejé de ir por allí.

Finjo seguir escuchándolo, pero en realidad ya ni lo oigo. Me centro en tragarme la bola de fuego de asombro que acaba de saltarme del estómago a la garganta ante la revelación de que Phin es bi, sale con hombres y mujeres, y que Phin, mi Phin, se ha acostado con Kris Doll, el hombre junto al que estoy sentado ahora mismo. Y que, si me diese por tocar a Kris, casi sería como tocar a Phin, y debería sentir celos, quizá, o ira, pero no: simplemente me siento lleno de asombro y me embarga la necesidad de estar cerca de alguien que ha estado con Phin.

—¿Cómo era?

—¿Quién, el otro tío?

—Sí, el otro tío.

—Ah, pues también era inglés. ¡Mira por dónde! De Londres. Un poco... pijo.

«Pijo.» Trago con fuerza.

—¿Ah, sí?

—Sí. Fue, tal vez, la persona más interesante a la que he conocido en la vida.

—¿En qué sentido?

—Ah, pues en... Era hermoso, pero carecía de vanidad. Y su forma de ver el mundo era... muy pura, ¿sabes? Pero también tenía una historia loquísima.

—Uuuh —digo de forma juguetona—. ¿Había sido un mago de adolescente?

Kris se ríe.

—No, no. Nada de eso. Aunque el psicópata de su padre

sí que lo encerró en un cuarto. —Me mira para comprobar si me ha impactado la revelación, cosa que finjo a las mil maravillas, y continúa—: Vivía en una mansión con vistas al Támesis. Y su padre era un timador o algo así, que engañó a una familia rica y le arrebató todas sus posesiones terrenales; luego se volvió loco y empezó a encerrar a la peña. Mi amigo escapó de allí de adolescente y lleva huyendo desde entonces.

—¿Huye de su padre?

—No, de su padre no. Creo que murió, no sé cómo. Pero en aquella casa había más gente por aquel entonces, gente de la que no quería volver a saber nada. Como un tipo que lo esposó a un radiador.

Vuelvo a tragar, fuerte.

—Qué retorcido.

—Sí. Muy macabro. Pero este tío, que se llamaba Finn, por cierto, consiguió sobreponerse. Irradiaba bondad, ¿sabes? Otras personas permitirían que ese dolor los marcara para siempre. Pero él no. Salió adelante por sí solo. Se labró su propio futuro.

—Parece una fuente de inspiración.

—Sí, sí que lo es.

Me pongo en alerta al oír que Kris utiliza el presente.

—¿Qué fue de él?

—Le salió trabajo en una reserva de animales en África. Siempre sintió pasión por los animales. Por la conservación. Ese tipo de cosas. —Hace girar el botellín de cerveza entre las manos y dice—: Según tengo entendido, ha vuelto.

—Ha... —Me quedo callado y me contengo para no parecer demasiado emocionado.

—Sí. Llegó hace un par de días.

—¿Aquí? ¿A Chicago?

—Sip. Me encontré con un amigo en común ayer y me dijo que lo había visto por ahí. Según parece, estaba a punto de alquilar un Airbnb. Puede que intente quedar con él. Siempre es un placer verlo. —Suspira y tira los posos de la cerveza en la arena—. En fin, creo que ya es hora de...

—Sí —concuerdo de inmediato—. Probablemente, sí.

El cielo está azul oscuro y los rectángulos negros de los rascacielos sobre el lago brillan dorados a causa de las ventanas iluminadas.

Me termino el champán barato y templado y tiro la botella en una papelera. El cerebro me da vueltas cuando me subo a la Goldwing y me vuelvo a poner el casco. Tardamos quince minutos en llegar al hotel. Cuando nos detenemos delante de la entrada, me quito el reloj y lo meto en la maleta de la moto.

Entonces, le devuelvo el casco a Kris y le digo adiós con la mano. Él cree que no volverá a verme. Pero se equivoca.

30

Samuel

Philip Dunlop-Evers es un hombre bajo con poco pelo y barbilla escasa. Lleva un polo blanco, unos vaqueros y unos mocasines de cuero barato. Me abotono la chaqueta del traje y me levanto para saludarlo con la mano extendida.

—Philip, muchas gracias por venir con tan poco tiempo de antelación —le digo.

—Ningún problema. Al fin y al cabo, es acerca de mi hermana. No se me ocurre una causa más importante para cancelar unos cuantos planes y subirme a un tren.

—Siéntate, por favor.

Se sienta y me mira. Parece que la cabeza le dé vueltas a causa de la cantidad de pensamientos que la pueblan. No me sorprende.

—Philip, hace poco recibimos una llamada de un guía de *mudlarking*. ¿Sabes lo que es eso?

Asiente.

—Se había topado con unos huesos, un esqueleto humano al completo. Creemos, Philip, que pertenecen a tu hermana, Bridget.

—Birdie —susurra.

—Eso es, Birdie, en efecto. Si no te importa, si te parece bien, me gustaría compartir algunos detalles contigo. Para confirmar. Cuéntame, Philip, ¿qué pasó la última vez que viste a Birdie? ¿Lo recuerdas?

—Sí. Muy claramente. Por aquel entonces era medio famosa.

—Sé que formó parte de una banda de pop.

—Exacto. Tuvieron un pelotazo; fue número uno durante varias semanas. Fue un gran éxito para ella. Fue... Somos una familia de músicos, pero no nos va mucho eso, ¿sabes?, lo de ser tan... visibles. Nos sorprendió bastante. Ella iba a tocar con su banda en el Corn Exchange, un bolo pequeño, así que decidió pasar la noche en casa de nuestros padres, en lugar de en un hotel. Yo tenía, ¿qué, catorce años? ¿Quince? Lo recuerdo bien. Mi madre y Birdie discutieron. Siempre discutían. A mi madre no le gustan las chicas, ¿sabes? Tuvo seis varones y dos mujeres, y con ellas siempre se llevó a matar. Después de la pelea, Birdie no volvió a casa. Ni una sola vez. Sé que nuestra hermana la veía de vez en cuando, seguro que ella podría darle más detalles sobre ese periodo de su vida, pero falleció hace mucho tiempo.

—Ah. ¿Sería su muerte la que propició la reunión familiar a la que Birdie no asistió y que llevó a vuestros padres a interponer la denuncia?

—Sí. La despedida de Jenny. Intentamos encontrar a Birdie por todos los medios, pero nadie parecía saber nada de ella. Ninguno de sus compañeros de grupo. Tenía un novio, un tal Justin. Tampoco había rastro de él. Y esto fue a mediados de los noventa: nadie tenía redes sociales. Ni móviles. Ni internet. Acabamos en un callejón sin salida. No supimos qué más hacer. Nos quedamos junto a Jenny hasta que falleció, y luego, después del funeral, uno de nosotros (creo que mi hermano Dicky) denunció la desaparición de Birdie a la policía. Y, bueno, el resto es historia.

—Y de Justin, el novio, ¿qué recuerdas?

Philip se encoge de hombros, como si fuera la primera vez que piensa en el novio de su hermana.

—¿Jamás consideraste que quizá...?

—¿Qué? ¿Que tuviese que ver con la desaparición de Birdie? Pues claro. Por supuesto que nos lo planteamos. Pero, cuando la policía fue incapaz de dar con él, nos pareció más probable que hubiesen huido juntos, o muerto juntos. Justin era un blandengue; un perrito faldero. No un asesino. Al menos esa impresión me dio.

—¿A qué se dedicaba Justin? ¿De qué trabajaba?

—Era un... Bueno, decía ser músico. Percusionista. Tocaba la pandereta en la banda de Birdie. Claramente eso no es una carrera como tal. Asumo que tenía otras habilidades. Era un poco *hippy*. Desaliñado. Aventurero. Un poco excéntrico.

—Así pues, Birdie y vuestra madre discutieron. Birdie se marchó. Y ¿sabes dónde vivía por aquel entonces?

—En Londres. No sabíamos nada más. Con Justin. Y un gato.

—¿Tenía un gato? —Lo anoto en mi cuaderno.

—Sí. Creo recordar que lo adoptó sin consultarlo con su casero. Los tenía pensado echar por ello, así que andaban a la búsqueda de vivienda.

—Y ¿no sabes dónde acabó?

Philip suspira.

—Según dijo, tenía un plan. Conocía a alguien que vivía en una casa enorme y que quizá pudiese acogerlos durante un tiempo.

Noto que me vibra un músculo en la mejilla.

—¿Una casa enorme?

—Sí.

—No sabrás dónde estaba esta casa enorme, ¿verdad?

—No. Lo siento. Lo único que dijo era que había hecho un amigo que vivía en una casa enorme y que les había ofrecido una habitación con carácter temporal.

—Y ¿en qué año fue esto?

—El mismo en el que dejó de hablarse con mi madre, cuando yo tenía catorce. Supongo que 1988, cuando su banda estaba en lo más alto.

—Y la banda ¿se disolvió en 1990?

—Sí, por esas fechas.

Suspiro y estiro los hombros ligeramente.

—La mujer cuyo esqueleto ha reconstruido el equipo de la policía científica tiene unos veinticinco años. Eso nos colocaría en 1995. Tu otra hermana, Jenny, murió en el año...

—Mil novecientos noventa y seis.

Me reacomodo en la silla para aliviar el dolor que siento en la espalda.

—Bien. Philip, hemos encontrado fibras pegadas a estos huesos. Fragmentos de la etiqueta de una toalla de baño. De una marca muy cara. Eso me hace pensar que, si ella misma no era lo bastante rica como para permitirse una toalla de doscientos dólares, debía de estar con una persona que sí lo era. Me llama la atención esa casa enorme y ese amigo nuevo. ¿Recuerdas algo más acerca de esta situación?

—No. Ninguno nos acordamos de nada. Se nos hizo la misma pregunta en el interrogatorio de la investigación original. Nadie pudo dar más detalles. Ni siquiera sabemos si Justin y ella aceptaron la oferta de ese nuevo amigo. —Se encoge de hombros y me mira muy repentinamente; descubro que sus ojos están húmedos por las lágrimas—. ¿Cómo murió? Mi hermana. Es mi hermana, ¿verdad?

Le devuelvo la mirada y asiento.

—Eso creemos, sí.

Me horroriza haber priorizado mi necesidad de descubrir la causa de la muerte ante la responsabilidad de revelarle con tacto las malas noticias al hermano de la víctima. Me aclaro la garganta y me yergo un poco.

—Parece haber fallecido de un impacto en el cráneo —le digo—. Luego debieron de abandonarla para que se descompusiera en una crisálida de tela y toallas, en el exterior. Los huesos fueron extraídos de las toallas y trasladados a una bolsa negra, a la que le hicieron un nudo y la tiraron al Támesis, o eso suponemos, hace unos meses. Quizá un año.

—Es decir, que el asesino volvió a por ella.

—Sí, eso parece.

Philip hunde la cabeza en el pecho. Cuando la vuelve a alzar, tiene lágrimas en las mejillas.

—¿Por qué iba nadie a querer matarla?

—Puede haber sido un accidente.

Philip niega con la cabeza.

—No. No lo parece en absoluto, ¿verdad? Haberla amortajado y haber vuelto a por ella veinticinco años más tarde; haberse deshecho de los huesos... No me suena a accidente.

—No —concuerdo—, tienes razón.

Veo que la comprensión le atraviesa la cara.

—Alguien asesinó a mi hermana —afirma—. Y sigue ahí fuera. Hoy.

—Sí, me temo que eso parece.

Philip me mira. Tiene los ojos muy abiertos.

—Vas a encontrar a su asesino, ¿verdad? Lo vas a encerrar. Y a hacérselo pagar.

Quiero decir que sí, pero no puedo, dado que sé que un caso como este puede llegar hasta cierto punto, no mucho más allá, y que el paso del tiempo ofusca y complica las

154

cosas: que la historia se traga las pruebas. Pero sé que voy a hacer todo lo que pueda, y eso es todo lo que se me puede pedir, así que digo:

—Philip, te doy mi palabra de que haré todo lo que esté en mis manos.

31
Abril de 2017

—Cariño, pareces cansada. ¿Duermes bien?

Rachel miró a su padre desde su escritorio, donde estaba tecleando números en su programa de contabilidad. Su padre se le apareció tras una neblina de visión borrosa y pensamientos borrosos; una percepción distorsionada del mundo.

—Estoy bien —dijo—. Perfectamente bien. He tenido una semana muy larga.

—Bueno, pues dile a ese maridito tuyo que te lleve a algún sitio este fin de semana. A una de sus muchas casas. No me puedo creer que no te haya llevado aún a Antibes, ¡si lleváis casados dos meses! No me puedo creer que no... —Su padre suspiró, y ella notó el peso de las palabras que no dijo y las preguntas que no planteó en el aire entre los dos—. Pero va todo bien, ¿verdad? Entre vosotros.

Rachel asintió.

—Claro que sí —dijo—. Todo va bien.

Estaba en casa. No en la suya, sino en la de sus padres; la casa en la que se había criado, en la que había vivido con una madre y un padre y una larga lista de perritos que su madre recolocaba cada vez que tenía que salir de viaje durante más de un mes. Era una casa preciosa, con altos ventanales y un camino de entrada vallado, un jazmín trepando por la fachada principal y el flamante Range Rover de su padre aparcado fuera. Ahora su padre vivía solo, desde el fallecimiento de la madre de Rachel, cinco años atrás. Rachel y su padre habían sido un dúo durante esos cinco años: quedaban para desayunar en el Wolseley, para tomar té con pasteles en su pastelería favorita del Soho y para ir de tiendas cuando él necesitaba la opinión de su hija acerca de su indumentaria, expediciones de las que Rachel acababa regresando con bolsas sedosas de *boutiques* que no se podía permitir. Rachel siempre había congeniado con su padre, mucho más que con su madre, a quien encontraba irritante e impredecible. Su muerte había servido para unirlos aún más, pero, desde que Rachel había conocido a Michael, había notado que su padre se alejaba de ella, que se difuminaba y disminuía, que se convertía en una silueta, en un boceto. Incluso allí, de pie junto a ella, con una taza de café entre las manos, con sus pies enfundados en calcetines hundidos en la gruesa moqueta de color crema que su madre adoraba y que había que encargar que viniesen a limpiar una vez al año; incluso entonces, a escasos centímetros de ella, no era capaz de ubicarlo. Como si hubiese poca cobertura. «Se corta la señal.»

Su padre le dio un apretón en el hombro y le dijo:

—Me lo dirías, ¿no? Si algo te preocupase.

Rachel asintió vigorosamente.

—Por supuesto que sí.

—Es que creo... Tu madre te preguntaría más cosas, me parece. Quizá te aconsejaría que tuvieses cuidado. Quizá. Es que son tres meses. Incluso con un partidazo como Michael es muy poco tiempo. Cuando te paras a pensarlo.

Rachel tecleó con mayor ímpetu.

—Todo va bien. De verdad. No le des tantas vueltas. Estás poniéndote como mamá.

«Poniéndote como mamá.» Eso siempre daba en la diana del malestar de su padre.

—Perdón. —Él retiró la mano de su hombro—. Perdón.

Escuchó sus pasos, que quedaron ahogados por la moqueta aterciopelada, alejarse de ella. El aroma de su café había quedado atrás. Inspiró fuerte para contener las lágrimas, pasó las páginas de su libro de cuentas y comenzó a teclear otra hilera de números.

Una hora más tarde, se fue de casa de su padre. Estaba empezando a llover.

—Espera —le dijo su padre con firmeza desde la entrada—. Espera, te llevo en coche. Deja que coja la chaque...

—No, tranquilo, prefiero ir caminando. Tengo paraguas.

—No me importa llevarte.

—No. Prefiero caminar.

Lo miró. Brian Gold, con su jersey de astracán azul marino y sus calcetines y su pelo aún abundante y oscuro a pesar de estar bien instalado en la sesentena, tenía la cara llena de preocupación. Notó que algo caliente y líquido le recorría el cuerpo, una sacudida enfermiza de amor y tristeza.

—Adiós, papá.

Tomó la escalera mecánica más larga desde la calle en la estación del metro de St. John's Wood y contempló el aterrador abismo que se extendía ante ella. Se imaginó saltando al vacío desde lo más alto hasta el fondo, aterrizando como una pila de huesos rotos y astillados; las bocas de la gente abiertas para emitir alaridos. Y ella sería libre al fin.

Le sonó el teléfono justo antes de quedarse sin cobertura. Era un mensaje de Michael.

Hola, preciosa. ¿Qué te apetece cenar?
Salgo ahora a comprar.

Ella tecleó a toda prisa, antes de quedarse sin señal.

Pasta me parece bien. ¿Con gambas?

Le dio al botón de enviar y se quedó mirando el móvil, deseando que el mensaje llegase al teléfono de Michael, y suspiró con alivio cuando lo vio enviado. Si no recibía respuesta antes de salir a comprar, la noche empezaría con mal pie. Volvería con algo que a ella no le gustase, a propósito, y diría «Bueno, como no me dijiste nada, pues eso». Se mostraría seco. Ocultaría su afabilidad. Y si había algo que Rachel quería mantener a todas horas era la afabilidad de Michael. La oscuridad que existía tras su afabilidad era inconmensurable y le hacía pensar —cosa que hacía muy a menudo— en un mundo paralelo en el que no había llevado los juguetes eróticos a la luna de miel, no había respondido la pregunta de Michael acerca de si los había usado con otros hombres y se había contentado con el perfectamente adecuado sexo suave durante cincuenta años. Y se enfadaba consigo misma por haber cambiado el rumbo de su matrimonio tan drásticamente por algo que ahora le parecía una nimiedad.

Se pasó todo el trayecto en metro girando el anillo de compromiso en el dedo. Miró su sombrío reflejo en la ventanilla de enfrente y le suspiró. Cuando salió del metro en Fulham Broadway, ya había dejado de llover, las aceras lucían un color gris y los coches siseaban al pasar sobre los charcos oscuros. Miró el móvil y vio que Michael le había enviado una carita sonriente. Sintió que le cambiaba el humor, que se le aligeraba el paso. Cuando entró al apartamento, él estaba sacando la compra de las bolsas en la cocina. Le sonrió.

—Hola, preciosa. ¿Qué tal está tu padre?

—Está genial. —Se le acercó y alzó la cara para ponerla a la altura de la suya y dejó que la besase en ambas mejillas; notó un indicio de barba contra su piel. Se alejó de él—. Te manda saludos.

—Y ¿qué tal las cuentas?

—Muy prometedoras.

Volvió a sonreírle. El sol poniente irrumpió a través de una nube y lo cubrió de luz. Parecía dorado.

—Genial. En serio. Porque voy a necesitar algo de ayuda este mes.

Rachel notó que le bajaba un cubito de hielo por la espina dorsal.

—Ah —comenzó con cautela—. Creía que ya estabas cobrando. De la casa de Antibes.

—Bueno, sí. Algo así. Pero estamos en temporada baja. No hay muchas reservas. Y aún tengo que pagar al de la limpieza. Y al de la piscina. Mejorará el mes que viene, pero este aún voy escaso de fondos.

Metió una bandeja de gambas en la nevera. Ella se percató de que eran las pequeñas y rosas gambas precocinadas, no las grandes y crudas de color perla que siempre solía comprar. También se dio cuenta de que había ido a Tesco y no al Wholefoods, como antes.

El sol se ocultó tras la nube y Michael retomó su color normal.

—¿Qué necesitas que haga? —preguntó Rachel.

—Bueno, pues podrías empezar por pagarme la compra. —Señaló los productos que había sobre la encimera.

—Claro —respondió ella, intentando que no trasluciera su preocupación—. ¿Cuánto ha sido?

Michael sacó un recibo de la bolsa y lo miró.

—Veintiséis libras.

—Claro —repitió ella; sacó un billete de veinte y otro de diez de su bolso y los deslizó hacia Michael por la encimera.

Él cogió los billetes y se los metió en el bolsillo trasero del pantalón.

—Gracias, amor. Esta situación no durará mucho, te lo prometo.

Un cargamento se había perdido, o algo así. Según Michael, estaba valorado en «un millón no, pero casi». Y lo habían obligado a pagarlo de su bolsillo. «Todos mis ahorros, Rachel. Todo.»

Había llorado, había enterrado su húmeda cara en el hombro de ella y le había dicho que no valía para nada, que debería dejarlo, que no la culparía, que eso no era lo que habían acordado, que era menos de lo que merecía. Ella le había acariciado el pelo, lo había calmado y le había dicho que no estaba con él por su dinero; que estaba con él porque lo quería. Lo quería. Lo quería.

Desde entonces, saltaba a la mínima. Estaba decidido a hacerla sentir cada pulsión de autodesprecio que él sintiese. Había puesto la casa de Antibes en alquiler vacacional y estaba planteándose vender el piso de Fulham y mudarse al apartamento de Rachel, en Candem.

—Seguro que no acabamos teniendo que llegar a esos extremos —había dicho—, no me cabe duda. Pero en caso de que sea necesario...

Ella había asentido.

—Ay, Dios. Sí. Claro. Por supuesto.

Las horas que antes se les iban en decidir adónde ir a cenar ahora las pasaban en casa decidiendo qué ver en la televisión. E incluso esto provocaba tensión, pues Michael explicaba el coste mensual exacto de cada plataforma.

—¿A qué hora quieres cenar?

Rachel le echó un vistazo al reloj. Eran las seis.

—¿A las siete, por ejemplo?

—Perfecto.

Michael se echó un trapo al hombro, sacó una olla de un armario y la llenó de agua del grifo.

Esa misma noche, cuando estaban en la cama, Michael se tapó hasta el pecho, agarró el edredón con los puños y miró al techo. Acababan de terminar un interludio sexual muy insatisfactorio: su pene se ponía flácido cada minuto o así, y acababan por tener que reanimarlo o bien Rachel o bien el propio Michael. Había terminado con Rachel a cuatro patas y Michael empujando impersonalmente durante más de diez minutos hasta eyacular sin ningún indicio de placer.

—Es por el dinero —le dijo tras un corto y turbio instante de silencio poscoital—. Es que... no estoy acostumbrado a ser pobre. No estoy acostumbrado a tener que pedirle dinero a la mujer que amo. Me siento... emasculado, Rachel. Estoy castrado, joder.

Rachel lo miró pensativa. Le dieron ganas de recordarle que llevaba sufriendo gatillazos desde mucho antes de haber perdido todo su dinero. Llevaba sufriéndolos desde la luna de miel, desde aquella estúpida sugerencia de expandir su repertorio sexual.

—Qué tontería —dijo, y en cuanto las palabras salieron de sus labios, supo que no eran las adecuadas.

Él se giró bruscamente.

—¿Tontería?

—No. —Ella se encogió—. Tontería no. Más bien...

—Joder, Rachel. Joder. ¿No ves lo que está pasando? Esto no es una tontería. Estoy sin blanca, coño. Quizá tenga que vender este piso. Tengo gente..., madre mía, Rachel, no sabes qué clase de gente tengo pisándome los talones. Y tú... Tú te das el lujo de marcharte cada día a tu precioso estudio y hacer tus preciosas joyitas con tu precioso papaíto siempre dispuesto a sacarte las castañas del fuego en cuanto los números se ponen rojos. Y tu precioso pisito sin hipoteca y... y tu juventud. No tienes ni puta idea, pero ni la más mínima idea de nada, Rachel. Eres una puta cría. —Michael lanzó el edredón sobre la cama y se dirigió hacia el cuarto de baño.

Rachel parpadeó despacio para calmarse. Vio sus níveas nalgas alejarse de ella con toda su ira. En su mente, una voz le devolvía los gritos a Michael. Soltaba palabrotas y le decía que era un imbécil, que era un capullo, que era un inútil en la cama y pobre y viejo y que lo odiaba, que deseaba no haberse casado con él, que quería recuperar su vida, la que no implicaba ir de puntillas para no pisar la frágil masculinidad de un hombre de mediana edad ni resucitar su pene como un médico de urgencias cada noche.

Pero lo aspiró todo hacia dentro, se quedó tumbada boca arriba en silencio y esperó a que regresara. Cuando lo hizo, le pasó un brazo sobre el cuerpo con ternura y le dijo:

—Te quiero.

Incluso mientras articulaba esas palabras se preguntaba si eran verdad, porque estaba casi segura de que el amor no debería ser así.

—Voy a arreglarlo, Rachel. Te lo prometo. Voy a arreglarlo.

Ella asintió, pero no dijo nada.

El silencio era más seguro.

32

Junio de 2019

Al llegar al hotel, dejó pasar una hora y luego lo llamó.

—Kris. Soy yo. Joshua. Disculpa, pero creo que me he dejado el reloj en tu moto.

—¿El...?

—El reloj. Es un Cartier antiguo. Era de mi padre. Me lo quité y lo guardé en una de las maletas y luego me olvidé de cogerlo al final del trayecto. Tonto que soy.

—Ah. Vale. Sin problema. He aparcado la Goldwing en el garaje que tengo alquilado a un par de manzanas de distancia. Ahora mismo no puedo ir a por ella, pero más tarde me puedo pasar a echar un vistazo. ¿Te importa esperar?

—No, no, para nada. Sin prisa. Estaré en Chicago un par de días más. Podemos quedar donde me digas. En cualquier sitio. Donde mejor te venga.

—También podría dejártelo en la recepción del hotel.

—No, no quiero causarte más molestias. Tú dime dónde estás y ya me acerco yo hasta allí.

—Ah, vale. Como quieras. Te enviaré un mensaje cuando haya dado con él.

—Genial. Muchas gracias, Kris, y disculpa por las molestias.

—Tranquilo, Joshua, no es nada.

Son las diez de la noche; debería abrir el portátil y ponerme al día con los correos. He dejado muy de lado el trabajo. Le he dicho a mi equipo que he pillado un virus y que tengo que guardar cama en el hotel, y que echaría un vistazo al correo de vez en cuando. Sin embargo, no lo he abierto desde que llegué a Chicago. Ahora dispongo de un par de horas libres, pero no soy capaz de ponerme a ello. Ardo por dentro al saber que está aquí, en la misma ciudad que yo.

Phin está en Chicago. Phin tiene un apartamento en Chicago, aunque no está viviendo en él. Phin es bisexual. He pasado la tarde con un hombre con el que se ha acostado, pero que no sabe dónde está. No obstante, otro de sus amigos puede que lo sepa. La buenorra de Mati, del bar de moteros.

Me doy una ducha y me cambio, y media hora después estoy de vuelta en el Magdala.

—Esta chica, Mati, estuvo aquí el sábado por la noche con un tío enorme con... —Me paso las manos por los brazos para indicar los tatuajes.

El barman entrecierra los ojos y asiente.

—¿Ha venido hoy?

Niega con la cabeza.

—Entre semana tiene a los niños.

—¿Tiene hijos?

—Sí. Dos. No volverá hasta el viernes.

—Ah, vaya. Qué pena. Para entonces probablemente esté de vuelta en Londres.

—¿Qué quieres de ella?

—Tenemos un amigo en común. Un viejo conocido mío de Londres. Me he enterado de que ha vuelto a Chicago, pero nadie parece saber dónde está. Pensé que igual ella tenía alguna información.

—¿El tal Finn?

Lo miro con cara de sorpresa.

—Ah —digo—. Sí. El tal Finn.

—Se pasó por aquí hará una media hora. No os cruzasteis de milagro.

Se me nubla la vista. Aferro la barra con los dedos. Noto que me atraviesa las entrañas una bala helada.

—¿Estás seguro?

—Sí. Finn. El británico. El de la barba. Sí.

—¿Y sabes si...? —Muevo el peso de un pie al otro, me paso la palma de la mano por la boca y por la barbilla—. ¿Sabes adónde iba?

—Nop.

—¿Estaba acompañado?

—Nop.

—¿Estaba..., o sea, era...? —No sé qué preguntar.

—¿Estás bien?

—Sí, perfectamente. Es que... me da rabia no haber coincidido con él. Tengo... muchas ganas de verlo, es muy... importante para mí, y ahora me siento... —Estoy empezando a romperme y noto que el barman se está preocupando. Me recompongo y sonrío—. No pasa nada. Ya volveré otro día. Seguro que acabaremos cruzándonos en algún momento.

—¿Quieres que le diga algo si vuelve?

—No. No le digas nada. Solo... —«... lo asustará», quiero decir. Porque es verdad. Se asustará y saldrá huyendo. Intensifico la sonrisa—. Gracias de todas formas. Me llamo Joshua, por cierto.

—Joshua. Vale. ¿Te pongo algo?

—No, gracias. Creo que mejor me voy a casa.

—Vale. Que pases buena noche, Joshua.

Una vez en la calle, miro a izquierda y derecha. Y luego al frente. Un hombre sale del supermercado ecológico que hay al otro lado de la calle. Un hombre alto. Con pelo rubio arenoso y una barba castaña dorada bien recortada. Está bronceado. Lleva una camiseta de color caqui y pantalones cortos negros, y un par de gafas de carey. De sus manos cuelgan dos bolsas de la compra. Se detiene al salir de la tienda y mira al otro lado de la calle.

Veo que mira a través de los ventanales del Magdala en busca de alguien.

Y, entonces, con una patada en las entrañas tan fuerte que casi me caigo contra la puerta del bar, me doy cuenta de que lo he encontrado.

Segunda parte

33

Samuel

The Times

Lunes, 24 de junio de 2019

La Policía Metropolitana se encuentra investigando la aparición de restos humanos hallados por un guía de *mudlarking* en la ribera del río Támesis hace menos de una semana. Han identificado a la víctima como Bridget Dunlop-Evers, más conocida como Birdie, cuya desaparición fue denunciada por su familia en 1996, a los treinta y dos años. Había formado parte de la banda de pop Versión Original, que lanzó unos cuantos éxitos a finales de los ochenta. Poco después de su último *single*, abandonó el conjunto y jamás se la volvió a ver. Según la familia Dunlop-Evers, pasó una temporada sin hogar junto con su novio Justin Redding, percusionista en la misma banda, pero es posible que hubiesen encontrado alojamiento con un nuevo amigo que residía, según la propia Dunlop-Evers, en «una casa enorme». En el momento de su desaparición, todos los intentos de dar con el paradero tanto de Dunlop-Evers como de Redding fueron infructuosos, y su sino continúa siendo un misterio aún, tres décadas después. Cualquiera que disponga de información sobre el paradero de Dunlop-Evers o de Redding debe contactar con la Policía Metropolitana lo antes posible. También se aceptará información acerca de la ubicación de la casa donde la pareja pudo haber residido.

Una foto de Birdie de su época de estrella del pop acompaña el artículo. Lleva un pañuelo con estampado floral alrededor del cuello y un violín sobre el hombro. Su cabello es castaño claro, fino y muy largo, con un flequillo peinado hacia atrás. Sus ojos son pequeños y están entrecerrados para la cámara. Su boca es dura y pintada de rosa y, tal como predijo el especialista en reconstrucción facial, tiene la barbilla muy poco pronunciada. El texto al pie reza: «Birdie Dunlop-Evers, cuyos restos han sido hallados en la ribera del Támesis».

Accedo a los comentarios que han dejado los lectores bajo el artículo.

La mayoría son recuerdos poco amables sobre el verano en el que Versión Original pasó demasiado tiempo en el número uno de las listas, pues parece ser que todo el mundo se hartó de escuchar esa canción. Algunos son más respetuosos; otros recuerdan haber leído la noticia de su desaparición a mediados de los noventa. Otros se acuerdan de haber visto a la banda en concierto en los ochenta. Uno incluso recuerda haberla conocido en persona: «Era minúscula. Bastante guay. Me firmó la mano. Olía a ese pachuli blanco que vendían en The Body Shop y que todo el mundo usaba por aquel entonces. Era una violinista de mucho talento, con estudios clásicos. Qué lástima. Pobre familia».

Llego al final de los comentarios. La noticia no está siendo recibida como un bombazo. Más bien como una nota al pie. Una rareza. Está en el último puesto de las diez noticias más leídas de la BBC. Si tiene que llegar a la gente que puede saber algo de Birdie, es ahora o nunca.

Miro el teléfono y le pido que suene. No suena. Vuelvo a centrar la atención en el buscador y continúo investigando a Birdie Dunlop-Evers y a su banda, Versión Original. He leído las transcripciones de los interrogatorios a los que sometieron a sus excompañeros de banda justo después de su desaparición. Me dio la sensación de que solo la metieron en el grupo a causa de su talento musical, no por motivos de camaradería o por lazos de amistad. Ninguno de sus excompañeros parecía tener ni idea de dónde había estado esos dos años. A ninguno parecía importarle. La describieron como una persona fría y reservada, difícil y exigente. A Justin lo tildaron de *hippy*, colgado y demasiado bueno para ella.

Ojeo las escasas fotos de Birdie que encuentro por internet. Desapareció justo antes de la aparición de internet, así que no hay mucho que encontrar. Hay una foto recurrente. Birdie, con un sombrero de terciopelo y una blusa de satén con un lazo en el cuello, la barbilla apoyada en la barbada del violín, los ojos mirando a cámara y los labios fruncidos. La he estudiado al detalle y he visto una silla roja enorme que parece un trono, una pared panelada de madera con apliques de terciopelo negro y el indicio de una cabeza de un animal disecado.

Se me ocurre una idea y busco en Google Lens esa misma imagen para ver dónde más la han publicado. Aparecen dieciocho resultados y voy repasándolos uno por uno. La mayoría de las páginas son webs nostálgicas. Del tipo: «Qué ha sido de...». Pero la novena imagen me lleva a un vídeo de YouTube. Parece que la foto de Birdie tocando el violín es una captura de uno de sus videoclips. El de su mayor éxito. Yo no estaba aquí en 1988; tenía cinco años y aún vivía en Ghana. No tenía apenas conocimiento de la música pop. A los trece años, cuando llegué a Londres, Versión Original ya hacía tiempo que se había disuelto, así que nunca había tenido la oportunidad de ver el videoclip de esta canción que, según parece, hartó a todo residente del Reino Unido durante un verano hace mucho mucho tiempo. Lo pongo en pantalla completa y le doy al botón de reproducir.

Los miembros de la banda van todos vestidos casi igual, con volantes y capas y maquillaje. Bajan contoneándose por una escalinata de caoba que gira hacia un recibidor enorme. Uno de los miembros del conjunto sube al trono de un salto y machaca con las baquetas un tambor que lleva colgado al cuello. La cámara se dirige al pasillo y sigue a otros dos componentes de la banda hasta una estancia que parece un bar privado; detrás de la barra, una mujer les entrega unos vasos llenos de algún tipo de alcohol de color ambarino. Uno de los músicos salta sobre la barra y veo que lleva unas botas altas hasta la rodilla con cordones. La canción es enérgica y divertida. Comprendo que se hiciese tan famosa, y el vídeo es dinámico y vibrante. La cámara sigue a los dos hombres hacia otra estancia en cuyas paredes hay pinturas al óleo y una lámpara de araña gigantesca con lo que parecen velas, pero en realidad son bombillas con forma de vela. Cuando vuelven al pasillo, aparece Birdie con sus capas de terciopelo y su sombrero y sus labios rojos y su violín y... Pauso el vídeo. Ese es el preciso instante en el que tomaron la captura.

Pienso en ese inmueble al volver a darle al *play* para continuar viendo el vídeo; al contar con un bar privado, da la impresión de ser algún tipo de club. Me pregunto dónde estará. Y, entonces, la puerta de entrada se abre de par en par y salimos a un jardín muy cuidado con pequeños laberintos de arbustos bajos y un par de cañones sobre pedestales de roca; la banda avanza por el sendero sin dejar de tocar sus instrumentos. La cara del cantante ocupa la imagen la mayor parte del tiempo, y se agacha como si el camarógrafo fuese una persona de escasa estatura. Entonces, la cámara gira en redondo y nos planta, tal como se puede ver, a orillas del Támesis: en Chelsea, aventuro, quizá en el Embankment.

La cámara vuelve a girar y veo el edificio al completo: una casa de amplia fachada con tres pisos, según la colocación de las ventanas: cuatro abajo, seis en medio y seis arriba.

Algo en mi interior le proporciona un puntapié a mi columna vertebral, con fuerza. Pauso el vídeo de nuevo y contemplo la casa. Este videoclip se filmó en 1988. El mismo año en el que Philip Dunlop-Evers afirma que su hermana se alejó de su familia; la última vez que dicen haberla visto; el momento en el que estaban a punto de echarla de su piso porque se había comprado un gato sin permiso de su casero; justo cuando un amigo con una casa enorme le había ofrecido una habitación durante un tiempo.

Saco una foto de la casa que tengo pausada en la pantalla del ordenador y salgo de la oficina, no sin antes pedirle a mi colega Donal que venga conmigo.

—¿Adónde vamos, jefe?

—A Chelsea, Donal. Vamos a Chelsea.

34

A las cinco de la tarde del lunes, Alf aparece en el piso de
Henry al salir de una actividad extraescolar. Marco lo saluda
con un golpe de puño y su amigo lo sigue hacia el interior
del apartamento.

—Tío. ¿Qué hay?

—Pavo, no te lo puedo contar. Pero en resumen: Henry
se ha pirado y no nos dice dónde está, nos ha bloqueado a mi
madre y a mí y tenemos que encontrarlo. En plan, con urgencia. ¿Puedes hacer algo?

Marco abre los brazos para señalar los dispositivos de
Henry que han colocado sobre la mesa del comedor.

Alf se quita la mochila del hombro y la cuelga del respaldo de una silla, que aparta para sentarse. Mira el apartamento.

—¿Dónde está tu madre?

—Por ahí con Stella.

El chico se encoge de hombros y vuelve a centrar la atención en los dispositivos.

—¿Son todos suyos?

—Sí.

Intenta encenderlos uno a uno. Dos están sin batería y le

pide a Marco que le traiga los cargadores. Los otros dos se encienden y Alf empieza a toquetear las pantallas.

—¿Te apetece comer algo?

Marco abre la nevera y ve que toda la comida que queda ya estaba ahí antes de que se fuese Henry, porque su madre no ha ido a la tienda; tras cuatro días, el panorama empieza a dar un poco de pena. No obstante, hay un paquete de jamón cocido sin abrir, una bolsa de queso rallado sin rastro de moho y varios huevos, así que Marco prepara una tortilla para cada uno mientras Alf sigue toqueteando los dispositivos de Henry.

—Ya está —anuncia—. Su contraseña es 0000. ¿Te lo puedes creer? Es, en plan, de psicópata.

Alf pasa el dedo sobre la pantalla y Marco trae las tortillas, una bolsa de nachos pijos y dos latas de Coca-Cola a la mesa.

Alf ha sido capaz de acceder al correo electrónico de Henry y está ojeándolo.

—¿Qué estamos buscando exactamente?

—No sé. Búsquedas de vuelos, supongo. Reservas de hotel. Ese tipo de cosas.

—Espera. —Pincha en algo y gira la pantalla hacia Marco—. Mira. Estuvo hablando con una persona de TripAdvisor. Una tal Nancy.

Juntan las cabezas para leer los mensajes. Parece ser una conversación distendida acerca de la experiencia de la mujer en la reserva natural donde trabajaba el padre de Libby, Phin. No obstante, cuanto más avanza el intercambio, Marco detecta que Henry le está haciendo preguntas capciosas sobre Phin —o Finn, como lo escribe la mujer— y que ella le ha dicho que Phin puede haber regresado a Chicago, donde vive algún familiar suyo. Marco y Alf se lanzan una mirada. El corazón de Marco va a mil por hora.

—Ha ido a Chicago, ¿verdad? —dice.

Alf asiente.

—Chicago es muy grande.

Alf vuelve a asentir, luego desliza el dedo sobre la bandeja de entrada de Henry, pero no hay correos de confirmación de reserva de hoteles.

—Mierda —escupe Marco—. ¿Dónde más podemos mirar?

—No lo sé. No lo sé.

Marco vuelve a centrarse en su tortilla y Alf mete la mano en la bolsa de nachos y saca un puñado, que se mete a la boca y mastica estruendosamente.

—Um, um, um —dice Marco—. Vamos a pensar.

—¿Historial de búsqueda? Podríamos ver qué hoteles ha mirado.

—Sí, pero seguramente lo haya hecho desde el ordenador. No desde el iPad.

Alf niega con la cabeza.

—No importa, siempre que haya iniciado sesión en ambos dispositivos. Y eso parece. Vamos a echar un vistazo.

Y ahí está. El historial de búsqueda de Henry. Actualizado al minuto. Lo último que buscó fue una empresa que ofrece rutas turísticas en moto por la Milla Magnífica y el lago Míchigan. Alf accede al *link* de contacto y aparece un número de teléfono de un tal Kris Doll.

—¿Lo llamamos?

Marco niega con la cabeza.

—No. Hostia. No. Ni se te ocurra.

—¿Por qué no?

—No sé. ¿No te parece raro? Y, además, ¿qué le vamos a decir?

—Pues algo en plan: «¿Conoces a un tal Henry Lamb? ¿Sabes dónde está?».

—Pero ¿por qué le íbamos a preguntar por Henry? Tenemos que tener un motivo.

—Eeeh, ¿familiar enfermo, quizá? Que su padre está en las últimas, por ejemplo.

—Y ¿por qué no lo llamamos a él directamente?

—Porque no contesta. Entonces decimos que es una emergencia. Que a su padre le quedan días de vida.

—Ni siquiera sabemos si Henry conoce a este tío.

—No. Claro que no. Pero es lo último que aparece en su historial de búsqueda. Podría ser importante.

Marco suspira.

—Venga, vale. Pero llamas tú.

Alf suelta un gruñido y pincha el último trozo de tortilla con el tenedor, se lo mete en la boca y se lo traga con un sorbo de Coca-Cola. Luego eructa y carraspea antes de hacer la llamada.

—Buzón de voz —susurra con la mano sobre el micrófono—. Ah, sí, hola. Estoy intentando contactar con Henry Lamb. Es inglés. Está en Chicago. Su padre está muy enfermo, en realidad está agonizante. Tiene que volver a casa, pero no contesta al teléfono. Hemos encontrado tu página web en su historial de búsqueda. ¿Por algún casual lo conoces? Por favor, llámame. Soy... —Le hace un aspaviento a Marco. Este se encoge de hombros—. Soy Phin.

—¡¿Qué?! —articula Marco sin emitir sonido—. ¡¿Qué cojones...?!

—Perdón, Phin no, Mike. —Alf se encoge de hombros, impotente—. Llámame a este número, por favor. Gracias. Perdón.

—Joder, Alf.

—Hostia, tío. Lo siento. Es que...

—Da igual. No pasa nada. El tío este no debe de conocer a Phin. —Se acerca a la pantalla y dice—: ¿Y ahora qué?

Alf toca el siguiente enlace de la lista.

—Aquí veo una búsqueda de una tienda llamada Organic Delightful. Y mira, aparece en el mapa. Imagino que estará alojado por allí cerca. Nos estamos acercando, Marco. Nos estamos acercando.

El último hotel que ha buscado Henry se llama Dayville.

—Llama —lo apremia Marco.

Alf vuelve a gruñir, pero marca el número y dice:

—Busco a un huésped de nombre Henry Lamb. ¿Sabe si se aloja en su hotel?

—No cuelgue, señor.

—Señor. —Marco contiene una carcajada.

—Lamento comunicarle que no tenemos a ningún huésped bajo ese nombre, señor.

—Ah. Vale. No se preocupe. Es británico. ¿Hay algún hombre británico en el hotel?

—Hay muchos hombres británicos en nuestro hotel, señor.

—Ah. Vaya. Gracias de todas formas.

—Un placer, señor. Que pase un buen día.

Marco y Alf se miran. Han hecho todo lo que han podido. Ahora solo pueden esperar a que el tío de la moto les devuelva la llamada.

Una hora más tarde, a medio partido de FIFA y de una de las tabletas de chocolate caras de Henry, suena el teléfono.

—Hola —dice—. Soy Kris Doll. ¿Hablo con Mike?

—Sí —dice Alf—. Soy Mike.

—Me has dejado un mensaje en el buzón de voz. No se entendía bien, pero ¿me preguntabas por un tío británico llamado Henry?

—Sí.

—Bueno, mira, no lo sé. Tengo una reserva para esta tarde de un tío inglés. Pero no se llama Henry, sino Joshua.

—Ah. Y ¿no conoces a un tal Henry Lamb?

—No. Lo siento mucho. No me suena de nada.

—Ah. Vaya. Pues nada. Gracias de todas formas. Pero si te llegas a cruzar con él en algún momento, ¿me llamarías?

—Sí. Claro. Por supuesto.

—Eeeh, antes de que cuelgues —dice Alf—. Este tío inglés, por casualidad no se hospedará en el Dayville, ¿no?

—Pues sí. Da la casualidad de que sí.

Alf y Marco se miran con los ojos como platos.

—Ah —responde Alf—. Vale. Bueno, no te preocupes. Pero gracias de todas formas.

—Un placer.

Marco y Alf se miran, sonríen y se chocan los cinco.

35

Abril de 2017

Rachel dejó el teléfono y reprimió una carcajada. Se tapó la boca con las manos y luego las retiró. Sonreía tanto que casi temió tragarse a sí misma. Volvió a coger el móvil y llamó a su padre. Sin respuesta. Pasó el dedo por encima del nombre de Michael durante unos instantes, pero siguió deslizando. «No», pensó. No. Ese momento era demasiado valioso como para correr el riesgo de que Michael lo mancillara con su egocentrismo. En cambio, llamó a Paige.

—¿Qué estás haciendo?

—¿Por qué?

—Acabo de recibir buenas noticias y me apetece compartir una botella de champán con alguien.

—Pues has dado con la persona adecuada. Dame media hora. ¡Aquí te espero!

Rachel cerró la puerta del estudio con llave y se dirigió al supermercado Marks & Spencer que había al final de la calle, donde compró una botella de champán y media docena de magdalenas de Colin the Caterpillar. Descorchó la botella en el estudio de Paige, vertió el champán en un par de vasos y le alargó uno a su amiga.

—Y bien, ¿cuáles son las buenas nuevas?

—Las buenas nuevas son... —Rachel imitó un redoble de tambores— que Liberty me acaba de llamar para confirmarme que a partir del 17 de octubre quieren tener en *stock* un repertorio de joyas de Rachel Gold en sus tiendas, entre Dinny Hall y Annoushka.

—¡No!

—¡Sí!

—Madre mía. Madre del amor hermoso. ¡Salud! —Paige chocó su vaso con el de Rachel y luego se le acercó para darle un abrazo—. Es lo mejor que te podía pasar. Es que, ¡menuda pasada! ¿Qué ha dicho Michael?

—Ah. Aún no se lo he contado. Prefiero esperar a llegar a casa.

—Se va a poner muy contento. ¡Madre mía! ¡Es genial! ¡Tendrás que pillarte un estudio más grande!

—Sí. Imagino que sí. En realidad, cambiarán muchas cosas. Tendré que pedir un crédito al banco, contratar a una ayudante, comprar más mercancía, tener más espacio. Sí. Pero que le den a todo; no me pienso preocupar por eso ahora mismo. ¡Salud! —Volvieron a brindar y Rachel se acabó el champán de tres grandes tragos.

Entonces, su móvil vibró y vio el número de su padre en la pantalla. Tuvo que apartarse el teléfono de la oreja para que los gritos de emoción que llegaron del otro lado de la línea no la dejasen sorda. Absorbió su entusiasmo, su orgullo, el hecho de que estaba convencido de que aquello iba a suceder tarde o temprano, que lo había sabido siempre.

—¿Por qué han tardado tanto? —dijo su padre—. ¿Por qué?

A través de las ventanas de metal oxidado del estudio de Paige, Rachel vio que el cielo se oscurecía. Ya pasaban de las seis. Normalmente era la hora en la que le decía a Michael más o menos cuándo llegaría a casa. Había empezado como un ritual de apego, pues el hecho de que alguien la esperase en casa cada día era una novedad, pero ahora tenía más que ver con la logística de preparar la cena, que parecía que era lo único que preocupaba a Michael últimamente. Hoy no se sentía capaz de hacerlo. Estaba a medio camino de terminarse el segundo vaso de champán, y el deleite que el éxito le provocaba era tan puro y tan dorado que el solo hecho de pensar en Michael dirigiéndose al supermercado todo resentido sin haber llegado a un acuerdo sobre lo que tomarían para cenar le parecía demasiado sombrío como para dejar que entrase en su cabeza. Quería volver a casa cuando el destino lo decidiese. Cuando a ella le apeteciese. Cuando estuviese lista, no cuando Michael estuviese sirviendo una cena que, en realidad, ni siquiera le apetecía comer.

Mientras pensaba en esto, le vibró el móvil y ahí estaba.

¿A qué hora volverás? ¿Qué quieres para
cenar?

Suspiró. No quería cenar. Quería beber champán y comer magdalenas de Colin the Caterpillar y luego ir a un bar con Paige y hablar de chicos y quizá pedirse unas patatas fritas para asentar el vino y luego irse a casa y descalzarse y acurrucarse con Michael y contarle las buenas noticias y ver un rato la tele y después irse a la cama y tener sexo como Dios manda, no tener que microgestionarlo, sino que fluyera y que fuese divertido y sensual y glorioso.

Se quedó mirando el mensaje unos segundos; luego, apagó la pantalla, se rellenó el vaso de champán y le dijo a Paige:

—¿Te apetece salir?

Rachel llegó a casa a las diez. Sobre las ocho y media le había enviado un mensaje a Michael en el que le decía: «Perdona, acabo de ver tu mensaje. He salido con Paige, no me esperes para cenar. ¡Luego te veo!». Él no le había contestado. A Rachel le pareció extraño. Se descalzó en el rellano y dejó los zapatos junto a la puerta. El apartamento estaba a oscuras. Fue hacia la cocina. De pronto, sintió que algo no iba bien, que las cosas no estaban donde deberían estar. Buscó a tientas el interruptor y encendió las luces; detrás de ella, como un cuadro abstracto, vio un horrible manchurrón de comida en la pared que se deslizaba hacia el rodapié. En el suelo, justo debajo, había seis trozos de cerámica rotos. Al mirarla más de cerca, descubrió que era una especie de *risotto*. De calabaza, quizá. El resto de la cocina estaba como los chorros del oro: el lavavajillas zumbaba silencioso de fondo, el grifo cromado relucía, el trapo estaba hábilmente doblado y colgado de la puerta del horno.

Durante un instante, Rachel se quedó de pie, bamboleándose ligeramente, tanto por el efecto de las cuatro horas que había pasado bebiendo como por el impacto de la fealdad del cuadro que tenía ante sí. Y entonces, sin preaviso, se echó a reír. Le entró la risa al imaginar a Michael ahí sentado, enfurruñado, metiéndose cucharadas de *risotto* en la boca, lanzando su plato contra la pared y luego limpiando la cocina con cuidado de no tocar su obra para que ella la viese en todo su esplendor; le resultó extraño y doloroso lo ridículo que era, le parecía como estar viendo un vídeo cómico de YouTube: «Marido pierde la chaveta porque su mujer no viene a cenar».

Decidió dormir en el sofá. No se veía capaz de enfrentarse a Michael. Se quitó los vaqueros y el jersey. Tenía el pijama en el dormitorio, pero no le apetecía entrar, así que prefirió dormir en ropa interior. Se lavó los dientes sin hacer ruido y sacó una manta de detrás del sofá. Enchufó el móvil en el cargador y se colocó un cojín bajo la cabeza. Las cortinas del salón no llegaban a solaparse, así que se quedó mirando la rendija de luz azul marino titilante que se colaba entre ellas. Sus pensamientos titilaban al compás, una danza ligeramente nauseabunda entre el entusiasmo de las buenas noticias que había recibido, el vino que llevaba en la sangre y la imagen que le había quedado marcada en la mente de la comida estampada contra la pared, el grifo cromado reluciente, el lavaplatos zumbando, el repugnante y furioso silencio que retumbaba contra la puerta del dormitorio.

En algún momento de la noche, se despertó sobresaltada. Sintió el tacto de piel contra su boca, que le empujaba la nariz hacia arriba hasta que le dolió. Durante un breve instante, creyó que se trataba de un intruso, de algo que había escalado hasta el tercer piso por las cañerías y que había entrado por el balcón, entre las cortinas, líquido, titilante, y que se había convertido en carne y hueso al contacto contra su propia carne y hueso. Pero el olor le resultó demasiado conocido. Era el de su marido. Rachel se apartó la mano de la boca y dijo:

—Pero ¿qué cojones haces, Mi...?

La mano regresó a su sitio, con más fuerza si cabe, mientras la otra le hurgaba en la ropa interior y tiraba de la goma. Rachel intentó clavar los dientes en la carne de la palma de Michael, pero no era capaz de abrir la boca debido a la presión que él ejercía. Y entonces, él la penetró y le rodeó el cuello con ambas manos; Michael alzó la vista, clavó la mirada en el techo, y con cada embestida hundía más y más la cabeza de Rachel entre los cojines. Ella contó las embestidas para calmar la tempestad de emociones que bullían en su interior y llegó a catorce. Catorce embestidas. Con las manos alrededor de su cuello. Tenía los ojos hinchados y llorosos.

Sus piernas describían círculos a causa de la fuerza que él ejercía sobre su cuerpo. Y entonces acabó. Salió de ella. Se levantó. Le retiró las manos de la garganta. Se quedó de pie, inclinado sobre ella, con el pelo ridículo, el pecho bombeando aire y los ojos ardiendo negros.

Rachel se puso de pie y se quedó mirándolo a los ojos. Su respiración era intermitente entre las lágrimas que le quemaban la garganta.

—Me has violado. —Su voz no sonaba como siempre. Estaba rota y cruda—. Michael. Me has violado.

Michael arrugó la boca.

—Te apesta el aliento.

Notó que su semen le empezaba a correr piernas abajo y empujó a Michael para ir al cuarto de baño.

—Te ha gustado —oyó que decía a su espalda—. Sé que te ha gustado. No me jodas, ¿eh?, no finjas. He notado que te corrías, Rachel. He notado que te corrías, coño.

Ella se sentó en el inodoro y se vació de todo lo que tenía dentro. Se le puso la piel de gallina. Se limpió y se limpió y después se volvió a limpiar. Humedeció una toalla con agua tibia y se limpió con ella. Se lavó las manos, el cuello, la boca, la cara. Contempló su reflejo y pensó en todas las veces, todas sin excepción, que había seguido las normas: cuando había tomado un taxi en vez de volver caminando, cuando había vertido la copa en un tiesto en vez de correr el riesgo de que le hubiesen echado algo. Pensó en los hombres a los que le habría encantado mandar a la mierda pero les había dedicado una sonrisa educada por miedo a que se pusiesen agresivos. Recordó los planes enrevesados, los rodeos que había tenido que dar para volver a casa, las llamadas de teléfono fingidas, los mensajes que enviaba al llegar sana y salva, las citas cuya fecha y hora les había comunicado a sus amigas para que supieran dónde y con quién estaba por si acaso no volvían a tener noticias de ella. Pensó en cómo había contorsionado su comportamiento y sus hábitos durante veinte años para que no la violasen, y justo había sucedido en su lugar seguro, y lo había hecho la persona que debía protegerla. Se percató de las artimañas que había tenido que usar en los últimos veinte años de su vida, y de lo fútiles y sin sentido que habían resultado. Podría haber tomado los atajos, haberse vestido de zorrón, haber coqueteado con los tíos que peor pinta tenían. Podría haber sido libre.

Una ira negra le inundó la psique. Entró al dormitorio y cogió su pijama de debajo de su almohada. Michael se quedó mirándola mientras se ponía los pantalones airada.

—Esto no lo salvas, Michael. Lo sabes, ¿no? Hemos terminado.

Él soltó una carcajada irónica.

—Ya, claro.

—¿Cómo dices?

—Que sí, que vale, Rachel. Que te hagas la víctima.

—¿Disculpa?

—Tú. —La señaló con un dedo extendido, un dedo duro y acusador—. Entras en casa apestando a alcohol, y quién sabe de dónde coño vienes. Me dejas aquí solo, sin previo aviso...

—Te envié un mensaje.

—Ah, ya, claro. Tarde, mal y nunca. Sí. Cuando ya te había preparado la cena. Cuando ya había hecho planes contigo en mente.

—Vete a la cama, Michael. Por favor.

—Saliste a follar. No me cabe duda. Pues mira... —Señaló el sofá con el brazo—. Has follado. Has quedado bien follada; duro, como a ti te gusta, y que no se te ocurra negar que te ha gustado. Porque sí. Lo he notado, Rachel. Y ahora ambos sabemos cómo eres y qué te gusta. ¿Verdad?

Ella salió del dormitorio y cerró de un portazo. Durante un instante, no supo qué hacer. Se quedó ahí, mirando a su alrededor, como si la respuesta se fuese a personar desde uno de los oscuros rincones de la sala. Entonces, se espabiló. Se puso un abrigo encima del pijama, se calzó las zapatillas de deporte, cogió su bolso y salió del piso, dejando que la puerta se cerrase tras ella con un suave clic.

36

Junio de 2019

Samuel

Ha llovido, pero ahora hace sol y la superficie de la carretera nos deslumbra al dirigirnos al Embankment. Hemos encendido las luces estroboscópicas, que giran perezosas y en silencio, no porque sea una emergencia, sino para que los demás conductores sepan que existe una razón por la cual el coche que los precede está circulando a treinta por hora.

Y entonces la veo: algo retirada de la carretera, detrás de una franja de jardín vallado y una hilera de impresionantes casas de fachada lisa de colores y estilos variados. Tengo el móvil en la mano y miro la casa que aparece en el videoclip.

—¿Puedes parar allí delante, Donal? ¿Hay una bocacalle? Sí, ahí. Gracias.

Aparcamos el coche entre las casas y el jardín vallado. En un cartel fijado a un murete aparece el nombre de la calle: Cheyne Walk.

—¿Cuál es?

Le enseño la foto en la pantalla del móvil y señalo la última casa de la calle.

Está muy cambiada. La fachada está tomada por las enredaderas, el jardín está lleno de escombros y las ventanas están mugrientas y cubiertas de tierra.

Salimos del coche, y yo me aliso la chaqueta y los puños de la camisa. Donal no lleva ni chaqueta ni puños, sino una cazadora estilo *bomber* y pantalones demasiado ceñidos para su complexión, en mi humilde opinión.

Nos acercamos a la puerta principal por un camino cubierto de basura y de malas hierbas y musgo. Un perro se pone a ladrar y un hombre abre la puerta. Lleva ropa deportiva gris y negra. El perro es grande, pero parece dócil, lo que me alivia.

—Buenas tardes. Soy el inspector Samuel Owusu, este es el sargento Donal Muir. Trabajamos en la unidad especial de crímenes de Charing Cross, estamos investigando un asesinato histórico y tenemos motivos para creer que este inmueble puede haber estado involucrado en los hechos que precedieron al crimen. ¿Es usted el propietario, señor...?

—Señor Wolfensberger. Oliver. Y sí, esta es mi casa.

Detecto un acento africano. Debe de ser de Sudáfrica, dado que es blanco.

—¿Les gustaría pasar? —dice.

De inmediato, sé que Oliver Wolfensberger no sabe nada del tema, pero está deseando enterarse de todo. Que alguien te invite a entrar tan fácilmente en su casa implica que no tiene nada que ocultar, o, por el contrario, que rezuma culpabilidad. Sospecho firmemente que Oliver Wolfensberger forma parte del primer grupo.

Por dentro, la casa ha cambiado mucho. No hay cabezas de animales colgadas por las paredes ni lámparas de araña doradas ni moqueta estampada en la escalera central ni tronos de terciopelo rojo. Está vacía y el aire está plagado de polvo y ácaros que refulgen a la luz del sol. De las paredes cuelga papel pintado raído; en el suelo rechinan lamas de madera rotas.

—Llevaba en ruinas unos veinte años. Nos acaban de hacer entrega de las llaves hace un par de semanas y estamos a punto de acometer una gran reforma. De hecho, he quedado con el arquitecto, debe de estar al caer. Pero sí, así es como ha estado desde hace veinticinco años. Es triste, ¿no les parece?

Oliver Wolfensberger nos lleva a la cocina, la única estancia amueblada: una mesa maltrecha y dos largos bancos. Nos sentamos y nos sonríe.

—Y bien —dice, con la mano sobre la coronilla de su perro—. Estoy impaciente. ¿Qué es lo que necesitan saber?

—Estamos investigando el posible asesinato de una mujer llamada Bridget Dunlop-Evers, acaecido hace unos veinticinco años. Sus restos han aparecido a orillas del Támesis hace una semana, pero llevaba muerta mucho más tiempo. Su familia no puede darnos muchos detalles: no se hablaban cuando desapareció. No obstante, sabían que un nuevo amigo le había ofrecido un cuarto en su enorme casa. La señorita Dunlop-Evers formaba parte de una banda pop que había grabado un videoclip en este edificio un par de años antes de su desaparición. Mire.

Le enseño la pantalla de mi móvil al señor Wolfensberger y reproduzco el vídeo, que tengo preparado en YouTube.

Él se encrespa de la emoción.

—Ay, madre. Sí, esa es mi casa. ¡Sí! ¡Madre mía!

—¿Recuerda esta canción?

—No, la verdad es que no. Pero puede que mi mujer sí. Kate. Trabaja en una discográfica. Es una erudita. Qué ganas tengo de enseñarle el videoclip. ¡Se va a poner muy contenta! —Señala mi teléfono—. ¿Cuál de ellos es?

Pauso cuando Birdie entra en escena.

—Esta es Bridget. La violinista.

—Hala. Qué pasada. Pero ahora...

—Sí. Ahora sabemos que ha fallecido. Y creemos que existe la posibilidad de que esta sea la casa a la que le dijo a su familia que se mudaría. Y queríamos saber si usted podría contarnos algo de la historia del inmueble. Por ejemplo, ¿quién se la vendió?

—Una mujer joven. Muy joven. Veinticinco añitos. Sus padres se la habían dejado en fideicomiso cuando era bebé y... Ay, es verdad, ellos murieron. Aquí. En la casa. Y a ella la encontraron en el piso de arriba, sola. No era más que una bebé.

Veo que Oliver Wolfensberger se estremece.

—Una historia tristísima —continúa—. La adoptaron y no se enteró de la existencia de esta casa hasta su vigesimoquinto cumpleaños. Estuvo a la venta bastante tiempo, dadas las condiciones en las que se encuentra. Y también es posible que influyera su pasado. ¿Comprende?

Asiento porque estoy empezando a comprender.

—¿Qué sabe de la muerte de los padres?

—Poca cosa. Creo que se suicidaron. ¿Un pacto, puede ser? Terrible. Y sé que hay gente que considera que la casa está maldita, pero yo no creo en esas cosas. Tengo una actitud muy positiva, ¿sabe? Estoy aquí para sobrescribir esa horrenda historia. Todo el asunto en general. No obstante, a veces pienso en ello. En lo triste que fue. Esa pobre bebé, aquí sola y abandonada. Un periodista publicó un artículo al respecto, ¿lo sabía? De investigación, bastante extenso. No lo leí porque no quería mancillar mi conciencia, pero creo que salió en *The Guardian* hace unos años. Por aquel entonces no vivíamos en el Reino Unido, así que no sé mucho más al respecto, pero seguro que no le resulta complicado dar con él.

«*The Guardian*», escribo en mi cuaderno.

—Gracias —le digo—. ¿Por casualidad no conocerá el nombre de la mujer que le vendió la casa?

—Sí, por supuesto. Se llama Libby Jones.

«Libby Jones», anoto.

—¿Tiene su número de teléfono o su dirección de correo electrónico?

—Por desgracia, no. Creo que no vive en Londres. ¿Tal vez en las afueras?

«Afueras de Londres», escribo.

—¿Le importaría que echase un vistazo a la casa? —solicito—. Solo para hacerme una imagen mental —me doy unos golpecitos en la sien— del inmueble.

—Claro, sin problema.

Donal y yo lo seguimos hasta el pasillo.

—Siéntanse como en su casa. Pueden ir a donde deseen. Abrir lo que necesiten. Yo estaré aquí abajo.

El perro gris y blanco nos sigue, entusiasmado. Es casi como si nos estuviese enseñando la casa él. Donal está entusiasmado con él, pero para mi gusto es demasiado grande. Si fuese un pelín más pequeño, me sentiría más cómodo.

La casa tiene una simetría poética. Todo refleja lo que tiene enfrente, de modo que nos resulta sencillo avanzar de estancia en estancia y de planta en planta. Hay cuatro dormitorios y cuatro cuartos de baño en el primer piso. Desde las ventanas traseras se contempla el jardín. Miro las copas de los árboles y saco algunas fotos para el experto en botánica forense, porque obviamente yo no tengo ni idea de la pinta que tienen los plátanos londinenses ni las acacias de Constantinopla.

Una escalera más pequeña nos conduce al segundo piso. Aquí los techos son más bajos y las puertas dan a un distribuidor estrecho que va de un extremo de la casa hasta el otro. Cada una de esas puertas da a un dormitorio pequeño de techo abuhardillado y ventanas con vistas o bien al jardín o bien a la calle. Donal me llama desde una de las habitaciones.

—Mira, jefe —dice cuando entro, y señala un punto del rodapié.

Hay algo grabado en la madera. Me agacho para observarlo y veo las palabras «Soy Phin». Saco una foto.

En el largo pasillo, vemos una escalera de mano de metal que va a dar a una trampilla en el techo. Subo detrás de las grandes posaderas de Donal hasta que emergemos a un diminuto terrado. Saco más fotos de los árboles y del tejado.

Hay un par de canalones aquí arriba, entre las aguas de los tejados. Aunque estamos en pleno verano, están llenos de hojas muertas, que aparto suavemente con la punta del pie. Debajo hay musgo. Camino sobre el musgo hasta una chimenea y miro detrás de ella. Otro canalón lleno de hojas secas y musgo, pero aquí parece que alguien ha removido el musgo, que está fuera de sitio. Saco más fotos y luego volvemos a atravesar la casa para dirigirnos al recibidor.

Oliver Wolfensberger nos despide a la puerta y nos reitera su disponibilidad para ayudar de cualquier forma que necesitemos. Nos provee del nombre del bufete de abogados que gestionaba el fideicomiso de Libby Jones y luego me permite sacar más fotos de la fachada de la casa y de los árboles del jardín vallado que hay justo enfrente. Entonces regresamos al coche.

Donal se pasa el cinturón de seguridad por encima del pecho al acomodarse en el asiento del conductor.

—¿Ha sido de ayuda? —pregunta.

Emito un sonido de significado vago y digo:

—Bueno, estoy seguro al noventa y nueve por ciento de que esa es la casa en la que Libby Jones exhaló su último aliento.

—¿Ah, sí?

—Sí. ¿A ti qué te ha parecido?

—Da mal rollo. No descarto esa posibilidad.

Asiento.

—¿Podrías dejarme en el bufete de abogados, Donal? Está en Pimlico, no queda lejos. Tú vuelve a la comisaría e indaga en el artículo de *The Guardian*, por favor. Voy a enviarle las fotos al de las plantas y, con suerte, a última hora del día habremos dado un buen acelerón a la investigación. Uno de los grandes.

37

Tengo a Phin en mi campo de visión durante treinta segundos, hasta que se lo traga un grupo de jóvenes que merodean delante de una sala de conciertos. Cuando soy capaz de hacerme un hueco entre ellos, Phin ha desaparecido. Miro a la derecha, miro a la izquierda, miro arriba. A la derecha de la sala de conciertos hay un par de puertas de madera labrada con florituras de forja de estilo *art nouveau* y un montante de abanico tintado. A través del cristal opaco, veo la silueta de una persona que sube por la escalera. Me separo del edificio para verlo mejor y constato que se trata de un edificio de apartamentos de lujo que se extiende a ambos costados sobre bares y tiendas; todos los pisos cuentan con ventanales de cristal emplomado rematados con festones de piedra de Portland de color salvia.

Veo la silueta atravesar el ventanal central del primer piso. Vigilo las ventanas de los apartamentos de esa planta hasta que veo que una se enciende. Percibo indicios de movimiento, pero no veo figura alguna. Al otro lado de la calle hay un bar con terraza. Me siento y me pido una copa de champán. Y observo y observo, pero no veo nada, y quién sabe lo que estoy mirando en realidad. No obstante, mi ins-

197

tinto me dice que Phin está ahí arriba. Que está colocando su comida ecológica en la cocina, que está descorchando una botella de vino ecológico, que está charlando con una sombra imaginaria que podría ser un amigo o el dueño del Airbnb, que está picando verdura, cortando tofu —asumo que es vegetariano, dado que le gustan tanto los animales. Y, además, en la casa de los horrores en la que nos criamos, todos éramos vegetarianos; aún me da pavor el *dhal*.

Al fin, llega mi copa de champán y le doy las gracias a la camarera con una sonrisa.

—¿Qué tal el día? —me pregunta al dejar la copa sobre la mesa.

—Ah —respondo—, ha estado... bien.

—Genial —dice ella—. ¿Estás de visita?

—Sí. Estoy intentando dar con un viejo amigo.

—Hala. —Se le abren los ojos como platos—. ¿Y ha habido suerte?

—No. Aún no.

—Bueno, pues sigue buscando. ¡Seguro que le encantará que lo encuentres!

—Sí —confirmo, con la vista clavada en el apartamento del primer piso del otro lado de la calle—. No me cabe duda.

Entonces, me vibra el móvil y veo una llamada entrante. Le dirijo una sonrisa de disculpa a la camarera y contesto. Es Kris Doll.

—Hola —comienza—. ¡Joshua!

—Sí. Hola. Soy yo.

—Joshua, tengo tu reloj y mañana a primera hora tengo que ir a la ciudad. Te lo puedo dejar en el hotel si aún estás allí.

—Ah, genial. Gracias, Kris. ¡Te lo agradezco mucho! ¿Sobre qué hora crees que vendrás?

—Ah, pues sobre las ocho, supongo.

—Perfecto. Nos vemos a las ocho.

—No hace falta que te levantes. Lo puedo dejar en recepción.

—Soy muy madrugador, Kris; ya estaré levantado. ¡Nos vemos mañana!

Oigo que el timbre de su voz cambia ligeramente.

—Ah, otra cosa, Joshua. Quería comentártelo, pero se me había olvidado. Antes de hacer la visita guiada ayer, recibí una llamada un poco extraña, de un tal Mike. Tenía acento británico. ¿Conoces a algún Mike?

—Supongo, es un nombre muy común. ¿Tú no?

—Bueno, sí, eso mismo pensé yo. Parecía un nombre falso. Me dijo que estaba buscando a un tal Henry Lamb. ¿Te suena?

Agarro el tallo de la copa de champán con más fuerza. Dejo que pase un instante, apenas un nanosegundo, pero quizá haya sido lo justo para delatarme. Luego digo, demasiado rápido y con demasiado énfasis:

—No. No me suena.

—Ya. Imaginé que no tendría nada que ver contigo. La cuestión es que mencionaron también a un tal Finn. Justo antes de que dijera que se llamaba Mike, dijo que se llamaba Finn, luego se corrigió y en el momento no le di demasiada importancia, pero como hablamos sobre mi amigo Finn, que también es inglés, pues me pareció... raro. Ya me entiendes. Un poco extraño. O sea, para empezar, llevo sin saber de Finn meses y meses, y luego, en un lapso de cuarenta y ocho horas, me entero de que ha vuelto a Chicago, después recibo esa llamada tan rara desde el Reino Unido y, por último, hablo contigo sobre él. Y todo fue, no sé, un poco raro.

—Sí —confirmo—. Sí que es raro. ¿Qué quería ese tal Mike?

—Ah, me dijo que quería avisar a ese tal Henry Lamb de

que su padre se estaba muriendo, pero que no podían contactar con él; entonces, encontraron mi página web en su historial de búsqueda y querían comprobar si había contactado conmigo.

«Mi historial de búsqueda.»

Me quedo blanco. Mi historial de búsqueda. No he cerrado sesión en Google. Eso implica que cualquiera que tenga acceso a mis otros dispositivos puede ver lo que he buscado. Incluso, aunque ahora mismo no recuerdo si lo busqué, el hotel en el que me alojo.

—En fin —continúa Kris—, claramente no tiene nada que ver contigo; debe de ser una broma de mal gusto del universo, supongo. ¡Nos vemos mañana, entonces!

—Ahora que lo dices, Kris, creo que voy a dejar el hotel esta misma noche. Se me acaba de ocurrir que puede ser divertido cambiar de alojamiento, ¿entiendes? Adentrarme en otro barrio. Dame un minuto y, en cuanto haya hecho la reserva, te envío un mensaje para darte la dirección, ¿vale?

—¡Claro! Sin problema. Mándame un mensaje y yo iré a donde me digas. Que duermas bien, Joshua.

—Tú también, Kris. Tú también.

Me quedo en el bar de enfrente del apartamento hasta que todas las luces se apagan, una a una, y el edificio se queda completamente a oscuras. Luego me voy al hotel, meto mis pertenencias en la maleta —bueno, en realidad las doblo con mucho mimo, porque no me apetece tener que plancharlas; bastantes preocupaciones tengo sin necesidad de añadir el planchado de las camisetas— y dejo la habitación. Me subo a un Uber que me lleva al siguiente hotel, que he reservado por teléfono porque claramente no soy capaz de no ir dejando un rastro de pistas digitales tras de mí. Está a unos metros de distancia del Magdala y de lo que sospecho que es el apartamento de Phin. A la una de la madrugada, desde el asiento trasero del taxi, le envío un mensaje a Kris con el nombre del hotel. Ya en mi habitación, deshago las maletas, abro una cerveza y me la bebo en la ducha. Para cuando me he secado, estoy demasiado cansado para hacer otra cosa que no sea posar la cabeza sobre la almohada y dormir.

La alarma me despierta a las siete de la mañana. Me pongo lo primero que pillo y bajo a la cafetería a desayunar. Engullo dos cruasanes, pues tras haber pasado casi un día entero sin probar bocado, de pronto me siento famélico. Me trago dos capuchinos cremosos y me preparo un bocadillo de beicon que envuelvo en una servilleta de papel y me meto en la bandolera para después. Luego, a las ocho en punto, atravieso el recibidor con aire despreocupado, con los ojos clavados en el ventanal que da a la calle, pero lo oigo antes de verlo: el rugido animal de su enorme motocicleta retumba por la estancia al aparcar junto a la acera. Lo veo desabrocharse y quitarse el casco, sostenerlo bajo el brazo y luego acercarse al hotel. Voy a recepción a pedir la clave del wifi, a pesar de que ya estoy conectado, y luego me doy la vuelta y sonrío al ver a Kris avanzar por el recibidor. Después, le digo:

—¡Ah, hola, Kris! Un segundo, ahora estoy contigo.

Finjo introducir la clave del wifi en el móvil y luego me acerco a Kris. Es aún más guapo a segunda vista, y me siento cohibido, por extraño que parezca. Un rubor adolescente asciende desde mi pecho hasta la mitad inferior de mi cara, y respiro para contenerlo.

—¿Qué tal?

—Genial —responde—. A punto de recoger a un cliente

en la otra punta de la ciudad. Qué sitio más chulo. —Contempla el hotel—. El otro estaba bien, pero este es más... acogedor. Además, está en un muy buen barrio. Y, mira qué coincidencia, en esta misma calle está el bar de moteros del que te hablé ayer. En fin. Aquí tienes el reloj.

Lo tomo de su mano extendida.

—Gracias.

—Si necesitas cualquier otra cosa durante el resto de tu estancia, mándame un mensaje, ¿vale?

—Gracias —repito—. Eres muy amable. —Entonces, voy directo al quid de la cuestión, con la voz afinada al tono perfecto—. Ah, por cierto, ¿supiste algo del amigo aquel del que me hablaste junto al lago? ¿Del tal Finn?

—No. Aún no. Sigo intentando contactar con él. Nuestro amigo en común cree que su Airbnb está por aquí cerca.

—¿Ah, sí?

—Sí. Figúratelo, ¡igual os cruzáis sin saberlo! ¡Dos compatriotas británicos! Me he fijado en que tenéis como un imán los unos para los otros.

—Sí —confirmo—. Así es.

Me quedo mirando mi cara en el espejo que hay sobre la cómoda de mi habitación de hotel. Intento superponerle el rostro del viejo Henry. El Henry de antes de arreglarse la mandíbula, los pómulos, los párpados, de antes del implante capilar, de pasarse dos horas al día en el gimnasio. No el Henry que se peina su pelo cubierto de mechas rubias carísimas con la raya al lado para que le caiga ligeramente sobre la frente y que lleva ropa de diseño exquisitamente elegida y prestando una atención impecable al ángulo del cuello de la camisa y al largo de los pantalones y a los botones y a los forros; sino el Henry que usaba zapatillas de deporte y pantalones de pana remilgados, el que era incapaz de dominar su cabello, a quien las rodillas le resaltaban como patatas en medio de las piernas, el que no tenía ni idea de qué hacer con su vida. Sin embargo, no soy capaz de sobrescribir a la persona del espejo. El Henry mejorado es demasiado fuerte. «¿Sería Phin capaz de reconocerme?», me pregunto. Si me plantase ante él en el supermercado ecológico, si le dijera «¿Has probado estas tiras de pollo vegano? ¿Están buenas?», y luego le sonriese y le diera las gracias mientras metía el producto en la cesta y le deseaba que tuviese un buen día: ¿sabría que era yo? ¿O creería que era un hombre de mediana edad de aspecto ligeramente extravagante y acento inglés cuyos dientes eran excesivamente blancos, cuyas mechas eran demasiado obvias, cuya ropa era demasiado, simplemente demasiado? La respuesta me arrolla como un camión.

Claro que sí.

Me reconocería al instante. Me reconocería hasta disfrazado de caballo porque, tal como sospecho, llevo atormentando su sueño desde hace veintiséis años, desde que escapamos de la casa de los horrores, desde que le hice lo que le hice. Soy la pesadilla viviente de Phin, y él me odia. Y las cicatrices que el odio deja en la psique son más pronunciadas que las del amor.

Aun así, creo que debo hacer un esfuerzo. Quizá me iría bien llevar gorra. Me pongo una gorra de béisbol y me vuelvo a echar un vistazo en el espejo. Luego añado unas gafas de sol. Tendrá que valer. Se me ha olvidado traerme un bigote de pega.

La amable camarera del bar que está justo enfrente del apartamento de Phin vuelve a estar de servicio. Le digo algo como «¿No te dejan ir a casa nunca?» y se ríe por compromiso. Me pido un café, el tercero de la jornada, cosa que proba-

blemente no sea la mejor idea del mundo dadas las circunstancias, pero ya que todo lo que estoy haciendo es mala idea
dadas las circunstancias, no me preocupa demasiado tomar
un chute extra de cafeína. Levanto la vista hacia el edificio
de Phin, que está bullendo de actividad. La puerta principal
se abre y veo salir a una pareja de chicos jóvenes, cada uno
con un cachorro de bulldog francés en brazos. Un instante
después, sale un matrimonio mayor. El bolso se le resbala
del hombro a la mujer, el hombre se lo coloca y ella lo mira
con el ceño fruncido. Una madre y su hijo adolescente son
los siguientes en salir; luego un padre mayor con dos niñas
pequeñas.

Llega el café y le doy las gracias a la camarera profusa-
mente. Mientras espero, entro en la *app* de Airbnb y busco
alojamientos por la zona. Encuentro un apartamento de un
dormitorio con ventanales emplomados. Está en ese mismo
edificio y no está disponible hasta dentro de diez días. Ahora puedo visualizar a Phin más claramente: con los cojines
del sillón decorados con la cara de Frida Kahlo bordada, un
cactus de dos metros, un plafón de rafia para la lámpara de
techo, un baño alicatado en blanco con grifería negra, una
cocina gris, trapos llamativos, una pastilla de jabón de color
verde lima con un tallo de lavanda atado con cuerda sobre
un platito antiguo.

En las fotos, busco pistas para detectar en qué lugar del
edificio se encuentra el apartamento, y me fijo en las copas
de los árboles que se ven desde las ventanas del dormitorio.
Solo hay dos árboles en la avenida, y solo cuatro ventanas
dan a ellos. Vuelvo a los resultados y descubro que hay otro
apartamento en el mismo edificio. Este, por el contrario,
está disponible. No es tan bonito como el de Phin, pero es
agradable. Envío una solicitud de reserva. Veinticinco minutos después, ya lo he pagado y me han enviado las ins-

trucciones de acceso. No tiene llave, sino un código. Puedo entrar cuando quiera, a partir del mediodía. Son las 9.10 de la mañana.

Me estoy acercando. Tanto que casi puedo olerlo.

38

—¿Por qué nos habrá escogido papá unos nombres tan cutres? —dice Marco, contemplando su pasaporte con desdén.

—No los escogió él. Nos tuvimos que conformar con lo que nos dieron.

—Menuda mierda. Antoine. ¿Tengo pinta de llamarme Antoine?

La tarde anterior, Marco y Alf le contaron a Lucy que habían dado con Henry. Según habían descubierto, una mujer le dijo en el chat de TripAdvisor que era posible que Phin se encontrase en Chicago. Y un guía turístico les dijo que estaba a punto de recoger a un hombre inglés en el hotel Dayville. Lucy hizo un último intento de contactar con su hermano, esta vez desde el móvil de Alf, pero al ver que Henry bloqueaba también ese número, supo qué tenía que hacer.

Libby había perdido a su padre adoptivo de niña, y Lucy no podía ni pensar en que le pudiera pasar algo a su padre biológico sin que hubiese tenido siquiera la oportunidad de llegar a conocerlo. Llevó a *Fitz* a casa de Libby, le pidió a Oscar, el portero, que diese de comer a los gatos de Henry, envió un correo al colegio de Stella y al instituto de Marco para avisar de que estarían unos días fuera y, luego, reservó tres vuelos de ida a Chicago.

Ahora son las ocho de la mañana y sus hijos están en la cola de facturación del aeropuerto Heathrow, con pequeñas maletas preparadas a toda prisa y pasaportes falsos en las manos. La primera vez que Henry miró los pasaportes que el ex de Lucy les había conseguido, dijo que eran de lo mejorcito que había visto. No obstante, ahora, durante un instante, la confianza de Lucy en la credibilidad de los documentos flaquea. La mujer del mostrador de facturación parece estar observando muy de cerca los pasaportes de la familia que está antes que ellos en la cola, y a Lucy se le acelera el pulso a causa del miedo, y las manos le sudan un poco.

Al fin, llega su turno y desliza los pasaportes por encima del mostrador hacia la mujer, que los abre uno por uno y sonríe con calidez al buscar las caras de ambos niños. Dice:

—¿Antoine? —Y Marco asiente vigorosamente.

Luego dice:

—¿Céline? —Y Stella asiente, tímida.

La mujer observa el pasaporte de Lucy y la mira a los ojos, pero no dice nada. Lucy contiene el aliento en sus pulmones. Entonces, la mujer cierra los pasaportes y sonríe.

—Gracias —les dice, y le extiende los documentos a Lucy—. Buen viaje.

Lucy le devuelve la sonrisa y contesta:

—¡Gracias! Lo mismo digo. —Y solo se da cuenta de que ha dicho una tontería pasado un instante.

Cuando llegan a la zona de salidas, se pasean sin rumbo fijo, ansiosos. Aún faltan dos horas para que despegue su vuelo; han llegado demasiado pronto. Se sientan a desayunar y Lucy le compra a Marco una mochila de diseño en una tienda de ropa deportiva y a Stella un bolso de lentejuelas en Accesorize. Después, les deja que los llenen de tentempiés y

207

de baratijas: libros para colorear, libros de pegatinas, revistas, auriculares inalámbricos, accesorios para el móvil. Entonces, comienza el embarque y Lucy tiene que volver a mostrar los pasaportes. El desayuno se le revuelve en el estómago y la cabeza le zumba con el paso de la sangre; se le seca la boca y el corazón le retumba en el pecho. Pero la mujer de la puerta de embarque ni siquiera mira los pasaportes: se limita a escanear las tarjetas de embarque y a pedirles que avancen por el túnel enmoquetado. Lucy siente una liviandad nauseabunda teñida de incredulidad. Cinco minutos más tarde, están sentados en el avión y ella hojea la revista de a bordo y les pasa objetos a Stella y a Marco. El hombre que está sentado al otro lado del pasillo sonríe con ternura a la niña y le dice que él tiene una hija de su misma edad y que se le parece mucho. Cuarenta minutos más tarde, están volando y por la ventanilla ven cómo Londres se hace cada vez más minúsculo, imposible, hasta que desaparece tras un reconfortante manto de nubes.

A Lucy le asombra estar en Chicago. Jamás había pisado el continente americano. De niña, los veranos los pasaban en la Selva Negra, en Alemania, con su abuela. Visitaron Estambul una o dos veces para asistir a la boda de algún pariente por parte de su abuelo. Un año, su padre los llevó a Bali. Fue idea de su madre; había visto en una revista un complejo hotelero de lujo en el que cubrían las camas con pétalos de rosa, preparaban baños de leche tibia, servían champán para desayunar y tenían masajistas de manos ágiles y begonias detrás de las orejas. Había convencido a Henry sénior para que los llevase, a pesar de su odio a los viajes largos y a la comida extranjera. Y, entonces, obviamente, todos los viajes se cancelaron durante varios años, hasta que Lucy se fue a

Francia a los quince. Y ahora está en Estados Unidos, y el hombre del control de aduanas no apretó el botón rojo al ver sus pasaportes, sino que les indicó con pocos modales que podían pasar. Se encuentran en el asiento trasero de un taxi, a punto de llegar al hotel Dayville, a punto de encontrarse con Henry.

—Echo de menos a *Fitz* —dice Stella.

Lucy le da un apretoncito en el brazo y confiesa:

—Yo también.

Es cierto, lo echa mucho en falta. *Fitz* lleva a su lado desde hace cinco años, desde que Stella era una bebé. Ahora está con Libby. También se ofreció a quedarse con los niños, pero Stella tiene ansiedad por separación, así que ni se había planteado dejarla en Londres; Marco, por su parte, no se habría quedado en casa ni por todo el oro del mundo.

—Henry cree que ha dado con Phin —le dijo Lucy a Libby, tan calmada como había podido—. Vamos a ir a convencerlo para que regrese al Reino Unido. No tardaremos en volver; lo justo para encontrar a tu padre, te lo prometo. Y si *Fitz* te da problemas, seguro que tu amiga Dido puede encargarse de él; lo adora.

Lucy no tiene ni idea de si Libby fue capaz de notar el pánico que impregnaba sus frívolas palabras, pero, en realidad, ese es el menor de sus problemas.

—Hemos llegado al Dayville.

El taxista aparca justo delante y Lucy mira hacia arriba por la ventanilla.

«Henry —piensa—. Henry, hemos llegado.»

—Lo lamento, señorita Caron, pero me temo que no tenemos a ningún Henry Lamb en el hotel.

—Quizá haya usado un nombre falso. Mire. —Lucy le enseña una foto de su hermano a la mujer de recepción—. Este es Henry. ¿Está aquí?

—No debería... —comienza, cautelosa, antes de mirar a Stella y dedicarle una sonrisa indulgente—. ¿Es tu papá? —le pregunta.

Stella niega con la cabeza, tímida.

—No —responde—, es mi tío Henry.

—¿Tu tío? —repite la mujer, con la misma sonrisa cálida—. Ya veo. Pues sí. Tu tío estuvo aquí. Pero con otro nombre.

—¿Estuvo? —dice Lucy.

—Sí, se marchó ayer.

—Ah. —El estómago de Lucy se sacude a causa de la decepción y de un pánico vago—. ¿Dijo... adónde iba?

—Sí. Quería explorar otro barrio de la ciudad. No obstante, no nos dio más información.

Lucy exhala despacio.

—¿Podría decirme qué nombre ha utilizado para hacer la reserva?

La recepcionista mira hacia la puerta que tiene detrás y luego a la pantalla del ordenador. Baja la voz y dice:

—Claro. Joshua Harris.

Lucy asiente.

—Genial. Gracias. Muchas gracias. Se lo agradezco muchísimo.

—Joshua —sisea Marco al oído de su madre cuando se encaminan hacia los ascensores—. Ese es el nombre que nos dijo el guía turístico. Joshua Harris. ¡Es él!

—Bueno —dice Lucy mientras contempla cómo se abren las puertas del ascensor y se cuela entre ellas—, pues pronto contactaremos con él. No obstante, primero vamos a ver nuestra preciosa habitación. —Ahora no puede pensar en ello. Tendría que estar ahí. Ahora. No quiere tener que buscarlo, que esperarlo. Necesita tenerlo delante y saber que Phin está a salvo.

La habitación es preciosa. Reservó la más cara: la *suite* Aurora. Es cuatro veces más grande que el cuarto en el que vivían en el edificio de Giuseppe, en Niza. Marco dormirá en un sofá cama en una zona privada de la *suite*. También hay una terraza y una cocina americana. Está decorada en tonos aguamarina y ocre deslucido, tiene láminas de temática botánica enmarcadas en las paredes y una luz de neón de color azul hielo sobre un panel de madera deletrea la palabra «Aurora».

Stella se pasea por el cuarto disfrutando de la sensación de amplitud. Marco saca el iPad y el portátil de Henry de su sofisticada mochila nueva y se apoltrona en su sofá cama con una botella de Coca-Cola del minibar y un paquetito de frutos secos. Lucy se sienta en una silla tapizada con las manos colgando entre las rodillas. La cabeza le pesa sobre el cuello, y deja que los estreses del viaje, de los últimos cuatro días —en realidad, de cada momento que ha pasado desde que recibió el mensaje de Henry el viernes por la tarde— pasen de sus entrañas a sus pulmones y luego a sus extremidades, y suspira tan alto que Stella y Marco la miran.

—¿Estás bien? —le pregunta Marco.

Ella consigue sacar una sonrisa.

—Sí. Estoy bien. Solo muy muy cansada.

Le envía un mensaje a Henry, aunque sabe que es en vano.

> Henry. Quién sabe si llegarás a ver este mensaje, pero estamos aquí. En Chicago. En el Dayville. Por favor, llámame. POR FAVOR.

Levanta la vista y ve que Marco le sonríe.

—¿Qué?

—¿Quieres saber dónde está Henry?

—Sí —comienza ella—, claro que quiero. Pero hoy no, aún no. Empezaremos a buscarlo maña...

Entonces se calla. Marco ha dado la vuelta a la pantalla del iPad de su tío para que pueda verla. En ella, aparece un hotel en otra zona de Chicago: el Angel Inn. Le da un toque con un dedo y le sonríe desde debajo de sus rizos demasiado largos.

—A unos diez minutos en Uber.

—No entiendo.

—El guía turístico, Kris Doll. Le acabo de mandar un mensaje. Le he dicho que el hombre al que buscamos también se hace llamar Joshua Harris y que aún estamos intentando dar con él para avisarle de que su padre está en las últimas. Kris me ha dicho que, casualmente, acababa de ver a Joshua en este hotel. —Vuelve a darle un golpecito a la pantalla con un dedo—. Y que le parecía que algo no iba bien. Al parecer, le preguntó acerca de Henry Lamb, pero él hizo como si no lo conociese. Y ojo al dato, mamá, ojo al dato: el tío este es amigo de Phin. De nuestro Phin. Lo conoce en persona. Y no solo eso, sino que Phin está en Chicago en este preciso instante.

Lucy ahoga un grito.

—¿En serio?

—*Oui, maman*, en serio. —La cara de Marco está iluminada de triunfo—. ¿Vamos?

—¿Adónde?

—Al Angel Inn.

—No, Marco. Ahora no. Estamos hechos polvo. Mejor...

—No, mamá. Vamos ya. ¿Y si Henry vuelve a cambiar de alojamiento? ¿Y si se entera de que estamos aquí y decide escapar? Podríamos perderlo para siempre. Vamos. Si no son ni las cinco. Por favor.

Lucy vuelve a suspirar, luego estira el cuello y la espalda, se da una palmada en los muslos y dice:

—Sí. Claro que sí. Vamos allá.

39

Abril de 2017

Eran casi las tres de la mañana. A pesar de que calentaba durante el día, ahora hacía frío, y Rachel sacaba vaho al respirar. Dobló la esquina para acudir al lugar donde había quedado con el Uber y observó cómo se acercaba el coche en el mapa hasta que por fin llegó. Los faros cortaban agujeros en la niebla nocturna y ella se subió al asiento trasero y dijo que sí, que estaba bien, gracias. «¿Cómo está usted?» Luego, contempló Londres por la ventanilla: sus curvas durmientes; las cortinas echadas; un pixel de luz suelto de vez en cuando; los agradables tramos de carretera desierta; las tranquilas esperas en los semáforos en rojo por nada y por nadie; el traqueteo suave del intermitente y las luces reverberando en el agua oscura y sucia de Regent's Canal; guirnaldas de luces blancas colgadas en una barcaza; la particular silueta de su edificio; que parece un frigorífico volcado; el brillo de la luz de emergencia en el portal; la llave en la cerradura; el olor de una casa abandonada; un abanico de correo en el felpudo. Dejó caer el bolso a sus pies y luego se postró de rodillas, con lágrimas rodándole por la cara, por el cuello, hasta la tela del pijama.

Rachel se despertó unas horas más tarde. Estaba en su propia cama. Las sábanas olían ligeramente a humedad. Tendría que haberlas cambiado antes de mudarse al apartamento de Michael, pero no se le había ocurrido. Y la noche anterior estaba demasiado rota como para pensar en cambiarlas. Se había pasado media hora en la ducha, con el grifo a tope de presión y las lágrimas mezclándose con el agua que le caía sobre la cabeza. Ahora llevaba un pijama que hacía muchas semanas que no se ponía, que aún olía al suavizante que usaba allí, en su propia casa. Notaba la piel tensa y sensible a causa de haber pasado una hora llorando toda la rabia y el desprecio y la náusea de la noche anterior.

Al despertar, tuvo un blanco momento de inocencia, tan fugaz como un copo de nieve, antes de recordar que la noche anterior su marido la había violado. Entonces, explotó en su ojo interno: la sensación de tenerlo encima, su mano cubriéndole la boca, agarrándola del cuello, la sangre acumulándosele en los ojos. En el espejo, vio que se le habían reventado algunos capilares en los globos oculares y que una marca de color rojo intenso le atravesaba el cuello. Tenía moratones entre las piernas que le dolían incluso sin necesidad de tocarlos. Volvió a meterse en la ducha durante otra media hora, hasta que se le acabó el agua caliente. Preparó café negro y se lo tomó en el balcón, ataviada con su albornoz de rizo. Una barcaza adornada con flores pasó lentamente por el canal; en la cubierta de proa había dos spaniels marrones con las patas delanteras estiradas. Aún no había mirado el móvil. No quería ver sus palabras. Sus mentiras. Su porquería.

En cambio, abrió el portátil, el de reserva que tenía desde hacía diez años y que parecía engordar y crecer con el paso del tiempo. Abrió su cuenta de correo profesional, la única que no le había dado a Michael. Tenía un correo de Lilian Blow, la responsable de compras de la joyería Liberty.

Rachel, pongo en copia a Rosie Havers. Rosie es la directora de compras y *merchandising* de Liberty. O sea, la jefa. Llevo mucho tiempo dándole la tabarra para que mire tus diseños y ahora es una gran fan tuya. Se me ha ocurrido que podríamos quedar para comer un día de esta semana, para darle el pistoletazo de salida a esta aventura, para conocernos mejor y hablar de planes a largo plazo, esperanzas y sueños. ¿Cómo lo ves?

Rachel parpadeó al ver las palabras en la pantalla. Esas palabras pertenecían a otro mundo. A otra persona. A otra versión de su vida. Vio su imagen en el espejo que había en el otro extremo de la estancia. Trató de visualizar a esa persona sentada en un restaurante pijo y poco concurrido del Soho con Lilian y Rosie, las de Liberty. Las imaginó estudiando la carta de bebidas para al final decidir pedir agua o infusiones demasiado complicadas. Imaginó anillos de boda llamativos y adolescentes con nombres interesantes y melenas brillantes que jamás habían sido retenidas en el puño de sus maridos mientras las violaban. Se vio entre ellas, con el pelo trenzado, apestando a víctima y a sábanas rancias.

Entonces se lo sacudió de la cabeza. Lo sacudió con ganas.

—No, no, no, no —murmuró para sí—. No, no, no, no, *no*.

Se dio una bofetada, se aclaró la garganta y se pasó la mano por el pelo.

—¡NO! —repitió, y luego escribió:

Suena genial. Me encantaría comer con vosotras. Decidme dónde y cuándo y nos vemos allí. Me muero de ganas.

Le dio a enviar, vio el correo saltar de la pantalla y lo imaginó apareciendo en las bandejas de entrada doradas de Lilian y Rosie. «Para entonces ya estaría bien», se dijo. Absolutamente bien. Solo tenía que sobrevivir al día de hoy. Minuto a minuto. Vestirse. Ir a trabajar. Comer. Buscarse un abogado. Sacar a Michael de su vida.

Le escribió un correo a Dominique:

Hola, gorda. Soy yo. Se ha liado parda. Necesito que me pases la dirección de correo de tu amiga la abogada, la pelirroja, no recuerdo su nombre. Creo que me voy a divorciar. Por favor, no digas ni una palabra a nadie. Y contáctame únicamente en esta dirección. No tengo el móvil operativo. Te quiero.

Entonces, fue al cuarto de baño, abrió el aparador y sacó su bolsa de maquillaje vieja. Se puso guapa. Cubrió la marca del cuello con base. Se peinó y se hizo un moño. Se echó perfume, se puso ropa elegante y se encaminó a casa de su padre.

—¡Mi niña! Pasa, pasa. ¡Qué sorpresa tan maravillosa! No te esperaba.

Le devolvió el abrazo exageradamente, inhalando el aroma de papá.

—Pareces cansada.

—Ah, muchas gracias, papá. ¡Con lo que me he esforzado por ocultarlo!

—Lo siento, cielo. Perdona. ¿Qué, has tenido una noche larga?

—Muy larga, sí. Y... más cosas.

—¿Qué cosas?

—Prepárame un capuchino y te lo cuento.

Nada hacía más feliz al padre de Rachel como usar su cafetera cara, y ella se lo notó en el andar al seguirlo hacia la cocina.

—Semidesnatada, ¿no?

—Sí, papá, por favor.

—¿Sirope?

—No, gracias. Un capuchino básico.

—¿Con chocolate por encima?

—Por supuesto.

Ni siquiera intentaron hablar por encima del estruendo de la máquina mientras molía los granos de café. Cuando al fin emitió el último silbido y la última gota de café cayó sobre la espuma, Rachel respiró hondo y dijo:

—Papá, he dejado a Michael.

Él se quedó quieto y luego se giró hacia ella. Tenía los ojos como platos, y emitió un gritito de sorpresa ligeramente amanerado.

—Has...

—Sí. Anoche. De madrugada. Tuvimos una, eeeh, discusión. Llevamos mucho tiempo mal, desde la luna de miel. Pero muy mal, papá. Hay tanto... —Se tomó un segundo para recomponerse. Luego volvió a empezar—: Han pasado muchas cosas que no te he contado, papá. Michael perdió todo su dinero.

—¡¿Cómo?!

—Sí, ya lo sé. Lo ha perdido todo. Lo he estado manteniendo yo. Y, además..., me ha enseñado su lado oscuro.

—Ay, Dios. No te habrá hecho daño, ¿no?

—No, papá. Nada de eso. —Notó que la marca del cuello le ardía a causa de la mentira—. No. Pero a veces me da la sensación de que podría. Y ya no puedo más, papá. Lo siento muchísimo. Lamento haberte hecho gastar tanto dinero en la boda. Y lamento ser tan pringada, tomar tan malas decisiones a todas horas, tener treinta y tres años y no tener nada a mi nombre, que tengas que costearme la vida y sacarme las castañas del fuego y no ser capaz de que mi matrimonio dure ni dos meses. —Se sorbió la nariz y se enjugó las lágrimas—. Y lamento ser lo único que te queda. Te mereces algo mejor, papá. De verdad que sí. Y lo siento muchísimo.

—Ay, Dios, Rachel. No, ¡no! No vuelvas a decir eso en tu vida. Por favor. Eres lo mejor y lo más extraordinario que tengo en la vida. Siempre lo has sido y siempre lo serás, y nada de lo que puedas hacer o dejar de hacer me hará cambiar de opinión. Nada.

—Pero me siento como una imbécil, papá. Esa boda. Ese boato. Tanto dinero. Tantas personas que creían que sabía lo que me hacía. Cuando no lo sabía, papá. No tenía ni idea. Me casé con un capullo, con un capullo estúpido, arrogante y narcisista, y me tragué todas sus mentiras como una imbécil de primera, a pesar de que las señales de alerta siempre estuvieron presentes. Sabía que existían tipos así. Miles de series, de novelas, de noticias cuentan historias de mujeres a las que engañan y manipulan sus maltratadores. Y, aun así, papá, aun así...

—Si te sirve de algo, cariño, a mí también me engatusó. Creía que era maravilloso.

—Pues no lo es. Es un capullo. Un capullo débil, asqueroso y patético.

—En fin, muriendo y aprendiendo, hija. —Se acercó a ella y la tomó de las manos—. Al menos no te ha hecho daño.

Ella retiró las manos de un tirón.

—Sí —dijo, demasiado rápido.

—¿Te lo ha hecho?

—No, papá. Ya te lo he dicho. Pero me daba la sensación de que podría hacerlo. La situación era cada vez más tóxica y había llegado el momento de salir de ahí.

—¿Pedirás el divorcio?

—Sí, así es. Le he pedido a Dom que me envíe los datos

de contacto de su amiga. Es una de las mejores abogadas especializadas en divorcios de Londres.

—Yo me ocupo de los costes, cielo. Ni que decir tiene. Haré lo que haga falta para sacarte de este lío. No te preocupes por eso.

Ella lo tomó de las manos y se las acarició.

—Gracias, papá. Gracias.

Y luego pasaron un rato hablando de Liberty, del contrato y de la colección que querían que les diseñara: doce anillos, diez collares, diez pulseras y veinte pendientes.

Mientras conversaban, su padre la miraba serio.

—Rachel —dijo—. Hagas lo que hagas, que Michael no se entere de esto. Que siga creyendo que vas justa de dinero. Que lo necesitas más que él a ti. No permitas que atisbe siquiera tu éxito inminente. Porque esa es tu vía de escape, amor mío, de ese hombre horrible: tu negocio. Tu talento. Tu... *je ne sais quoi.*

Ella se quedó mirándolo un momento y luego le sonrió, y desde dentro de la sonrisa explotó una carcajada, tan intensa e inesperada que sobresaltó a su padre.

—*Je ne sais quoi* —repitió con acento impostado—. ¡Ja!

En ese momento, tuvo claro que jamás hablaría a nadie de lo sucedido en el sofá de Michael la noche anterior. Jamás. Se lo llevaría a la tumba. Porque ella era Rachel Gold, y a Rachel Gold no la habían violado. A ella no la habían violado. Lo eliminaría de su historia personal: el matrimonio, al hombre, la violación; todo. Lo borraría y volvería a empezar.

40

Junio de 2019

El apartamento huele a lejía y a toallas húmedas. Está en la parte de atrás del edificio y da a la fachada trasera de los bloques que tiene al otro lado. Un entramado de escaleras de incendios de forja, y abajo, en el patio, un montón de contenedores metálicos enormes y sombríos. El dueño ha dejado sobre la mesa de la cocina un tarro de lo que parecen trufas de chocolate caseras, al lado de un tulipán solitario en un jarrón; es un detalle muy amable, por supuesto, pero no ayuda demasiado a levantar el aspecto soso del piso. Se me viene a la mente el apartamento de Phin, con los cojines de Frida Kahlo, y suelto un suspiro. Cómo no, él ha conseguido el mejor alojamiento. Era lo esperable.

He deducido que el apartamento de Phin está dos plantas por debajo del mío y tres pisos a la derecha. Cojo las llaves y bajo por la escalera de piedra que sirve de unión del edificio. Hay bastante eco. Al llegar a la primera planta, cuento tres pisos y veo que la puerta del apartamento de Phin está pintada de un color verdeazulado magnífico y que tiene una aldaba en forma de cabeza de zorro. Casi soy capaz de percibir el aroma a azahar y granada que emana del difusor que vi en las fotos. Pego la oreja a la madera, pero no se oye nada.

De vuelta en mi apartamento, abro la maleta y cuelgo la ropa en el armario que apesta a humedad. Voy redactando mentalmente la reseña que pienso dejar cuando me marche: «Mobiliario y equipamiento anticuados. Necesita una reforma».

Y entonces, de pronto, rotunda y horriblemente, me topo con el resultado de todas las decisiones que he tomado desde que salí de Londres. Estoy solo en un apartamento lúgubre de Chicago vigilando el alojamiento de un hombre a quien no he visto desde que tenía dieciséis años, un hombre que me detesta, y no tengo ni idea de qué debo hacer ahora. Estoy todo lo cerca de Phin que puedo salvo que decidiese colarme en su apartamento y sentarme entre los cojines de Frida Kahlo hasta que vuelva de donde sea que haya ido, y eso es... No, eso es demasiado. Me aterra pensar adónde me podría llevar eso. Me da miedo lo que pueda acabar haciendo. O él. Me da pavor el poder de todo lo que nos ha separado estos años y lo que ello puede desencadenar si Phin se encuentra atrapado tras la puerta cerrada de un Airbnb. Y, entonces, noto una cortina de desaliento caer sobre mí. ¿Qué hago aquí? ¿Qué estoy haciendo? ¿Qué narices es lo que pretendo? Sin embargo, de pronto, se me ocurre algo. Y me siento tieso como una vara cuando el pensamiento me llega a modo de un relámpago.

Saco un cuaderno y un boli de la funda del portátil. Escribo una nota.

Querido inquilino del apartamento 12. Soy el inquilino del apartamento 35. No me encuentro a gusto en mi alojamiento, pero he visto en Airbnb que tu reserva se termina dentro de diez días y me encantaría ocupar ese apartamento cuando tú lo dejes. ¿Sería mucho pedir que me permitieses echarle un vistazo antes de formalizar la reserva? Si es que no, no pasa nada, lo comprendo. Pero si me pudieras hacer ese favor, llama a mi puerta o envíame un mensaje a este número. Gracias.

Me detengo. Iba a firmar como Joshua, pero si Kris ha contactado con Phin, quizá le haya hablado del inglés raro que responde a ese nombre y que le ha preguntado por él, así que después de pensármelo un momento, firmo «Jeff».

Doblo la nota en forma de cuadrado y vuelvo a bajar al apartamento de Phin para dejarla enganchada bajo la barbilla del zorro. Entonces, me dirijo hacia la perfumería que he visto antes a unas tres manzanas de distancia y me gasto setenta dólares en ambientadores y velas perfumadas.

A última hora de la tarde, sigue sin haber noticias de Phin. Tengo hambre, el día está dando paso a la noche y siento una necesidad urgente, palpitante, de algo, aunque no sé de qué. No sé si será de sexo. O de alcohol. No sé si será de ejercicio o de violencia o de música a tope o de comida basura, pero algo me martillea las entrañas y siento ganas de dar un puñetazo a la pared, pero ya lo he probado en otra ocasión y duele muchísimo, las heridas y los moratones tardan semanas en curarse y, la verdad, no merece la pena.

Camino por el apartamento que ahora huele a lirios y a mandarinas y, según parece, a espuma de mar. Abro y cierro los puños. El aliento se me solidifica. Veo porno en el móvil, pero solo sirve para cabrearme. Decido que me hace falta salir. Tomo la escalera que hace eco y enfilo el pasillo del primer piso. Paso por delante de la puerta de Phin y veo que la nota sigue ahí. Bajo con gran estruendo el último tramo de escalera y atravieso la puerta principal, salgo a la calle y de inmediato me siento enchufado a la energía de la templada noche de martes: de las calles repletas de oficinistas que acaban de librarse del tedio de sus mesas, de turistas y autóctonos y de gente mayor y joven. Y camino por donde ellos, en su misma estela, como un vagón de tren invisible, y sospecho que debe de parecer que estoy loco, porque probablemente lo esté, y las luces brillan y refractan y me hacen sentir mareado y borracho, a pesar de que estoy completamente sobrio. Y, en un momento dado, me separo de la multitud y me quedo parado ante la puerta de un restaurante decorado con un par de palmeras de dos metros delante de gruesas cortinas de terciopelo, y un *maître* ataviado con una camisa ajustada negra, pantalones a juego y una sonrisa capaz de encandilar a los pájaros de los árboles, así como al chiflado y solitario hombre que está en medio de la calle, me lleva a una mesa y me da un menú. Y me pido la chuleta *porterhouse* de 90 dólares y aros de cebolla y un vino tibetano de nombre Shangri-La que cuesta, no te miento, 450 dólares, y me lo bebo como si fuese zumo de frutas y apenas toco la carne porque no tengo demasiada hambre en realidad. Y los ojos se me van al otro extremo del local, a la acera, y miro a los hombres que pasan, a los chicos, y los deseo a todos; a todos. Entonces, se me llena el corazón de rabia porque ellos no me desean a mí, así que pido una botella de champán Ruinart de 195 dólares y me como los aros de cebolla con las manos y paso perfiles en Grindr con los dedos grasientos, y la agonía de estar tan cerca de Phin me resulta insoportable, me está comiendo por dentro como una pieza de fruta asquerosa y no puedo hacer nada con estos sentimientos, pues todas las cosas que desearía hacer ahora mismo me acabarían conduciendo a una celda en comisaría, así que pido la cuenta y pago, le añado una propina del cincuenta por ciento y me levanto. Pierdo el equilibrio y me apoyo en la mesa, y el camarero que ha recibido los 300 dólares de propina me toma del codo y me lleva con suavidad hacia el otro extremo del restaurante, y ni siquiera es guapo, pero no puedo evitar decir: «Eres muy guapo, ¿cómo te llamas?». Y la forma como me mira, como si tuviese un glóbulo de vómito en la boca, hace que este sea uno de los peores momentos de mi vida, y no olvidemos que los ha habido a cientos.

Avanzo por la acera y quiero besar a alguien, pegar a alguien, gritar a alguien, matar a alguien, meter la mano por la parte delantera de los pantalones de alguien y apretar hasta que chillen. Me doy cuenta de que así soy yo; siempre lo he sido, pero lo he ocultado, reprimido, atrapado en una jaula, sedado como a un tigre domesticado y, en este instante, me parece que la línea que separa el matar a alguien de no matarlo siempre ha sido mucho más fina de lo que yo creía, y que desearía apuñalar a alguien en el corazón y darle un puñetazo en la cara, cometer un asesinato en masa, rociar estas multitudes de gente de cara alegre con el contenido de un arma semiautomática y verlos gritar y huir y caer al suelo aferrándose a las heridas mientras su fuerza vital los abandona. Quiero hacer todo eso. Lo anhelo de verdad.

Pero también quiero drogarme. Quiero coca. Y vodka. Vuelvo al Magdala y me hago el sobrio lo mejor que puedo para preguntarle al barman si sabe de alguien, y por suerte pilla lo que quiero decirle y me señala a una mujer de unos cincuenta años que está en la esquina más remota del local. Está bebiendo cerveza, ella sola, y cuando me acerco me indica que vaya a la zona más resguardada del bar, a la esquina izquierda, y dice:

—¿Estás bien? Pareces algo tenso.

Y yo respondo:

—Sí, estoy bastante tenso.

Le cuento que me he tomado una botella de vino y otra de champán y que me parece que estoy perdiendo el juicio y que necesito algo, lo que sea, y ella me dice:

—Bueno, coca no; eso fijo.

Me da ketamina y Valium y yo le entrego cincuenta dólares, y ella vuelve con su cerveza y yo tomo las pastillas y el polvo y me marcho.

De inmediato, me fastidia haber dejado que me convenciera de no pillar coca. Pero no quiero volver a entrar, así que voy a otro bar, donde me tomo tres chupitos de tequila uno detrás de otro y le mando un mensaje a Kris Doll.

> Estoy borracho y cachondo. Ven a buscarme
> con tu enorme moto.

(Aunque en realidad pone: «Estoy boracho y ca hondo. Ven a busvarme ne tu eborme moto», y un emoji de una moto.)

Intento entrar a una discoteca, pero el de seguridad no me deja, y me peleo con él, físicamente. Le planto las manos en el pecho y noto lo fútil de mi intento cuando me aparta con sus brazos hinchados de esteroides y me quita de encima como una hoja mojada. Entonces me dejo llevar, voy por ahí insultando a desconocidos, que me miran con desagrado y diversión irónica. Les ofrezco la ketamina y el Valium a un par de adolescentes.

—Tomad. Unas drogas.

Toman las bolsitas con las mandíbulas colgando y entonces me encuentro delante de mi edificio y miro hacia arriba y veo luz en el apartamento de Phin y me arden las entrañas, el corazón, la cabeza me arde, llamas de furia se alzan en mi interior y amenazan con tragarme y necesito, necesito, necesito...

Meto el código para entrar en el edificio y subo a grandes zancadas la escalera hasta el primer piso, y sé que debería esperar y debería planear y debería hacerlo como es debido por Dios santo hazlo como es debido pero no puedo y golpeo la puerta verdeazulada con la aldaba en forma de cabeza de zorro y oigo una voz que dice:

—Eeeh, ¿sí?

—Hola —contesto, con acento americano—. Soy Jeff, el del piso de arriba. ¿Podría robarte un minuto?

Una pausa. Cambio el peso de un pie al otro y entonces oigo que se descorre la cadena y pongo el pie ahí, en el hueco, y lo dejo ahí y alzo la mirada y veo que Phin me está mirando y lo veo: el segundo que pasa de pensar que soy Jeff a saber que soy Henry, el de sus pesadillas, pero es demasiado tarde, porque estoy en su apartamento y no hay nada que pueda hacer al respecto.

Tercera parte

41

Samuel

El artículo de *The Guardian* me proporciona mucha información. Pero, a la vez, no saco nada en claro de él. Lo escribió en 2015 un tal Miller Roe, y en cinco minutos doy con él en Google. No obstante, no contesta al teléfono ni a los correos electrónicos, y no he encontrado una dirección física, así que, mientras espero su respuesta, voy con Donal al campo a hablar con Libby Jones.

Vive en una casita muy apañada en las afueras de St. Albans. Creo que es de estilo georgiano, tal vez, y es parte de una hilera de casas adosadas con pilares y escaleras curvas de color crema que tienen una cortina de enredadera trepando por las paredes. Los abogados de Pimlico me dijeron que la casa de Cheyne Walk se había vendido por unos siete millones de libras, y esta casita no ha costado ni la mitad de un cuarto de esa suma. ¿Qué habrá hecho con el resto del dinero? No puedo evitar que la mente se me enrede en la miríada de cosas que haría yo de tener tanto dinero. Tengo treinta y seis años, soltero y sin hijos. Me gastaría parte en un apartamento en Florencia, tal vez, con vistas a la Galería Uffizi, en la piazza della Signoria, y en obras de arte para decorarlo. Le daría la mayoría a mi madre, claro, para que se comprase una casa sin goteras ni grietas y plagada de botones que lo hicieran todo por ella, y luego invertiría una gran suma en un plan de pensiones, porque no tengo intención de vivir como mi madre, con lo que el banco en el que trabajó durante treinta y cinco años considera que es suficiente para vivir. Por último, liquidaría mi hipoteca y lo celebraría con una botella de champán que costase más que las mensualidades que pagaba.

Con estas cosas en mente, salgo del coche y sigo a Donal hasta la puerta de la modesta pero coqueta casa de Libby Jones. Y, entonces, me quedo patidifuso al ver no uno, sino cuatro timbres, y comprendo que no se trata de una casa, sino de un bloque de pisos, y que Libby Jones, la heredera multimillonaria, vive en uno de ellos. Aprieto el botón junto al que está escrito su nombre y, un instante después, aparece una mujer en la puerta; no obstante, no me parece que sea Libby Jones, porque aparenta bastantes años más que veintiséis. Tiene el pelo oscuro cortado a la altura de los hombros, gafas de pasta gruesa y negra y la cara cuadrada, y lleva lo que me parece un mono de trabajo verde, pero que quizá sea la última moda.

—Buenos días —saludo—. Soy el inspector Samuel Owusu, y este es el agente Donal Muir. Buscamos a la señorita Libby Jones.

—Ostras. ¿Va todo bien?

—Sí, todo va bien. ¿Podría facilitarnos su nombre, por favor?

—Dido Rhodes. ¿A qué viene este asunto?

En ese momento, aparece un perro pequeño tras ella, mucho más de mi estilo, de los que se pueden llevar en brazos y gestionar sin problema, de los que no pueden abalanzarse sobre ti y lamerte la cara. Gruñe quedamente como decidiendo si ladrar o no, y luego para y se sienta a los pies de Dido.

—Necesitamos hablar con Libby Jones. ¿Se encuentra en el domicilio?

Dido Rhodes coge al perrito en brazos. Lo miro a los ojos. Él me devuelve la mirada. Este perro parece sabio; veo una historia en su mirada. Ha vivido mucho y, si pudiese hablar, creo que me diría todo lo que necesito saber.

—Sí. Un momento. ¡Libbs! ¡Libby! Unos policías preguntan por ti.

Sus ojos no se apartan de los míos al llamarla, como si le preocupase que fuera a hacer algo indecoroso si me perdiera de vista.

Entonces aparece Libby. Es baja y muy rubia, y limpia, y va bien arreglada. Lleva vaqueros grises ajustados, una blusa verde sin mangas y chanclas a juego. Parpadea.

—¿Sí?

Vuelvo a hacer las presentaciones.

—Vale —dice—. ¿Puedo...? ¿Quieren pasar?

El perro retoma el gruñido quedo cuando atravesamos el umbral. Le dedico una sonrisa reconfortante, pero no parece servir de nada.

—Disculpen. No es mío. Es de mi madre. Se lo estoy cuidando. Es un poco sobreprotector.

Asiento.

—Es su trabajo. Los perros necesitan un cometido para ser felices, y si no saben cuál es, se lo inventan.

Libby Jones suelta una pequeña carcajada y nos guía a Donal y a mí hacia una puerta que da a un pequeño piso en el entresuelo. Es muy bonito; un claro reflejo de Libby, con sus estantes pulcros y ordenadas superficies. Tiene un atractivo insípido. Nos sentamos en la sala de estar, en unos sofás de lino color crema, y Dido, la del mono de trabajo, nos ofrece sendos vasos de agua.

—En fin —comienzo—. Señorita Jones. Nos ha proporcionado su información de contacto el bufete Smithkin Rudd & Royle, en SW1. Nos han comentado que heredó usted un inmueble en el número dieciséis de Cheyne Walk hará cosa de un año.

—Sí, así es.

—Y que lo ha vendido recientemente.

—Sí. El trato se cerró hace unos diez días.

—A Oliver y Kate Wolfensberger.

—En efecto.

—Según tengo entendido, la casa pertenecía a sus padres.

Veo que Libby traga saliva antes de carraspear, y sé que su respuesta será falsa.

—A mis padres biológicos, sí.

—¿Y no llegó a conocerlos?

—No, nunca. Murieron cuando era una bebé. ¿Puedo preguntarle a qué vienen estas preguntas?

Me siento en la cuerda floja sobre una grieta. Libby Jones ya me ha mentido una vez y no quiero apretarla demasiado y que lo vuelva a hacer. Solo quiero que me dé respuestas veraces.

—Estamos investigando el posible asesinato de una joven, Birdie Dunlop-Evers, que murió a finales de los ochenta o principios de los noventa.

Veo que una sombra de reconocimiento le atraviesa la cara. En cambio, niega con la cabeza, como para indicar que nunca ha oído hablar de Birdie Dunlop-Evers.

—Es posible que, en el momento de su deceso, estuviese viviendo en el número dieciséis de Cheyne Walk —continúo—. He leído la historia de la casa en un artículo de *The*

Guardian en el que se relataba la terrible tragedia que acaeció a sus padres. Sé que la encontraron sola en una cuna del primer piso. He leído que había más personas en la casa; adolescentes. Algunos informes indican que eran dos. Otros tres, y otros cuatro. Algunas fuentes dicen que jamás hubo niños en esa casa, al menos que ellos recordasen. Un repartidor incluso opinaba que podría tratarse de un convento. Mucha información contradictoria. ¿Ha leído usted ese artículo?

—Sí. Por supuesto. Sí. Fue una de las primeras cosas que encontré en internet cuando descubrí que me habían dejado la casa. Antes de eso, jamás había tenido noticia de la casa ni de los miembros de la familia. Es un artículo bastante confuso.

—En efecto. Plantea muchas preguntas y da pocas respuestas. Por eso, al leerlo, me pareció posible que en una casa con una historia tan trágica y caótica, quizá una mujer pudiese caer en las redes de los hechos sin que nadie se diese cuenta. Y desaparecer sin dejar rastro.

No es una pregunta, sino una afirmación. Libby Jones no puede estar de acuerdo ni en desacuerdo, y la dejo en el aire un instante, para que se asiente el silencio.

Libby Jones se reacomoda las extremidades tanto superiores como inferiores.

—No tengo ni la más remota idea —responde—. Lo único que sé es lo que leí en el artículo. No sé nada más.

—Pero usted vio la casa, ¿verdad? Antes de venderla.

—Ah, sí, claro. Pasé por allí varios días justo después de heredarla. Para explorarla. Para conocerla.

—¿Y no vio nada? ¿Ni encontró nada? ¿Nada que pueda arrojar luz sobre lo que sucedió la noche en la que sus padres se quitaron la vida?

—No. Lo lamento.

Al decir esto, se lleva la mano a la garganta.

Vaya. Ha vuelto a mentir. Pero ahora me resulta de ayuda, porque me da a entender que encontró algo que va más allá de la historia relatada en el artículo; que sabe algo más y que ha decidido no compartirlo conmigo; y si ha decidido no compartirlo conmigo, entonces o bien se está intentando proteger a sí misma, o bien a otra persona. Y ¿a quién podría querer proteger en este asunto tan extraño aparte de a una persona que forme parte de la historia de la casa?

¿El hermano, quizá, o tal vez la hermana?

Según el artículo, los hermanos Lamb se llamaban Henry y Lucy. ¿Será posible, me pregunto, que conocieran la fecha en la que el fideicomiso entraría en vigor y que buscasen a Libby para reclamar su parte de la herencia? Al fin y al cabo, los dos aparecían en el testamento, pero ninguno se había presentado para reclamar la casa al cumplir los veinticinco años. ¿Tal vez estuvieran esperando a que una persona «limpia» la reclamase en su nombre? Alguien que no viviese oculto, como ellos. Y si ese era el caso, ¿por qué motivo se ocultaban? ¿Quizá porque uno de ellos había sido el responsable de la muerte de Birdie Dunlop-Evers? Pero ¿por qué? Esa es la pregunta que debo tratar de responder. ¿Por qué iba un adolescente, o incluso dos, o tres, o cuatro, querer asesinar a una mujer de treinta años?

—Ayer estuve allí —le cuento a Libby—. El señor Wolfensberger me permitió echar un vistazo a la casa. Tiene carácter.

—Quiere decir que da mal rollo, ¿verdad?

—Sí, supongo que sí. Da un poco de miedo. Cuesta imaginar que haya vivido en ella una familia normal.

—Bueno, es que tal vez no fuesen normales. —Libby se encoge de hombros—. O sea, las familias normales no suelen cometer suicidios colectivos, ¿no?

Asiento. Es cierto.

—Yo tuve suerte —continúa—. De que me sacasen de aquel entorno y que me criase una familia normal.

—¿Y ahora tiene la suerte de tener un montón de dinero?

Sonríe. Veo que el dinero la ha hecho feliz. Y me pongo a pensar en qué habrá hecho con él. Si el hermano y la hermana la hubieran encontrado y le hubiesen exigido su parte por la fuerza o si la hubieran extorsionado para que se la diese, no parecería tan relajada ante su cambio de fortuna. Sin embargo, se la ve tranquila. Así que quizá haya compartido la herencia por voluntad propia, igualitariamente; tal vez esté en paz con el dinero porque se haya comportado de forma razonable y justa.

—Entonces, ¿tiene pensado comprarse una casa más grande? —le pregunto.

—Sí. A ver, no me desharé de este piso. Lo alquilaré muy barato a una pareja joven o a una persona soltera, alguien que esté pasando un mal momento económico. No necesito el dinero, pero sé lo difícil que puede ser llegar a fin de mes cuando se es joven. Es todo muy caro. Estoy buscando una casita en las afueras, hacia el campo. Con algo de terreno y un sitio en el que poder establecer mi estudio de diseño de interiores. Quizá un granero o un anexo, algo así.

—¿Seguirá trabajando?

—Bueno, aún es pronto; el negocio no ha despegado todavía. Pero mi amiga Dido —señala la puerta— es la diseñadora jefe y la dueña de la franquicia de diseño de cocinas donde trabajaba antes, y me va a ayudar a echar el negocio a andar.

Dido está esperando justo al otro lado de la puerta del salón. Cree que es invisible, pero no. La oigo respirar, escucho sus pies descalzos pisar las lamas del parqué y algún que otro carraspeo. Me pregunto cuánto sabrá Dido acerca del misterio en el que está envuelta su amiga. Quizá tanto como el perro, que ha dejado de gruñir, pero no de mirarme fijamente.

—Bueno, pues me parece un gran plan y un muy buen uso de la herencia. Y ¿qué hay del resto del dinero?

—¿Del resto? —Parece ligeramente sorprendida.

—Sí. Una casa en el campo. Un granero. Un negocio. Debe de sobrar muchísimo.

—No tanto, en realidad. Le daré parte a mi madre, claro. Y quizá haga donaciones a organizaciones benéficas. También invertiré. Ese tipo de cosas.

Asiento. Necesito acceso a la cuenta corriente de Libby Jones. Pediré una orden judicial, pero ya me ocuparé de eso luego.

—¿Le preocupa que alguno de sus hermanos venga a por usted cuando se enteren de que ha vendido la casa? Al fin y al cabo, la noticia está en internet; dentro de poco, el Registro Civil publicará el precio de venta y se enterará el mundo entero. Incluidos sus hermanos, Henry y Lucy. ¿Qué haría si vinieran en su busca?

Oigo a Dido toser con fuerza al otro lado de la puerta.

—No lo harán —dice Libby.

No respondo a su afirmación con palabras, sino con un alzamiento de ceja.

—Lo más probable es que hayan muerto.

Intento que parezca que existe una remota posibilidad de que me creo lo que acaba de decir, pero me cuesta.

—¿Muerto? —repito—. Parece haber llegado a una conclusión bastante dramática, ¿no?

—Es lo único que tiene sentido, ¿no cree? Usted mismo lo ha dicho: adolescentes que tan pronto están como desaparecen.

—Ah, sí, claro. Eso puede parecer. Pero es más fácil ocultar a una persona con vida que a un cadáver. Como detective, lo sé demasiado bien. Un cambio de nombre; un cambio de aspecto; un país distinto. Todo muy sencillo. Así que a lo mejor no están muertos, señorita Jones; de hecho, lo más probable es que sigan con vida. ¿Ha intentado dar con ellos?

Una firme negación con la cabeza responde a mi pregunta.

—No, nunca.

—¿Desearía hacerlo?

—No.

—¿No le provoca curiosidad saber lo que ha sido de ellos? ¿No querría que formasen parte de su vida?

—Es que asumí que estaban muertos. Nunca se me ocurrió que...

Suspiro. Esta conversación no va a llevarme a ninguna parte. Pero cuando me levanto, el perro vuelve a ladrar, y me percato de que me queda una pregunta más que formular.

—¿Es de su madre, ha dicho?

Asiente.

—¿Es el perro de su madre adoptiva?

—¿De mi...? —Se queda blanca como una hoja—. Sí. —Recobra la compostura—. Sí, el perro de mi madre adoptiva.

—Y ¿dónde está su madre?

—En España. Vive allí, al menos de vez en cuando. Tiene un piso. A veces vuelve. Es... Tenemos una especie de custodia compartida con el perro, supongo.

Libby Jones está parloteando sin sentido. Miente. O trata de encubrir una mentira. Recuerdo la foto que vi en *The Guardian* de sus padres biológicos: la madre exótica, morena y medio turca. El padre bajito y con cara de bulldog. No se parece a ninguno de los dos. De ninguna manera. Dejo la casa de Libby Jones con más preguntas que cuando entré.

42

Lucy y los niños salen del Uber frente al Angel Inn. Es un edificio de los años veinte, en la cúspide del *art déco* y *nouveau*, con ventanas de metal y una puerta giratoria cromada. No es tan lujoso como el Dayville, pero es más acogedor, más del gusto de Lucy; y menos, se imagina ella, del de Henry.

En la entrada, Lucy toma la mano de su hija y se dirige hacia el mostrador de recepción.

—Hola —saluda—. Estamos buscando a mi hermano. Usa los nombres Henry Lamb o Joshua Harris. Es este. ¿Se aloja aquí?

Le enseña la pantalla del móvil a la recepcionista. Esta sonríe y asiente.

—Sí —afirma—. Es el señor Harris. Se alojaba con nosotros, pero ha dejado la habitación a la hora de comer.

Lucy siente un puñetazo de sorpresa en las entrañas.

—¿Hoy mismo?

—Sí. Lamento que no hayan coincidido.

—Y ¿no sabe adónde ha ido?

—No. Lo lamento. No nos proporcionó esa información. Pero se marchó a pie, si les sirve de ayuda.

Lucy se gira para mirar a Marco y este asiente.

—Sí —dice ella—. Nos sirve de mucho. Muchas gracias.

Salen del hotel y se quedan un rato parados en la acera. Aún es de día y hay ajetreo en las calles; ya hay gente tomando una cena tempranera en las mesas de las terrazas, y sus grandes copas de vino atrapan los largos y dorados rayos del sol. Miran a su alrededor durante un rato, como si fuesen a ver a Henry con la maleta a rastras en cualquier momento.

—¿Y ahora qué? —pregunta Marco.

Lucy se encoge de hombros.

—Sabe Dios. Se fue caminando. No en taxi. Debe de estar por aquí cerca. —Vuelve a mirar alrededor, en busca de un destello de mechas rubias, la curva de sus hombros, su forma específica de pisar con sus deportivas de diseño o sus carísimos zapatos de cuero—. ¿Qué os parece si cenamos algo? —Les echa de nuevo un vistazo a las cafeterías y a las terrazas y a las copas de vino fresco que refulgen al sol de la tarde.

Pero Stella bosteza. Ya pasa de la medianoche en Londres. Lleva despierta casi un día entero. Piden un Uber que los lleva de vuelta al Dayville y encargan la cena al servicio de habitaciones. A las ocho de la tarde, están todos dormidos. Hasta Lucy.

A la mañana siguiente, Lucy se despierta en medio del oscuro calor de un sueño ansioso, y cuando abre los ojos, durante un instante, no sabe dónde está. Le parece incluso estar cabeza abajo, como si el techo fuese el suelo, y el suelo, el techo, y tiene la sensación de que las paredes se le están acercando. Se yergue rauda como un relámpago y recupera el aliento. Ve los rizos de Stella sobre la almohada, a su lado, y oye los ronquidos de Marco desde la zona de estar de la *suite*. Son las ocho y pico de la mañana. Llevan doce horas durmiendo y, aun así, sigue exhausta.

Se frota la cara y se da una ducha, una de esas que no la hace sentir más limpia, a pesar del calor del agua y del aroma a pomelo del gel. Se sienta al borde de la cama con el albornoz del hotel puesto y una toalla en la cabeza a modo de turbante y coge su móvil.

El corazón se le detiene y luego se le acelera. Tiene un montón de mensajes de Libby en WhatsApp. Lo primero que piensa es en el perro, en que le ha pasado algo a *Fitz*. Pero no. No es el perro. Es algo mucho mucho peor.

> Mamá. No quiero que te asustes porque seguro que no es nada, pero ayer vinieron un par de agentes de policía a verme.

> Me preguntaron sobre ti y sobre Henry. Si estabais vivos, si os habíais puesto en contacto conmigo para hablar sobre la herencia.

> Mentí lo mejor que pude.

> Pero la cagué un poco. Dije que *Fitz* era el perro de mi madre. Luego tuve que fingir que era de mi otra madre, pero me di cuenta de que él se percató de que no era verdad. Me quedó claro que sabía que le había mentido desde el principio.

No obstante, lo que hace que el pánico le apuñale las entrañas es el último mensaje.

Han dicho que están investigando el
asesinato de Birdie Dunlop-Evers. Hice
como si nunca hubiera oído hablar de ella.
Creo que me creyeron. Me parece que
todo va a salir bien.

Lucy deja caer el móvil sobre la cama.

Birdie Dunlop-Evers.

Ver su nombre en su bandeja de entrada ya hace que se le erice la piel. Se le ennegrece la vista y se le llena la mente de niebla oscura y las narinas del olor del cuero cabelludo de Birdie. De su aliento rancio contra su mejilla mientras le movía los dedos con decisión por las cuerdas del maltrecho violín con el que le enseñó a tocar.

Recuerda cómo jugaba con su mente hacia el final, cómo la introdujo en su relación con David, cómo la hizo sentir especial con coleteros y esmalte de uñas y actividades ilícitas a escondidas de los demás; recuerda estar sentada en el colchón de Birdie comiendo Maltesers de una bolsa de tamaño familiar mientras ella la observaba con ojos avariciosos. Recuerda un ejemplar de *Smash Hits*. Un paquete de chicles de sabor a frutas. Un chorrito de perfume de diseño de un frasco con un lazo dorado. Un par de zapatos de tacón bajo de ante de color burdeos con los que hizo un pase de modelos para David mientras Birdie la observaba. Recuerda cómo David invadía cada día un poco más el espacio que ocupaban ella y Birdie; primero las observaba a distancia, luego activamente, y, después, se convirtió en parte de su equipo, hasta que un día Birdie desapareció y ella se quedó sola con David. En aquel momento, se había sentido honrada y emocionada al saber que David quería pasar tiempo a solas con ella. Lo había sentido como un collar de hielo alrededor de su cuello, como un revoloteo en el estómago, como un brillo oscuro en su piel, como algo que deseaba, aun sin saber qué era: atención, quizá, pero había algo más. Quería amor. Lo ansiaba de tal manera que le dolía. Y así lo llamó David Thomsen; lo llamó amor.

Y a pesar de que había pensado en David a lo largo de su vida, apenas había recordado a Birdie, quien se había caído de las páginas de la historia interior de Lucy hacía mucho tiempo. Era solo una nota al pie. Un aroma. Trazas de algo. Pero ahora Birdie ocupa toda su mente, cada átomo de su ser, cada hilo de su psique. Birdie y su melena hasta la cintura, sus manos hermosas, sus dientes pequeños y sus vocales entrecortadas; Birdie y sus ojos azules vacíos de vida. Y ahora que Lucy es una mujer adulta, tres veces madre, ahora que es mayor de lo que Birdie llegará a ser, sabe que los pequeños regalos y las rociadas de perfume y los secretos susurrados tenían la finalidad de hacerla sentir lo bastante cómoda, lo bastante especial e importante, para que creyese que mantener relaciones con un hombre de cuarenta y seis años teniendo ella misma trece era algo bueno. Lucy ahora sabe que Birdie la estaba preparando para que David abusara de ella; sabe que Birdie era un monstruo. Y también sabe que Birdie murió de un impacto en el cráneo y que el responsable de todo es Henry. Los tres cadáveres en la cocina; Birdie, muerta en el dormitorio; Phin, atado al radiador. La gata muerta. El bebé que perdió su madre a los cinco meses de embarazo. Todo tiene que ver con Henry, todo, pero ella nunca ha sido capaz de explicar exactamente cómo. Solo recuerda el impacto de ver a Birdie sin un ápice de vida, sin poder, como una marioneta flácida; una nada. El imposible peso de su cuerpo cuando ayudó a Henry a subirlo al tejado de la casa de Cheyne Walk...

Y ahora, sin que tenga claro cómo, un agente de la policía de Londres ha descubierto que Birdie está muerta y ha decidido que debe de tener algo que ver con la gente con la que compartió casa, y ella no tiene ni la más remota idea de cómo este agente de la policía de Londres ha hecho esta conexión ni de cómo ha llegado al punto de presentarse en casa de su hija, en St. Albans, para formularle preguntas incómodas sobre su configuración familiar. Pero sabe que, una vez han empezado, las preguntas no van a cesar, que vendrán más, como pasos de baile, hasta que lleguen al momento en la vida de Lucy, un año atrás, en el que hizo algo sorprendente, algo horrible, y nota que la soga se le aprieta más y más alrededor de la garganta, hasta que casi le impide respirar.

43

Abril de 2017

Una semana después de haber dejado a Michael, Rachel al fin volvió a encender el móvil. No había ni rastro de él. Ni llamadas perdidas ni mensajes. Le sorprendió y la alivió a partes iguales. Al despertarse cada día en su apartamento de Camden Town, justo al abrir los ojos, durante un segundo no sabía muy bien en qué punto de su vida se encontraba. Tenía sueños vívidos y confusos. En ellos se volvía a casar con Michael; se volvía a acostar con él. En sus sueños, le decía que lo quería, que lo echaba de menos, que lo anhelaba. Lo besaba y lo abrazaba en sueños, y luego se despertaba y volvía a la realidad. Entonces, se alegraba y se sentía ligera, salía de la cama y daba la bienvenida al día en el suave abrazo de la bondadosa soledad. Los días iban haciéndose más cálidos, más largos, más amables. Dejaba las puertas del balcón abiertas todo el día, bebía el café matutino al aire libre y reconectaba con toda la gente extraña y maravillosa de su comunidad junto al canal. Algunas de esas personas ni se habían dado cuenta de que se había ido; otras se morían de curiosidad sobre su ausencia.

El primer lunes después de dejarlo —así es como se lo contaba a sí misma: lo había dejado; nada más—, quedó con la amiga de Dom, Thea, la abogada de divorcios de puta madre. Thea vivía en Primrose Hill, así que quedaron a medio camino, en un restaurante de comida preparada de Gloucester Avenue, junto al canal. Dom le dijo a Rachel que no le cobraría por esa consulta, que lo hacía como un favor, que serían quince minutos nada más, así que Rachel no perdió el tiempo con conversaciones insulsas y fue directa al grano. Dijo:

—Conocí a un tío en agosto, quedamos por primera vez en noviembre, nos comprometimos en diciembre, nos casamos en febrero y desde el cuarto día de la luna de miel ha sido un desastre total y absoluto.

—Desastre —repitió Thea, retirando el papel a un bollito de canela—. ¿Qué tipo de desastre?

—Maltrato psicológico.

Thea miró a Rachel con los ojos entrecerrados, luego se metió el bollo entre los labios pintados de rosa.

—¿En qué sentido?

—Bueno, tuvimos un momento de... incompatibilidad sexual en la luna de miel. Sugerí probar algo nuevo. Él se quedó horrorizado. Desde entonces, lo ha usado para castigarme. Le cuesta..., bueno, mantener una erección. Ha perdido todo su dinero...

—¿De cuánto estamos hablando?

—Ah, pues no lo sé. Nunca me habló a las claras de sus finanzas, pero sobre un millón. Sí, seguro que más de un millón. Así que yo he tenido que correr con todos los gastos.

—¿Cuando te casaste con él creías que era rico?

—Sí, así fue. Luego resultó que el apartamento a pie de pista era una multipropiedad, que la casa de Martha's Vineyard era de alquiler, y que tiene la casa de Antibes alquilada para poder pagar la hipoteca de su piso de Londres. Lo único que tenía era el efectivo, y lo perdió todo.

—Entonces, desde que os casasteis, ¿ha perdido tanto su fortuna como su función eréctil?

—Básicamente, sí.

Thea inspiró fuerte por su diminuta nariz y se reclinó contra la silla. Pasó los dedos sobre las migas de bollo que habían caído sobre el borde del plato.

—Habrá quien te recuerde tus votos matrimoniales, Rachel. En la riqueza y en la pobreza, etcétera. —Levantó una ceja, y Rachel apretó los puños por debajo de la mesa.

—No es solo eso. Se puso muy controlador.

—¿En qué sentido?

—Quería que volviese directamente a casa del trabajo, por ejemplo.

Volvió a alzar la ceja.

—Y si no volvías, ¿qué hacía?

—Pues..., bueno, en realidad no lo sé, porque siempre obedecía. Pero la vez que no volví, lanzó un plato de *risotto* contra la pared.

—¿Con intención de darte?

—No. Yo no estaba presente. Lo encontré al llegar a casa.

—Y ¿qué más? ¿Qué otras cosas hacía si no volvías a casa para cenar?

Rachel sabía adónde estaba yendo la conversación. Veía lo débil que era su caso sin el horror de lo que le había hecho Michael en el sofá la semana anterior. Alzó la vista para lanzarle una breve mirada a Thea y asimilar los dos abanicos de pestañas perfectamente maquilladas, el jersey de cuello redondo de cachemira recién salido de la tintorería especializada, las uñas cuadradas, la alianza sencilla de oro y las gafas de sol de Michael Kors reposando sobre el cabello rojo de brillo improbable. Y pensó: «Esta mujer no permitiría que abusasen de ella. Nunca la han violado. Nadie ha usado su cuerpo como un trozo de carne». Y supo que la única forma de persuadir a esa mujer de que tenía un caso sólido para pedir el divorcio era poner la violación sobre la mesa entre las dos. Pero no podía. Simplemente se veía incapaz. Así que suspiró y dijo:

—Nada. Solo lo del *risotto*.

—¿Y te marchaste?

—Sí, esa misma noche.

—¿Se ha puesto en contacto contigo?

—No, no he sabido nada de él.

—¿Te lo esperabas?

—No. En realidad no. Creía que se pondría furioso. Que me acosaría.

—¿Que te acosaría?

—Sí. Que me seguiría, ¿sabes?

—¿Querías que lo hiciese?

—¡No! ¡Por Dios bendito, qué va! Me alegro de que no lo haya hecho. Estoy feliz de haberlo dejado. De que ya no esté en mi vida. Muy feliz. ¡No quiero volver a verlo nunca más!

Y ahí estaba. El deje petulante de su voz. Un matrimonio apresurado con un hombre rico que resultó ser pobre, con un hombre enamorado que resultó pasar de todo, que estaba encantado de que su mujer se marchara de su vida, un hombre muy macho que la había decepcionado en la cama, y Rachel vio lo que parecía. Lo vio clara y dolorosamente. Ella era una princesita y su príncipe había resultado ser un tío normal, y la había decepcionado darse cuenta de que su cuento de hadas había resultado ser tediosamente pedestre. Y ahora quería largarse, y su papaíto forrado estaba encantado de pagar las quinientas libras a la hora que costaba la abogada de puta madre para que eso sucediera.

—Bueno, puedes hablarlo con él y arreglarlo entre vosotros —dijo Thea—. ¿Tenéis cuentas comunes? ¿Hipoteca?

—No. Cada uno tiene sus propias casas.

—¿Hijos? ¿Deudas?

—No.

—¿Tiene él algo que te pertenezca?

—No. Solo ropa y productos de aseo. Nada grave.

—¿Y tú, tienes algo suyo?

—No.

—¿Hay terceras personas?

—No.

—Pues, para serte sincera, creo que deberías actuar lo más civilizadamente posible. Cómprate un kit de divorcio de nivel usuario y pon la pelota en movimiento.

—Pero ¿y si se niega?

—Pues entonces tendrás que ir a juicio y probar que el matrimonio estaba roto hasta límites irrecuperables. O podrías esperar.

—¿A qué?

—A pasar dos años separados.

—¿Seguir casada dos años más?

—Sí, pero sin convivir.

—¿Y entonces no tendría que probar nada?

—Exacto.

—¿Ni dar explicaciones?

—Correcto.

Rachel asintió con un leve movimiento de la cabeza mientras esta opción se asentaba en su mente. Le había llevado muchísimos años dar con un hombre con el que casarse. Estaba casi segura de que no encontraría a otro en el futuro cercano. De hecho, estaba casi segura de que no tenía la intención de volver a casarse nunca. Se centraría en su negocio. En sus amistades. Iría a yoga cada semana. Y pasaría tiempo con su padre. Dejaría de usar aplicaciones de citas y de buscar una relación. Sería, decidió entonces, célibe. Durante dos años. Estaba segura de que podría conseguirlo. Saldría de esa separación limpia de la mierda de los hombres y de la forma en la que ella misma se comportaba cuando estaba con ellos.

—Creo —dijo Rachel al ver que el reloj de su móvil estaba a punto de marcar los quince minutos de rigor— que eso haré. Sí. Eso haré.

La expresión de Thea se suavizó. Claramente creía que Rachel había tomado la decisión acertada.

—No obstante, mientras tanto, mantén una relación civilizada con Michael. O mejor aún: distante.

«Distante.»

Esa palabra inundó la mente de Rachel de calma.

—Sí —dijo—. Eso haré. No me comunicaré con él en absoluto.

Dom dio a luz el 28 de abril, justo el día que salía de cuentas, a una bebé de tres kilos y medio a la que le pusieron el nombre de Ava. La primavera dio paso al verano y Rachel aún seguía sin tener noticias de Michael. En junio, Rachel fue a Ibiza con Dom y Jonno y su hija y otra pareja que también estaba esperando un bebé. Ella era la única soltera, pero le dio igual. Las relaciones de la gente ahora le parecían contaminadas. Se imaginaba la realidad de sus vidas a puerta cerrada. Vio, en su mente, un plato de *risotto* de calabaza reventado contra la pared de sus casas, si no ahora, quizá pronto. Notó la tensión en su forma de hablarse, sobre todo entre Dom y Jonno, cuando discutían levemente acerca de quién debía ocuparse de qué tareas relacionadas con la niña y cuándo.

Una noche, cuando la medianoche estaba a punto de dar paso a la una de la madrugada, Dom y los otros dos se habían ido a la cama y Rachel se encontró a solas con Jonno, bebiendo tequila y compartiendo un porro. Jonno, que jamás le había mencionado la ruptura con Michael, la miró con los ojos entrecerrados y le dijo:

—Descubrí más cosas, ¿sabías? Sobre Michael. Pero Dom me dijo que me lo callase cuando nos contaste que os habíais comprometido.

Rachel parpadeó.

—¿Ah, sí?

—Sí. ¿Quieres que...? O sea, ¿te lo cuento? ¿O estás...?

—Cuéntamelo. Por favor. Quiero saberlo.

Jonno entrecerró los ojos a causa del humo que acababa de exhalar y le pasó el porro a Rachel.

—¿Segura?

—Sí. Por Dios. Suéltalo ya.

Tomó aliento y luego puso las manos sobre la mesa, delante de él.

—Sus negocios. ¿Qué te contó sobre ellos?

—Ah, que eran temas de transporte. Y de equipamiento industrial. ¿Para hacer barcos? Algo así.

—Ya, claro. Pues nada de eso. Más bien equipamiento industrial para manufactura de drogas al por mayor.

—¿Drogas ilegales?

—Correcto.

—Pero, discúlpame, ¿qué es lo que hacía Michael, entonces?

—Era un intermediario, básicamente. Compraba equipamiento a proveedores legales y luego se lo vendía con un amplio margen de beneficio a los fabricantes de drogas. También está metido en temas de tráfico.

—¿Trafica con drogas?

—Bueno, de forma tangencial. Directamente no. Él no interviene en el proceso de primera mano. Y, por supuesto, todo esto sería complicadísimo de probar.

—Es un criminal.

—Bueeeh. —Jonno se encogió de hombros—. No del todo. Más bien rayano en la criminalidad.

—Perdió todo su dinero.

—Joder. ¿Eso te dijo?

—Sí. Me contó que había desaparecido un cargamento que había pagado de antemano y que la gente que lo había perdido se negaba a hacerse responsable de su error. Un millón de libras, o más.

Jonno silbó hacia dentro y dejó caer la barbilla.

—Joder. ¿Y era todo lo que tenía?

—Sí. Bueno, eso creo.

Volvió a silbar, aunque ahora entre los dientes.

—O a lo mejor no.

—¿Qué quieres decir?

—Que puede que se tratase de dinero más... fluido. O sea, dinero que tuviera que ser devuelto en algún momento. ¿Parecía más estresado que de costumbre?

—Hostia, pues sí. A ver, por eso básicamente lo acabé dejando.

Jonno asintió.

—Bueno —dijo—, yo creo que esta lamentable historia aún no ha llegado a su fin. Queda mucho por contar. —Luego le acercó la botella de tequila y le dijo—: ¿Otro chupito?

Rachel sonrió y dijo:

—Claro. ¿Por qué no?

En julio, Rachel dejó su estudio de Kilburn y se trasladó a uno mucho más grande en Holloway, más cerca de su casa. Paige había accedido a trabajar con ella a media jornada, mientras que seguiría dedicando la otra media a su propia empresa, y el banco le había concedido un préstamo de ciento cincuenta mil libras para financiar los materiales necesarios de su colección exclusiva para Liberty. Su padre había pedido el crédito en su nombre, pero Rachel pensaba pagar hasta el último céntimo. Nada de limosnas, rescates ni préstamos. Ya estaba bien. Había puesto todas sus existencias rebajadas al cincuenta por ciento en la web y había usado el dinero que había sacado de esa oferta para contratar a dos orfebres durante tres meses. A finales de julio, ya tenía la colección de muestra finalizada: un ejemplar de cada. Entre Paige y ella guardaron las joyas en bolsitas de ante y las llevaron en un Uber a Liberty para presentárselas a Lilian y a Rosie en una sala panelada, donde les sirvieron té de una tetera y *macarons* sobre una bandeja con motivos florales. Y hubo risa y liviandad y entusiasmo por lo que vendría.

—Son exquisitas. Ay, Dios, Lils, mira este colgante.

—Madre mía, Rosie, no puedo vivir sin un par de estos anillos cruzados rosas. Son preciosos.

—Rachel Gold, eres una preciosa y diminuta genio. De verdad te lo digo.

De vuelta en el estudio, Paige y Rachel bebieron champán y brindaron por el trabajo duro que habían realizado y por el que estaba por llegar, y guardaron la colección en la caja fuerte extrasegura que Rachel había comprado al mudarse. Luego, apagaron las luces y cerraron la puerta con llave al salir. Los orfebres empezarían el lunes y los días se alargarían, aunque no tanto como las noches. Cinco ejemplares de cada diseño tenían que estar en las vitrinas de Liberty el 17 de octubre, día del gran lanzamiento.

Rachel se acostó pronto aquella noche, a pesar de que era viernes, y se durmió con la cabeza llena de planes, de números, de liquideces, de una caja fuerte llena de diamantes y de oro.

En septiembre, Rachel y su nuevo equipo habían entrado en una rutina bien consolidada. Ya habían diseñado y producido los letreros y la marca. Y Rachel seguía sin saber de Michael. Entonces, una tarde encapotada y lluviosa en la que un viento implacable revolvía las primeras hojas caídas alrededor de sus pies, la primera vez que se ponía abrigo desde antes del verano, Rachel estaba a medio camino entre el estudio y una reunión con Lilian y Rosie en el centro cuando se detuvo en seco delante de una tienda en la que se vendía tela escocesa. Notó que se le atoraba el aliento en el pecho. Allí, acercándose a ella a buen paso, con la mano entrelazada con la de una mujer que se parecía mucho a Ella —la rubia bajita con la que se lo había encontrado charlando en la fiesta de Navidad de Dominique hacía casi un año—, estaba Michael. Llevaba un abrigo de lana gris, una bufanda a rayas borgoñas y añiles, se había dejado barba y le sonreía de oreja a oreja.

—¡Madre mía, Rachel! ¡Hola!

Rachel perdió toda sensación corporal. Su mirada se dirigió brevemente hacia la mujer que tanto se parecía a Ella y la atravesó un relámpago de horror al darse cuenta de que, de hecho, era Ella, y se preguntó cómo habrían acabado juntos. ¿Cuándo? ¿Dónde? Solo habían coincidido una vez, y muy brevemente, y a él ni siquiera le había caído bien, y qué hacía Michael de la mano con ella, y por qué le sonreía a Rachel como si se tratase de una vieja amiga y no de la esposa a la que había violado en su sofá hacía cinco meses y a la que no había vuelto a ver. No era capaz de encontrar una reacción apropiada para esta situación. Su cara no sabía qué hacer. Su cuerpo quería huir.

Al final, dijo:

—Eeeh. Hola. O sea, no puedo... Tengo que... Llego tarde a...

—Claro, tranquila. Me alegro de verte. Estás genial.

—Gracias. Me...

Hizo un gesto de «Me tengo que ir» y esbozó una sonrisa sombría.

Él la dejó marchar con otra sonrisa electrizante y luego, justo cuando pasaba a su lado, le dijo:

—Oye, por cierto, Ella me ha contado que has conseguido un contrato muy jugoso. Con Liberty, nada menos. ¡Qué pasada!

A Rachel se le secó la boca. Se detuvo, se dio la vuelta y pasó la mirada de Michael a Ella. Y dijo:

—¿Cómo... cómo te has enterado?

Ella bajó la vista al suelo.

—Me lo contó Dom.

—Dom...

—Sí. Quedé con ella la semana pasada. Y me lo contó.

—¿Dom? Eeeh, espera..., ¿sabe lo vuestro? —Los señaló con el brazo.

Ella se sonrojó levemente y miró a Michael. Luego negó con la cabeza.

—O sea, que quedaste con mi mejor amiga, le dejaste que te contase cosas privadas, personales, sobre mí, ¿y ella ni siquiera sabe —volvió a señalarlos con el brazo— lo que sea que estáis haciendo?

—Venga ya, no es para tanto —intervino Michael—. Por ahora no lo estamos aireando. Sin más. No es una conspiración ni nada por el estilo. ¿O crees que te vendría a saludar si tuviese algo que ocultar?

Rachel no respondió. Michael alzó la ceja en un gesto paternalista.

—En fin, Rachel, me alegro de verte bien. Y enhorabuena por lo de Liberty. De verdad. Te lo mereces.

Y entonces se marcharon, y Rachel se quedó en la acera, con los pies anclados al suelo, incapaz de mover las piernas, con el corazón tan frío como el hielo.

44

Junio de 2019

Samuel

Nos llevó veinticuatro horas enteras conseguir la orden judicial para acceder a los datos bancarios de Libby Jones. Durante esas veinticuatro horas, también recibimos el informe del arbolista. Confirmó que los árboles que había alrededor de la casa de Cheyne Walk eran plátanos londinenses, ailantos y acacias de Constantinopla, los mismos que se hallaron en el mantillo que encontramos pegado a los restos de Birdie Dunlop-Evers.

Teníamos lo que necesitábamos: una prueba de que el cadáver de Birdie había sido almacenado en el tejado del número dieciséis de Cheyne Walk. Sentí una cálida oleada de euforia y me senté a mi escritorio sonriendo.

Regreso a Cheyne Walk acompañado de Donal para reunirnos con los agentes de la policía científica y con Saffron Brown, la investigadora forense.

—Hola, Sam —me saluda Saffron—. Me alegro de verte.

—Yo también —digo, y veo que Donal me articula la palabra «Sam» sin emitir sonido alguno mientras sonríe de forma extraña y alza las cejas. Lo ignoro descaradamente y vuelvo a centrar mi atención en Saffron—. Lamento haber dejado huellas en el tejado. Espero no haber dificultado la investigación.

—Para nada, Sam. Ningún problema. Pero mira esto.

La seguimos hacia el jardín, hasta un árbol que tiene un banco circular alrededor. Allí vemos un muro alto cubierto por completo por un frondoso y fibroso lilo. Un agente de la científica está agachado ante un parterre, extrayendo elementos de la tierra y colocándolos sobre una hoja de plástico. Se me encoge el estómago a causa de la sorpresa y oigo que Donal ahoga un grito.

Huesos.

Huesos pequeños y blancos.

—No es lo que crees, Sam, no te preocupes —me tranquiliza Saffron—. Son huesos de gato. Mira, ¿ves la calavera? —La coge y nos la enseña.

Claramente pertenece a un animal y suelto un suspiro de alivio.

—Y mira —dice, y nos guía hacia otro lugar, más cerca de la fachada trasera de la casa—. ¿Ves esto? —Señala un rectángulo de tierra—. Aquí es donde estaba el huerto de hierbas medicinales de Justin Redding. Y estas —señala un par de tiestos grandes de terracota— son las macetas donde cultivaba *Atropa belladonna*, la planta que usaron los dueños de la casa y el hombre misterioso para envenenarse en 1994. —Me sonríe y noto que está disfrutando de desentrañar este misterio retorcido casi tanto como yo.

Donal y yo dejamos a Saffron y a su equipo en el lugar de los hechos y volvemos a comisaría, donde reexaminamos los informes policiales del «suicidio colectivo».

Los agentes Robbin y Shah fueron los primeros en acceder a la casa el día que se recibió el aviso anónimo. Más tarde se les unió un equipo de la policía científica y una agente especial, de nombre Felicity Measures, cuyo cometido era hacerse cargo de la bebé. La casa, según los informes, estaba llena de indicios de la existencia de una secta o algo similar. La nota de suicidio llevaba las iniciales de los fallecidos: M. L., H. L. y D. T. Se había peinado el departamento de personas desaparecidas en busca de algún D. T. que coincidiese en edad y apariencia con el misterioso cadáver, pero no había habido suerte y habían abandonado la búsqueda tres años después.

El artículo de *The Guardian*, firmado por Miller Roe, llegaba al mismo callejón sin salida en 2015. No obstante, el último párrafo parecía atesorar un resquicio de esperanza tentadora:

> Entonces, hace solo una semana, di con un candidato a D. T. Un cabeza de familia de cuarenta y dos años recién llegado de Francia en 1988 con su mujer y sus dos hijos, de quien no se había vuelto a saber nada. Su madre, en 2006, en su lecho de muerte, denunció su desaparición, pero la policía no fue capaz de encontrarlo, como tampoco he podido hacerlo yo ahora, en 2015. Otro callejón sin salida, otra carretera cortada, otro misterio que añadir a la interminable lista del caso de Serenity Lamb y su pata de conejo.

Pero Miller Roe sigue sin responder a mi correo electrónico y no me coge el teléfono. A la desesperada, pido que me busquen su dirección en el sistema. Me cuentan que vive en South Norwood, y pierdo una hora de mi vida en ir y venir de allí, pues lo único que descubro es un piso cerrado y vacío. El vecino de arriba me dice que Miller Roe apenas pasa tiempo en casa últimamente, que vive con su novia. Le pregunto si sabe dónde vive esa novia, a lo que responde que no, pero que avisará a Miller de que he venido, si es que vuelve a verlo.

Por fin, hace solo una hora, llega el informe financiero y, a pesar de que estoy solo sentado a mi escritorio y con la puerta cerrada, no puedo evitar soltar un grito, alzar el puño y girar sobre la puntera del pie izquierdo mientras emito ruidos extraños. Porque ahí está: negro sobre blanco en la pantalla de mi ordenador. El mismo día que Libby Jones recibió la jugosa suma de 7,45 millones de libras, realizó dos transferencias de 2,48 millones a dos cuentas corrientes distintas.

La beneficiaria de la primera es la señorita Marie Valerie Caron. El titular de la otra cuenta es el señor Phineas Thomson. El nombre de Phineas me suena. Me parece haberlo oído hace poco, y paso las páginas de mi cuaderno con urgencia para intentar destrabar el recuerdo. Y entonces lo encuentro, escrito en mayúsculas y subrayado: «SOY PHIN». Las palabras que Donal encontró grabadas en el zócalo de Cheyne Walk, las que yo fotografié. «SOY PHIN». En aquel momento, no me dijeron nada, pero ahora lo dicen todo.

Salgo de mi despacho y me dirijo a la mesa de mi colega Maura. Accedo al informe bancario desde su ordenador y le muestro los nombres.

—Maura —le digo—. Necesito que busques toda la información disponible de estas dos personas. Absolutamente todo. Incluso en redes.

Entonces Donal y yo nos volvemos a subir al coche y regresamos a St. Albans.

Libby no está en casa. No obstante, recuerdo que mencionó que su amiga Dido era la diseñadora jefa y dueña de una franquicia de diseño de cocinas en el centro del pueblo, así que nos encaminamos hacia allá y aparcamos justo delante. Dido sale de su despacho, que está al fondo, y nos mira con la misma expresión que hace dos días.

—Ah. ¿Hola?

—Buenas tardes, señorita Rhodes. Lamento molestarla en el trabajo, pero estamos buscando a la señorita Jones y no está en casa. Tampoco contesta al teléfono, y necesitamos hablar con ella con bastante urgencia. ¿Sabe usted dónde podemos encontrarla?

Las cocinas que se exhiben en Northbone Kitchens son preciosas. Sin darme cuenta, paso la mano sobre una encimera de mármol de color crema, y de pronto la retiro. Pienso en las encimeras de mi piso, que están hechas de un material plástico con aspecto de bloques de madera y de pronto me parecen anticuadas y sospecho que ha llegado el momento de cambiarlas. Tomo una tarjeta de visita de la encimera de mármol color crema y la sostengo entre el pulgar y el dedo corazón.

Dido se encoge de hombros. No, en realidad lo que hace es llevarse toda la mitad superior de su cuerpo hacia las orejas, levantar las manos con las palmas hacia arriba y sacar el labio inferior.

—Ni idea.

—¿No sabe dónde está?

—No. ¿De compras, quizá?

—Sí, pudiera ser. ¿Dónde suele comprar?

—No tengo ni la menor idea. En Waitrose, probablemente.

Miro a Dido Rhodes con los ojos entrecerrados, ponderando por qué parece odiarme tanto. Me pregunto si será racista. No obstante, concluyo que es más probable que no me trague porque le da miedo que haga daño a Libby. Lo que, sin duda, es bastante posible que suceda.

—Bueno, señorita Rhodes, por favor...

—Señora.

—Mis disculpas, señora Rhodes. Si sabe algo de ella, por

261

favor, dígale que el inspector Owusu y el agente Muir necesitan hablar con ella cuanto antes.

—¿Sobre qué, si se puede saber? ¿No les ha dicho ya todo lo que sabe? Lo que, por cierto, es precisamente nada en absoluto.

Inspiro y compongo una sonrisa agradable.

—Sí. El jueves parecía no saber nada, pero las investigaciones que hemos llevado a cabo desde entonces han probado que puede saber más de lo que creía y, de hecho, señora Rhodes, usted es muy amiga de la señorita Jones, ¿no?

—Sí.

—En ese caso, si hubiese entrado en contacto con sus hermanos desaparecidos, ¿se lo habría dicho?

—Supongo —responde, ahora con un tono más cauteloso.

—¿Alguna vez le ha hablado de un tal Phineas? Phineas Thomson.

Hago girar la tarjeta de visita entre los dedos mientras contemplo la respuesta de Dido, y entonces me percato de que está a punto de mentir. Para ser una mujer de gran templanza, tiene unos tics muy pronunciados. Ahora se manifiestan en la forma en la que su mirada se despega de mi cara y busca el techo, un hombro se adelanta ligeramente hacia la derecha y las caderas se desplazan hacia la izquierda. Veo un hoyuelo en su mejilla que denota que está apretando los dientes antes de hablar.

—No. Jamás he oído ese nombre.

—De acuerdo. En fin, gracias de todas formas.

Vuelvo a echar un vistazo al deslumbrante muestrario de cocinas y una necesidad inesperada de cosas nuevas y brillantes se abre en mí, tan estúpida como electrizante. Luego le dedico una inclinación de cabeza a Dido Rhodes y nos marchamos.

—¿Adónde vamos, jefe?

—A casa de Dido —digo.

—¿En serio?

—Sí. Por supuesto. ¿Dónde iba a estar si no?

—¿Tenemos la dirección?

Le lanzo una sonrisa a Donal.

—Así es. Está en la tarjeta de visita.

Le canto el código postal y arrancamos.

45

Lucy está en un restaurante de comida rápida llamado In-N-Out picoteando unas patatas fritas. Marco insistió en desayunar ahí. No tienen locales en el Reino Unido, pero lo ha visto en TikTok y sabe que tienen un menú secreto que le da un toque sectario, y ahora está devorando una hamburguesa a la que describen como «Animal Style», lo cual parece una descripción muy apropiada, porque se le está desmoronando entre las manos y le está chorreando por la barbilla.

La víspera, Marco recibió un mensaje de Kris Doll en el que le decía que Henry le había escrito un texto incoherente el martes por la noche, probablemente muy borracho, y al que no había respondido ni sabía desde dónde lo había enviado, pero en el que lo invitaba a tomar una copa. Así dedujeron que, al menos hasta el martes, Henry seguía vivito y coleando y en Chicago, de modo que cada minuto que habían pasado buscándolo por las aceras ardientes de la ciudad no había sido en vano.

—Quizá vaya disfrazado —dice Marco ahora. Se limpia con la lengua un pegote de salsa roja de la comisura de los labios.

—¿Quién?

—Henry. A lo mejor va disfrazado. Estamos buscando a un hombre rubio, etcétera. Igual se ha teñido el pelo. O lleva gorra.

—Lo dudo, cielo. Le hemos enseñado su foto a dos personas y ambas lo han reconocido.

Marco se encoge de hombros.

—Supongo.

Stella está bebiendo un batido de fresa y mirando a ambos, pensativa.

—¿Cuándo nos podremos ir a casa? —pregunta al final.

Lucy la mira y se pregunta a qué lugar se referirá su hija con «casa». Stella ha conocido muchos hogares en su corta vida: el piso de las afueras de Niza en el que nació y donde vivió sus dos primeros años; luego el piso de Mémé, su abuela paterna, en la séptima planta de una torre de apartamentos, donde los tres se apretujaban en un cuartucho enano y del que los echó dos semanas después porque aquel arreglo «no funcionaba». Luego vinieron tres habitaciones en tres hostales diferentes, tres días en la playa, un año en el hotel de Giuseppe, tres noches en el Airbnb de Henry en Battersea, un año en el piso de Henry en Marylebone y ahora aquí están, en Chicago, y solo Dios sabe dónde irán después. Pero Lucy está casi convencida de que no regresarán al apartamento de Marylebone ni se mudarán a la antigua vicaría de St. Albans, y quizá los niños ni siquiera vivan con ella, pues sospecha que en cualquier momento notará una mano sobre el hombro y una voz en el oído que le diga que tiene que ir a un sitio, con alguien, y explicar lo que sucedió en Antibes hace un año y luego lo que pasó en Chelsea en abril de 1994; y entonces, ¿qué será de Stella y de Marco?

Contiene las lágrimas y cubre las manos de Stella con las suyas.

—Pronto —le dice—. Nos iremos a casa pronto. En cuanto encontremos al tío Henry.

—¿Por qué no quiere que lo encontremos? —pregunta Stella.

Lucy intercambia una mirada con Marco y suspira.

—Está aclarando algunas cosas en su mente. Necesita estar solo. Pero no se da cuenta de que...

Se detiene al notar que le vibra el móvil. Ve que es Libby quien llama y el corazón le da un vuelco.

—¡Hola! —casi grita al contestar.

—¡Mamá! Han vuelto. Los agentes de policía. Se enteraron de que estaba en casa de Dido y no los esperaba y me vieron a través de la ventana y no pude esconderme y han accedido a mi cuenta bancaria, mamá. Han visto las transferencias que os hice a ti y a Henry, y como Henry ha adoptado el nombre de Phin, han atado cabos con el grafiti que dejó Phin en la casa de Cheyne Walk y ahora saben que hay algo ahí, y estoy casi segura de que saben que las cuentas os pertenecen a vosotros y que les he mentido una y otra vez y estoy mareada, mamá. ¡No sé qué hacer! ¿Qué hacemos ahora? ¿Qué podemos hacer?

—Espera. Respira. ¿Ya se han ido?

—Sí. Hará un par de minutos. Dijeron que necesitarían que fuese a comisaría para hacerme algunas preguntas.

—¿Cuándo?

—Mañana.

—¿Qué hora es allí?

—Son las... Espera. Las cuatro pasadas.

—Vale. Pues ponte a buscar un abogado.

—Pero, entonces, ¿no pareceré culpable?

—No lo sé. No. O sea, claro que no. No eres culpable de nada.

—Pero mentí. De pleno. Dije que Phin Thomson y Marie

Caron eran viejos amigos. A ver, ¿quién da dos millones y medio de libras a unos viejos amigos?

Lucy se queda callada y deja que la cabeza se le incline hacia el pecho ligeramente. Alza la mirada y ve a Marco y a Stella, que la observan con los ojos muy abiertos.

—¿Qué dice Miller al respecto?

—No he podido contactar con él. Está grabando un pódcast. No terminará hasta tarde.

—Vale, y ¿qué dice Dido?

—Aún no he hablado con ella. Eres la primera persona a la que he llamado. Mamá, saben los nombres que tenéis en los pasaportes, saben que tú eres Marie Caron y que Henry es Phineas Thomson; no tardarán en rastrear los billetes de avión a Chicago. Las reservas de hotel. Todos los establecimientos en los que hayas pagado con tarjeta. Irán a por vosotros, mamá. Tienes que escapar lo antes que puedas. Olvídate de buscar a Phin. ¡Encuentra a Henry y huye!

Lucy cuelga y mira a Marco y a Stella. Fuerza una sonrisa.

—¡Muy bien! —dice—. Es muy muy importante que encontremos a Henry hoy mismo. De hecho, tenemos que encontrarlo a la de ya. Así que terminaos el desayuno y volvamos a patear las calles.

Entonces, Marco levanta la vista de su móvil con los ojos como platos y le dice:

—Mamá, me acaba de llegar otro mensaje de Kris Doll, el motero. Dice que está preocupado por su amigo Phin; no es capaz de contactar con él. Y que quiere quedar con nosotros. ¿Qué le contesto?

—Dile que sí —responde Lucy—. Dile que sí.

46

Septiembre de 2017

Rachel se paseó por la acera delante de la tienda de tela escocesa hortera con el móvil pegado a la oreja.

Dominique descolgó al tercer timbrazo.

—Tía.

—Dom. Dom, soy yo. Acabo de ver a Michael. Estaba con Ella.

—¿Con qué Ella?

—Joder. Yo qué sé. La rubita pesada. La que fue a tu fiesta. La compañera de estudios de Darcy.

—Ah, vale, sí, esa Ella. Dios. ¿Estaba con ella? ¿Rollo juntos?

—Sí. De la mano. En plan pareja. Pero, Dom, sabe lo de Liberty. Dice que se lo dijiste tú. No se lo contaste, ¿verdad? O sea, ¿por qué ibas a contarle algo así a esa persona?

Un instante de silencio se extiende por la línea durante el tiempo suficiente para que Rachel deduzca que sí, que Dom se lo ha dicho a Ella.

—Joder, Rach. Fue en la *baby shower* de Darcy. Hará unas tres semanas. Alguien preguntó por ti. Es que ni siquiera recuerdo que Ella estuviese metida en la conversación. Por no recordar, no recuerdo ni que asistiese a la fiesta. Es una puta doñanadie. No tenía ni la más remota idea de que estuviese saliendo con Michael. Dios, si lo llego a saber, me habría callado. Eso ni lo dudes. Lo siento muchísimo, Rachel.

—¿Dijiste... algo más sobre mí?

—No. O sea, nada importante. Dije que te iba estupendamente. Que estabas bien. Ah, y que habías hecho bomba de humo con Michael...

—Bomba de humo. Ay, Dios. ¿En serio dijiste eso?

—Pues sí... Aunque, en realidad, él también te la ha hecho a ti. No es que haya hecho ningún esfuerzo por ponerse en contacto contigo desde que te fuiste, y ahora se tira a Ella.

—Ya lo sé, Dom, pero, tía, tengo que tener muchísimo cuidado con este tema. Necesito que estos dos años de separación pasen sin ningún altercado, sin ningún drama, sin... cosas.

—Sigo sin entender por qué no optáis por un divorcio exprés.

—No. Ya sé que no lo entiendes, y no pasa nada. Tengo mis razones, créeme. Oye, ¿puedes preguntarle a Darcy si sabe cuánto tiempo llevan saliendo Michael y Ella?

—Sí, claro, sin problema. Ahora mismo se lo pregunto. Pero, Rach... —Se interrumpe—. ¿Estás bien? Sé que Michael y tú acabasteis mal, y sé que has dicho que ya no lo quieres y todo ese rollo, pero eso no implica que no te duela ver que él sigue con su vida.

—No me duele, Dom. Créeme. No me duele en absoluto.

—Pues mejor. Me alegro. Y te repito lo mucho que siento no haber cerrado la bocaza. Es que estoy superorgullosa de ti y quería gritar a los cuatro vientos lo maravillosa que eres y lo bien que te va y te prometo que la próxima vez que alguien me pregunte por ti cerraré la cremallera con llave.

Rachel sonrió.

—Tranquila. Te quiero.

—Yo también te quiero.

Rachel volvió a guardarse el móvil en el bolso y se dirigió a la reunión con Lilian y Rosie, a la que llegó con noventa segundos de retraso y una sensación de desasosiego que no podía explicar.

La colección Rachel Gold Jewels debutó en Liberty unas semanas después, un martes ventoso. Habían invitado a varios medios y a algunos *influencers*, y se sirvieron champán y canapés. Rachel se puso unos pantalones de terciopelo negro y una americana blanca y había ido a la peluquería a que le arreglasen el pelo y su padre llevaba un polo negro y unos vaqueros y parecía tan orgulloso y apuesto que a Rachel le dolió el corazón.

Paige se aferró del brazo de Rachel y le habló al oído, por encima del barullo, de un tío que había al otro lado de la sala, que había ido a la universidad con ella y que ahora la estaba ignorando deliberadamente mientras grababa notas de voz en su móvil. «Como si estuviese cubriendo la cumbre del G7, por el amor de Dios», dijo Paige, y Rachel soltó una carcajada. Unos minutos más tarde, Lilian pronunció un discurso muy considerado, luego hubo un *photocall*, y a las 19.45 la gente empezó a coger sus abrigos y el evento empezó a desinflarse. Rachel estaba buscando su bolso, casi lista para ir a cenar con Lilian, Rosie, Paige y su padre, cuando vio una silueta conocida entrar a la tienda: un abrigo de lana gris, una bufanda a rayas borgoñas y añiles, una barba.

—Estoy suscrito al boletín informativo de Liberty —dijo Michael, al avanzar por la sala hacia ella, mientras se quitaba la bufanda y le lanzaba una sonrisa electrizante—. ¡Qué agradable sorpresa ha sido ver que el lanzamiento de tu colección justo me pillaba en Londres! Decidí pasarme a echar un vistazo. ¡No creía que fuese un evento tan pomposo! ¡Ni tampoco que estarías tú presente! ¡Vaya! Estás preciosa, Rachel. De verdad. —Le estrechó la mano al padre de Rachel y le dijo—: Encantado de verte, Brian, estás deslumbrante. —Luego miró alrededor, a las postrimerías de la fiesta, y sonrió a Rachel—. Bueno —dijo—, vamos a echarles un ojo a estas obras de arte.

Lilian y Rosie le lanzaron una mirada inquisitiva a Rachel y esta negó con la cabeza y se encogió de hombros, y todos siguieron a Michael hacia la vitrina en la que estaban los diseños de Rachel.

—Hala —dijo, con las manos metidas en los bolsillos del abrigo. Se dio la vuelta para mirarla—. Rachel, son exquisitos. Mira cómo brillan a la luz de los focos. ¡Embriagadores! Estas gemas —miró a Lilian, que estaba justo a su lado— ¿son de verdad?

Lilian volvió a mirar a Rachel y luego contestó:

—Sí, piedras preciosas y semipreciosas. Desde el diamante naranja de este colgante hasta los ópalos negros de ese anillo. ¿No son exquisitas?

—Vaya que sí. Rachel, te has superado. Me imagino que habrás tenido que pedir muchísimo dinero prestado, ¿no? —Su mirada buscó al padre de Rachel al decir estas palabras—. Brian, sin duda eres el mejor padre del mundo.

—Michael —empezó Rachel. A la segunda sílaba, se le quedó la voz atascada en la garganta y tuvo que tragar—. La fiesta ya se está acabando. Los empleados de la tienda tienen que recoger y cerrar. Gracias por venir, pero...

—Claro —dijo él—. Por supuesto. Lo entiendo. Solo me quería pasar por aquí para ver tus diseños. Sabes que siempre creí que eras la persona de mayor talento que conozco. Lo digo en serio. Tienes un talento apabullante. Y mírate: al fin has conseguido que se te reconozca. No tengo palabras.

De verdad. —Juntó las manos como en oración, y luego tomó un canapé de una bandeja, se lo metió en la boca, se despidió de todo el mundo y se fue.

Rachel cogió su bolso, fue corriendo al cuarto de baño y vomitó.

La semana previa a Navidad, toda la colección que Rachel había puesto en venta en Liberty había volado, y ya había pedidos en lista de espera de cara a la primavera. Rachel les renovó el contrato a los dos orfebres y pidió otro préstamo, esta vez a su propio nombre, para comprar más material. Dominique celebró su fiesta navideña anual, ese año con una bebé de ocho meses y sin límite de horario en la invitación. Rachel fue solo por educación. Los fantasmas y los ecos del año anterior —cuando estaba enamoradísima; cuando estaba a punto de comprometerse; cuando había entrado del brazo del hombre que la igualaba en atractivo, en lustre y en esperanza para el futuro, pero que había resultado ser un violador sádico— le resultaban demasiado difíciles de digerir. Pero, antes de irse, acorraló a Jonno, que estaba preparando cócteles en la cocina, y le pidió que le preparase un Negroni.

—Jonno —le dijo mientras él sacaba un vaso de *whisky* de un estante y lo llenaba de hielo—. ¿Recuerdas cuando investigaste a Michael? ¿Lo que me contaste de sus negocios? ¿Cómo obtuviste esa información?

—A ver. Podría decirse que tengo contactos bastante extraños. Expolis. Excriminales. Periodistas infiltrados en ciertos círculos y subculturas. Conozco a gente de toda clase y todos nos debemos favores. —Jonno se encogió de hombros, destapó la botella de ginebra y la inclinó para verter un chorro en el vaso.

—Entonces, ¿conoces a alguien que pueda dar con la ex-mujer de cierta persona?

—¿La sintecho a la que Michael tomó bajo su extraña ala de violador?

Rachel se estremeció y sacudió la cabeza.

—¿Por qué has dicho «de violador»?

—No sé. Tiene esa pinta. Por su comportamiento.

—¿Por cómo se comportó contigo?

—¡No! Ja, ja, no. Contigo, más bien. No sé. Igual estoy hablando de más. Lo siento.

—No. O sea..., no. No pasa nada. Es que pensaba que... a todos os caía bien.

—Sí. Me caía bastante bien. Pero también me parecía algo siniestro. Con corrientes oscuras bajo la superficie. En fin. ¿Qué sé yo? A lo que íbamos: la sintecho.

—Sí. Lucy. ¿Podrías averiguar algo sobre ella?

Jonno le lanzó una mirada inquisitiva y abrió la botella de Campari.

—¿Para qué?

—No lo sé exactamente. Es que... quiero hablar con alguien que haya pasado por el tema Michael. Se puso un pelín tóxico al final. Quiero saber cómo fue con ella.

—Bueno, según tengo entendido, se largó en mitad de la noche con su hijo y nadie ha vuelto a saber de ella. Desapareció sin dejar rastro.

—Pero ¿y el niño? Estará escolarizado o tendrá tarjeta sanitaria, ¿no?

—Sí. Supongo. Pero es una aguja en un pajar. Podría estar en cualquier parte. En cualquier país. Incluso puede haber acabado en un orfanato. Pueden estar ambos viviendo en una cueva, por lo que sabemos. ¿Cómo se llamaba? ¿Lo sabes?

—Sí. Marco. Marco Rimmer. Tendrá unos once años, creo.

—Bueno, puedo echar otro vistazo. Pero, para serte sincero, no creo que saque nada en claro. —Jonno le dio la copa y la miró durante un instante—. ¿Qué fue lo que pasó de verdad? —comenzó—. Con Michael. ¿Te pegó?

Rachel negó con la cabeza y dijo:

—No, eso nunca.

Y al menos eso era verdad.

47

Junio de 2019

Samuel

Vivo en Enfield y tengo una casa muy apañada. Aunque después de las mansiones que he visto estos dos días, ahora ya no me parece tan bonita. Como mínimo, necesito reformar la cocina.

Llevo sin comer en casa cuatro días y me alegra desembolsar la compra del Tesco en mi (ahora deficiente) encimera: pasta fresca, algo de brócoli, ajo, un tomate muy hermoso en su justo punto de maduración. Una comida vegetariana. Intento comer carne solamente una vez a la semana. Sobre todo por el bien del planeta, pero también por el de los animales. Cualquier animal que metieses en casa de cachorro se comportaría como una mascota. He visto pavos muy cariñosos en internet. Intento pensar en ellos cuando hago la compra, pero a veces lo único que quiero es un sándwich de pollo o una hamburguesa recién salida de la parrilla y me olvido de los pavos que abrazan a sus dueños.

Esta tarde, Donal y yo fuimos a hablar con Libby Jones de nuevo. Le revelamos que habíamos descubierto las transferencias y respondió —con gran rubor en las mejillas— que

Marie Caron y Phineas Thomsen eran amigos suyos. Le pregunté dónde estaban y me dijo que de vacaciones, pero que no sabía adónde habían ido y que no se habían llevado los móviles. Le pregunté por qué les había dado dos tercios de su herencia a unos amigos que se marchaban de vacaciones sin decirle adónde y dijo que eran buenos amigos y que quería compartir su buena fortuna con ellos. Le pregunté si la habían invitado a unirse a ellos en su viaje (que probablemente hubiesen pagado con la generosa donación de Libby) y respondió que no.

Le pregunté si había visto el grafiti que había en la casa de Cheyne Walk, el que rezaba «SOY PHIN». Contestó que no, que no se había fijado. Le dije: «Qué coincidencia que este nombre tan poco común aparezca en un grafiti en la casa que has heredado y que también sea el nombre de tu muy buen amigo». Concordó en que era una coincidencia. Le pregunté por qué estaba en casa de su amiga Dido cuando tenía un piso propio; le pregunté si se estaba escondiendo de mí. Dijo: «Para nada, solo quería que el perro corretease un poco por el jardín de Dido».

Todo mentiras. Obviamente. En fin. La citaremos mañana en comisaría para un interrogatorio formal ante una mesa dura, sobre una silla incómoda, y a ver si podemos conseguir que deje de contarnos tantas mentiras.

Me preparo la pasta y veo una serie policiaca en la tele. Me gustan las series policiacas, aunque nunca den pie con bola.

Sobre las nueve, me llega un mensaje de Philip Dunlop-Evers.

Samuel, disculpa que te moleste. ¿Algún avance?

Respondo que no, que aún no tenemos nada en firme, pero que la jornada de mañana promete traer muchas noticias. Tenemos una posible última residencia, le cuento. Estamos intentando dar con dos personas que posiblemente viviesen en la misma casa alrededor de la fecha de la muerte de Birdie, pero que acaban de salir del país. Hay mucho movimiento. Hablaremos mañana.

Responde:

Gracias.

En la ducha, me planteo el caso como algo esférico, como un mundo girando en tres dimensiones en mi mente. Busco las fisuras e intento rellenarlas o sacar algo de un extremo para meterlo en el otro y darle sentido al hueco. Todo se reduce a la culminación. Esta historia está casi completa, pero las fisuras son raras y exasperantes. Repaso lo que sé:

A finales de los ochenta, una mujer de nombre Birdie Dunlop-Evers se alojó temporalmente en una casa enorme donde su grupo de música había filmado un videoclip.

Esa casa enorme era propiedad de Henry y Martina Lamb, quienes tuvieron tres hijos: Henry Jr., Lucy y Serenity.

(Como nota aparte, me sorprende que dos personas que habían dado a sus dos primeros hijos unos nombres tan tradicionales hubiesen escogido un nombre tan bohemio para la benjamina. Como si hubiese otros factores implicados. La secta indefinida y sin nombre por la que murieron, quizá.)

En un momento dado, cuando llevaba ya un tiempo viviendo en la casa, Birdie fue asesinada de un impacto en la cabeza. Luego la momificaron en toallas caras y la escondieron en el tejado, detrás de una chimenea, durante muchos muchos años, y después tiraron sus restos al Támesis en un marco temporal que coincide aproximadamente con la toma de posesión de la casa por parte de Libby Jones con ocasión de su vigesimoquinto cumpleaños.

Más o menos por la misma fecha en la que Birdie era asesinada de un golpe en la cabeza, Henry y Martina Lamb se envenenaron en su propia cocina junto con un hombre misterioso cuyas iniciales eran D. T. Poco después (no pudo pasar demasiado tiempo, pues la bebé Serenity/Libby aún estaba bien alimentada y cambiada cuando la encontró la policía), un grupo de entre dos y seis adolescentes, según las fuentes a las que se atienda, huyeron de la casa y jamás volvieron a dar señales de vida.

Asumimos que dos de esos adolescentes eran Henry y Lucy Lamb. Otro puede haber sido el PHIN del grafiti.

Dejo de enjabonarme cuando noto que una de las fisuras se rellena.

Phin Thomson.

D. T.

¿Podría ser el misterioso D. T. el padre de Phin Thomson?

Parece casi seguro que sí.

Asumamos, pues, que Phin Thomson también residía en la casa en el momento de la muerte de Birdie.

Y ahora acaba de recibir 2,48 millones de libras de la venta del inmueble.

Hago girar la esfera en mi mente para verla desde otro ángulo. La vuelvo a girar hacia Birdie.

Birdie no llegó sola a Cheyne Walk. Iba con su novio, Justin Redding, el percusionista. No se han hallado rastros de él. Nadie recuerda haberlo visto. ¿Aún vivía allí cuando Birdie murió? ¿O ya se había ido? Los testimonios que he recogido parecen coincidir en creer que no tuvo que ver ni con los tres supuestos suicidios ni con la muerte de Birdie, su novia. Era demasiado blando, según parece. Pero a mí, ahora, me parece un posible culpable. Tendremos que repescarlo de donde sea que se ha pasado escondido estos veintiséis años para comprobar si es tan inocente como todos sus conocidos parecían creer. Justin Redding, me percato abrumado, puede ser la clave del asunto.

Giro la esfera de nuevo hacia Libby Jones y sus flagrantes mentiras, las que no quiere decir pero no le queda más remedio.

Me acuerdo del perro. El perro de su madre.

Otro trabajo para mañana. Hago una nota mental. Porque, si el perro no pertenece a su madre adoptiva, la que vive en España —aparte de las evidencias físicas de que mentía al explicarme la historia, ¿quién comparte la custodia de un perro con una madre que vive en España? Nadie—, entonces Libby tiene otra persona a la que considera su madre. ¿Será esta tal Marie Caron, la recipiente de un tercio de la herencia y que ahora está «de vacaciones» sin teléfono? Y ¿será esta tal Marie Caron otra del indeterminado número de adolescentes que desaparecieron del número 16 de Cheyne Walk en abril de 1994?

La esfera da vueltas y más vueltas en mi mente en busca de otra forma de completar la historia, pero por ahora me parece que tengo bastante.

Justin.

El perro.

Un hombre llamado D. Thomson.

Pongo la alarma a las cinco de la mañana. Tengo mucho que hacer.

48

Marco se pide una Coca-Cola y se la bebe con pajita, sin dejar de pasar la mirada de la calle a su teléfono y vuelta a empezar. Kris Doll llega tarde. Había quedado en reunirse con ellos en la recepción de su hotel a las dos y media, y ya son casi las tres. Al fin, Marco escucha el ruido del retumbar de una moto y por la cristalera que da a la calle ve a un hombre quitándose un casco y pasándose la mano por el pelo oscuro antes de dirigirse a la puerta giratoria.

Marco se sonroja. El hombre es muy masculino, y él siente una especie de responsabilidad respecto a la situación. Al fin y al cabo, él es quien le ha escrito estos tres días, quien ha organizado esta reunión, pero ahora de pronto se siente demasiado joven y fuera de su elemento y le lanza una mirada a su madre con la esperanza de que lo comprenda.

—¿Marco? —dice el hombre mientras se le acerca—. Y tú debes de ser Lucy.

Marco asiente y se incorpora ligeramente de su asiento. Vuelve a mirar a su madre y, al hacerlo, se percata de que ella también está un poco sonrojada. Este hombre destila un glamur extraño, a pesar de llevar el pelo hecho un asco y parecer un poco curtido por los elementos.

—Encantada de conocerte —dice su madre, que se levanta y le estrecha la mano—. Esta es Stella.

—Un placer conocerte, Stella. ¿Os apetece algo de beber?

Todos rehúsan y Kris dice que él tampoco quiere nada del bar, así que se sienta a la izquierda de Marco.

—Bueno. —Kris mira primero a Marco y luego a Lucy y vuelta a empezar, con una sonrisa irónica—. ¿Qué narices está pasando, pues?

—No sé ni por dónde empezar —dice Lucy.

—Podríais empezar por explicarme quién demonios es Mike.

Marco se encoge ligeramente ante la mirada provocadora de Kris y dice:

—No es nadie. Nos lo inventamos. Fue cosa de mi amigo Alf.

—Y ¿dónde está Alf?

—En Londres. Te llamamos desde allí.

Kris le lanza a Marco una mirada interrogativa, pero no dice nada, lo que lo incita a desarrollar su respuesta. Marco suspira y se revuelve.

—Mi madre es la hermana de Henry, o de Joshua, tal como tú lo conoces. Mi tío desapareció en medio de la noche del jueves pasado sin decir a nadie adónde iba ni por qué. Mi madre intentó llamarlo y mandarle mensajes, pero la bloqueó; luego lo intenté yo, con el mismo resultado. Entonces, le pedí a mi amigo Alf que me ayudase a hackear la cuenta de Google de Henry y dimos con su historial de búsqueda, y ahí fue donde te encontramos a ti. Cuando dijiste que ibas a recoger a un turista inglés que se alojaba en el Dayville, lo tomamos como nuestra primera pista. Así que vinimos aquí y, desde entonces, nos hemos enterado de que se marchó de este hotel hace tres días, y ahora no sabemos dónde está. No obstante, creemos que vino en busca de alguien. De un tal Phin.

Kris sonríe a Marco.

—Exacto. Y yo conozco a un Finn, y eso es lo que me da mal rollo. Creía que este tipo, este tal Joshua, me había encontrado aleatoriamente en internet y que era un cliente normal y corriente. Pero ahora estoy empezando a pensar que me buscó específicamente porque yo conocía a Finn.

—Sí —coincide Marco—. Yo también. ¿Qué le contaste sobre Phin?

—Bueno, en realidad tampoco mucho. Solo que teníamos..., bueno, que habíamos... —Los ojos de Kris buscan los de Lucy—. Que teníamos una amistad. Bastante íntima. Pero que nos habíamos distanciado y que él se había mudado a África a trabajar de guía.

—¿A qué se dedicaba antes de eso, aquí en Chicago? —pregunta Marco.

—Trabajaba en el zoo de Lincoln Park. Con los grandes felinos. Pero siempre había querido ser guía de safaris, y cuando se le presentó la oportunidad, hace unos años, se lanzó de cabeza. Alquiló su piso y no miró atrás. —Kris se pasa la mano por la barbilla y se dirige a Lucy—. ¿Qué hay entre tu hermano y Finn? ¿Por qué está tan empeñado en encontrarlo?

Lucy suspira.

—Ay —dice—. Es una historia muy larga. Creo que simplemente lo echa de menos. Nos criamos juntos y creíamos que había muerto; hace poco descubrimos que seguía vivo, y creo que sencillamente lo echa en falta. —Muestra una sonrisa tensa—. ¿Qué más le contaste a mi hermano? Sobre Phin.

—Le dije... Tened en mente que en aquel momento no tenía ni idea de que me estaba vigilando de cerca. Le dije que Finn estaba en Chicago. Le conté que creía que estaba en un Airbnb y que esperaba verlo pronto.

—Entonces, ¿Phin está aquí? ¿Seguro? —Lucy se lleva la mano al corazón y aprieta fuerte.

—Sí. Al menos eso creía. Pero llevo días llamándolo y escribiéndole y no he sabido nada de él. Y no tengo su dirección.

—¿Tienes algún amigo que pueda saber dónde está? —pregunta Lucy.

—Sí. Tenemos una amiga en común; Mati. Pero no se me permite hablar con ella, o su novio me pegará primero a mí y luego a ella.

—¿Fue novia de Phin? —pregunta Marco.

—Sí. Más o menos. Durante un tiempo. Y mía también. Pero ahora tiene un novio muy celoso, así que mantengo las distancias.

—¿Y el zoo? —pregunta Marco, cuyo cerebro burbujea de posibles vías que explorar—. ¿Tenía amigos allí con los que pueda haber quedado?

Kris se encoge de hombros.

—Sí. Supongo. Trabajó allí varios años. Imagino que habrá mantenido el contacto con algunos compañeros. Puede merecer la pena preguntar.

Marco hace girar la pajita entre los cubitos de hielo derretidos con una mano mientras con la otra busca en Google Maps el zoo de Lincoln Park. Le enseña la pantalla a su madre.

—Mira —dice—. Queda a tres kilómetros de aquí. Ocho minutos en Uber. Deberíamos ir ya mismo.

Luego mira a Kris, pero lo ve muy pensativo.

Tras un corto silencio, Kris mira a Lucy y dice:

—Bueno y ¿qué pasará cuando tu hermano encuentre a Phin? O sea, ¿qué intenciones tiene? Porque, no te lo tomes a mal, tu hermano parece un buen tío, un chaval majísimo —se lleva la mano al corazón—, pero también es bastante intenso.

Cuando lo llevé al lago a ver el atardecer se puso a llorar. Cree que no lo vi, pero lo hice. Y me parece extraño que Phin se haya desvanecido de la faz de la Tierra justo cuando tu hermano lo está buscando. Mucha coincidencia. Me parece...
—Deja la frase en el aire y se da un golpe en la pierna con la palma de la mano—. En fin. Seguro que pronto se resuelve el misterio. Y, oye, Marco, si te apetece, te puedo llevar al zoo en la moto. Si te deja tu madre. Madre, ¿le dejas?

Marco pone las manos juntas como para suplicar y abre mucho los ojos. Lleva desviando la mirada a la moto monstruosa que está aparcada delante del hotel desde que llegó Kris; se ha fijado en cómo la miran los viandantes; uno incluso le ha sacado una foto. Es posible que sea una de las cosas más guais que haya visto Marco en su vida, y ha paseado por La Croisette embelesado por su estridente desfile de coches deportivos y Bentleys dorados en numerosas ocasiones.

—Eeeh, vale —dice Lucy—. Claro. Porque no irás muy rápido, ¿verdad?

—No. Por Dios, qué va. Me dedico a pasear a turistas, así que soy muy responsable en la carretera. No me dedico a asustar a la gente ni a tener accidentes.

Le lanza a Lucy una sonrisa muy convincente y luego salen todos juntos del hotel y esperan a que llegue el Uber. Kris le da a Marco otro casco y lo ayuda a subirse al asiento con pinta de trono que hay en la parte trasera de la moto. Marco ve que la gente lo observa, lo cual hace que se sienta fenomenal y abochornado al mismo tiempo.

La sensación de ir montado en la moto es apabullante. Se saca un selfi y Kris se gira para amonestarlo:

—Eh, tío, las manos en la barra, ¿vale?

Se vuelve a guardar el móvil en el bolsillo a toda prisa.

Un rato después, aparcan delante del zoo. Lucy acaba de apearse del Uber y los está esperado; tiene a Stella cogida de la mano y la niña alucina al ver a su hermano mayor montado en una moto tan grande y con un casco puesto.

—Escríbeme —le dice Kris a Marco cuando este le devuelve el casco— para contarme si descubrís algo. Mientras tanto, yo voy a seguir intentando contactar con Finn. Podemos hacer una carrera —propone—, a ver quién lo encuentra primero.

Marco observa a Kris Doll subirse a la moto y dar marcha atrás en el aparcamiento para luego cambiar de marcha y largarse, diciendo adiós con la mano levantada a la espalda.

—Vale —dice Lucy—, ¿a quién le apetece ver animales?

Le preguntan a un empleado dónde están los leones y este les da indicaciones para llegar al Pepper Family Wildlife Center. El zoo de Lincoln Park se parece un poco al de Londres, o eso piensa Marco: es moderno y céntrico, y tiene muchos senderos agradables cercados por los que corre el aire. Dan con los leones y buscan a alguien con quien hablar. Solo ven a una persona con el uniforme del zoo y les parece muy muy jovencita, pero la madre de Marco se le acerca de todas formas.

—¡Hola! Tengo una pregunta un poco fuera de lo común. Estoy buscando a un amigo que trabajaba en este sector hace unos cinco años. ¿Sabes de alguien que trabajase aquí en aquel tiempo?

—¿Hace cinco años? —responde la chica—. Bueno. Yo aún estaba en el instituto, pero déjame que piense. Estoy casi segura de que Peter Lilley ya trabajaba aquí por aquellas fechas. Aunque este sector es relativamente nuevo. No obstante, él siempre ha estado con los leones.

—¿Sabes si ha venido hoy?

—¡Sí! Lo acabo de ver hará un minuto. ¿Cómo dices que se llama vuestro amigo?

—Phin. Se llama Phin.

—Un segundo. —Abre una puerta medio invisible a su espalda y desaparece. Vuelve a aparecer un segundo después—. Pete se está haciendo cargo de una crisis de desagües en la zona de los pandas. Lo podéis esperar aquí, si queréis. ¡Dice que sí que conoce a Phin! ¡Qué suerte!

Marco y Lucy se miran y Stella sale corriendo para ver a los leones, tres hembras y un macho, que están tumbados al sol como si no les preocupase nada en absoluto. Y entonces Pete emerge de la puerta secreta secándose las manos con una toalla y sonriendo. Es alto y delgado, con pelo escaso y rubio que le sobresale de la cabeza como a un recién nacido, y tiene una perilla bien acicalada.

—Hola —los saluda—. Soy Pete Lilley. Me han dicho que estáis buscando a Finn.

—Sí. Hola. Soy Lucy, una amiga de Phin, de Londres. De hace muchos años. Nos dijo que iba a alojarse en un Airbnb en Chicago durante unos días. Habíamos quedado en vernos y llevamos intentando ponernos en contacto con él desde que aterrizamos, pero no contesta al teléfono ni a los mensajes y nos estamos empezando a preocupar. Quería saber si se había puesto en contacto contigo desde que regresó de Botsuana.

—Sí. Así es. De hecho, lo fui a buscar al aeropuerto hace poco más de una semana. El martes anterior al pasado. Siempre voy a buscarlo cuando viene de visita porque vivo por allí cerca. Cenó en nuestra casa y luego lo acerqué al centro.

—Entonces, ¿lo llevaste hasta el Airbnb?

—Sí, eso es.

—Así que sabes dónde se aloja, ¿no?

—Bueno, sé en qué edificio está, pero es bastante grande; no sé en qué apartamento está exactamente. Y sí que me pareció raro no recibir respuesta a los mensajes que le envié estos últimos días. Le propuse vernos antes de que volviese a

África, pero no respondió, y creí que a lo mejor estaba ocupado con los asuntos que se traiga entre manos ese chico. Es un poco misterioso, como imagino que ya sabréis. Cuesta pillarle el rollo, excepto cuando cuida de los animales. Nunca entendí su estilo de vida, así que decidí mantenerme al margen.

—¿Me podrías indicar dónde queda ese edificio? Se me ocurre que podríamos acercarnos a ver si somos capaces de que enseñe la patita por debajo de la puerta. Solo para comprobar que todo va como es debido.

Peter Lilley asiente.

—Claro —responde—. Lo malo es que no recuerdo el número, solo la localización.

Les da el nombre de la calle y les dice que está justo enfrente de una «especie de restaurante con un nombre monosilábico, con mesas en la acera» y a corta distancia de un supermercado de comida ecológica que se llama Organic Delightful.

Marco inspira repentinamente, pero no dice nada. «¡Organic Delightful!», la tienda que Alf y él vieron que Henry había buscado en Google cuando revisaron su historial. La piel se le sonroja de pura emoción por haber atado los cabos.

—Avísame si lo encuentras, ¿vale? Me quedo un poco preocupado.

—Sí —responde Lucy—. Por supuesto.

Toma el trocito de papel que le entrega Peter Lilley en el que ha anotado su número de teléfono y se lo mete en el bolso. Luego se compran unos helados y se sientan al sol durante un rato, esperando a que llegue el Uber que los llevará a su siguiente destino.

El edificio al que los ha dirigido Peter Lilley abarca cuatro fachadas enormes. Una es de madera, con aire anticuado, vidrios tintados y tiras de cobre retorcido, y a la izquierda de la puerta hay un panel con unos cincuenta botones de latón. Durante unos instantes, los tres se quedan mirando el panel de latón en silencio.

—¿Y ahora qué? —pregunta Marco.

Lucy mira hacia arriba, a los cuatro pisos que se alzan ante ellos.

Pero justo cuando está a punto de responder, ve una sombra de movimiento en la escalera y una madre joven aparece con un niño pequeño en brazos. Cuando se acerca a la puerta, Lucy se aparta y, cuando la abre, le dice:

—Disculpa, estoy buscando a una persona que se aloja en este edificio. En un Airbnb. No sabrás de qué apartamento se trata, ¿verdad?

—No, lo siento, ni idea. Supongo que la mitad de los pisos son de alquiler vacacional. Deberías mirar en la web.

Pasa a su lado y ella y el bebé se suben en el Uber que los espera junto a la acera. Lucy sostiene la puerta y se cuelan en el interior del edificio. Los suelos son de granito gris con motitas brillantes y la escalera es de piedra con un pasamanos metálico. Hay un ascensor cuya verja se abre a mano y mosaicos florales alrededor. Suben por la escalera hasta el primer piso, donde el pasillo se bifurca y aparecen dos hileras de puertas idénticas a uno y otro lado. Las paredes revestidas en madera oscura están talladas para que parezcan cortinas.

—Qué edificio tan hermoso —comenta Lucy al pasar los dedos por los dobleces de la madera de la pared, pero Marco, que prefiere los edificios blancos y modernos y bien iluminados, no se muestra muy de acuerdo.

—¿Qué hacemos? —pregunta.

—Pues podríamos empezar a llamar a puertas al azar.

Stella alza la mirada y niega con la cabeza.

—No —dice—. No quiero. Da miedo.

—¿Por qué? —pregunta Lucy, agachándose para ponerse a la altura de su hija.

—La gente se puede enfadar. Y gritar. Y mira —dice Stella, alargando los brazos en ambas direcciones—. Mira cuántas hay. Y a lo mejor ni siquiera está en casa.

Lucy toma aliento y vuelve a enderezarse. Mira a Marco y asiente.

—Tiene razón. Podríamos pasar una hora llamando a cada una de las puertas y podría resultar que Phin ni siquiera esté aquí. Tenemos que saber en qué apartamento se aloja de alguna otra manera.

Marco asiente, con la mirada clavada en la pantalla del móvil mientras peina Airbnb en busca de apartamentos en esa calle. Entonces, deja de mover los dedos, gira el teléfono para enseñárselo a su madre y dice:

—Mira. En este edificio hay dos. Ambos están ocupados: uno de ellos hasta la semana que viene; el otro, para los próximos diez días.

Su madre le intenta arrebatar el teléfono de las manos, pero él lo retira.

—No hace falta que toques mi móvil, mamá —dice—. Ya lo sostengo yo.

Pasa las fotografías del primer apartamento. Es bastante soso: sofás de color crema, una mesita de centro de madera, una cama diván con sábanas de estampado floral, una lámpara de techo de color dorado brillante. Luego va al otro apartamento. Este es mucho más elegante, con colores brillantes, acabados preciosos y vistas a la calle desde el salón. Sigue pasando con la esperanza de encontrar algo que identifique el apartamento y, entonces, se detiene y contiene el aliento. Una fotografía de la puerta de entrada, de un color verdeazulado y con una aldaba en forma de cabeza de zorro.

—Vamos —dice—, a buscar el zorro.

49

Febrero de 2018

Rachel dejó caer las gafas de sol de la cabeza a la nariz y agarró del mango de la maleta con ruedas. El sol invernal era mucho más cálido en Niza; se notaba que estaba varios grados más cerca de África que Londres. Alzó la cara hacia el cielo con los ojos cerrados para empaparse de él. Luego, giró y entró en el hotel. Eran las diez de la mañana; el hijo de Michael no saldría del colegio hasta las cuatro y media. Tenía todo el día para curiosear, comprar, comer y relajarse.

Mientras deshacía el equipaje en la habitación del hotel, recordó dónde estaba hacía justo un año: en la cabaña sobre pilotes en las Seychelles, cuya cama era más ancha que larga. Recordó los cachivaches que había llevado en la maleta y que tan inocuos le habían parecido entonces; algo divertido, pero que había roto su matrimonio. No obstante, sabía que, de no haber sido entonces, habría sucedido en otro momento, por otra causa, por otro «error». Michael Rimmer era una bomba de relojería a punto de explotar y ahora lo único que quería ella era saber que no estaba sola.

Quería saber si también había violado a Lucy.

El colegio de Marco estaba en un barrio marginal llamado L'Ariane que no se parecía en nada a lo que Rachel había visto o imaginado del sur de Francia. Bloques de pisos se alzaban por doquier, autopistas se entrelazaban en nudos airados y grafiteados, tiendas vacías permanecían selladas con fríos portones metálicos. Se cerró el plumífero y se subió la cremallera para ocultar su atuendo de aspecto caro, y luego se puso la capucha, a pesar de que el sol aún calentaba.

El colegio estaba detrás de un muro de ladrillos de altura considerable y el sol lo alcanzaba entre dos bloques de pisos de seis plantas. El recinto era enorme y parecía más un complejo penitenciario que un centro educativo. Había un letrero que ponía «COLLÈGE» al lado de una flecha que indicaba hacia delante. Otras partes de la escuela tenían sus propias entradas con sus respectivas señales. Una decía «PRIMARIE»; la otra, «PETITE ÉCOLE». Rachel se percató de que no tenía ni idea de qué parte del edificio saldría el hijo de Michael; solo sabía que tenía unos once años. No sabía ni a qué curso debería ir según el sistema británico, como para saberlo en el francés. Ya casi eran las cuatro y media, y comenzaron a formarse corrillos de padres en las tres entradas. Encendió el móvil y volvió a mirar la foto que le había enviado Jonno: una imagen tomada de la revista digital del colegio que ilustraba un artículo en el que se hablaba de una excursión al acuario. Marco era el tercero empezando por la derecha, les sacaba unos cinco centímetros a sus compañeros de clase, tenía una maraña de pelo oscuro y ondulado y parecía destacar por su actitud. «M. Rimmer.»

Rachel había asumido que el hijo de Michael estudiaría en un colegio privado, o internacional, un centro con vistas al mar y con palmeras en el recinto escolar y cuyos alumnos llevarían uniforme y saldrían con las carpetas bien aferradas al pecho. Había asumido que Lucy estaría igual que ella: sola pero cómoda. Se la había imaginado tocando el violín en un conjunto, con el pelo recogido en un moño, sentada ante un telón de terciopelo rojo. Se la había imaginado bohemia, artista, desaliñada en el buen sentido de la palabra. No obstante, este colegio no era nada bohemio ni desaliñado en el buen sentido de la palabra; rezumaba pobreza, y por primera vez a Rachel se le ocurrió que Lucy podía ser pobre.

Vio que empezaban a salir niños de la puerta más cercana adonde estaba ella y los contempló en silencio desde debajo de la capucha. Parecían ser más o menos de la edad de Marco, preadolescentes, así que se quedó donde estaba y escudriñó a todos y cada uno de los niños que pasaban por su lado. Entonces lo vio. No le cupo duda. Era más alto que sus amigos. Más guapo también. Se daba un aire a Michael, pero había sacado mucho más de la persona de la que había heredado la maraña de pelo y la apariencia ligeramente salvaje. A su izquierda iba un niño con la cabeza rapada y una mochila de Minecraft. A su derecha iba un niño bajo y rubio con un gorro de lana y un plumífero rojo. Marco les chocó los puños y luego se marchó. No buscó a nadie, como hacían algunos otros niños, sino que se dirigió a la entrada de la *petite école*, donde sonrió a una profesora que estaba junto a la puerta, alargó la mano para que se la tomase una niña diminuta con tirabuzones de punta dorada y le cogió la mochila rosa y dorada con diminutos animales de peluche colgando.

Rachel se estremeció. Una hermana. Marco tenía una hermana. Eso tampoco se lo esperaba. Pero ¿por qué no? ¿Por qué no podía tener Lucy otro hijo? O más de uno, incluso. Se preguntó si Michael sabría de la existencia de esta niña.

Se adaptó a su ritmo y los siguió hasta una marquesina, y luego a un autobús frío y destartalado que, tras media hora de trayecto, se paró justo en la salida de la autopista, al lado de las bulliciosas calles de Niza, y allí se bajaron. Caminaron unos veinte minutos por la ciudad hasta que llegaron al final del todo, a la Colina del Castillo, y los siguió hasta una casa azul bastante dejada que estaba en lo alto de la carretera de la costa. De un lado, tenía ventanas diminutas con vistas al mar comidas por la sal marina y, del otro, ventanas sucias con vistas a la calle, que tenían manchas del humo de los coches. Marco sacó una llave y abrió la desaliñada y desconchada puerta sobre la que rezaban las palabras «Maison de la Mer» y Rachel ya no los vio más.

No sabía qué hacer. El sol estaba descendiendo y achatándose, inclinándose hacia el horizonte. La temperatura empezó a bajar. Recordó su cálida habitación de hotel, con su cama blandita y su albornoz de toalla. Pensó en una cena a la luz de las velas en cualquier bistró o *brasserie*. Tras las sucias ventanas vio que se movían unas sombras, que se encendían unas luces, que se retiraban unas cortinas. En la ventana de la planta baja vio a un hombre bajito, con bigote y barba desaliñados, sentado ante la pantalla de un ordenador en un cuarto desordenado con pintura desconchada. La luz del monitor le iluminaba la cara. El botón que había junto a la puerta rezaba «Concierge».

Rachel se quedó quieta un instante, con el dedo extendido hacia el botón, sopesando sus opciones. Podría preguntarle al conserje en qué cuarto se alojaba Lucy, ¿y luego qué? Reventaría su tapadera antes incluso de decidir lo que quería hacer. No obstante, tampoco se podía quedar ahí parada toda la noche; Lucy y los niños probablemente ya no volverían a salir, dado que estaba anocheciendo. Pero mientras le daba vueltas a esto, escuchó voces detrás de la puerta principal y se hizo a un lado, se metió en el portal de al lado, haciendo como que miraba el móvil. Al alzar la vista, vio que los niños salían del hostal seguidos un segundo más tarde por una mujer esbelta cuyo largo cabello oscuro le caía sobre un hombro, vestida con un abrigo de terciopelo y con una funda de violín a la espalda. Llevaba un gorro de lana con un pompón. La niña se había puesto unas orejeras y el niño llevaba una bufanda bien enroscada al cuello y un par de manoplas de esquí.

Rachel los siguió durante unos diez minutos, mientras caminaban hacia el centro. Se detuvieron en una de las plazas más concurridas, iluminada con farolas y farolillos, y el tentador brillo de los restaurantes y los bares en los cuatro costados. Rachel tomó asiento en un banco y observó a Lucy sacar una esterilla de yoga, estirarla tras ella y cubrirla con una alfombra. Los dos niños se sentaron sobre la alfombra y abrieron las mochilas que llevaban. Lucy abrió la funda del violín y sacó su instrumento. Se quitó el gorro de lana y se atusó el cabello. Se aplicó carmín en los labios y se quitó el abrigo informe bajo el que llevaba un vestido negro ajustado, bien prieto en la cintura, una rebeca gris y un pañuelo de seda.

Rachel la miró, hambrienta. Ahí estaba. Lucy. La aparición se había tornado de carne y hueso. Aunque incluso ahí, en tres dimensiones, había algo diáfano en ella, algo no del todo real. Parecía estar a punto de desvanecerse en el aire nocturno, como un aliento congelado. Y era preciosa. Tanto y de tal modo que Rachel, que siempre se había considerado a sí misma bastante atractiva, jamás lo había sido.

Eran las cinco y media. El día estaba decayendo y los restaurantes se empezaban a llenar. Los lugareños y un puñado de turistas de temporada baja empezaban a pasear. Vio que Lucy se colocaba el violín bajo la barbilla y luego reposaba el arco en las cuerdas y daba comienzo a una versión conmovedora de *Titanium*. A Rachel le resultó tan inesperado que estuvo a punto de soltar una carcajada. Se había imaginado que interpretaría a Beethoven o Vivaldi, no a David Guetta.

Después, Lucy tocó una versión muy alegre de *Valerie* y, a continuación, una canción de Adele, e interpretaba estos éxitos del pop con toda seriedad, con toda su alma. Nadie se detuvo, nadie le echó dinero en el bombín que tenía delante. Rachel se sacó la cartera del bolso y sacó un billete de veinte euros. Se quedó parada delante de Lucy y la observó hasta que tocó las últimas notas de la canción de Adele; luego aplaudió, sonrió y dijo:

—¡Bua!, qué pasada.

Lucy sonrió, pero precavida, era el tipo de sonrisa que mostraba una persona que siempre se sentía amenazada.

—Gracias, muy amable.

Tenía un acento británico muy aristocrático, como el de las empleadas de Liberty, como el de las chicas que jamás habían tenido que intentar modificar su dicción, alargarla, aplanarla o retorcerla; porque no lo veían necesario.

—Toma. —Le alargó el billete de veinte euros.

—Ah —dijo Lucy, mirándolo con sorpresa—. Es usted muy generosa.

—Para nada. Tienes mucho talento. Y sospecho que en esta época del año no andas muy boyante de público.

—No te haces una idea. —Lucy se quedó contemplando el billete que tenía en la mano antes de doblarlo por la mitad y metérselo en el bolsillo del vestido.

—¿Quieres tomar algo? —le preguntó Rachel—. Algo caliente, por ejemplo. ¿Un *vin chaud*? ¿Algo para los niños?

—Ay, pues sí. Me encantaría tomarme un *vin chaud*. Qué amable por tu parte. Muchísimas gracias. —Se giró para hablar con los niños—: Esta amable señora se ha ofrecido a invitaros a algo de beber. ¿Queréis un chocolate caliente?

Ambos niños asintieron y Rachel sonrió y dijo:

—Perfecto. Dos *vins chauds* y dos chocolates calientes. Ahora vuelvo.

Mientras esperaba a que se los sirviesen, vio que Lucy se volvía a llevar el violín a la barbilla y tocaba *The Whole of The Moon* tan maravillosamente que a Rachel le entraron ganas de llorar.

Llevó las bebidas al puesto de Lucy y les pasó los chocolates calientes a los niños, que respondieron con un «muchísimas gracias» con un ligero acento francés. Luego dejó el vino en la acera, delante de Lucy, que le sonrió por encima del violín. Rachel volvió a aplaudir al final de la canción y Lucy le hizo una ligera reverencia.

—Qué maravilla —dijo Rachel—. ¿Estudiaste en el conservatorio?

Lucy soltó una carcajada irónica.

—No. Ni por lo más remoto. Aprendí de una persona que sí que recibió educación formal, pero que prefería tocar pop, así que eso es lo que me enseñó.

—Pues debía de ser una profesora estupenda. Salud. —Rachel chocó su vaso de papel contra el de Lucy—. ¿De dónde eres?

—De Londres. Allí nací y crecí. Pero llevo en Francia desde la adolescencia.

—¿Cómo acabaste aquí?

—Ah, asuntos de familia, ya sabes. —Lucy tomó un sorbo de vino y señaló a Rachel con el vaso—. ¿Y tú? ¿Vives aquí?

—No. No. Vivo en Londres. Solo estoy... —Se lamió los labios rápido—. Tomándome un descanso, yo sola. A estas alturas del año pasado estaba de luna de miel. Ahora estoy separada. Me apetecía escapar de la realidad unos días.

—Es curioso —respondió Lucy— que la gente crea que esto no es la realidad. —Señaló la plaza—. Cuando cada centímetro de esta ciudad para mí no es otra cosa.

—Sí. Supongo. En fin, esto... —Rachel señaló el violín,

que reposaba sobre la funda— ¿es la vida que has elegido? ¿O es...?

—¿... pura necesidad? Sí, eso último. Preferiría estar envuelta en una manta en un apartamento bonito con tele y chimenea y dinero en el banco, créeme. Esto... —Suspiró—. Esto no lo planeé. Nop. En absoluto.

—Entonces, ¿eres madre soltera?

—Sí. Así es. No esperaba serlo. Pero aquí me tienes.

—¿Qué ha sido de sus padres?

—Bueno, uno se largó sin más. Me dejó en un piso en L'Ariane con un retraso de seis meses en el alquiler. El otro...

Rachel observó su expresión con ansia, con angustia.

—El otro era..., bueno, la peor persona del mundo.

A Rachel se le contrajo un músculo de la mejilla.

—Ostras. ¿En serio? ¿En qué sentido?

—Pues en el sentido en el que los hombres suelen ser lo peor del mundo. Ya me entiendes.

Rachel miró a Lucy a los ojos. Vio una grieta de miedo, de dolor.

—¿Te pegaba? —articuló en silencio, para que los niños no la escuchasen.

Lucy asintió y echó un vistazo rápido a sus hijos.

—¿Durante cuántos años?

—Varios. Suficientes. Demasiados. Ya me entiendes.

—Sí —dijo Rachel—. Sí. Te entiendo. Mi ex no llegó a... —articuló «pegarme»—, pero era violento. De otras formas. Y si no me hubiese marchado, seguramente habría sido cuestión de tiempo.

Lucy asintió, con los ojos muy abiertos. Rachel vio que le brillaban lágrimas en las comisuras y entonces Lucy la cogió del brazo y apretó. Rachel miró la mano de Lucy y parpadeó.

—¿Puedo hacer algo? —le preguntó—. ¿Por ti? ¿Por tus hijos?

—Ay, Dios, no. Ya has sido más que generosa. Pero gracias.

Rachel abrió el bolso y volvió a sacar la cartera. Le pasó otros dos billetes de veinte a Lucy.

—Toma —le dijo—. Id a casa; pedid una *pizza*. Acuesta a los niños. Tómate la noche libre. Empieza a hacer frío.

Lucy miró los dos billetes unos segundos. Rachel esperaba que se los devolviera, pero no lo hizo. Se los metió en el bolsillo. Luego se enjugó varias lágrimas de la mejilla con el dorso de la mano antes de enderezar los hombros, tomar el violín y decir:

—Te voy a tocar una canción. La que tú quieras. Dime cuál.

Rachel se metió las manos en los bolsillos y tomó aliento para contener una oleada de lágrimas.

—¿Para nosotras? —preguntó.

—Sí. Para nosotras.

Rachel reflexionó unos segundos, alzó los ojos al cielo, volvió a mirar a Lucy y dijo:

—¿Qué te parece *Firework*, de Katy Perry?

Lucy asintió. Comprendió. Luego puso el arco sobre las cuerdas y tocó durante tres minutos. Rachel se quedó allí de pie, escuchando, mientras las lágrimas le caían por las mejillas y la letra sonaba en silencio dentro de su cabeza; se sintió sobrepasada por la sensación de que, por primera vez desde hacía meses, no estaba sola en este mundo.

50

Junio de 2019

Marco golpea la cabeza de zorro contra la puerta verdeazulada brillante. Mira a su madre y ella le devuelve la mirada. Un momento después, vuelve a llamar. Luego se acerca y pone la oreja contra la madera. Nada. Ni respiraciones ni pasos ni un televisor ni una radio ni ajetreo en la cocina ni llamadas telefónicas ni nada. Solo silencio.

—¡Tío Henry! —grita al silencio—. Tío Henry. Soy yo, Marco. ¿Estás ahí?

Vuelve a llamar otra vez, dos, tres más. Luego suspira.

—¿Y ahora qué? —le pregunta a su madre.

Ella mira la hora en la pantalla del móvil.

—Podríamos ir a comer algo.

No habían probado bocado desde el desayuno en el In-N-Out excepto el helado del zoo. Marco asiente y salen a la calle para dirigirse al restaurante del que les habló Peter Lilley, el del nombre monosilábico que resulta ser Blanche.

Se sientan en la terraza y una chica de cabello rubio platino les pasa unas cartas enormes.

—¿Qué os pongo de beber?

La madre de Marco se pide una copa de vino blanco, y la camarera dice:

—¿Sois ingleses?

—Sí. —La madre de Marco sonríe—. Así es.

—Y ¿qué os trae por Chicago?

—Ah, estamos buscando a un viejo amigo.

—¿En serio? Eres la segunda persona británica que me dice que está buscando a alguien. ¡A lo mejor os estáis buscando entre vosotros!

Marco le dedica a su madre una mirada con los ojos muy abiertos.

—Ah —responde, como sin inmutarse—. ¿Cómo... cómo era este chico?

—Más o menos de tu edad, supongo. Pero de cabello rubio claro. Yo diría que teñido. Muy bien vestido. Muy educado. ¿Lo conoces?

—Pues sí. Creo que sí. Me parece que puede tratarse de mi hermano.

—¡No fastidies! ¡Hala! ¿Y los dos estáis buscando a la misma persona?

—Sí, eso creo. Lo que pasa es que ahora le hemos perdido la pista a él también.

—¡Ay, Dios! Pues estaré atenta por si lo vuelvo a ver. Y le diré que lo estáis buscando.

—Mejor pídele que me llame. Sabe que estoy aquí. Solo necesito que me llame.

La camarera se marcha para buscar las bebidas y Marco no les pierde ojo a las ventanas del edificio de enfrente.

—¿Cuál será la de la puerta de la cabeza de zorro? —pregunta.

—Más o menos aquella. —Lucy señala a una ventana del primer piso.

—Deberíamos quedarnos aquí sentados todo el tiempo que podamos.

—Sí —concuerda su madre—. Deberíamos. Pero primero escoge qué quieres comer.

Marco mira la carta y ve *schnitzel* y recuerda algo: un momento similar en una acera bajo el calor estival. Justo antes de marcharse de Francia, hace un año.

—¿Te acuerdas —dice— cuando estábamos en Francia y se te rompió el violín y no teníamos dinero? ¿Te acuerdas de aquella última cena, cuando yo no me quise comer el *schnitzel* porque estaba demasiado enfadado contigo a consecuencia de que no me quisieras decir por qué nuestras vidas eran una mierda?

—Sí —responde Lucy, con un deje de tristeza en la voz—. Lo recuerdo. Tuvimos que usar las duchas del club náutico y llovía, y tú y yo dormimos bajo el puente. ¿Te acuerdas de la tormenta?

—Sí. Menuda locura.

—¿Yo dónde estaba?

—En casa de Mémé.

—¿Y por qué vosotros no?

—Porque no tenía sitio para todos. Y porque *Fitz* olía demasiado mal.

—No me gustaba que me dejaseis en casa de Mémé. Siempre lloraba.

—Ya lo sé. Ya lo sé, cariño. Y detestaba tener que dejarte allí. Pero no teníamos muchas opciones entonces. Estábamos en el peor de los estados.

—¿Peor que ahora? —pregunta Marco.

Observa minuciosamente la reacción de su madre, pues necesita comprender lo mal que están las cosas.

—En cierta forma, sí —responde ella—. Cuando tienes hijos, no ser capaz de alimentarlos es lo peor que te puede pasar; te destroza el alma. Ahora os puedo dar de comer. Os puedo proporcionar camas calentitas en las que dormir...

—Pero no son las nuestras.

Marco ve que su madre inspira repentinamente.

—No. No son las vuestras. Las vuestras están esperándoos en Inglaterra.

—Incluso esas no son nuestras de verdad.

—No. Las de verdad están en una mueblería esperando a que las vayamos a comprar y las instalemos en la casa que voy a comprar cuando regresemos.

—Pero ahora mismo no tenemos dónde ponerlas.

—Eso en realidad no es cierto. Puede que sí tengamos una casa donde ponerlas cuando volvamos a Inglaterra. Estoy pendiente de que me llame la inmobiliaria. Hice una oferta de compra la semana pasada. La aceptaron. Ahora tienen que llamarme para realizar las inspecciones. Ese tipo de asuntos. Pero si todo va como es debido, puede que nos mudemos a finales de verano. O incluso antes.

—¿Cómo es la casa? —pregunta Stella.

—Es vieja.

—Buf —dice Marco—. Odio las casas viejas.

—Ya lo sé. Pero te prometo un presupuesto generoso para que remodeles tu cuarto y lo dejes tan blanco y moderno y anodino como quieras.

—¿Tendré un cuarto de baño para mí solo?

—Sí.

Marco recuerda la ducha enana y mohosa que había al fondo del pasillo del edificio de Giuseppe, en Niza, y que tenían que compartir con otras dos familias. Recuerda cómo le rugía el estómago cada noche, vacío. Recuerda despertarse cada mañana con los pies de su hermana en la cara en la cama que compartía con ella y con su madre. Recuerda el frío de la acera de la plaza, que atravesaba la esterilla, mientras su madre tocaba para los turistas. Y piensa en el último año de su vida, que ha sido perfecto, desde el momento en el que plantó los ojos en su hermana Libby y en su tío Henry, desde el instante en el que cruzaron el umbral del precioso apartamento de Henry: con sus sábanas de seda y los cubre-colchones tan blanditos como una nube de caramelo, con sus paneles de seguridad y sus televisores de plasma, con su frigorífico inteligente lleno de comida fresca, con sus ventanas de doble acristalamiento que aíslan de los ruidos de la calle, con los gatos acostumbrados a vivir entre cojines y camas; no en la calle, con las duchas vaporosas que dejan caer agua como chaparrones tropicales a cuarenta grados centígrados. Durante todo un año, Marco ha tenido un hogar, una familia, amigos a los que podía invitar a casa, libertad para explorar, comidas diarias, ropa nueva, calor y abrigo y seguridad. Y ahora, aquí, en esta calle de Chicago, Marco descubre que su vida está a punto de volver a cambiar, y se vuelve a sentir indefenso, como en la cuerda floja sobre un abismo.

51

Samuel

Son las seis de la mañana y el tren va lleno de gente con ojos cadavéricos que vuelve a casa del trabajo a estas horas intempestivas. Y también va lleno de gente que se dirige al trabajo a estas horas intempestivas; yo formo parte de este último grupo. Pero mis ojos no son cadavéricos. La adrenalina me fluye por las venas a causa de la determinación. Me siento animado.

Al llegar al escritorio, enciendo el ordenador y sorbo el pésimo café solo al que le tengo un extraño aprecio. No hay más noticias del paradero de Marie Caron y Phineas Thomson en Chicago. Tengo un contacto en la policía local, de un caso en el que colaboramos hace unos años. Me ha dicho que me puede hacer el favor de llevarlos a comisaría para que los interrogue de forma remota, en cuanto la Interpol determine su paradero exacto. Le escribo para ponerlo al día de la situación. Luego me sumerjo en la búsqueda de Justin Redding, el panderetero demasiado flojo como para matar a nadie. He solicitado acceso a las bases de datos de todas las escuelas de música del país, pero sin ningún resultado.

He solicitado permiso para buscar en los registros sanitarios de hospitales y médicos de familia, pero con el mismo resultado. Parece que Justin Redding: a) está muerto, b) es un ermitaño o c) que, como todos los demás implicados en el caso, se ha cambiado de nombre. Quizá Redding fuese su nombre artístico. Y de ser así, no veo cómo podremos ser capaces de localizarlo. Esperaba que las noticias de la muerte de Birdie hubiesen metido el dedo en alguna llaga, despertado algún recuerdo, abierto alguna puerta a callejones polvorientos; pero nada. Nadie. Silencio. ¿Quién era ese hombre que había vivido durante una temporada en Cheyne Walk hacía veinticinco años con una mujer que ahora estaba muerta?

Luego, me pongo a pensar en el perro de la madre de Libby. ¿Cómo puedo saber la verdad de este asunto? Busco a la madre adoptiva en Facebook. Se llama Alyssa Rutherford Jones. No me cuesta nada encontrarla y, por suerte, su perfil no es privado. Ojeo sus muchas muchas fotos. Su vida es muy alegre. Viste colores alegres, toma bebidas alegres, come en restaurantes alegres y se sienta entre cojines alegres bajo cielos despejados y alegres. Tiene pareja, que parece bastante joven, suele llevar camisetas blancas y se ha blanqueado demasiado los dientes. La madre de Libby vive una existencia feliz en España. Pero lo que no veo es que la acompañe un perro. En concreto, nunca la acompaña el pequeño animalito marrón y blanco que está cuidando Libby. Creo que esto es todo lo que voy a sacar de aquí; que mis sospechas se han confirmado. Ahora tengo más confianza todavía en el camino que estoy siguiendo.

Esto nos lleva al último elemento de anoche: D. Thomson.

Vuelvo al artículo de Miller Roe. Encontró la denuncia de la desaparición de un D. T., pero lo llevó a un callejón sin salida. Me pregunto si el hombre al que encontró se apellidaba Thomson. Decido que le he dado a Miller el suficiente tiempo de cortesía. Ha llegado el momento de sacarlo de su escondrijo. Cojo el teléfono y pido que localicen su móvil. Una hora más tarde, lo tenemos. Y me resulta muy poco sorprendente descubrir que se encuentra muy cerca de la casa de Dido Rhodes.

Por educación, espero hasta las ocho para llamar a Libby.

—Buenos días, señorita Jones. Espero no haberle molestado.

—No —dice ella, que suena cansada—. Ya estaba despierta. No pasa nada.

—Bien. Me alegro. Quería preguntarle si sigue en casa de su amiga Dido.

—Sí. Sí, aquí estoy.

—Ah. Vale. Sé que hemos quedado más tarde, señorita Jones, y le agradezco su cooperación. No obstante, tengo motivos para creer que tiene usted un invitado en estos momentos. ¿Un tal Miller Roe?

Ay. El silencio se prolonga, afilado. Espero a que llegue a su fin.

—¿Miller...?

—Sí. Miller Roe. Es un periodista de investigación. Redactó el artículo del que hablamos, el que se publicó en *The Guardian* hace cuatro años. Y lo he buscado por todas partes. Le he enviado correos electrónicos, mensajes, y no me ha respondido. He ido a su casa y su vecina me dijo que hacía días que no pasaba por casa. Que casi podría decirse que vive con su novia. Y ahora resulta que está muy cerca de donde se encuentra usted. Lo que me hace pensar que puede que usted sea su novia. De modo que, por favor, señorita

Jones, si está con usted, ¿podría ponerse? Le estaría muy agradecido.

Otro terrible silencio; me lo imagino lleno de los ojos suplicantes de Libby y de la negativa rotunda de Miller.

—No. No está aquí —responde al fin.

—Pues su móvil está muy cerca de usted. ¿Tal vez se le ha olvidado?

—No. O sea..., no lo sé.

Dejo que pase más silencio, con la esperanza de que Libby Jones entre en razón y se dé cuenta de la futilidad de su postura, y entonces, cómo no, un segundo más tarde, percibo que el teléfono cambia de manos y escucho una voz masculina al otro lado de la línea.

—¿Inspector Owusu? Soy Miller Roe.

—Ah, señor Roe. Al fin. Qué alegría escuchar su voz.

—¿Qué puedo hacer por usted?

—Muchas cosas, señor Roe. Muchas cosas. Estoy deseando disfrutar de la compañía de la señorita Jones aquí en comisaría, y agradecería inconmensurablemente que usted le acompañase. ¿Lo ve factible?

—¿A qué viene esto? —Miller Roe parece arisco y alterado.

—No me cabe duda de que la señorita Jones ya se lo ha explicado. No obstante, y en pocas palabras, esto viene al misterioso caso de Serenity Lamb y la pata de conejo. Tengo algunas teorías que atañen a su investigación y la esperanza sincera de atar algunos de los cabos sueltos que dejó en su artículo.

Escucho que Miller Roe suelta el aire contenido.

—Venga, vale, por qué no. ¿A qué hora quiere que vayamos?

—Ah. Muchas gracias. ¿Cuándo cree que podrían venir?

—¿A las tres de la tarde?

—Sí. Perfecto. Gracias, señor Roe. Les espero con impaciencia.

Al colgar, me doy cuenta de que les he concedido más de medio día para que planeen cómo mentirme.

Pero no pasa nada. Estaré listo.

52

Febrero de 2018

Rachel se quedó muy tocada tras la visita a Niza. Tocada por Lucy. La hermosa, etérea y rota Lucy; los niños, estoicos ante la oscuridad y el frío, y el sombrero dado la vuelta y vacío a sus pies. La asediaban los pensamientos de las cosas que debió de hacerle Michael. La mataba no poder hacer nada por ella. No ser capaz de rescatarla. No poder salvarla.

Sin embargo, regresó a Londres y siguió con su vida. Los de Liberty revisaron su colección, retiraron algunos productos y añadieron otros, y Rachel contrató a otro orfebre más y amplió el préstamo que había pedido. Un hombre la invitó a cenar mientras hacían cola en una cafetería y, a pesar de que era guapísimo y le había hablado con encanto y carisma, lo rechazó. Dijo: «Estoy casada». Él respondió: «Como todas las que merecen la pena». Durante un instante, sintió una punzada de remordimiento. ¿Acababa de dejar que su alma gemela se le escapase de las manos? Pero entonces pensó en el día, para el que quedaba menos de un año, en el que sería capaz de deshacerse de Michael para siempre y jamás tendría que volver a echárselo a los ojos, y eso llenó su alma de determinación y siguió adelante.

Fue a casi todas las clases de yoga. Se cortó demasiado el

pelo y se arrepintió. Casi adoptó un perro, pero luego se dio cuenta de que era una locura y no siguió adelante con el proceso. Comenzó a crear una pulserita de plata para regalársela a la hija de Dom en su primer cumpleaños. Y entonces, a mediados de abril, sintió el espectro del aniversario del día en el que había dejado a Michael. E intentó ignorarlo, pero a medida que se acercaba, se dio cuenta de que era imposible, que estaba crudo y feo y se la tragaría de un bocado si no se distraía, así que invitó a todo su equipo a cenar a su casa: a Paige, a los tres orfebres y a su padre.

Salió pronto del trabajo y pasó por tres tiendas distintas de vuelta a casa. Puso una lista de reproducción animada en Spotify, se sirvió una copa de vino y ahogó sus pensamientos con los pasos de las complicadas recetas que estaba preparando, con las letras de alegres canciones y con el lento y dulce correr del alcohol en sus venas.

El primero en llegar fue su padre, con un ramo de lirios y una botella de champán.

Le dio un abrazo y Rachel notó que había menos que abrazar. Él se quitó el abrigo y ella pensó que se lo veía más delgado, y le dijo:

—Has adelgazado.

—No. No creo.

Rachel lo miró y vio que algo le atravesaba el semblante. Parecía dolor. Se le heló la sangre.

—¿Estás bien, papá? ¿Estás enfermo?

—No. Por Dios, cielo, nada de eso. Estoy bien. Estoy perfectamente. Mete el champán en la nevera para que se enfríe.

Le pasó la botella y ella miró la etiqueta y vio que en realidad no era champán, sino cava, de España, y a pesar de que a Rachel le gustaba mucho el cava español, jamás, en sus treinta y cuatro años de existencia, había visto que su padre llevase a un evento otra cosa que no fuese champán de verdad.

—¿Cómo es que traes cava? —le preguntó.

—Ah, ¡ya ves! —rio con nerviosismo—. Me lo recomendó una amable señora en el supermercado. Dijo que era mejor que el champán y que costaba la mitad. No me apeteció discutírselo.

Les retiró el embalaje de plástico a los lirios en la cocina. Su padre solía comprar en la floristería de St. John's High Street, en la que una simple hortensia costaba ocho libras, pero estas eran del Tesco.

—¿También te aconsejó que compraras estas flores? —le preguntó para picarlo.

—No, no. Esto fue cosa mía. Me parecieron preciosas.

—Lo son. Muchas gracias.

—Un placer, cariño mío. Como siempre. Tienes buen aspecto.

—Gracias. —Rachel lo miró mientras atusaba las flores en el jarrón—. ¿Va todo bien, papá? Pareces un poco...

—Ya te he dicho que sí. Estoy bien. Quizá algo cansado. ¿Qué hay de cenar?

Le desgranó el menú y él hizo los ruiditos apropiados e hizo como si estuviese famélico, aunque Rachel notó que estaba fingiendo; se dio cuenta de que no tenía apetito. Le dio unas patatas fritas para que las distribuyese en boles y le pidió que colocase las copas de vino en la mesa. Lo observó moverse y entonces no le cupo duda de que su padre estaba enfermo, de que no se encontraba bien, y solo de pensar en que la salud de su padre pudiese deteriorarse notó una puñalada de ansiedad en las entrañas. Si se moría, no le quedaría nadie.

—Ah —dijo entonces, dándole la espalda a la mesa del comedor para mirar a su hija—. Por cierto, y me sabe fatal tener que sacar este tema, pero Michael ha... Desde que se presentó en Liberty..., ¿te ha vuelto a molestar?

—No. En realidad no. No he sabido nada de él. Dom me cuenta algún cotilleo de vez en cuando. Aún sale con Ella.

—¿Qué Ella?

—¿No te acuerdas de Ella? La que coqueteó con él en la fiesta de Navidad de Dom hace un par de años y luego, en cuanto salió al mercado, lo pilló al vuelo.

—Ah, sí, creo que me suena.

—Según parece, le está dando la buena vida. La saca a cenar a restaurantes de Mayfair. Esas cosas.

Su padre tomó aire con ímpetu.

—Ay, Dios.

—Sí. Da mucho asco. Él es asqueroso. Todo lo que lo concierne es vomitivo. Y solo Dios sabe de dónde estará sacando el dinero. No quiero ni pensarlo.

—Es despreciable que se gaste tal cantidad de dinero en otra mujer sabiendo cómo te trató a ti. Me da asco.

Rachel alzó la vista, sorprendida. A su padre se le había quebrado la voz al hablar y ahora veía que tenía lágrimas en los ojos.

—Ay, papá —dijo. Se le acercó y le puso un brazo sobre los hombros—. No llores, por favor, tontaina. No es para tanto. Ya pasó. Seguro que Ella acaba pagando muy caro ese dinero que Michael se está gastando en ella.

—Ya lo sé. Pero aun así... Cuando pienso en cómo te trató, en lo mal que te hizo sentir, en que te mintió en todo... Y ahora anda por ahí cortejando a otra mujer. Me provoca náuseas, Rachel. De verdad te lo digo.

Rachel lo observó. Parecía agitado; parpadeaba sobre las lágrimas no derramadas.

—¿Papá?

—No pasa nada. Hablemos de otro tema. Cuéntame algo bueno. ¿Cómo va el negocio?

Rachel quería continuar con la conversación anterior. Había un subtexto, una historia, algo detrás de la reacción emocional tan extrema de su padre, pero sabía que insistir sería una pérdida de tiempo. Así que le habló de las ventas, del encargo especial que había recibido esa misma mañana a través de la web de parte de la mujer de un actor oscarizado, mientras cortaba verduras y revolvía salsas y bebía más vino. Y luego, a las ocho de la tarde, sonó el timbre y llegó Paige con una botella de tequila pequeña y un cactus. Luego, aparecieron los tres orfebres, con cuatro cajas de cerveza y una tartita de chocolate. Ella no le perdió ojo a su padre durante toda la velada y vio el placer dulce que lo embargaba al disfrutar de la compañía de gente joven. Durante un instante, Rachel pudo convencerse de que los sucesos de la primera parte de la tarde, la tristeza que había visto en sus ojos, su menguada figura, la ira quebradiza, la percepción de que estaba enfermo, habían sido imaginaciones suyas. Durante un rato fue capaz de convencerse de que no le faltaba algo vital.

—Creo que voy a poner la casa en venta.

Esto fue un mes más tarde, a mediados de mayo, en el mejor momento del año. Su padre la había invitado a comer fuera. Dijo que le habían recomendado un sitio nuevo y que le apetecía probarlo. «Una pequeña pizzería.» Al padre de Rachel no le iban nada las pequeñas pizzerías. Él era más de *brasseries* y de restaurantes donde te rellenaban el vaso de agua al instante y te servían mantequilla con formas interesantes sobre platitos de plata. Aquí la mantequilla venía envuelta en papel de plata grasiento y de los altavoces salía música pop italiana.

Rachel se sobresaltó al escuchar las noticias de su padre.

—¿Cómo?

—Sí. La casa. Es demasiado grande para mí solo. Supongo que me había aferrado a ella porque me imaginaba... —Dejó la frase en suspenso, pero Rachel sabía lo que quería decir. Se había imaginado que la llenaría de nietos—. En fin. Es demasiado grande y no me vendría mal tener algo de liquidez.

Rachel negó con la cabeza ligeramente. Hasta donde ella sabía, su padre tenía muchísimo dinero en el banco.

—¿Para qué?

—Pues para vivir. Tengo aún unos veinte años buenos por delante. Y quizá unos diez malos. Tendré que sufragarlos.

—Pero... —Se detuvo. Quería decir: «Pero, papá, tienes muchísimo dinero». Sin embargo, le sonó grosero. En realidad, no tenía ni idea de la situación financiera de su padre. Él nunca le hablaba del tema. Simplemente lo demostraba con su tren de vida. Y Rachel se había dado cuenta de que se había estado privando de ciertos lujos últimamente: el cava, las flores de supermercado, la pequeña pizzería—. En fin, haz lo que debas, papá. Pero si aguantas unos meses más, le sacarás mayores beneficios. El mercado está...

Su padre intervino, serio y con las manos unidas con fuerza.

—No. No puedo esperar a que el mercado cambie. Está bien como está. Si pierdo un par de miles de libras, que así sea. Es... es el momento, Rachel. Ha llegado el momento de aceptar que pronto me haré viejo. Tengo que tener en cuenta cosas como las escaleras.

—Venga ya, papá, ¡si solo tienes sesenta y cuatro!

—Sí. De momento. Pero no puedo dormirme en los laureles. Tengo que prepararme. Meter más dinero en el banco y comprar una casa más apropiada para cuando (o para si) enfermo. Tengo que descargarte de responsabilidades, darte menos preocupaciones y menos en lo que pensar. Tengo que hacer recortes. Simplificar. Estar listo.

Rachel se quedó mirándolo desde el otro lado de la mesa y notó un golpe de terror en la base de las entrañas.

—Ay, Dios, papá. ¿Estás enfermo? ¿Es por eso? ¿Estás enfermo? ¿Por eso has adelgazado tanto? Por favor te lo pido, no me mientas. —Se le aceleró el pulso mientras esperaba por la respuesta.

—No, no, cielo. Te lo prometo. No estoy enfermo. Estoy perfectamente. Solo tengo que prepararme. Para lo que venga.

—¿Me lo prometes?

—Sí, te lo juro por tu vida, Rachel. Por tu vida.

La casa salió a la venta a la semana siguiente. Su padre claramente había hecho algo más que pensar en venderla cuando la invitó a comer. La primera visita tuvo lugar a las pocas horas, y para finales de mayo ya estaba vendida. A principios de junio, el padre de Rachel dio la entrada para un piso en una especie de semirresidencia de ancianos situada en un edificio lujoso cerca de Regent's Park, y Rachel pasó todo su tiempo libre ayudándolo con la mudanza.

La casa de su padre era enorme pero muy ordenada. Desde el fallecimiento de su madre, una mujer venía a hacer la limpieza y las tareas del hogar, así que no encontraron secretos desagradables tras las puertas de los armarios de la cocina ni debajo de las camas: solo pilas de ropa pulcramente doblada, ordenada de más grande a más pequeña y lista para ser guardada en las cajas, carpetas de documentos etiquetadas y organizadas por orden cronológico y recuerdos familiares ya guardados en cajas cerradas en el ático. La única estancia que no estaba ordenada era el estudio de su padre, un cuarto pequeño y acogedor con vistas al jardín donde pasaba la mayor parte del tiempo desde que se había jubilado. Allí veía la televisión en su portátil, encendía la chimenea de gas en invierno y tomaba casi todas las comidas. El respaldo de su silla solía estar repleto de chaquetas y corbatas y americanas, siempre había varios pares de zapatos bajo el escritorio y tazas de café abandonadas por todas partes con los envoltorios de sus chocolatinas favoritas del Marks & Spencer arrugados en el interior. Era lo que llamaba su «cueva de viejo», un lugar donde se sentía seguro y feliz sin hacer nada. La asistenta no tenía permitida la entrada, y en realidad Rachel tampoco, pero se había quedado sin cinta de embalar y esperaba encontrar más escondida por alguna parte.

Abrió los cajones y los cerró, palpando el interior con las manos. Movió los papeles y escudriñó las estanterías. Y entonces le llamó la atención un fajo de extractos bancarios que sobresalían de uno de los estantes, casi a punto de caerse, de modo que los cogió y buscó un hueco en el escritorio para posarlos, y mientras los dejaba, los miró con más atención. Los números de las cuentas bancarias no tenían sentido. Había dos transferencias a una cuenta con un nombre extraño, como abreviado: PMX Acc.dx, una de 100.000 libras de hacía tres semanas y otra de hacía tres días de 250.000 libras. Hojeó los extractos para dar con el saldo de la cuenta: 12.200 libras. Volvió a abrir los cajones de inmediato, en busca de extractos anteriores. Encontró uno sin abrir entre una pila de correo basura y rasgó el sobre. Otras dos transferencias, estas de abril: una de 150.000 libras y la otra de 100.000. Sacó el móvil y buscó en Google PMX Acc. dx, pero no encontró nada. Luego buscó solo PMX y aparecieron tantos resultados (desde empresas especializadas en *software* escolar hasta páginas de música punk y empresas de *marketing* en redes sociales) que no supo por dónde empezar.

Su padre estaba en el cobertizo del jardín, vaciándolo por completo, ya que cuando se mudase ya no tendría jardín alguno. Ella cogió todos los papeles y salió.

—¿Papá? —Le dio unos golpecitos suaves a la madera del cobertizo.

Él se dio la vuelta y le sonrió.

—Dime, cielo.

—Eeeh, ¿podemos hablar de un tema sensible?

—Ah. —Su padre dejó en el suelo una caja con plantones de tomateras que tenía en las manos—. Sí. Por supuesto.

La siguió hasta la mesa del jardín y se sentaron uno enfrente del otro.

—Papá —dijo—, ¿qué es PMX?

—¿PMX? ¿No es eso lo que os pasa a las mujeres? —Se sonrojó al decir esto, como si tuviese ocho años y se lo hubiesen preguntado delante de toda la clase.

—No. Eso es SPM. Yo digo PMX. Aparece en tus extractos bancarios. Mira. —Expuso los papeles sobre la mesa—. Es una empresa, y en los últimos tres meses les has pagado seiscientas mil libras.

—¿Cómo? No. No puede ser. —Se puso las gafas de cerca y carraspeó. Luego examinó los extractos bancarios sin mostrar emoción alguna para, al final, dar unos golpecitos con el dedo índice y decir—: Ah, sí. Unas inversiones. Mi asesor financiero me aconsejó que invirtiese para sacarle rédito al dinero.

—Pero, papá, les has dado todo tu dinero. Solo te quedan doce mil libras.

—Bueno, en esa cuenta sí. Pero tengo más dinero en las

otras. Y obviamente ganaré mucho más en cuanto venda la casa.

—Papá, ¡es muchísimo dinero! ¿Quién gestiona esa empresa? ¿Cómo se llama? Para que pueda buscarlos y asegurarme de que son de fiar.

—Ah, pues no me acuerdo.

—Entonces dame el teléfono de tu asesor financiero para que pueda hablar con él e informarme mejor, porque me preocupa que esto no sea un negocio limpio. No me parecen inversiones, papá. Parecen pagos. Y ¿por qué te ibas a quedar con tan poca liquidez?

—Ya te he dicho que tengo otras cuentas.

—¿Dónde? Por favor, papá, enséñame esas otras cuentas. Quiero verlas. ¿Tienes una aplicación en el móvil?

—Sí...

—¿Puedes acceder y mostrármelas?

—Ahora mismo no, cariño mío.

—Por favor, papá, por favor. Quiero asegurarme de que estás bien, de que nadie se está aprovechando de ti. Déjame ver las cuentas.

Su padre hundió la barbilla en el pecho y luego alzó la vista para mirarla y dijo:

—Me queda un poco. Suficiente. No te preocupes por mí.

—¡Claro que me preocupo! Estás delgado y estás raro. Haces cosas impropias de ti. Por favor, deja que hable con tu asesor financiero. Deja que compruebe estas inversiones. Porque sospecho que ningún profesional de las finanzas te aconsejaría que invirtieses hasta el último penique que te queda. Por favor, papá, déjame hablar con él.

—No, cielo, no quiero que hagas eso. —Se le había endurecido la voz—. Lo que quiero es... que... lo dejes estar. En serio. Déjalo estar. Por favor.

Y entonces su padre, su adorable y tierno padre, que jamás, en sus treinta y cuatro años de vida, le había levantado la voz, separó la silla de la mesa y se marchó dando zancadas airadas sin mirar atrás.

Rachel volvió al estudio de su padre. Rebuscó por todo el escritorio para encontrar su agenda rotativa y la giró hasta dar con un nombre que le resultaba conocido: Fred Kleinberg. Recordaba que su padre lo había mencionado alguna vez. Lo llamó y le preguntó por su padre, por una empresa llamada PMX a la que había transferido 600.000 libras desde abril y, tal como Rachel sospechaba, Fred Kleinberg no sabía nada del tema.

—Llevo un par de años sin hablar con tu padre —dijo.

—¿Crees que puede haber contratado a otro asesor?

—Es posible, sí. Pero me sorprendería. A tu padre nunca le interesó invertir. Y mucho menos cuando dejó de cobrar el sueldo. Quería guardar el dinero; tenerlo a la vista, decía. Le abrí un plan de pensiones, pero eso fue todo. Lo siento mucho, Rachel. Espero que descubras qué es lo que está pasando.

Rachel le dio las gracias y colgó. Y entonces llamó a Jonno.

53

Junio de 2019

Samuel

Veo la cara de Donal a través de la puerta de mi despacho. Tiene la mano sobre el teléfono.

—Jefe, tengo a una mujer al teléfono. Dice que tiene información sobre el caso de Birdie.

Se me llenan las entrañas de alegría. Esto —lo noto— es lo que estaba esperando. Este caso no ha atraído a la marabunta de locos y fantasiosos y pérdidas de tiempo. Los casos viejos no suelen llamar la atención de esta gente. Los locos y las pérdidas de tiempo prefieren danzar ante las llamas del momento, cuando los hechos están frescos y calientes y volátiles, cuando cada segundo cuenta. Por eso sé que esta llamada es importante.

—Pásamela, por favor.

Carraspeo y cojo un lápiz.

—Buenos días. Al habla el inspector Samuel Owusu. ¿En qué puedo ayudarla?

—Ah, buenos días. Me llamo Cath Manwaring. Llamo de un pueblo cerca de Cowbridge, en Gales. Tengo información acerca del cadáver que encontraron, el de la chica del grupo de pop, Birdie... —Oigo que remueve papeles; debe de estar consultando sus apuntes.

—¿Birdie Dunlop-Evers? —la ayudo.

—Sí. Esa misma. En este artículo de *The Guardian* dice que vivía con su novio, Justin Redding.

—Así es.

—Bueno, no sé si servirá de mucho, y quizá esté confundida y vaya a quedar en ridículo, pero estoy casi segura de que es mi jardinero. Solo que no se apellida Redding, sino Ugley.

—¿Cómo ha dicho?

—Que mi jardinero se apellida Ugley, con «e».

—¿Justin Ugley?

—Sí.

Contengo las ganas de hacer un comentario jocoso acerca de que no me extraña que adoptase un nombre escénico y, en cambio, me aclaro la garganta y digo:

—¿Cuántos años diría usted que tiene el señor Ugley?

—Andará por la cincuentena.

Asiento para mí mismo. Me cuadra.

—Y ¿cuánto tiempo lleva trabajando para usted?

—Pues llevará un año o dos.

—Y ¿qué la lleva a pensar que se trata de la misma persona?

—Su cara. La foto de la banda de pop que aparece en el artículo. Recuerdo al grupo, pero solo me había fijado en la cara del cantante. Nunca había reparado en los otros miembros y, cuando miré la foto, casi me muero de la impresión. ¿Sabe lo que le digo? Me dejó sin aliento. Era él. Era Justin.

—Y ¿sabe usted dónde vive este tal Justin?

—Tengo entendido que es un poco nómada. Me da que vive en una furgoneta camperizada. No obstante, también lo he visto salir de una casa en el pueblo.

—Y ¿dónde podríamos encontrar esa furgoneta?

—Está aparcada en un prado detrás del polígono industrial.

—¿Cómo se llama ese polígono?

—Polígono industrial Cowbridge. Junto a la A4222. A unos veinticinco minutos en coche al este del centro del pueblo.

—Y ¿cree usted que lo encontraría allí ahora?

—Pues no tengo ni idea. Viene a mi casa los martes y los jueves; no sé lo que hace los viernes. En realidad no sé nada sobre él. Es majo, pero creo que tiene problemas.

—¿De qué tipo?

—Mayormente con la bebida. Bebe mucho. También creo que fue a la cárcel varias veces. Y es una persona solitaria en general.

—¿Le ha comentado algo de haber sido músico en su juventud?

—No. Nunca. No obstante, sí que lo he visto en el *pub* un par de veces tocando la pandereta con un grupo de aquí. La pandereta no era suya, sino que la cogió y se les unió. Como si lo atrajera irremediablemente. Así que parece posible que haya tenido un pasado musical, ¿no le parece?

—Sí, me lo parece.

—Me llamó la atención otra cosa más del artículo —continúa Cath Manwaring—. En él se mencionaba que en la casa en la que se sospecha que falleció Birdie hubo una especie de suicidio colectivo; decía que se habían matado con un veneno casero. Justin nos ha sugerido resucitar nuestro huerto de aromáticas. Dice que antes era boticario. Que pasó años viviendo en una comuna, cultivando hierbas medicinales y fabricando bebedizos. Intenté indagar en el tema, pero no pareció muy dispuesto a revelar más detalles.

Emito ciertos ruidos para comunicar el interés que siento acerca de lo que Cath Manwaring me acaba de revelar y tomo apuntes que en realidad son garabatos que expresan el entusiasmo que me está comenzando a consumir. Creo que este hombre es Justin Redding. Lo creo con cada ápice de mi ser.

—Pero, como ya le he dicho, es un buen hombre. Aunque con sus problemas. Una persona que vive al límite, podría decirse. Y si resulta que es Justin Redding, me sabría fatal que lo reprendiesen por algo que no hizo. Me sentiría muy mal. ¿Cree usted que es culpable?

—Señora Manwaring, en este punto de la investigación no puedo asegurar nada. No obstante, sospecho que él sabrá darnos información sobre la casa donde Birdie falleció y, al menos, nos ayudará a avanzar en la investigación.

—¿Va a venir a Cowbridge?

—Sí. Voy a ir a Cowbridge.

Según Google Maps, se tarda tres horas y media en llegar a Cowbridge desde aquí. Siete horas, ida y vuelta. He quedado con Libby Jones y Miller Roe en comisaría a las tres de la tarde, de modo que, aunque me marchase ahora mismo, no me daría tiempo a hacer nada más que darme la vuelta para regresar, si quiero llegar a tiempo para el interrogatorio. Llamo a Donal.

—Donal, tengo que pedirte una cosa muy importante. Esta tarde, cuando vengan la señorita Jones y el señor Roe, necesito que tomes las riendas y comiences el interrogatorio. Tengo que irme a Gales. Intentaré volver lo antes posible.

Donal acepta sin dudarlo. Le encanta interrogar. Yo me subo al coche, que está aparcado justo delante de la comisaría, tecleo «poligono industrial Cowbridge» en el navegador y me pongo en marcha.

La campiña inglesa es preciosa, sobre todo en junio. Cegadores campos de colza, árboles que parecen bolas de algodón verde sobre colinas protuberantes, cestas de flores colgadas en las fachadas de los *pubs*. He puesto música: una mezcla de canciones pop y *jazz* de los años veinte en las que se oye el crujido de la aguja sobre el vinilo. Llevo la ventanilla bajada y el corazón lleno de expectativa. Le pregunté a Cath Manwaring si tenía el número de teléfono de Justin Ugley y me contestó que, hasta donde ella sabe, Justin Ugley no tiene teléfono. Así que voy a presentarme sin avisar; él no estará preparado para mi llegada y, en realidad, esa es la mejor manera de encontrarnos. Recién nacidos.

Salgo de la carretera nacional unos metros más allá del polígono industrial y tomo un camino rural, tal como me indicó Cath Manwaring justo al final de nuestra conversación. Tras unos minutos, veo que aparece ante mí la silueta de una furgoneta por detrás de un seto y sé que he llegado.

La furgoneta es negra y dorada y tiene un porche anexo bajo el que hay una butaca, una alfombra andrajosa y una mesa cubierta de libros. También veo los restos de la comida: el corazón de una manzana, una bolsa de patatas fritas vacía, unas migajas y una servilleta arrugada.

Advierto movimiento por las ventanas diminutas de la parte de atrás del vehículo y me apeo del coche. El movimiento se congela al oír la puerta cerrarse. Me quito las gafas de sol, las doblo y me acerco a la furgoneta. La puerta lateral está abierta, así que grito:

—¡¿Justin Ugley?!

Tarda bastante en salir, y cuando aparece, me sorprende su apariencia. Veo que él también se sorprende al verme, pues sospecho que no hay demasiados hombres de color en esta parte del planeta. El aspecto de Justin me choca por lo sucio. No es la suciedad de quien no se lava, sino la de quien trabaja la tierra. Su ropa, su cara, su pelo, sus manos.

—¿Hola?

—Buenas tardes, señor Ugley. Soy el inspector Samuel Owusu, de la unidad especial de crímenes de Charing Cross, en Londres. ¿Tiene usted un minuto para responder unas preguntas?

—¿Acerca de qué?

Se limpia las manos en un trapo húmedo y veo que tiene tatuajes. También observo que lleva joyas en la cara que refulgen con la luz del día: en las cejas, en la nariz y en las orejas. Tiene el cabello largo y recogido con un jirón de tela. Parece de otra época, de otro tiempo. No obstante, bajo la tierra y el pelo y los *piercings*, compruebo que Cath Manwaring tenía razón. Claramente se trata del hombre que aparece en las fotografías de Versión Original junto a Birdie.

—Acerca de una mujer, Bridget Dunlop-Evers. O Birdie. Tengo entendido que mantuvieron una relación, ¿es así? —pregunto.

—¿Cómo narices sabe usted eso? Y ¿cómo me ha encontrado? No lo entiendo. Llevo sin ver a Birdie unos veinte años. O más. ¿Qué le ha pasado? ¿Está bien?

—No. Me temo que no, señor Ugley. Su familia denunció su desaparición en 1996 y jamás la encontraron. Hace unas dos semanas, sus restos se hallaron en la ribera del Támesis.

Observo su cara. Parece sorprendido de verdad. No obstante, no puedo asegurar si es porque su exnovia esté muerta o porque se haya descubierto un crimen que cometió hace veinticinco años y del que creía que se había ido de rositas.

—¿En serio?

—Sí. Así es.

—¿Cómo...? O sea, ¿qué...?

—De un golpe en la cabeza —respondo.

Se estremece.

—Pero, como le he dicho, llevo mucho tiempo sin ver a Birdie. La última vez que la vi estaba..., pues eso, viva. No creo que pueda serle de gran ayuda.

—Lo comprendo, Justin, de verdad que sí. Pero me sería muy útil hablar con usted de lo que recuerda de cuando vivían juntos en Chelsea.

Asiente, lo que confirma que mi teoría es correcta, que Birdie y Justin vivieron en la casa enorme de Cheyne Walk a finales de los ochenta.

—¿Quiere que hablemos... ahora?

—Sí. Por favor. Si no tiene inconveniente.

—Si le parece bien, me gustaría lavarme un poco; solo tardaré unos minutos.

—Por supuesto. Le espero aquí. Tómese su tiempo.

Cinco minutos después, sale con ropa limpia —camiseta y vaqueros— y con el cabello peinado y bien atado en una coleta. Su cara es interesante: nariz aguileña y ojos de color avellana, los más tristes que he visto en mi vida, y mira que he visto ojos tristes. Los tatuajes de las manos le suben por los brazos y se meten por las mangas de su camiseta. Muchas serpientes y calaveras y cruces.

—Disculpe por la espera —dice—. ¿Le apetece un té o algo?

—No, muchas gracias. Tengo agua.

Él señala un taburete plegable, en el que tomo asiento.

—Voy a tomar notas, si le parece bien.

—Sí. Por supuesto.

—Por favor, dígame, en sus propias palabras, cómo acabó viviendo en la casa de Cheyne Walk y qué pasó durante su estancia en ella. Tengo entendido que grabaron un videoclip allí.

—Así es. En el ochenta y ocho, creo. La maldita Birdie

adoptó un maldito gato y nos echaron de nuestro piso, y aquella mujer, Martina, nos ofreció un cuarto, y yo pensé que solo iba a ser para unos días, pero acabamos estando allí..., buf, siglos. Y era un ambiente jodido. Muy muy jodido.

Ahí, pienso, ahí está lo que buscaba.

—¿En qué sentido era... perturbador?

—Ay, Dios. No sé ni por dónde empezar.

—Bueno, podría empezar por el principio.

Y, entonces, este hombre con la cara llena de pinchos, los brazos garabateados, las piernas plagadas de cicatrices y los ojos muy muy tristes me cuenta el relato de una familia consentida con una inmensa fortuna que estaba muerta del aburrimiento en un intento de castillo a orillas del Támesis. El padre, un hombre vago e indolente sin cualidades positivas, enfermó. Una mujer de nombre Birdie, que vivía en esa especie de castillo, trajo a un curandero para ayudar al vago. Y este curandero fue con su mujer y sus dos hijos, con lo que ya había diez personas viviendo en una casa donde antes vivían cuatro. Y, poco a poco, el curandero al que habían traído para ayudar al vago se lo fue arrebatando todo: la fortuna, la mujer, la libertad y la dignidad.

—Me fui a los dos años o así —dice Justin. Oigo el dolor en sus palabras—. No debería haberme marchado. Debería haber permanecido allí, por los niños. Pero no lo soportaba más. Ni un segundo más. Era una locura. Birdie se convirtió en una psicópata. Le encantaban todas las movidas perversas que sucedían allí.

—¿Qué tipo de hechos perversos?

—Sobre todo con los niños. Los encerraban en casa; los sometían a horas de ejercicio físico a diario; a horas de lecciones de violín; no les permitían ponerse ropa normal ni hacer cosas normales; nada de televisión; ni de amigos; castigos extraños. Daba todo... mucho mal rollo. Y Birdie estaba obsesionadísima con él.

—¿Con quién?

—Con David. El curandero.

—¿David qué más?

—Thomsen. David Thomsen.

Noto que el sudor me florece de las yemas de los dedos que sostienen el lápiz y me los seco en la pernera del pantalón para después volver a asir el lapicero y escribir la palabra «Thomson».

—Con «e» —indica Justin al mirar mi bloc de notas.

—¿Disculpe?

—Es Thomsen, con «e».

—Ah. Gracias. Y ¿cómo se llamaban los demás miembros de la familia?

—Su mujer era Sally. Su hija, Clemency. Y su hijo, Phineas.

Eso es. Siento como si varias piezas de metal encajasen en su sitio; casi puedo oír el sonido que hacen al colocarse. Nombres bíblicos, espirituales, que comparten rasgos con Serenity, el nombre que le dieron a Libby Jones al nacer. Ahí hay algo que lo une todo.

—Y ¿sabe qué fue de esta familia?

—No tengo ni idea. Solo sé que yo ya no podía más, que me tenía que largar. Conocí a una mujer, en el mercado donde vendía mis aceites y remedios, que me dijo que iba a comprar un terreno en Gales, y me propuso que me uniese a su equipo. Salí por patas. No podría haberme ido más rápido ni aunque lo intentase. Me dio mucha pena dejar allí a los niños, pero necesitaba empezar de cero. Olvidar a Birdie. A David. A Londres. Todo. Debería haber vuelto, ¿sabe? Debería haber vuelto para comprobar que no les hubiera pasado nada. A los niños. Pero estaba... —Suspira y veo que se le acumulan lágrimas en los ojos—. ¿Sabe qué ha sido de los niños? —pregunta en voz baja.

Niego con la cabeza.

—No. Aún no. Estamos intentando dar con ellos.

—Pero ¿están vivos?

Esbozo una sonrisa triste.

—Me temo, señor Ugley, que tampoco lo sabemos.

Asiente y veo que una lágrima le resbala por la mejilla; se la enjuga con el dorso de la mano tatuada.

—Entonces —continúo—, ¿no mantuvo contacto alguno con Birdie tras su partida?

—No. No volví a hablar con ella; no supe más de su vida; no la vi nunca más. Sí que he pensado mucho en ella. Pero no tenía ni idea de que hubiera desaparecido, no sabía... nada.

—¿No se enteró por la prensa de los suicidios que tuvieron lugar en la casa?

—No. Qué va. Nada. En la finca, que era más bien una comuna, no teníamos televisor. Tampoco leíamos los periódicos. Vivíamos de forma autosuficiente.

—¿Cuánto tiempo pasó allí?

—Uf, pues... —Veo que Justin traga saliva y pestañea dos veces. La emoción lo está embargando—. ¿Unos diez años? Yo estaba, eeeh... —Vuelve a tragar saliva. Luego carraspea y se mueve en la butaca. Veo que aprieta y suelta los puños, que le tiembla el labio inferior—. No fue la solución a mis problemas. Perdí el norte. Demasiadas drogas. Demasiada sidra. Para intentar bloquearlo todo. Acabé entrando en la cárcel varias veces. Hace dos años, la última vez que salí de la cárcel, me compré esta furgoneta y he intentado aislarme de todo, ¿sabe? Alejarme de lo que me altera. Vivir tranquilo. Y no tengo ni idea de lo que les pasó a los Thomsen ni a Birdie ni de nada en general. Lo único que me preocupa es el tiempo, la tierra, las estaciones, lo que voy a comer. Y ahora... —Me señala a mí.

—Ahora —digo— un inspector londinense.

—Sí. Un inspector londinense. A quien me encantaría ayudar. Pero dudo que pueda. Porque sea lo que sea que sucedió en aquel entonces, yo ya no estaba allí. Ya me había pirado.

Vuelvo a coger el lápiz mientras siento las nubes de su duelo y de su culpa moverse durante un rato, y luego el horizonte vuelve a despejarse.

—Cuando vivías en Chelsea cultivabas el jardín, ¿verdad?

—Sí, así es.

—Y ¿plantabas belladona?

—No, no, jamás plantaría eso; no existe razón alguna para hacerlo. Sobre todo en una casa con niños.

Me reacomodo en el taburete y formulo mi siguiente pregunta.

—Se encontraron restos de belladona en el jardín. Y eso fue lo que se utilizó para envenenar a los adultos. ¿Tienes alguna teoría que explique cómo puede haberse colado en tu huerto? ¿Quién puede haberla plantado?

La pregunta le impacta en el rostro como un puñetazo.

—No. Ni idea.

—¿No había nadie más en esa casa que supiera plantar y cultivar este tipo de cosas?

Deja pasar un segundo antes de contestar.

—Que yo sepa no, pero ¿quién sabe? Si planeaban un suicidio colectivo, tal vez uno de ellos aprendió a cultivarla. Dejé un libro de conjuros y pociones en mi cuarto. También dejé el armarito lleno de semillas. No recuerdo cuáles eran. Puede que hubiera *Atropa belladonna*, supongo.

Durante esta respuesta, me da tres muestras de que miente, pero no sé si lo hace para protegerse a sí mismo o a otra persona.

—Entonces, ¿pudo haber sido cualquier habitante de la casa?

—Pues sí. Bueno, menos los niños.

—Ah, claro. Los niños. ¿Cuál es tu teoría acerca de los niños? Desaparecieron todos. Según tú, que los conocías, ¿por qué crees que pudieron haber huido? ¿Adónde crees que habrán ido?

—Lo más lejos posible de aquella casa, espero. Si tenían dos dedos de frente.

—Pero eran bastante jóvenes, al menos algunos. ¿Quién pudo haberles ayudado?

—No tengo ni idea. ¿Tal vez Sally, la madre de Phin y Clemency? No sé lo que ocurrió en aquella casa después de irme; no sé quién se marchó ni quién llegó. Ojalá lo supiera, pero no.

Me vibra el móvil en el bolsillo del pantalón. Me disculpo con Justin y lo miro. Es un mensaje de Donal. La Interpol nos ha enviado imágenes de dos personas que han entrado en Estados Unidos bajo los nombres de Phineas Thomson y Marie Caron. Abro la foto de la mujer y se la enseño a Justin.

—¿La reconoces?

La observa muy de cerca y la amplía con los dedos.

—Dios. ¿Puede ser...? Sí, sí que lo es. Es Lucy Lamb, la hija de Henry y Martina. No ha cambiado ni una pizca.

El móvil vuelve a vibrar y lo giro hacia mí. Otro elemento adjunto: imágenes de videovigilancia en las que aparece un hombre saliendo del aeropuerto. Se las enseño a Justin. Las ve tres veces.

—Según su pasaporte, este hombre se llama Phineas Thomson.

—Ese no es Phin —dice Justin. Su actitud cambia al ver a

Henry Lamb. Veo que se estira y que se anima—. No, claro que no. Es Henry. Reconocería sus andares en cualquier circunstancia.

—¿Sus andares?

—Sí. —Señala la pantalla—. Sus pies abofetean el suelo. ¿Lo ve? Es Henry. Solo que, cuando yo lo conocí, tenía el pelo moreno, no rubio. Debe de habérselo teñido. Y es casi como... —Vuelve a echar un buen vistazo a las imágenes—. Parece como si intentase adoptar el aspecto de Phin. Porque de adolescente estaba enamoradísimo de él, ¿sabe? Encaprichado hasta la médula. Y ahora parece haberse transformado en él.

Noto un escalofrío al pensar en ello. Aunque aún no sé qué significa.

Tengo que volver a comisaría si quiero llegar a tiempo de interrogar a Libby y a Miller con Donal, así que empiezo a dar señales de que me voy a marchar. La conversación parece haber terminado, pero entonces Justin me lanza otra pregunta:

—Hay una cosa que no me queda clara. ¿Están buscando al asesino de Birdie?

—Sí, así es.

—Pero es obvio quién lo hizo, ¿no?

—¿Ah, sí?

—Claro. Tuvo que ser David Thomsen. Era violento y perverso. Tenía sus motivos: un lío amoroso entre su esposa, Martina y Birdie. Yo diría que la mató y luego se suicidó. ¿No le parece?

Asiento mientras me levanto.

—Sí, esa puede parecer la conclusión más obvia, de no ser porque los restos de Birdie fueron trasladados de la casa de Cheyne Walk hace solo un año por una persona que sabía dónde se encontraba el cadáver y era consciente de que, si los nuevos propietarios los encontraban, saldrían a la luz viejos secretos. Por tanto, debemos concluir que esa persona temía que la pillasen.

Justin se toma unos instantes para procesar esta información. Su cara no me dice nada durante ese momento de silencio. Asiente. Inspira y espira.

—Ya veo. Sí.

Entonces, se incorpora y se lleva las manos a los muslos con firmeza.

—Bueno, si no necesita nada más...

—No, no necesito nada más. Ha sido usted de gran ayuda. Tengo muchos cabos que seguir.

—¿Henry es uno de ellos?

—Sí. Así es.

—Pobre Henry —comenta.

—¿Le daba lástima el chico? —respondo.

—Sí —dice Justin emocionado—. Los cuatro. Fueron todos víctimas. Ninguno de ellos merece ser castigado por lo que haya sucedido en esa casa. Ninguno.

54

Junio de 2018

Rachel estaba sentada en la cocina de su padre con los extractos bancarios en la mano.

Le vibró el teléfono y vio que era Jonno, que le devolvía la llamada.

—Jonno, hola.

—Hola. Escucha —le dice—, he encontrado información sobre la empresa que has visto en los papeles de tu padre. ¿Estás lista para oírlo?

—Sí, estoy lista.

—Bueno, pues resulta que es una empresa de gestión de patrimonio.

Rachel soltó un suspiro de alivio. Su padre aún controlaba sus finanzas. Podría recuperar el dinero.

—Pero...

—Ay, Dios, ¿qué?

—Se ha transferido a otra cuenta, a nombre de otra persona.

—¿Cómo dices?

—Sí, el dinero ha acabado en manos de otra persona.

—¿Cómo lo sabes?

—No quieras saberlo. Lo que no sé es quién es el dueño de la cuenta donde ha acabado el dinero de tu padre. Y no sé cómo averiguarlo; solo se me ocurre contactar con la empresa y hacerles chantaje emocional hasta que te lo revelen. Pero no funcionará, porque lo tienen estrictamente prohibido. Así que te paso la pelota.

Rachel colgó y dejó el móvil sobre la encimera. Se levantó y se volvió a sentar, luego cogió el teléfono de nuevo, buscó en Google el nombre de la empresa de gestión de patrimonio y llamó al teléfono que apareció en pantalla.

—Eeeh..., hola. —Su voz le sonaba demasiado aguda e intensa incluso a ella misma—. Quería saber si podría hablar con atención al cliente.

—¿Me permite que le pregunte acerca de qué?

—Sí. Es sobre mi padre. Está jubilado y, al comprobar sus extractos bancarios, he visto que en los últimos meses ha estado transfiriendo grandes cantidades de dinero a una cuenta a nombre de su empresa. Pero la cuenta de destino no le pertenece a él. Me preocupa que lo estén timando o chantajeando. ¿Cómo podría obtener información al respecto? Estoy muy preocupada.

—Espere, por favor. Ahora transfiero la llamada.

Se hizo el silencio al otro lado de la línea y luego empezó a sonar música y una grabación automática muy pija que le decía que su llamada sería respondida en breves instantes. Rachel se pasó cinco minutos caminando por la cocina, poniéndose cada vez más impaciente y estresada, hasta que al fin la música dejó de sonar y una voz dijo:

—Servicio de seguridad del cliente, ¿en qué puedo ayudarle?

Rachel comenzó a contar su historia de aflicción y a medio relato soltó la palabra «extorsión» y, justo en ese momento, se dio la vuelta y se encontró cara a cara con su padre, que había entrado en la cocina sin que ella se hubiese dado cuenta. Él la miró y negó con la cabeza.

—Perdone, ¿podría disculparme un segundo? —le pidió a la mujer de atención al cliente.

Se apartó el móvil de la oreja y se quedó mirando a su padre.

Él fijó la vista en el suelo.

—Cuelga —le pidió—. Cuelga y te lo contaré todo. Por favor, corta la llamada.

Rachel colgó y se sentó en el reposabrazos del sofá.

—Ay, Señor, he sido un imbécil —dijo—. Lo sé. Pero no sabía qué otra cosa hacer. Entré en pánico. Te iba todo tan bien que no podía permitir que nada lo estropease.

—Papá, no entiendo qué me estás queriendo decir.

—Lo que te quiero decir... —Suspiró y volvió a empezar—. Lo que te quiero decir es que alguien ha obtenido ciertas... imágenes tuyas.

—¿Imágenes?

—Sí. Fotografías. Desnuda. Y unos vídeos. Y me los han enviado y me han pedido dinero para borrarlos.

—Pero ¿quién?

—No lo sé. Me escriben correos anónimos. Creí que pararían. Que si les daba dinero nos dejarían en paz. Pero un par de semanas después, volvían a la carga con otra foto. Con otro vídeo. Y ahora, bueno, como ves, ya no me queda nada que darles.

Rachel se restregó los ojos y miró al techo. Luego volvió a bajar la mirada y exhaló.

—¿Aún tienes estas fotos?

Su padre asintió, avergonzado.

—Creí que debía guardarlas por si decidíamos denunciarlo a la policía.

—Enséñamelas, por favor.

—No, no. No necesitas...

—Enséñamelas.

Su padre suspiró y luego le indicó que lo siguiese a su estudio, donde abrió el portátil.

—Aquí están —dijo al girar la pantalla hacia Rachel. Luego se apartó hacia el otro extremo de la estancia.

Rachel tomó aliento para prepararse. Su padre las había metido en una carpeta a la que había puesto el nombre de «Recetas». Abrió la primera y de inmediato tuvo que volver a cerrarla. Supo al instante que era una foto suya, tomada de su teléfono, y que se la había sacado cuando estaba con Travis, un tío al que había conocido por internet hacía unos tres años y con quien había disfrutado de una relación muy breve y muy intensa y muy centrada en el sexo hasta que la dejó sin explicación alguna. Su primer instinto la llevó a pensar que Travis había aparecido de la nada, había conseguido la dirección de correo electrónico de su padre y había decidido extorsionarlo. Pero entonces recordó que esa foto la había sacado ella, con su propio teléfono, al que Travis no tenía acceso. Y no era una foto bonita. En absoluto. Ahora se daba cuenta de ello. Entonces le había parecido cruda, extraordinaria, exquisita, erótica. Ahora le parecía triste, retrógrada, un poco trágica.

Abrió la siguiente. Esta era de cuando Travis se había traído a un amigo. Rachel no recordaba su nombre, pero al contemplar la imagen vio una mirada en sus ojos que le provocó náuseas. Se estremeció y le dio al siguiente. Este era un vídeo en formato MP4 y tragó saliva antes de darle al *play*. Travis, su amigo asqueroso y ella estaban en su dormitorio de Candem Town. Llevó el dedo a toda prisa al botón de silenciar cuando irrumpió el sonido. Se contempló en el vídeo y vio a una mujer perdida. Se preguntó qué narices era lo que andaba buscando.

No abrió más archivos. Cerró la tapa del portátil de su padre y se recostó en la silla.

—Joder.

Luego miró a su padre y le dijo:

—Papá, lo siento muchísimo. Me quiero morir. Pensar que has tenido que ver eso... me da ganas de morirme.

—No, cariño. No es nada. Está olvidado. Pero ¿es él? ¿Es el de las fotos? ¿Quién es?

Ella negó con la cabeza.

—No puede ser él. Hace años que no nos vemos, y no sabía nada de mí, y mucho menos que mi padre es rico. No encaja con el perfil, ¿entiendes? No era lo bastante... inteligente.

Y, al decir esto, lo supo. Lo supo sin lugar a dudas. Se le revolvió el estómago y le hirvió la sangre en las venas. Cogió el teléfono y rebuscó entre sus archivos hasta llegar a 2015, luego bajó hasta principios de año, hasta febrero, justo después de haber conocido a Travis, subió hasta julio y volvió a bajar. Sabía con certeza que en julio ya había roto con Travis, y sabía que se habían conocido a finales de febrero y que las fotos y los vídeos tenían que estar ahí; pero no estaban, y solo había una persona que pudiera haber accedido a sus archivos. Alguien que estuviese lo suficientemente desesperado, que fuese lo bastante inteligente y lo bastante horrible para hacerle algo así.

55

Junio de 2019

Libby la había llamado en mitad de la noche y el tono de llamada del teléfono de Lucy se había infiltrado en sus sueños.

—Libby —había respondido Lucy en un sonoro susurro al ver lá hora, las 2.15, en la pantalla del despertador—. ¿Qué pasa?

—Mamá, siento haberte despertado. Perdóname. Me ha vuelto a llamar la policía. El inspector ese. Y sabía que Miller estaba conmigo; habían rastreado su móvil. Y ahora tenemos que ir los dos a comisaría esta tarde para responder unas preguntas.

—Espera. No os irán a arrestar, ¿verdad?

—No, pero saben muchísimo. Y van a seguir interrogándonos hasta que nos quedemos sin formas de eludir la verdad; yo ya no puedo seguir mintiendo y no sé qué más decir. ¿Qué decimos, mamá?

—¿Qué hora es allí? —le había preguntado.

—Las ocho de la mañana pasadas.

—¿A qué hora tenéis que ir a comisaría?

—A las tres de la tarde. Miller le ha pedido consejo a un amigo abogado. Pero, mamá, tienes que encontrar a Henry y poneros de acuerdo en vuestra coartada. Esto está a punto de reventar. En serio. No podemos contenerlo mucho más.

Ya pasan de las tres de la tarde en el Reino Unido, y Libby y Miller ya deben de estar en comisaría.

Lucy se siente impotente y ansiosa.

Se odia por poner a Libby en esta tesitura, por haber entrado en la vida inocente y sencilla de su hija y haberla mancillado con mentiras, subterfugios y oscuridad. Odia no poder hacer nada para ayudar a su hija mayor; no poder estar a su lado, tomándola de la mano, protegiéndola. Y odia el hecho de que incluso aunque Henry y ella fuesen capaces de abrirse camino en este último tramo de su viaje y llegaran a su destino sanos y salvos, incluso si esta densa sombra se disipara y se desvaneciera, aún le quedará otra negra sombra encima, y jamás se sentirá libre.

Las lágrimas le están subiendo por la garganta cuando Marco aparece de repente.

—He tenido una idea —dice, y salta a la cama a su lado—. Le podemos pedir a Kris que llame a Henry. Seguro que a él se lo coge. Venga, vamos a hacerlo.

La cabeza de Lucy da vueltas a toda velocidad y es incapaz de procesar lo que le acaba de sugerir Marco. Pero fuerza una sonrisa y dice:

—Vale.

El niño escribe un mensaje y, un segundo más tarde, el móvil vibra al recibir la respuesta.

Lucy se incorpora hasta quedar sentada y se restriega la cara con las manos.

—¿Qué ha dicho Kris?

—Que sí, que lo llamará. Pero quiere que le escribamos lo que debería decir. Yo creo que debería hacer como si quisiese liarse con él.

Lucy sacude la cabeza.

—¿Cómo?

—Kris dijo que el martes, cuando Henry le escribió borracho, intentó ligar con él.

—¿Kris es gay?

Marco se encoge de hombros.

—Eso nos da igual, ¿no? Lo importante es que a Henry le gusta. Lo engañaremos. Le haremos creer que Kris quiere liarse con él y concertaremos una cita. Entonces iremos todos. ¡Bam!

Lucy asiente y una sonrisa se abre paso entre su humor plomizo.

—Mi pequeño genio. Y ¿cuándo piensas llevar a cabo este plan?

—En cuanto Henry conteste a Kris y... ¡Ah! —Marco se queda callado al ver que su móvil emite una señal de que le ha llegado un mensaje—. Aquí lo tenemos. Espera... —Lee el mensaje y luego se lo enseña a Lucy para que ella también pueda enterarse de su contenido.

Hemos quedado para almorzar a las 11 en
el Blanche.

—¿El Blanche? —dice Lucy—. ¿El restaurante que está delante del edificio donde creemos que se aloja Phin?

Marco asiente. Luego sonríe y dice:

—¡Ay, madre! ¡Vamos a ver a Henry!

Desde que se despierta hasta que sale para el Blanche, Lucy llama a Libby seis veces. Las seis llamadas acaban en el buzón de voz, y nota que se le tensa el pecho con cada intento, mientras intenta imaginar lo que les estarán obligando a revelar a Libby y a Miller en la otra punta del globo. Pero ahora está centrada en los siguientes minutos. Ha elegido su atuendo conscientemente, con esmero, y tanto Stella como ella se han lavado el pelo. Al salir del hotel, se da cuenta de que Marco también se ha puesto más elegante que de costumbre. Lleva el pelo bien peinado y se ha puesto zapatos, en lugar de deportivas.

Se sientan en silencio en el *hall* del hotel y esperan a que Kris les escriba desde el restaurante. A las 11.08, el móvil de Marco vibra y los tres se sobresaltan.

> Estamos al fondo a la izquierda, cerca de la
> barra. Tiene una pinta horrenda.

Se levantan para salir del hotel cuando ven a dos hombres vestidos de oscuro atravesar el *hall* hasta el mostrador de recepción. Lucy se esconde por instinto y observa cómo uno de los hombres se saca una placa del bolsillo y le pregunta a la recepcionista, en una voz baja pero atronadora, si hay alguna huésped de nombre Marie Caron en el hotel. Lucy saca a los niños del edificio a toda prisa, sus ojos ven la silueta de un coche de policía sin distintivos y entonces los obliga a doblar la esquina y a subirse al Uber que los estaba esperando.

Está a punto de cerrar la puerta cuando nota una fuerza ejercida desde el otro lado. Entonces, ve una cara masculina por la ventanilla y una placa posada contra el vidrio.

56

Samuel

Regreso a Charing Cross a las seis de la tarde. Donal me llamó hace una hora para decirme que el interrogatorio no estaba llevando a ninguna parte, pero le dije que continuase; que no los dejase marchar.

En cuanto entro en la sala de interrogatorios, veo que Libby Jones está cansada. Miller Roe también. Donal aún tiene algo de energía, pero incluso él está empezando a flaquear tras tres horas de interrogatorio infructuoso.

No obstante, yo traigo novedades. Me siento pesadamente en la silla sobrante y miro a Libby y a Miller alternativamente. Saco el móvil despacio del bolsillo de la chaqueta y lo enciendo.

—Mirad —les digo, y les enseño la pantalla—. ¿Veis esto? —Toco la pantalla—. Esta es Lucy Lamb hace tres días, cuando se registró en un hotel en Chicago con sus hijos. ¿Qué hace allí?

Espero que Libby Jones le pase la pelota a Miller, pero no. Toma el móvil de mi mano, un poco repentinamente, y se queda mirando la fotografía. Veo que está a punto de llorar y yo contengo la respiración mientras aguardo su respuesta. Pero se recompone. Cuadra los hombros y me devuelve el móvil.

—Ya se lo he dicho. Está de vacaciones.

—Entonces admite que es Lucy Lamb. Su hermana.

Ella asiente, rígida.

—No Marie Caron, su amiga.

Niega con la cabeza.

Noto que Miller Roe se enfada. Este hombretón hirsuto se muestra muy protector con Libby Jones. Le importa más ella que él mismo.

—¿De vacaciones? ¿Con sus hijos?

—Exactamente.

—Pero sin móvil.

—Sí.

—¿Se fue de viaje a Chicago con sus hijos, en pleno curso escolar, y no se llevó el teléfono?

—Ya se lo he dicho. Quería que fueran unas vacaciones como Dios manda, sin distracciones.

Suspiro tan fuerte que muevo un folio que hay sobre la mesa.

Quiero decir muchísimas cosas, pero me contengo, porque estoy irritado y harto de todas estas tonterías.

—Libby, por favor, sea sincera. Sabemos dónde se aloja Lucy Lamb y ya hemos enviado aviso a las autoridades locales de que se acerquen a su hotel. Pueden estar allí ahora mismo. No me cabe duda de que, en cuanto ustedes dos salgan de aquí, lo primero que hará será llamar a su hermana o a su hermano para alertarlos de nuestra llegada, pero ya será demasiado tarde. Por favor. Ahórrenos el estrés y la molestia de esta actuación. Dígamelo. Ahora. ¿Por qué está su hermana en Chicago y de qué está escapando?

—Vale. Vale —concede ella—. Se lo diré. No huye de nada.

Miller se pone en pie y le ofrece uno de sus brazazos a Libby como para escoltarla hacia el exterior, pero ella lo rechaza.

—Ya no merece la pena fingir, Miller —le dice—. Ya saben dónde está. No tiene sentido seguir con esto. —Y antes de que él pueda interrumpirla de nuevo, comienza a hablar—: Lucy no es mi hermana. Es mi madre.

Me quedo atónito ante esta revelación. Es un giro de guion que no vi venir.

—Me tuvo a los catorce años. Y ha ido a Chicago a buscar a mi padre.

—Y ¿quién es su padre?

—Mi padre es Phineas Thomsen. El verdadero Phineas Thomsen, no el que Henry ha suplantado. Jamás lo he llegado a conocer, y Lucy, mi madre, lleva sin verlo desde los dieciocho años. No obstante, Miller lo encontró y creíamos que estaba en Botsuana, pero resultó que ya no estaba allí, sino en Chicago. El primero que fue a por él fue Henry, y luego mi madre lo siguió.

—¿Solo para ver a Phineas?

—Sí.

—¿Y bien? ¿Lo han visto?

—Hasta donde yo sé, no.

Me recoloco. Esto sigue sin tener sentido.

—Tengo entendido que su hermano, Henry...

—No es mi hermano, es mi tío.

—Sí —me corrijo—, en efecto. Su tío. Tengo entendido que estaba encaprichado de Phineas. Cuando eran jovencitos. Hasta el punto de cambiar su apariencia para parecerse más a él. ¿Y ahora dice que ha adoptado su identidad?

—No tengo ni idea. Yo no estaba presente.

—No, claro que no. ¿Cuándo los conoció? A su madre y a su tío.

—El año pasado. Sobre estas fechas. Unas semanas después de mi cumpleaños.

—Y antes de ese momento, ¿no sabía usted de su existencia?

—Pues no. Solo lo que había leído en el artículo de Miller. O sea, sabía que habían existido en algún momento, pero nada más. Y luego, justo después de haber heredado la casa, al día siguiente, fui a verla y allí estaba Henry. Y luego vino Lucy, y desde entonces... son mi familia. Forman parte de mí.

—¿Le han hablado alguna vez de lo que sucedió en esa casa? ¿Del maltrato?

—No mucho.

—¿No mucho?

—A ver, sé que su vida era difícil. Sé que no tuvieron una infancia de ensueño. Pero no han entrado en detalles.

Suspiro.

—Señorita Jones, antes de que se vaya, ¿puedo preguntarle a qué han venido todas las mentiras? ¿De qué pretende proteger a su madre y a su tío?

—No intentaba protegerlos. Es que no quería... No sé. Llevan huyendo aterrados toda la vida. Desde niños. Escapando.

Libby Jones rompe a llorar y Miller Roe la rodea con los brazos y la acerca a su gran pecho. Me mira con ira.

—Creo que hemos terminado —dice.

—Sí, estoy de acuerdo. Hemos terminado. Lamento haberle alterado, señorita Jones. Pero lo que no debemos olvidar, sea cual sea la verdad de esta situación, es que una mujer falleció en esa casa. Violentamente asesinada. Este debe ser el centro de atención, y haré llorar a cuantas personas sea necesario para descubrir quién lo hizo y por qué.

57

Julio de 2018

Michael no estaba en el Reino Unido. Rachel lo había descubierto al llamar a Ella.

—Está en Antibes —le había dicho esta.

—¿Dónde se aloja?

—Pues en su casa, me imagino.

—¿Cuánto tiempo tiene pensado pasar allí?

—Todo el verano. Está escribiendo un libro, ¿sabes?

—¿Que está...?

—Una novela. Basada en su vida.

Rachel se había tragado la tentación de soltar una carcajada.

—¿Ah, sí? —había dicho en cambio—. Qué cosas.

Unos días más tarde, Rachel se subió a un avión y volvió a volar a Niza, desde donde tomó un taxi hasta Antibes y, en una calurosa mañana de julio, se colgó la mochila a la espalda, se puso las gafas de sol y echó a andar.

No sabía exactamente dónde estaba la casa de Michael. Sabía que estaba «a tiro de piedra de la playa». También que estaba pintada «del color de las rosas muertas». Sabía asimismo que quedaba «a dos minutos a pie de la mejor marisquería de Antibes», y que estaba en una callejuela y que tenía una entrada privada para coches y que tenía aparcamiento propio; «un regalo del cielo en Antibes».

La mejor marisquería de Antibes no parecía ser una descripción muy específica. Había bastantes mejores marisquerías de Antibes. Rachel decidió visitarlas todas valiéndose de una lista de TripAdvisor, comenzando por la primera. Cuando iba por la quinta, ya era media tarde y casi había caminado veinte mil pasos. Sin embargo, al acercarse a la sexta mejor marisquería de Antibes, se giró y, detrás de ella, vio el reflejo del mar y un indicio de escalera en el muro del paseo marítimo. Delante de ella se extendían calles pequeñas y callejuelas adoquinadas que se alejaban de la carretera principal, por lo que se bebió el agua que le quedaba en la botella de plástico, tiró el envase a una papelera y enfiló la primera calle con los instintos concentrados en la sensación de justicia. Y ahí, tras una curva al final de la calle, se accedía a un camino privado que daba a una casa del color de las rosas muertas.

Había un deportivo aparcado en ella. Y no de los baratos, sino uno de alta gama; un Maserati, de hecho, de los que cuestan decenas de miles de libras. Rachel sintió que la bilis se le subía a la garganta y luego volvía a descender. Se le comprimieron los puños hasta parecer dos bultos duros. Pasó al lado del feo coche y se dirigió a la puerta de entrada.

Una mujer asiática de mediana edad le abrió.

—¿Sí?

—Ah, hola. Soy Rachel, la mujer de Michael. ¿Puedo pasar?

La cara de la mujer se abrió como un capullo al florecer.

—¡Ah! ¡Rachel! ¡La mujer de Michael! Sí, por favor. Pase. Por favor.

—¿Está en casa? —preguntó Rachel mientras miraba alrededor, a ese lugar mítico que había formado una parte tan grande del atractivo de Michael cuando lo había conocido y adonde jamás la había llevado.

Era una casa preciosa, con el mismo encanto acogedor que el apartamento de Londres: un arco daba paso del pasillo a la cocina comedor, y unas puertas negras daban a un jardín exuberante con plátanos y palmeras.

—Sí. Está aquí. Creo que está echando una siesta. ¿Lo compruebo?

—No. No, tranquila. No lo despierte. Lo esperaré aquí, si no es molestia.

—Por supuesto que no es molestia. Siempre le pregunto dónde está usted, dónde está su esposa, por qué no lo acompaña. Él me dice que está ocupada en Londres, trabajando. Haciendo joyas. Demasiado ocupada para venir. Pero ahora está usted aquí y él se alegrará mucho de verla. Me llamo Joy. Por favor, siéntese. Le traeré agua y algo de picar.

—¿Podría usar el servicio? ¿Dónde está?

—Por aquí, señora Rimmer.

—Por favor, no me llame así. Llámeme Rachel. Por favor.

Rachel cerró la puerta del baño y se sentó sobre la tapa del inodoro. El corazón le latía a mil por hora, y estaba hiperventilando un poco. Se levantó y puso las manos bajo el grifo, les dio la vuelta y dejó que el agua fría le corriese por la parte interior de las muñecas hasta que se le entumecieron. Se echó un poco de agua en la cara y se empezó a susurrar a sí misma, para aplacar el pánico: «Tranquila, tranquila, tranquila».

Con las manos húmedas se aplanó el pelo, encrespado por el calor, y se metió unos cuantos mechones detrás de las orejas. Quería salir por la puerta principal. Huir. Pero, entonces, recordó el deportivo asqueroso, pagado por su padre, y se acordó de que no estaba asustada, sino enfadada, llena de un odio oscuro y ardiente, y que no había nada que ese hombre le pudiera hacer que le fuese a doler más que lo que le estaba haciendo a su padre.

Salió del baño y avanzó por el pasillo. Había un par de puertas más en él, una de las cuales daba a un pequeño estudio con vistas a la entrada y al Maserati. Entró a hurtadillas y hojeó rápidamente los documentos que había sobre el escritorio. Sacó el móvil y tomó tantas fotos como pudo, a pesar de que le temblaban las manos y el corazón aún le retumbaba en el pecho. Abrió cajones y pasó la mano bajo el escritorio. Encontró una carpeta y sacó fotos de lo que contenía: extractos y cartas. No sabía lo que era nada de lo que estaba fotografiando. No tenía ni idea de si serviría para algo, pero Jonno le había aconsejado que se hiciese con la mayor cantidad de pruebas posibles, así que había decidido priorizar cantidad en lugar de calidad.

Tiró de un cajón en la parte baja del escritorio, que se abrió al tercer intento. Dio un paso atrás al ver lo que había en su interior y se llevó las manos al pecho.

—Ay, Dios —murmuró para sí—. Ay, Dios.

Una pistola.

Un revólver.

Ahí mismo.

Le sacó un par de fotos y luego volvió a cerrar el cajón de golpe.

—¿Se encuentra bien, señora Rimmer?

Se sobresaltó, y mucho, al oír una voz a su espalda.

Era Joy.

—Ay. Sí. Perdone. Me ha asustado. Estaba buscando algo.

—¡Tranquila! ¡Sin problema! Avíseme cuando haya terminado.

—Gracias, Joy.

Volvió a girarse hacia el escritorio de Michael y movió el ratón de su ordenador. La pantalla revivió y apareció una foto de Michael en una lancha motora, con una mujer bajo cada brazo y una botella de champán delante metida en una cubeta plateada. Rachel no tenía ni idea de quiénes eran esas mujeres ni de dónde había sido tomada esa foto, pero Michael iba afeitado, así que debía de datar de antes de haberse conocido. Probó a introducir la fecha de nacimiento de Michael en el cajetín de la contraseña, pero no funcionó. La invirtió, pero con el mismo resultado. Luego desvió la vista hacia el maldito coche que había aparcado en la entrada, con su maldita matrícula personalizada: MR74.

Contó con los dedos la posición de sus iniciales en el alfabeto y las condensó en un solo dígito cada una. Un 4 y un 9. Añadió el 7 y el 4 y le dio al botón. La pantalla se desbloqueó. El corazón le dio un vuelco.

Accedió a su correo electrónico y lo escaneó con la mirada. Ahí estaba; hacía cuatro días, le había llegado un mensaje de PMX Gestión de Patrimonio con el asunto: «Balance de julio de su cuenta PMX». Lo abrió y le dio a «Reenviar», se lo mandó a sí misma y luego lo borró de la carpeta de «Enviados» y también de «Eliminados». Volvió a centrarse en la bandeja de entrada. Muchos correos del estilo «Gracias por su pedido»; claramente había estado de compras. Ropa de caballero. Vino. Libros. Joyas.

Notó que la garganta le palpitaba de la ira. El dinero de su padre estaba financiando la vida de lujo de ese monstruo.

Había subcarpetas en su cuenta de correo electrónico, y estaba a punto de abrir la primera cuando oyó una voz masculina.

Cerró el correo electrónico, se metió el móvil en el bolsillo y volvió a toda prisa al salón, justo a tiempo de ver a Michael bajar el último escalón.

—¡Madre mía, Rachel! ¡Qué sorpresa! ¿Qué estás haciendo aquí?

Ya no llevaba barba, tenía la cara suave tras el sueñecito de la tarde y lucía un bronceado muy bonito.

—Estaba en Niza y se me ocurrió visitar la legendaria «casa de Antibes». Este verano no la alquilas, por lo que veo.

—No. No. Llegaron un par de reservas, pero las cancelé. ¡Y no sabes cuánto me alegro de haber vuelto al fin! ¿Te quedas un rato o tienes prisa?

—Me puedo quedar unos minutos, claro. ¿Por qué no?

Joy había sacado patatas fritas, rodajas de salami, aceitunas y galletitas saladas en un plato, y también una jarra de agua con hielo y dos vasos de *whisky* vacíos.

—¡Gracias, Joy! —gritó Michael hacia una estancia que había detrás de la cocina.

—Un placer, señor Rimmer —fue la respuesta incorpórea.

—¿La tienes a tiempo completo? ¿En plan criada?

—Sí, pero no interna. De ocho a ocho, de lunes a sábado.

—¡Vaya! ¡Con servicio y todo! —Su tono estaba cargado de rencor, pero no le sorprendió que Michael no se percatara.

—Bueno, aquí llevo un tren de vida diferente, no como en Londres. Es más...

—¿Caro?

Michael se rio.

—Sí, no era eso lo que iba a decir, pero sí.

—Entonces, ¿conseguiste recuperarte del revés financiero? Hace año y medio tenía que pagar la compra semanal porque estabas sin un duro. Y ahora, ¡fíjate! Y menudo cochazo, ¿eh?

—Sí, arreglé lo del cargamento desaparecido. Al final apareció. Menos mal. Vuelve a ir todo sobre ruedas. —La miró avergonzado, curioso—. ¿Has venido... a hablar del divorcio?

—No. No, para nada. Ya te he dicho que quería ver la casa. Ella me dijo que estabas aquí. Y como iba a venir de todas formas, decidí cotillear.

—Pero ¿quieres divorciarte?

—No sé. ¿Tú?

—No. Bueno, no lo había pensado en serio. Quizá sí. Pero la verdad es que me gusta estar casado contigo, Rachel.

La miró coqueto, con afecto, como si todo lo que hubiese pasado entre ellos hubiese sido un romance fallido, no una violación ni un chantaje ni un *risotto* deslizándose por la pared de la cocina.

—Michael. Me violaste.

—Anda ya, Rach. Apenas.

—Estaba dormida. Me tapaste la boca con la mano. Me agarraste del cuello. Me violaste.

—Rachel, venga ya. Ambos sabemos que estabas deseando que tomase el control. Que te dominase. Es lo que querías. Y lo sabes.

Rachel contuvo el aliento para retener la oleada de rabia cruda que latía en su pecho.

—Michael, ¿acaso entiendes la sutileza, los matices del BDSM? En particular del ligero. Es un juego entre dos personas que comprenden las normas. Y tú, Michael, no las comprendías, y lo que me hiciste no fue un juego. Fue violento y misógino y brutal y animal. Fue todo cosa tuya, Michael, y no me tuviste en cuenta. Y si disfrutaste de lo que me hiciste aquella noche, no es que seas solo un violador, es que eres un puto monstruo.

Él le sonrió. Era su sonrisa de niño bueno, la que usaba

para atraer a la gente a su órbita, la que les hacía sentirse a salvo y favorecidos.

—Pues vale, Rachel, como tú digas; pero ambos sabemos la verdad.

—Eso que estás haciendo se llama luz de gas. Es una técnica de maltrato psicológico de libro.

Michael soltó una risotada.

—¿Maltrato? No me jodas, Rachel. Te puse en un puto pedestal. Te adoré. Te lo habría dado todo, si me lo hubieses permitido. Pero no: si una pequeña cosa no sale como a ti te gusta, pum, te las piras. Siempre supe que eras una princesita mimada.

—No sabes la suerte que tuviste de que no te denunciase a la policía.

—Ah, sí, y ¿por qué no lo hiciste? Si tan segura estabas de que había «abusado» de ti... —Dibujó las comillas en el aire con los dedos.

—Me violaste, Michael. No fue abuso, fue una puta violación. Y no te denuncié porque pasé mucho tiempo intentando hacer como si no hubiera pasado, porque si había pasado significaba que yo ya no era yo misma, y lo que más falta me hacía era ser yo misma. No obstante, ahora sé que ambas cosas pueden coexistir. Puede ser verdad que me casé con un hombre que me violó violentamente y también puede ser verdad que soy fuerte y especial. Igual que Lucy.

—¿Lucy? —La sonrisa de superioridad se le borró de la cara al fin.

—Sí. Conocí a Lucy. Hace unos meses. Me dijo que también la habías maltratado. Y, sin embargo, es un pedazo de mujer. ¿No crees? Preciosa. Y está saliendo adelante ella sola con dos hijos.

—¿Dos hijos?

—Sí. Su vida no terminó cuando la dejaste. Y la mía tampoco. En fin, ha sido un placer verte, Michael. Tenía muchísimas ganas de ver esta casa. Siempre creí que pasaríamos mucho tiempo aquí juntos, pero luego resultó que eras un delincuente y un mentiroso y un pringado de aúpa. Así que nada, no ha podido ser.

Rachel se levantó y se colgó la mochila del hombro.

—Adiós, Michael. Que pases un buen verano. Y suerte con la novela. No te olvides de incluir lo de las violaciones, ¿vale? A tus lectores les fascinará.

Asomó la cabeza por la puerta de la cocina y le gritó a Joy:

—¡Muchísimas gracias, Joy! Ha sido un placer conocerla.

Y se fue de casa de Michael cerrando de un portazo tras de sí, pisando los adoquines ardientes por el sol con zapatazos satisfechos.

58

Junio de 2019

Los policías de Chicago les compran unas bebidas a los niños de una máquina expendedora y los llevan a otra sala. En la estancia en la que se encuentra Lucy hay una pantalla de ordenador, y en ella se ve a dos inspectores de policía británicos, uno negro con el pelo rapado que lleva una camisa de lino de manga corta, y el otro blanco con un flequillo espeso de pelo castaño que lleva un polo verde ajustado. Se presentan como los inspectores Owusu y Muir y le dicen que la llaman de la comisaría de Charing Cross. Le cuentan que acaban de hablar con Libby y con Miller. El inspector Samuel Owusu dice que también ha hablado con un tal Justin Ugley, a quien Lucy quizá conozca por el nombre de Justin Redding, y quien le ha dicho que la vida en la casa donde se crio Lucy era desagradable, quizá incluso traumática. Owusu también quería saber si había algo que a Lucy le apeteciese compartir con ellos acerca del intervalo de tiempo desde el nacimiento de Libby hasta que ella y Henry se marcharon.

Lucy traga saliva y toma un sorbo de agua. Le asombra que estos detectives sepan tanto. Le asombra que hayan encontrado a Justin, que para ella es una subtrama en un sueño muy lejano. Ni siquiera recuerda su cara; siempre fue mucho más amigo de Henry que suyo. Le asombra que sepan su nombre real y que Libby es hija suya.

—¿Qué les ha contado Libby? —pregunta.

—Poca cosa. Porque, claro, en aquellos tiempos no era más que una bebé y no formó parte ni presenció ninguno de aquellos acontecimientos; lo único que podría saber es lo que usted y su hermano le hubieran contado. Y lo que leyó en el artículo de su novio. No conoció a Birdie ni a Justin; ni siquiera la conocía a usted, su propia madre, hasta hace un año. Su información era limitada. Por eso necesito hablar con usted, señorita Lamb.

—No sé qué puedo contarle yo. Sucedió hace mucho tiempo.

—Bueno, por ejemplo, podría hablarme de David Thomsen. De la clase de hombre que era.

Lucy siente que las entrañas se le comprimen, que se le vacían hasta del último átomo de aire, que le colapsan.

«David Thomsen.»

Aparecen interferencias oscuras en su visión periférica. Se agarra a la parte de abajo de la silla e inspira hondo.

—¿Se encuentra bien, señorita Lamb?

—Ajá —asiente—. Sip. —Y luego añade—: ¿Debería contactar con un abogado? ¿Estoy arrestada?

—No, señorita Lamb. No está usted arrestada. Simplemente intentamos navegar la intrincada red en la que se entrecruza la historia de Birdie con la casa en la que usted se crio, y saber si usted llegó a conocerla. A no ser que usted tenga la respuesta a esa pregunta. ¿Podría decírnoslo? En tal caso, podría marcharse ahora mismo y disfrutar del resto de su estancia en Chicago con sus hijos.

—No sé qué le pasó a Birdie.

Eso no era del todo mentira. Estaba casi segura de que Henry le había pegado con el colmillo de elefante. Pero, en realidad, ella tenía a Libby en brazos, que era una bebé; había estado llorando. Todo había pasado muy rápido y no sabía exactamente lo que había sucedido. De verdad que no.

—Era mala —dice. Las palabras le salen de la boca sin control—. Birdie rezumaba maldad.

Contempla la cara del inspector en la pantalla. Nada, excepto una ceja, se mueve.

—¿A qué se refiere con que era mala?

—Me manipuló para que me acostase con su amante cuando solo tenía trece años.

—¿Qué amante?

—David Thomsen. Él tenía cuarenta y seis. O quizá más. Pretendía que me dejase embarazada porque ella era estéril. Así que me manipuló. Me dejó a solas con él; me convenció de que era romántico; me hizo creer que era algo noble y hermoso. Y luego...

Se le agolpan las lágrimas en la garganta y amenazan con rodar por sus mejillas. Ella se las traga, pues está decidida, desesperada por contarle a alguien, a quien sea, lo que le pasó cuando no era más que una niña. Necesita lanzárselo a alguien, tirarlo lo más fuerte que pueda, para que caiga donde alguien pueda verlo. Solo le hace falta reconocer este hecho que jamás le ha contado a nadie, ni siquiera a Libby.

—Cuando dejó de mamar, me la quitaron y no me dejaban ni tocarla. Birdie y David la cuidaban y la llamaban «su niñita». La oía llorar, pero no se me permitía ir a consolarla. Y fue Birdie, fue cosa suya. Te miraba de aquella forma, con esos ojos suyos que de tan pálidos casi ni eran azules, sino como dos trozos de cristal. Siempre tenía las manos frías. Nunca te tocaba suave, siempre con dureza. Cuando nos daba clases de violín, nos aferraba las muñecas como grilletes metálicos. —Imita unas esposas con las manos sin darse cuenta—. Y el olor: tenía un olor característico. A sexo, bastante a menudo. A pelo. Tenía muchísimo pelo. Y nunca se lo lavaba. Jamás sonreía. Me robó a mi hija y fingió que era suya. Debería haberla matado. Si la hubiese asesinado, me habría enorgullecido de ello.

La adrenalina hace que el corazón de Lucy bombee muy fuerte, y ella inspira hondo para intentar controlarlo.

El inspector la mira durante un segundo y luego dice:

—Entonces entiendo que, aunque usted habría deseado matar a Birdie Dunlop-Evers, no lo hizo.

—Así es. Eso es lo que le acabo de decir.

—Y bien, ¿quién la mató?

—No lo sé. —La mentira la hace encogerse, y espera que el inspector no lo detecte a través de la pantalla.

—¿La vio usted morir?

Lucy traga. Le brota una imagen en la mente. El colmillo de elefante en la mano de Henry. Birdie en el suelo. Pero el espacio entre ambas imágenes está en blanco, vacío. Alza la vista para mirar al inspector y dice, con firmeza:

—No.

—¿Qué sucedió aquella noche, señorita Lamb? ¿Qué pasó cuando fallecieron los adultos y su hija quedó abandonada?

—No lo sé. Se murieron. Se suicidaron. Tal vez porque eran conscientes de su maldad.

—No obstante, Birdie no se suicidó.

—No. Probablemente la matasen ellos. David, seguramente. Y luego se suicidó. Y se llevó a los pobres imbéciles de mis padres por delante.

—Esa sería la explicación más obvia, señorita Lamb. Estoy de acuerdo. Pero el caso es mucho más complicado, ¿sabe? Porque alguien ha intentado deshacerse de los restos. Los ha sacado del tejado de la casa y los ha tirado al Támesis. Y esto ha sucedido en algún momento de los últimos doce meses. No pudo haber sido David Thomsen, dado que está muerto. Así que ha tenido que ser otra persona, el verdadero culpable.

Lucy se encoge. Puto Henry. Dijo que se había deshecho de los huesos, que nadie sería capaz de encontrarlos. ¿Cómo se le ocurrió tirar algo tan incriminatorio en el puto Támesis? ¿En serio creía que nadie los encontraría allí? Pero no puede dejar que eso se descubra tan rápido. Estira el cuello y dice:

—Si han encontrado los huesos en el río, cualquiera puede haberla matado. ¿Por qué creen que murió en mi casa?

—Por un detallito llamado ciencia forense, señorita Lamb. —El inspector esboza una sonrisa gentil al decir esto, y Lucy asiente, lacónica.

«Cómo no.»

—Así pues, la persona que retiró los huesos del tejado de la casa de Cheyne Walk debía de tener acceso al inmueble, y sabemos que Libby tomó posesión de él hará un año. Por consiguiente, solo pudieron ser usted, Henry, Libby Jones, Miller Roe o los abogados. Libby me ha dicho que Phineas Thomsen ahora mismo está en Chicago, pero que trabaja en una reserva natural en Botsuana. Hemos hablado con sus jefes, que confirman que pasó cada día de los últimos dos años allí. Así que, como ve, a no ser que a Libby le haya dado por mover los huesos, que me parece poco probable, dado que no sabía dónde estaban, aquí hay algo que no cuadra. Algo que va más allá de un suicidio colectivo. Sospecho que se ha cometido un crimen y que, en realidad y con toda probabilidad, o bien usted o su hermano han trasladado los restos de Birdie. De modo que, si no fue usted, señorita Lamb, por favor, ¿podría decirme dónde encontrar a su hermano?

Lucy mira al hombre que está en la pantalla. Él la observa y, donde espera ver indiferencia, ve una gran compasión. No va a por ella. Solo quiere resolver el rompecabezas. Aun así,

piensa, si para resolver ese rompecabezas descubre demasiadas cosas sobre ella y la lleva demasiado lejos por ese camino, ¿quién sabe dónde acabarán? Con un repentino escalofrío de terror, se percata de que podrían acabar en el sótano
de la casa de Michael, en Antibes, y entonces lo perdería
todo. Absolutamente todo.

Vuelve a fijar la vista en la pantalla y asiente una sola
vez.

Cuarta parte

59

Me tiro de los puños de la camisa de marca Reiss que me compré en Heathrow antes de embarcar hacia aquí hace solo una semana, aunque me parezca que han pasado varios siglos. Kris está sentado frente a mí, tan guapo como nunca y mirando el móvil. Está muy distraído, y me estoy empezando a plantear si tal vez haya un motivo oculto para esta repentina y emocionante invitación a almorzar juntos esta mañana.

—¿Va todo bien, Kris? —le pregunto, y dirijo la mirada a su teléfono.

—Ah, sí, claro. Disculpa, Josh. Es que estoy esperando, eeeh, que me contacte un cliente. Había hecho una reserva provisional para las dos, pero me dijo que me lo confirmaría en cuanto pudiera. Solo quiero saber de cuánto tiempo dispongo.

Miro la hora en mi móvil. Son las 11.33.

—Tenemos bastante tiempo. Creo que me voy a pedir un *bloody Mary*. ¿Y tú?

—Ah, no. Si tengo una visita luego, no puedo beber.

—Claro. ¿Te importa...?

—No, por supuesto que no; adelante.

Me pido el *bloody Mary* y me vuelvo hacia Kris para descubrir que me está mirando intensamente.

—Y bien, ¿a qué has dedicado el tiempo desde que nos vimos por última vez? —me pregunta, y le da un trago a su vaso de agua.

—Ah —digo animadamente—. Pues de todo un poco. Básicamente a relajarme.

—¿Dónde te alojas ahora? —Vuelve a desviar los ojos al móvil.

—Me he trasladado a un Airbnb. Bastante cerca de aquí, la verdad. Quería tener espacio para moverme, cocinar; esas cosas.

—¿Y cuándo tienes pensado volver a Londres?

—Pronto, espero, pero aún no he comprado el billete.

—¿No hay nadie esperándote en casa?

Le lanzo una sonrisa irónica.

—Solo dos gatos ligeramente ridículos.

—¿Vives solo?

—Sí. Yo solo en un apartamento precioso.

—¿No tienes familia?

—Sí, tengo «familia». —Suelto una carcajada ronca. No sé por qué he puesto la palabra «familia» entre comillas. Dejo de sonreír y cambio de postura—. Tengo una hermana, dos sobrinas y un sobrino. Padres no. Somos poquitos.

—Y ¿a qué se dedica tu hermana?

—Ah, pues a nada en particular. O sea, es música, supongo, pero no está actuando demasiado últimamente. Anda metida en chanchullos financieros, buscando casa. Es todo muy complicado.

Llega el *bloody Mary* y lo alzo.

—Salud. Y muchas gracias por formar parte de mi experiencia chicagüense. Ah, por cierto, quería disculparme, de todo corazón, por el mensaje tan grosero que te envié el martes. Estaba hecho una mierda. E incluso eso es un eufemismo. Ni siquiera recuerdo habértelo enviado.

—Ya, las erratas me dieron a entender que probablemente no estuvieses sobrio. Pero no te preocupes; son cosas que pasan. Lo comprendo.

Kris vuelve a mirar el móvil. Luego echa una ojeada a la puerta del restaurante y de pronto me doy cuenta. Lo sé. Está esperando a alguien. Pero ¿a quién? ¿Quién querría encontrarme aquí? Mi hermana no, eso seguro. No es posible que se haya topado con Kris. Pero entonces lo recuerdo. Marco. Había accedido a mi historial de búsqueda. Podría haber visto la web de Kris. Podría haber obtenido su número. Y entonces lo tengo claro: me han tendido una trampa. Y yo he caído como un pipiolo. Contengo las ganas de girarme hacia la puerta y digo:

—¿Al final pudiste contactar con tu amigo Finn, el inglés?

Él niega con la cabeza y se pasa la mano por la nuca, nervioso.

—No —responde—. Sigo sin poder dar con él. Está demasiado desconectado. Me preocupa bastante, la verdad. Por cierto, Joshua, el otro día, al pensar en la conversación que mantuvimos en el lago, me di cuenta de una cosa. Dijiste que te habías criado a orillas del Támesis. En aquel momento no lo pensé, pero luego recordé que Finn también. ¡Qué coincidencia! Y me ha dado qué pensar, acerca de ti, Joshua Harris —lo dice en un tono juguetón fingido, pero percibo que la sangre le bulle de adrenalina.

Lo observo y le devuelvo la misma guasa fingida acompañada de una sonrisa ñoña.

—¿Y qué piensas de mí, Kris Doll?

—No lo sé. Que tal vez seas el tío del que me habló Finn.

—¿Qué tío es ese?

Veo que le da un tic en la mejilla antes de hablar.

—El que se obsesionó con él. El que lo encerró en una habitación.

—¿Que lo encerró? —digo—. Qué locura. Pobrecito, tu amigo. Pero te aseguro que yo no fui.

—¿Seguro?

Se me congela el rostro.

—Sí. Seguro. Y ¿sabes qué?, me acabo de acordar de que tengo mucho que hacer. Creo que mejor me marcho. —Dejo unos cuantos billetes de diez dólares en la mesa para pagar los huevos revueltos con tostadas y el *bloody Mary* y cojo la cazadora del respaldo de la silla.

Kris de pronto se pone en pie y estira las manos hacia mí.

—No —dice, con un toque de pánico en la voz—. No te vayas. Lo siento. No pretendía asustarte. Solo... Es que me pareció... No sé. Por favor, quédate. Termínate el cóctel al menos.

Sus ojos vuelven a dirigirse hacia la puerta y los míos los siguen. Veo un coche oscuro aparcar justo delante sin muchos miramientos, en medio de la calle. Veo que dos puertas se abren al mismo tiempo y que dos hombres vestidos de negro salen por ellas.

Me giro para mirar el otro extremo del restaurante. Veo un pasillo que lleva a las cocinas y corro.

60

Samuel

Donal y yo volvemos a nuestras mesas. Nos quedamos en un silencio aturdido durante un minuto, incapaces de creernos lo que acaba de pasar.

Lucy Lamb nos ha servido en bandeja a su hermano.

La policía de Chicago está de camino al restaurante en el que Lucy nos dijo que se encontraba Henry Lamb almorzando con un amigo. Pronto descubriremos lo que le sucedió a Birdie Dunlop-Evers. Muy pronto, o eso espero, podré volver a guardar estos archivos y papeles y recoger el mundo que construyó en mi mente la bolsa de huesos que encontró Jason, el guía de *mudlarking*, en las orillas de Támesis hace dos semanas; el mundo que llena mis momentos de tranquilidad y mis horas de sueño y los huecos que existen entre ellos; este mundo de maltrato y oscuridad y opulencia; el mundo que lanzó a cuatro niños vulnerables a la calle y los obligó a valerse por sí mismos.

Pero, antes, tenemos que hablar con Henry, y por ahora no tenemos otra cosa que hacer más que quedarnos sentados mirando a la pared.

—Está buena, ¿no? —pronuncia Donal de pronto.

—¿Disculpa?

—Lucy Lamb. Esos ojazos oscuros, esos pómulos hundidos. Está muy buena.

Pongo los ojos en blanco. Lo acaba de dejar su novia, con la que vivía, hace unos tres meses, y ha pasado de ser el tipo de hombre que te cuenta que se ha pasado el fin de semana colocando estantes y llevando al gato al veterinario a ser el tipo de hombre que solo habla de tías buenas. Necesita echarse otra novia, y pronto. Esta lascivia no le pega nada.

Abro el correo electrónico para tener algo que hacer aparte de comentar los pómulos de Lucy Lamb con Donal. Tengo un correo nuevo de Philip Dunlop-Evers. Me escribe a diario. «Solo para ver cómo va. Sé que está ocupado. Seguro que me avisa cuando descubra algo.»

Le doy al botón de responder y escribo.

> Estamos a punto de interrogar a un sospechoso, un hombre que, de adolescente, vivió en la casa donde desapareció Birdie. También hemos dado con Justin Redding, quien fue de gran ayuda, pero que no vivía en Londres por aquella época. Espero tener más información que darle al final del día. Le enviaré una actualización, o también puede llamarme.

No me llamará. Es demasiado educado. Se imagina que estoy demasiado ocupado para atender al teléfono. Es muy amable. Más, según parece, que su hermana, a quien tanto Lucy Lamb como Justin Ugley describen con adjetivos poco agradables. Recuerdo esos diminutos huesos, tan delicados que cuando los encontramos creíamos que pertenecían a un niño. No obstante, parece que lo más probable es que perteneciesen a un monstruo.

Tanto Donal como yo nos sobresaltamos al oír el tono de llamada de mi teléfono. Respondo al instante.

—Hola, inspector Owusu. Soy el agente Jacobs, de Chicago. Tenemos a su testigo esperándolo. ¿Están listos para iniciar la videoconferencia?

—Sí, claro que sí. Denos tres minutos. Muchas gracias.

Miro a Donal y asiento. Él me devuelve el gesto y regresamos a la sala de interrogatorios.

61
Julio de 2018

Rachel se registró en el hotel que había reservado en Niza y de inmediato se quitó la ropa y se dio una ducha de diez minutos, no solo para desprenderse del sudor de la jornada, sino de la sensación que le había dejado la presencia de Michael. No tenía previsto decir todo lo que había dicho; había planeado mantener la calma, quedarse más rato, hablar más, enterarse de más detalles financieros. No obstante, durante los quince minutos que había pasado sola en su estudio, había reunido bastante información, más de la que esperaba obtener, y además se sentía tan centrada tras haberle dicho aquello que casi brillaba. No había pasado página. Ni mucho menos. No podría hacerlo mientras Michael tuviese 600.000 libras de su padre en su poder. Ni mientras el Maserati siguiese aparcado obscenamente delante de su casa. Ni mientras cada vez que cerrase los ojos viese esas horripilantes fotografías en su conciencia y la silueta avergonzada de la espalda de su padre mientras ella las miraba en su portátil, en su acogedor estudio.

Se puso una falda sedosa azul marino que le llegaba casi hasta los tobillos y una camiseta de tirantes negra, se cruzó el bolso por el pecho y se aventuró al sofocante aire nocturno.

El centro de Niza le parecía un mundo distinto del que había conocido en febrero. El aire estaba anegado de música de restaurantes, de atracciones de feria, de las docenas de músicos y artistas callejeros que plagaban cada plaza. Había hombres a la puerta de cada restaurante con cartas en la mano que intentaban atraerla para que se sentase a comer, y ella permitió que la tentara un hombre de rizos canosos cuya camisa blanca a duras penas cubría su amplia barriga. Entró en el restaurante, situado en la plaza principal, y se pidió un filete con patatas y una copa del vino blanco que le recomendó el camarero. Los camareros, todos de mediana edad, pasaban a su lado ofreciéndole atenciones, rebosando depredación sexual paternalista; pero a ella le daba igual. Era como una roca lisa en el fondo de un lago repleto de peces. Era sólida, inamovible: estaba centrada. Cuando le vibró el móvil, lo miró. Era un correo de Jonno. Sus «contactos» seguían revisando la información que le había enviado hacía un rato. Aún no había nada que contar.

Se pidió otra copa de vino y un trozo de tarta de chocolate y, entonces, un sonido familiar atravesó el caos sonoro de la plaza. Las primeras notas de *Titanium* al violín. Rachel apartó la tarta, se bebió el vino de un trago, pagó la cuenta y salió del restaurante.

Lucy tenía muy mal aspecto. Estaba muy delgada. Desaliñada. Tenía los labios resecos. Los niños también estaban fatal. Rachel se acercó unos pasos, con los brazos alrededor de la cintura. Se comenzó a congregar una pequeña multitud alrededor de Lucy. Rachel vio que le lanzaban monedas al sombrero. Ella pasó rápido por delante, sin establecer contacto visual, y le tiró un billete de veinte euros en el bombín. Escuchó que Lucy le gritaba «¡Gracias!» y se alejó de nuevo. La siguió contemplando desde la distancia hasta que al fin, a las diez de la noche, cerró el estuche del violín, pasó el dinero del sombrero a la cartera, le dio el instrumento, la esterilla y el perro a su hijo, tomó en brazos a su hija, que estaba dormida, y se marcharon al edificio azul que había en la Colina del Castillo, donde la vio llamar a la puerta. La cara del conserje apareció por la ventana y su mirada se iluminó al verlos, les abrió la puerta y les dijo: «Mi niña. Mis pequeños. Mi perro. ¡Pasad!».

El vuelo de regreso de Rachel no salía hasta última hora de la tarde del domingo, así que, después de haber desayunado tarde, hizo la maleta, la dejó tras el mostrador de recepción y se montó en un Uber que la llevó a Antibes. Jonno le acababa de confirmar hacía una hora que el receptor de la cuenta de PMX estaba estrechamente relacionado con una empresa llamada MCR International: el negocio de Michael.

—Entonces, ¿es seguro que es él? —le había preguntado a Jonno.

—Sí. Al ciento por ciento. ¿Quieres que llame a la policía?

Rachel se había quedado callada un instante.

—No —había respondido—. Aún no. No estoy segura de lo que quiero hacer. Tengo que pensármelo.

No obstante, ahora Rachel sabía exactamente lo que iba a hacer. Iba a ir a casa de Michael, de inmediato, iba a coger la pistola que tenía guardada en el cajón del escritorio y se la iba a clavar en la cabeza hasta que le hubiese devuelto hasta el último penique a su padre. Hasta el último penique.

Le había comentado que la asistenta no trabajaba los domingos.

Tendrían la casa para ellos solos.

El Uber la dejó en la carretera principal y ella bajó por la calle adoquinada hacia la casa de Michael. El Maserati rojo estaba en la entrada. Las contraventanas estaban abiertas. El aire olía a humo de barbacoa. Rachel miró por las ventanas que enmarcaban la puerta de entrada y, al ver indicios de movimiento, se agachó.

Casi lo llamó a gritos, pero decidió no hacerlo. Esperó unos minutos y luego se dirigió al portillo que había en un lateral de la casa y abrió el cerrojo. Entró en el jardín, donde vio el brillo turquesa de la piscina, pájaros de colores revoloteando entre las ramas de los plátanos y colibríes como diminutas esfinges sobrevolando los arbustos de lavanda. Era un oasis perfecto en plena ciudad, pero el aire se sentía pesado y oscuro, inexplicablemente.

Miró por los ventanales que daban a la cocina y, por un instante, asumió que estaba viendo a Joy, la mujer de la limpieza, fregando la cocina. Una mujer de cabello oscuro y guantes de goma echaba lejía y frotaba con ímpetu. Vio que la mujer cogía lo que le parecieron unos trapos rojos, pero luego se percató de que no eran trapos rojos, sino algo que se había manchado de rojo. Entonces, siguió el rastro de rojo por el suelo hasta que se topó con lo que le pareció un pie. Un pie descalzo, bronceado, con algo de vello.

Rachel sabía a quién pertenecía ese pie. Lo reconocería en cualquier contexto. Michael tenía unos pies preciosos. Entonces, la mujer se giró y Rachel descubrió, con un sobresalto, que no se trataba de Joy, sino de Lucy, y observó absorta, asqueada, eufórica cómo envolvía el cuerpo inerte de Michael con una sábana y lo colocaba sobre dos bolsas de basura extendidas una al lado de la otra. Vio a Lucy arrastrarlo sobre el granito blanco hacia un cuarto que había al fondo, ese al que Joy se había retirado cuando Rachel fue a hablar con Michael. Unos momentos después, Lucy regresó y volvió a ponerse a frotar, a rociar, a echar lejía, a tirar un sinfín de trapos de cocina con manchas escarlata a una bolsa de basura abierta en el suelo. Entonces, al fin, tras una hora y media más o menos, se quitó los guantes de goma, los tiró a la bolsa y la cerró con un nudo.

Un instante después, Rachel oyó que la puerta principal se cerraba de golpe. Se quedó en silencio, con el aliento contenido entre las entrañas y la garganta. ¿Qué acababa de ver? ¿Era posible? ¿De verdad? ¿Lucy había asesinado a Michael? No podía ser cierto. ¿O sí?

Al final, se movió, sacudió sus rígidos hombros y dio unos cuantos pasos hacia la casa. Sacó un pañuelo de papel del bolso y abrió el portillo del jardín, que se deslizó sin oponer resistencia. Después, vio un par de chanclas de Michael junto a la puerta trasera y se las puso, dejando sus propias sandalias en el jardín.

Despacio, sin hacer ruido, caminó a hurtadillas por toda la casa intentando deducir lo que podría haber pasado. Pero estaba todo perfecto, inmaculado: la cocina relucía, el lavavajillas zumbaba silencioso; no había indicios de que hubiese sucedido nada extraño. El corazón de Rachel comenzó a desbocarse con un entusiasmo enfermizo. A causa del drama; del asombro; de la puta pasada que era eso. Lucy lo había matado. Había esperado el momento oportuno, había ido a verlo y lo había asesinado, y ahora... ahora ya no podría hacer daño a ninguna otra mujer. El corazón de Rachel latió de alivio, de adrenalina, de náuseas, de asombro.

Y, mientras pensaba esto, se le ocurrió que si Lucy tenía un motivo para matar a Michael, ella también; por lo que no debía estar allí, ni por lo más remoto. No obstante, necesitaba verlo. Tenía que asegurarse de que se había muerto. Entonces, deprisa, sigilosamente, fue al cuarto que había detrás de la cocina, que resultó ser un lavadero, y en él había una escalera que descendía hacia el sótano. Encendió la luz y bajó rápido. El sótano servía de bodega y en las paredes había cuadros de temática vinícola. Había una pequeña barra de cristal con dos taburetes de madera y una hilera de copas de vino sobre un estante detrás del que colgaba un espejo antiguo con grabados de estilo *art nouveau*. Y ahí estaba Michael, en su crisálida de plástico negro. Las bolsas no estaban cerradas y Rachel se agachó para retirar el plástico negro con el pañuelo de papel. Vio su vientre, los rizos de vello empapados de sangre; vio las mortecinas puntas de sus dedos; vio su camiseta, enrollada a la altura del pecho, la caída de la garganta y la mandíbula descolgada, la boca abierta hacia un lado, los ojos atravesándola.

Volvió a taparlo con la bolsa y lo dejó allí. Se detuvo un instante en el último escalón para echarle un último vistazo. «Patético —pensó—, patético.»

Entonces regresó a la cocina, se quitó las chanclas de Michael, se calzó sus propios zapatos, cerró la puerta corredera con la mano cubierta y enfiló la callejuela adoquinada que daba a las bulliciosas calles hacia la parada de taxi, y luego hacia su hotel, donde cogió su equipaje de recepción y se encaminó al aeropuerto.

62

Junio de 2019

Me quedo mirando la pantalla. Hay dos inspectores: uno negro, uno blanco. El negro se llama Samuel y parece estar al mando. Tiene el hombro apoyado en una mesa del cuarto desde el que me habla, en Londres, y me sonríe con amabilidad.

—Henry Lamb —dice—. Al fin nos conocemos.

—No tenía ni idea de que me estuviese buscando —señalo.

—Ya, claro. Imagino que no. Ha viajado usted bastante de incógnito.

—Estaba muy estresado por el trabajo. Necesitaba escapar. De verdad.

—Y, claro, además acaba de recibir una jugosa suma de dinero.

—Sí. Aunque eso no tuvo que ver. Yo ya tenía una buena cantidad de dinero antes de recibir esa transferencia. Solo necesitaba escapar; liberar estrés. Llevaba más de un año hacinado en un piso con mi hermana y sus hijos y su perro: necesitaba espacio.

—Eso explica por qué no contestaba al teléfono ni respondía a los mensajes.

—Exacto.

Miro al inspector blanco. Percibo que me odia, que soy la materialización de todo lo que detesta. Le lanzo una mirada coqueta, solo para verlo encogerse. Cosa que hace.

Samuel, el inspector negro, me resume rápidamente los resultados de su investigación. Está muy orgulloso de sí mismo, se nota. En realidad, tiene motivos. Pero la verdad es que se lo he puesto demasiado fácil.

Repito esos momentos en mi mente una y otra vez: los sucesos de aquel día de junio del año pasado, justo después de que Libby hubiese tomado posesión del número 16 de Cheyne Walk. El cálido sol vespertino caía sobre mis hombros al escalar al techo, retirar la lona que había detrás de la chimenea y apartar las hojas muertas, las ramitas y los palos amontonados por las tormentas de inviernos pasados. Y, durante un instante, me quedé ahí parado, contemplando sin ver el sucio sarcófago de toallas y sábanas viejas que había allí debajo. Me veo retirando las capas fibrosas y observando, completamente estupefacto, el diminuto esqueleto que contenían, y después metiendo a toda prisa los huesos, uno por uno, en una bolsa de basura de plástico negro. Recuerdo descender por la fachada de la casa y luego quedarme sentado con una cerveza fría en la mano, que abrí y me bebí al sol con los restos de Birdie a los pies, para después quemar las toallas en una pequeña hoguera.

Recuerdo esperar a que oscureciera, luego coger los dos botellines de cerveza y la pequeña bolsa de basura y quedarme de pie un rato a orillas del Támesis, contemplando el sol ponerse sobre él mientras envolvía su superficie con brillantes lazos de colores. Esperé a que no hubiese coches en la calle y estaba a punto de abrir la bolsa y tirar los huesos al agua cuando una barcaza tocó el claxon en la lejanía. Me sobresalté, di un paso en falso y la bolsa se me resbaló de las manos hacia el agua. Me estiré para intentar cogerla, pero se me escapó y lo único que pude hacer entonces fue observarla alejarse flotando corriente abajo. Allí iba todo lo que quedaba de Birdie, todos sus restos y todas las trazas forenses que probablemente estuvieran pegadas a ellos; y se marchó. ¿La encontrarían? No tenía ni idea. Solo podía esperar que, si alguien daba con ella, fuesen los peces o los pájaros, que la desmenuzasen dentro de diez, cien, mil años y que nunca más tuviese que lidiar con ella.

No obstante, según parece, solo tardó un año en volver a hacerse patente, y eso, por molesto que me resulte, es únicamente culpa mía.

—Y bien, señor Lamb...

Debe de ser la primera vez en toda mi vida que me llaman señor Lamb, y estoy a punto de darme la vuelta para comprobar si mi padre ha aparecido en la sala por arte de magia. «Señor Lamb.» Ese soy yo, a pesar de los muchos nombres que he adoptado. No obstante, casi lo había olvidado.

Samuel continúa:

—Alguien volvió a la casa de Cheyne Walk en algún momento del verano pasado, sacó los restos de la señorita Dunlop-Evers del tejado y los lanzó al Támesis. ¿Sabe usted quién puede haber hecho tal cosa? Suponiendo que no haya sido usted, claro.

Samuel me mira y, a pesar de los miles de kilómetros que nos separan, incluso a través de una pantalla, noto el ardor del conocimiento en sus ojos y sé que, si se lo permito, me podría leer: cada centímetro de mi ser, cada átomo. No obstante, me subestima. Me he pasado la vida buscando formas de reprimir mi lenguaje corporal, de esconder la verdad de quién y qué soy. No me sacará nada. Nada.

—Yo no fui. Ni Lucy. ¿Ha considerado la posibilidad de que haya sido otra de las personas que estuvieron presentes en la casa en aquellos tiempos?

—Ah, sí. Por ejemplo, los hijos de los Thomsen. Tenemos coartada para ambos para el año pasado. Ninguno estaba en Londres. E, incluso aunque hubiesen estado aquí, no podrían haber accedido a la casa sin las llaves. Y según todas las personas con las que hemos hablado, solo usted, su hermana y Libby Jones disponían de las llaves.

—Se equivoca —digo triunfante.

—¿En qué exactamente?

—En que la única forma de entrar a la casa sea por la puerta principal. Hay un portillo en el jardín.

Veo que ambos inspectores se encogen al percatarse de que su teoría a prueba de balas está empezando a hacer aguas.

—¿Un portillo?

—Sí. En la parte trasera del muro. Da al jardín de la casa de detrás. Está cubierto de lilas. Quizá lo hayan pasado por alto.

—Entonces, ¿sugiere que una persona que reside en la casa de detrás ha podido usar este portillo para acceder al jardín de su casa, trepar al tejado y trasladar los restos de la señorita Dunlop-Evers?

—No, para nada. Esa casa se ha dividido en pisos y el jardín trasero lo han convertido en un aparcamiento. Al que se puede acceder desde la calle. Cualquiera podría entrar.

Me regodeo en el corto silencio que sigue a esta declaración.

—¿Podría volver a disfrutar de mis vacaciones, inspector?

—Disculpe, señor Lamb. Tenemos unas cuantas preguntas más, si no le importa.

—Creo que no tengo nada más que decir. Ya lo saben todo. Birdie Dunlop-Evers era una sociópata, aterrorizó a toda la casa durante más de cinco años, manipuló a mi hermana para que se acostase con un hombre adulto cuando ella no tenía más que trece años, le robó a su hija, formó parte de un suicidio colectivo con mis padres y David Thomsen y acabó muriendo de un inexplicable golpe en la cabeza que probablemente mereciera y que podría haber sido administrado por gran cantidad de gente, dado que la odiaba todo el mundo y era una mujer peligrosa. Y ahora acabamos de determinar que cualquiera podría haber accedido al jardín trasero para, como usted ha dicho, trasladar los restos y tirarlos al río. Creo, inspector, que su caso a medio cerrar se acaba de volver a abrir. Anda que meter a la Interpol en esto... ¡Qué bochorno!

Samuel me clava la vista unos segundos, antes de recolocarse y revisar sus documentos.

—Tenemos unas cuantas preguntas más, si no le importa.

Le lanzo una mirada dura como la piedra. ¿Qué más tiene?

—Usted fue la última persona en ver a Libby Jones (o Serenity, como se la conocía entonces) antes de salir de la casa. Sin embargo, cuando llegó la policía, los cadáveres de sus padres y del señor Thomsen llevaban en el suelo de la cocina de tres a cuatro días. ¿Qué sucedió en ese ínterin? ¿Quién estaba presente y qué hicieron?

Suspiro.

—No había nadie. Todos se largaron y me dejaron el marrón a mí solo. Lucy me endilgó a la niña. Me tuve que ocupar yo de todo. Me quedé todo el tiempo que pude. —Pongo mi mejor cara de mártir y vuelvo a suspirar.

—Lo que no entiendo, señor Lamb, y sé que usted no era más que un crío, fue por qué no llamó a la policía. Había cuatro adolescentes, como ahora sé, atrapados en una casa con gente malvada, víctimas de abusos sexuales, de maltrato, y cuando al fin sus captores fallecieron y se vieron libres, ¿por qué no acudieron a las autoridades para que los pusiesen a salvo?

Buena pregunta. Me reacomodo en la silla y luego miro directamente a la pantalla.

—Estábamos traumatizados —respondo—. Rotos. Hechos pedazos. No tengo otra explicación. Las decisiones que tomé a los dieciséis años me parecen tan lejanas que ni las reconozco. Si reviviese ese momento, llamaría la policía. Pero entonces... no lo hice.

Samuel exhala y compruebo que he vencido.

—Bueno, le agradezco que nos haya dedicado su valioso tiempo, señor Lamb. No obstante, necesitaré mantener el contacto con usted, dado que la investigación sigue en curso. Así que agradecería que tanto usted como su hermana regresaran a Londres de inmediato y no volvieran a desaparecer.

La pantalla se queda en blanco un instante después y me giro hacia el operario que se encuentra en la sala conmigo.

—¿Me puedo marchar ya?

—Eso parece, sí.

Cuando salgo a la calle, enciendo el móvil. Me detengo un instante. Noto las lágrimas vibrar en lo más profundo de mi garganta. Siento una inquietud, una necesidad, pero no de evasión, sino de todo lo contrario. Necesito abrazar a mi hermana, estar con mi familia, ponerme a salvo. Ver a mis gatos y a mis colegas. Salir a correr por Regent's Park. Quiero irme a casa. Le doy a algunos botones y desbloqueo el número de mi hermana. Me llega una avalancha de notificaciones suyas. Abro la más reciente y la leo:

Lo siento. Solo quería que se terminara.
Espero que no te parezca mal. Llámame.

La llamo.
—Hola.

—Ay, Dios, Henry. ¿Estás bien? ¿Qué pasó con la policía? ¿Dónde estás?

Le digo que estoy bien, que me han dejado marchar. Le digo dónde estoy y me dice que ella se aloja en el último hotel en el que estuve yo hace unas pocas noches.

Me espera en la cafetería con Marco y Stella y, para mi sorpresa, los tres se lanzan a abrazarme en cuanto aparezco, y me veo inundado de olores familiares, y es una sensación extrañamente maravillosa. Les devuelvo el suave apretón.

Entonces, pedimos algo de comer y lo noto: noto que se eleva de mis hombros, aunque sé que aún no ha terminado, aunque sé que el inspector Owusu está en Londres buscando nuevas pistas que seguir y preguntas que formular; aunque sé que aún no estoy fuera de peligro del todo, puedo, por primera vez desde aquella mañana de abril de 1994 (en la que dejé los cadáveres de mis padres en el suelo y a Libby dormida en la cuna y me adentré en el centro de Londres con mil libras en el bolsillo de la americana marca Saville Row de mi padre) ver lo que me ofrece el futuro, y me parece prometedor y solo quiero llegar a él. Me siento curado, en cierta forma, y, disculpad el tono metafísico al que no suelo recurrir, pero me siento renacido.

Chicago me ha curado. Lucy y sus hijos me han curado. Y ahora esta untuosa *pasta aglio e olio* también me está curando. Cuando regrese a Londres, reclamaré mi identidad. Reclamaré a Henry Lamb. Abanderaré el niño cuyo rostro vi por última vez contemplándome en un espejo de la casa de Chelsea hace tantísimos años. No tengo motivos para seguir fingiendo no ser él. Ninguno en absoluto.

—Ah —dice Lucy, irrumpiendo en mis pensamientos—. No puedo creer que no te lo haya preguntado todavía. ¿Y Phin? ¿Diste con él?

Me atraganto con un bocado de pasta y me llevo la servilleta a la cara.

—No —respondo—. Por desgracia, no. Pero no por falta de intención.

Veo que algo le atraviesa la expresión. No sé lo que es. ¿Desconfianza? ¿Miedo? Sin embargo, se disipa antes de que pueda analizarlo y ella vuelve a sonreír.

—Pues vaya —dice—. No estaría escrito.

—Tal vez no —concuerdo—. Tal vez no.

Quinta parte

63

Samuel

La pantalla se queda en blanco y se lleva a Henry Lamb con ella. Me paso las manos por la cara.

Donal me mira.

—¿*Pub?*

Mi cabeza dice «No, vete a casa, Samuel; duerme», pero mi corazón le hace decir:

—Sí. *Pub.*

El *pub* está lleno, la acera rebosa de bebedores de viernes noche, aún no ha oscurecido del todo y hace una temperatura agradable. Donal se pone a la cola en la barra y yo me siento en la banqueta de una mesa pequeña que acaba de quedar libre. Intento que el estrés del día salga de mi organismo en plan zen, a través de la respiración. Pero ha sido un día tan largo... He ido hasta Gales en coche y después he llevado a cabo tres interrogatorios sin solución de continuidad. Mi cuerpo se aferra al estrés con obstinación y sé que lo único que me ayudará a deshacerme de él es el alcohol. Mientras espero a Donal, enciendo el móvil. Tengo un mensaje de Cath Manwaring. Quiere saber qué tal me fue con

Justin. Asumo que la mueve la curiosidad, que quiere sacar todo el partido posible a su llamada de buena samaritana. No obstante, luego dice que está preocupada por él; que normalmente va al *pub* los viernes por la noche, pero que esta tarde no lo ha visto y me pregunta si sé dónde puede estar.

¿Lo ha arrestado?

Respondo a toda prisa.

No. No lo hemos arrestado. Lo dejé en su furgoneta sobre las dos de la tarde.

¿Parecía disgustado?

No. Todo parecía normal.

Me parece que voy a pedirle a mi marido que pase por allí. Estoy preocupada. Me siento culpable.

Por favor, señora Manwaring, no se sienta culpable. Hizo lo que debía. El testimonio de Justin ha sido de gran ayuda.

Espero que tenga razón, inspector, de verdad se lo digo.

Donal llega con la pinta de cerveza. Al posarla sobre la mesa, me parece milagrosa, un ente dorado y hermoso que no podía haber ni soñado durante este día que me ha parecido infinito y que ha acabado en nada. Henry Lamb me ha demostrado lo imposible que es este caso. No podemos probar nada. Es todo anecdótico. El caso está enterrado bajo una capa de polvo que no soy capaz de atravesar, y ahora, al darle el primer sorbo a la cerveza helada que tanto merezco, noto que mi determinación se debilita. ¿Cuántas más libras de los contribuyentes tengo pensado tirar en este pozo? En una mujer malvada. Una mujer a la que nadie quería, a la que nadie añora, que tenía témpanos de hielo en el corazón. Un caso de abuso a menores del que no quedan pruebas; una casa en la que vivía mucha gente y de la que no existe información tangible de un periodo de al menos seis años; una casa a la que se mudó una familia ambulante que tomó el control sin que nadie se diera cuenta. Es imposible. Es terrible. Va a acabar conmigo si no dejo de darle vueltas. Creo que lo mejor sería dejarlo estar. No obstante, primero tengo que acabarme la cerveza y hablar de nada en concreto con Donal, luego me iré a la cama y mañana decidiré si hay algo más que hacer al respecto.

Porque hay algo que sigue molestándome: Henry Lamb. Es más que un niño maltratado. Hay algo más, algo retorcido. Algo malo. No alerté a las autoridades estadounidenses de que tanto Henry como Lucy habían usado pasaportes falsos para entrar en su país. Necesito que vuelvan. Me hacen falta aquí, en Londres, a mano, porque hay algo que se me escapa; lo sé.

Voy por la mitad de la segunda cerveza rubia cuando me vibra el móvil. Otro mensaje de Cath Manwaring. Lo leo y se me para el corazón.

Por favor, llámeme en cuanto pueda. Le ha
pasado algo horrible a Justin.

64

Julio de 2018

Rachel volvió a Antibes unos días más tarde. Joy, la limpiadora, había descubierto el cadáver de Michael, y la policía, como es lógico, solicitó hablar con ella. Sí, les dijo, lo había visitado hacía una semana. Sí, habían discutido. Sí, estaban separados. Sí, estaban intentando arreglar ciertos problemas financieros. Pero no, dijo, no tenía motivos para matarlo. Ninguno en absoluto. «Me marché de su casa —les dijo— con la firme intención de no volver a verlo.»

Era un maltratador, les dijo, un criminal: vendía material a fabricantes de droga, se movía en una red de oscuridad y subterfugios y tenía un revólver en su estudio. Era mala persona, y ella se alegraba de que se hubiese muerto, pero no, ella no lo había asesinado, y no tenía ni idea de quién podría haberlo hecho. Le debía mucho dinero a mucha gente, les dijo. Conocía a personas muy cuestionables. En su mundo, había mucha gente que podría tener motivos para querer verlo muerto, les dijo. Mucha gente.

—¿Qué sabe de su primera mujer? —le preguntaron—. Lucy Smith.

—Nada —respondió ella—. Michael nunca me hablaba de ella. Lo único que sé es que se separaron amargamente hace bastantes años y que él no la había vuelto a ver.

—Interesante —dijeron—, porque según la asistenta del señor Rimmer, hacía poco que había visto a Lucy. Muy poco, de hecho.

A Rachel le dio un vuelco el corazón. ¿Cómo podía saber Joy que Lucy había estado allí? No trabajaba los domingos.

—Según parece, la señorita Smith visitó al señor Rimmer unos cinco días antes de su muerte. El mismo día, de hecho, que usted vino a verlo. Vino con sus hijos y su perro y pasaron unos quince minutos con él en el jardín. La asistenta dijo que le pareció un encuentro muy agradable.

Rachel intentó que no trasluciese su confusión y asintió, pensativa.

—Bueno —dijo—, tal vez Michael me mintiese acerca de la relación que tenía con Lucy. Me mintió sobre todo lo demás, así que no me extrañaría.

Sin pruebas físicas para retenerla, la policía dejó marchar a Rachel unas horas más tarde. Se puso las gafas de sol y atravesó la ciudad, ya conocida, hasta la playa. Rachel contuvo las repentinas ganas de remontar la carretera costera que la llevaría a la Colina del Castillo, llamar a la puerta del edificio azul medio destartalado para ver a Lucy y decirle que era su heroína y que la protegería con cada fibra de su ser hasta el fin de los tiempos. Pero no podía, ya que la policía podría sospechar. En cambio, se sentó a una mesa con vistas al mar y se bebió un Aperol Spritz que le sirvió un chico joven que parecía sacado de un anuncio de loción para después del afeitado. Alzó el vaso a la salud de Lucy y rezó por ambas en silencio.

Durante los meses siguientes, Rachel recibió información actualizada sobre el caso de una agente llamada Avril. Durante los meses siguientes, Rachel fue consciente de que la seguían considerando sospechosa y también de que la policía aún no había cejado en la búsqueda de Lucy. Habían dado con su último lugar de residencia gracias a la escuela de los niños, pero el encargado del edificio les había dicho que se habían ido de vacaciones a Malta. Sin embargo, no encontraron ni rastro de la familia ni en Malta ni en ningún otro lado. Lucy se había desvanecido en el aire.

Durante muchos muchos meses, Rachel durmió inquieta, temiendo que sonara el teléfono, que se descubriera que había entrado en casa de Michael justo después de su asesinato. Pero también con el terror gélido de que encontraran a Lucy. Recordó al niño serio, a la niña angelical y sus ojos cansados cuando los había visto sentados junto a su madre en la plaza. Incluso recordó al perro, y temió por el bienestar de todos ellos si arrestaban a Lucy. Y entonces, una mañana de junio, cuando casi había transcurrido un año desde que Joy había descubierto el cadáver de Michael en el sótano, le sonó el teléfono.

Era Avril, la inspectora francesa.

—Tenemos noticias del caso de Michael, señora Rimmer —le dijo—. ¿La pillo en un buen momento?

65

Junio de 2019

Lucy, los niños y Henry llegan a Londres a las siete de la tarde de un sábado. Los empleados del control de pasaportes de ambos países los hacen avanzar con un gesto de la mano sin casi mirarlos, tal como Henry había predicho.

—Seguro que el inspector ese no le ha dicho nada a nadie —le había comentado a Lucy en el Uber que los llevaba al aeropuerto O'Hare—. Quiere que volvamos a Londres, no que nos quedemos aquí indefinidamente.

A las nueve de la noche, se apean del taxi negro que habían tomado en Paddington Station y acceden al edificio de Henry. Oscar, el portero, no está, dado que sale antes los fines de semana, por lo que arrastran sus maletas silenciosamente hacia el ascensor que los lleva al tercer piso.

Lucy posa la mochila en el suelo del pasillo y mira alrededor. ¿Cómo es posible que hayan pasado solo cuatro días desde la última vez que ha estado aquí? U ocho desde que preparó las magdalenas para el colegio de Stella. «¿Cómo puede ser cierto?», se pregunta. ¿Cómo? Siente que ha vivido mil vidas desde entonces.

Los gatos aparecen como sombras fantasmales al oír los sonidos de los humanos, y se refriegan contra las paredes.

Henry los coge a los dos: el bueno se frota contra la cara de su dueño; el malo bufa y araña, y Henry lo deja marchar. La limpiadora ha venido cada día y el apartamento está inmaculado.

Piden pollo frito a Deliveroo y ven la tele sentados en el sofá. Henry está distinto, más tierno, sentado con el gato bueno en el regazo, dándole de comer pollo directamente a la boca y bromeando con Lucy y los niños. En un momento dado, Stella quita los cojines del respaldo y los tira al suelo para sentarse sobre ellos, y Henry ni se inmuta.

Se van a la cama lo más pronto que pueden teniendo en cuenta el *jet lag*; es decir, a las dos de la madrugada. Lucy se tumba y escucha el tráfico de Londres a través de la ventana de su dormitorio y vuelve a sentir la horrible sensación que no la abandona desde hace un año: la tirantez en su cráneo, el pánico sordo que mella todo a su alrededor y va desgastando poco a poco su seguridad. Si la policía ha sido capaz de deducir, veintiséis años después de que sucediese, que Henry asesinó a Birdie Dunlop-Evers de un solo golpe en la cabeza, ¿qué más pueden descubrir? «Estoy en casa —piensa—, llevo un pijama limpio, estoy tendida sobre una cama cómoda y grande en un apartamento de lujo en el centro de Londres. Pero jamás me sentiré a salvo, al menos hasta que sepa que la policía francesa no me anda buscando.»

66

—Bienvenido a casa, Henry.

Sostengo la puerta, con cierto aire petulante, y dejo que el inspector Owusu entre en mi apartamento. Ver su cara en el portero automático me dejó bastante tocado, no voy a mentir. Este hombre al que había visto por última vez en un portátil en una sala de interrogatorios de Chicago y a quien creía haber despachado el viernes; este hombre que debería haber dado carpetazo al caso y haberse buscado otro más interesante, uno en el que pudiera alcanzar un cierto nivel de éxito, está aquí y un domingo por la mañana: el peor momento que existe para que un inspector demasiado insistente se presente en casa de una persona.

—Gracias —le digo, y lo guío hacia el interior mientras me disculpo por el desorden y recojo cojines del sofá del suelo—. ¿Qué puedo hacer por usted, inspector?

—Pues mire, señor Lamb, vengo con malas noticias. Quería que fuese el primero en saberlo, antes de que llegase a la prensa, porque, señor Lamb, la prensa va a darle mucho bombo a este tema. Tal vez quiera sentarse.

Parpadeo despacio. No tengo ni la más remota idea de lo que está a punto de revelarme. Me pasan por la cabeza todos mis seres queridos: Lucy, los niños, Libby, incluso Miller Roe. Me siento despacio y me quedo mirando al inspector.

—Vale.

—Bien, pues resulta que el viernes fui a Gales a hablar con Justin Ugley, o Redding, como quizá lo haya conocido usted de adolescente.

Asiento y trago saliva.

—Por desgracia, señor Lamb, uno de los vecinos de Justin halló su cuerpo sin vida anoche. Lamento decir que se ha suicidado.

—Ay, Dios. —Me tapo la boca con las manos y noto un puñetazo de tristeza impactar contra mi vientre.

—Dejó una nota, y me pareció adecuado enseñársela, dado que habla de usted. ¿Le gustaría leerla?

—Ah. Sí, supongo que sí.

El inspector me pasa una fotocopia de la nota y yo la desdoblo. La caligrafía me resulta inmediata y abrumadoramente familiar; es la misma que llenaba las libretas que estudiábamos juntos en el jardín, los cuidadosamente anotados nombres científicos de las plantas, las hierbas aromáticas, los frutos que cultivábamos juntos y los planes de cultivo estacionales. La maravillosa letra de Justin.

Comienzo a leer.

A quien me encuentre:

Lo primero que quiero decirle es que lo siento. Este acto tan egoísta traerá dolor a quienquiera que llegue aquí primero. Por favor, tenga en cuenta que al escribir estas líneas estoy feliz, o al menos que esto no fue un acto de desesperación violenta, sino de liberación espiritual. Llevo siendo desgraciado mucho tiempo. He tomado decisiones horrendas y he elegido mal. He hecho daño. He decepcionado. Estoy vacío y, lo que veis ahora, este cascarón vacío, es lo que he sido los últimos veinte años. Llevo tanto tiempo atormentado por lo que presencié a finales de los ochenta y principios de los noventa en la casa de Chelsea: el terrible maltrato que perpetraron David Thomsen y Birdie Dunlop-Evers, y no solo eso, sino también cómo robaron el dinero y las posesiones de los Lamb bajo el pretexto de «salvar su alma», pero que, en realidad, acababan en sus bolsillos. Lo que pasó tras las puertas de aquella casa fue desolador y, como el cobarde que soy, me piré. Los dejé allí.

No obstante, la culpa me abrumó y me hizo pedazos. Pensaba en esos niños continuamente. Sobre todo, en Henry. Este era la oveja negra de la casa. Las chicas tenían un estatus superior, y Phin era el niño alfa, hijo del macho alfa. Henry estaba en lo más bajo, buscando desesperadamente cualquier tipo de conexión humana que pudiese encontrar. Era un chaval muy interesante: aprendía rápido y tenía un gran sentido de la justicia. Henry sabía dónde yacía la rectitud moral mucho mejor que los adultos, y no dejaba de suplicarles que la buscaran, pero en vano.

Un día de 1994 volví a Londres. Le había escrito cantidad de cartas a Henry, pero jamás había recibido respuesta y quería asegurarme de que todo iba bien. Llamé a la puerta, pero nadie contestó. Entré por la puerta de atrás, a través de la casa de los vecinos, y vi a Henry por la ventana de la cocina. Estaba muy delgado. Muy débil. Muy destrozado. Vi a David y a Birdie; se estaban riendo. Henry me vio a través del cristal y le pedí que saliese al jardín. Me contó cosas horripilantes. Yo le dije que acudiría a las autoridades. Que los sacaría de allí. Que los rescataría, eso le dije a Henry. Y él se aferró a mí, llorando desconsolado, pero, en ese momento, apareció Birdie. Dio comienzo una refriega, y me temo que en esa refriega, Birdie falleció.

Henry y yo escondimos su cuerpo. Estuvo mal. Ahora lo sé. Debería haberme entregado a la policía y haber confesado mi crimen; los niños se habrían salvado y sus vidas habrían sido muy distintas. Entonces supongo que por eso Henry —si es que fue él, cosa que imagino que no sabremos nunca— trasladó los restos de Birdie: para salvarme, para protegerme. Así que, por favor, si encuentran a Henry, tengan en cuenta que él no ha hecho nada malo. Díganle que es y que siempre ha sido un gran chico. Y que lamento mucho haberle decepcionado. Nunca me lo perdonaré. No obstante, espero que él consiga llegar a perdonarme algún día.

Atentamente.

Justin L. Ugley

P. D.: Por favor, llamen a mi madre a este número para contarle lo que me ha pasado. Es muy mayor y quizá no me recuerde siquiera, pero supongo que alguien tiene que ser informado de lo que he hecho.

Releo el último párrafo para asegurarme de lo que dice. Es mentira. Claro que es mentira. Pero no debo permitir que se entere el inspector. Él debe asumir que lo que acabo de leer es una descripción veraz y rigurosa de los acontecimientos, así que lo miro con los ojos anegados de lágrimas —no tengo que fingirlas, porque Justin era un buen tío, un rayo de luz en aquellos años tan oscuros, y me apena que se haya suicidado; lamento que su vida tuviese tan poco valor como para sacrificarla por mí— y digo:

—No puedo creer que se haya ido. Era mi mejor amigo. Mi único amigo. E intentó rescatarnos con todas sus fuerzas. Pobre Justin.

Entonces me doy cuenta, en una oleada de clarividencia, de que Justin se ha sacrificado por mí. Que se ha entregado para salvarme. A mí. A Henry Lamb. Al patético pringado que soy.

No obstante, por algún motivo que desconozco, pensó

que valía tanto como su propia vida. Entonces lloro de verdad. Vierto lágrimas de asombro y de gratitud, y también de alivio, porque a pesar de que lo que dice la carta es mentira, también podría ser verdad. Sin demasiado problema. Igual que he recalibrado mi historia personal para reescribir la parte en la que cultivé belladona en el jardín del número 16 de Cheyne Walk para envenenar a mis padres y a David Thomsen, y ahora casi creo que murieron en un suicidio colectivo; en un mundo paralelo quizá Justin me escribió cartas que jamás recibí, tal vez vino a Londres a rescatarnos y a lo mejor fue él, y no yo, quien le dio a Birdie en la cabeza con el colmillo de elefante y le quitó la vida. «¿Por qué no?», me pregunto. Y, de pronto, los engranajes de la historia se modifican y se recolocan en mi mente y, en unos instantes, lo he recalibrado todo, toda la puta historia, y yo no maté a Birdie, aunque puede que sí haya trasladado sus restos; y, en realidad, ¿es un crimen tan condenable proteger a un hombre como Justin? Un buen hombre. ¿En serio?

—¿Se ajusta esto a lo que usted recuerda?

Asiento patéticamente y me paso la mano bajo la nariz, que me moquea.

—Sí —respondo con una voz diminuta—. Así es.

El inspector Owusu suspira y se recuesta contra el respaldo de la silla. Se me queda mirando.

—Volvimos a entrar en el jardín de Cheyne Walk —dice—. Encontramos el portillo en la parte trasera del que nos habló. No obstante, sigue cubierto de lilas. Las ramas son viejas y están intactas. No pudo haber entrado nadie por allí al menos desde hace varios años. Es imposible. De modo que tengo que hacerle una pregunta, señor Lamb. ¿Fue usted? ¿Trasladó usted los restos?

Asiento patéticamente de nuevo. Entonces, miro al inspector y digo:

—¿Me va a arrestar por haber movido los huesos de Birdie?

—No lo sé, señor Lamb. ¿Cree usted que debería?

Niego con la cabeza.

—No, creo que no.

Durante un buen rato, el inspector Owusu se me queda mirando. Veo lo que hay en sus ojos: la verdad. Sabe que la nota de suicidio de Justin es pura ficción. Sabe que mis lágrimas son puro teatro. Sabe que maté a Birdie. Y sabe que yo sé que lo sabe. Ambos estamos quietos, en silencio y en un estado de reflexión cristalino y brillante. Espero que me lance alguna otra cosa, que haga un último intento de sacarme la verdad. Pero no. En cambio, sonríe.

—Bueno. —Empieza a levantarse—. Ya se verá. Por ahora, hemos terminado. Ah, hay otra cosa. Vagamente conectada con el caso. Durante la investigación, he oído un par de veces que usted estaba intentando encontrar a Phineas Thomsen. Al verdadero. ¿Consiguió dar con él al final?

Noto que un violento rubor me irradia desde el vientre y me atraviesa el cuerpo, e intento detenerlo antes de que me llegue a la cara.

—No —respondo—. Por desgracia, no. Parece que está empeñado en que no lo encuentre nadie.

—¿Era muy importante para usted?

—Sí. Era como mi ejemplo a seguir, podría decirse. De ahí que haya usado su nombre todos estos años. Además, era el padre biológico de Libby. ¿Lo sabía?

—Sí —confirma Samuel—. Sí que lo sabía.

—Ese era el principal motivo por el que lo fui a buscar. Para que conociese a la hija a la que no ha visto desde que la dejó en la cuna de bebé. En fin, él se lo pierde. No tenía madera de padre, en realidad.

Estoy parloteando y el inspector Owusu no deja de leer mi lenguaje no verbal, así que me callo. Respiro y digo:

—Qué pena. Se está perdiendo la oportunidad de conocer a una chica maravillosa.

El inspector Owusu se marcha al poco. Apoyo la espalda contra la puerta cuando la cierro justo después de que haya salido y me permito resbalar hasta acabar sentado en el suelo, donde me paso unos minutos temblando.

67

Julio de 2019

Lucy mira el extraño edificio que se alza ante ella. Parece una nevera torcida. Se queda delante de la puerta de acceso y contempla los timbres, intentando recordar el número que le dijo Rachel. Treinta y uno, cree, y le da al botón.

—Hola —dice—, soy Lucy. ¿Puedo pasar?

Tras un breve silencio, la cerradura se abre con un zumbido y ella se adentra en el recibidor. Rachel la espera delante de la puerta de su apartamento. Lleva un pijama corto y el pelo oscuro recogido en un moño desaliñado en lo alto de la cabeza. Sus piernas parecen no tener fin y tienen pinta de ser muy suaves y, durante un instante, Lucy se queda apabullada por la perfección de esta mujer; durante un instante, piensa: «No, Michael no ha podido ser capaz de hacerle daño a esta chica, porque es una diosa». Se da la vuelta, planteándose huir, pero entonces Rachel le sonríe y le dice:

—Ay, Dios, no sabes cuánto te agradezco que hayas venido. Pasa.

Rachel había metido una nota por debajo de la puerta del piso de Henry hacía un par de días: «Lucy, tengo noticias sobre la investigación en Francia. Por favor, llámame». Rachel leyó la noticia de la muerte de la estrella de pop que había muerto en la casa de Chelsea. Había visto las fotos que le habían sacado los *paparazzi* a Lucy al salir del apartamento de su hermano con su perro y había dado con la dirección.

Ahora Lucy sigue a Rachel hacia el interior de su apartamento. Está desordenado y es moderno; tiene una encimera de teca colgada del techo. El salón tiene vistas al canal y toda la estancia está anegada de luz natural. Lucy considera que es el tipo de piso en el que le encantaría vivir si fuese una mujer soltera y sin cargas familiares.

—¿Sabías que ya nos habíamos visto antes? —comienza Rachel mientras llena la tetera bajo el grifo.

—¿Ah, sí? —Lucy la mira, intentando encontrar algo que le reavive la memoria. Entonces lo ve—. ¡Ah! —dice—. ¿Eras tú? En Niza, el año pasado.

—Sí. En febrero de 2018. Era yo. Me tocaste *Firework* de Katy Perry.

Lucy asiente.

—Lo recuerdo —dice—. Ahora me acuerdo. Fuiste muy generosa. Muy amable. ¿Por qué no...? —Se calla—. ¿Por qué no me dijiste nada?

—Ah —dice Rachel mientras saca bolsitas de té de un tarro—. No sé. Supongo que había ido en busca de respuestas y, cuando las conseguí, no quise meterme en tu vida. No quería liarla.

—¿Qué respuestas?

Lucy ve que los ojos de Rachel se cubren de una fina película de lágrimas.

—Que no era la única, supongo. Que no había sido culpa mía y que él ya era así. —Se ríe, nerviosa, y mete las bolsitas de té en amplias tazas. Entonces, la sonrisa se desvanece y Rachel suspira hondo y cierra los ojos—. Lucy —le dice, mirándola intensamente—, ese día; el día que murió. Yo estaba allí. Te vi.

Lucy sacude la cabeza, impactada, y suelta una risa nerviosa.

—¿Qué?

—Te vi en casa de Michael. Limpiando la cocina. Arrastrándolo hasta el sótano. Lo vi todo y llevo desde entonces queriendo decirte que he hecho lo que ha estado en mi mano para protegerte, para salvaguardarte. Cada vez que hablo con la policía, les recuerdo que Michael era un criminal, no la víctima de un crimen; que solo era víctima de sí mismo. Y sabía que aún no habían cerrado la investigación, que aún estabas en su punto de mira. Sin embargo, hace unas semanas, recibí una llamada del equipo de investigación francés. Es oficial: han cerrado el caso. Se ha archivado como un asesinato orquestado por la mafia. Ya no te buscan, Lucy. Se ha acabado.

Lucy nota una burbuja de euforia nerviosa en sus entrañas. Niega con la cabeza.

—¿Estás segura?

—Completamente, Lucy. Eso era lo que te quería contar. Solo eso. Al fin, después de tantos meses, se ha terminado.

Lucy vuelve a negar con la cabeza. Se siente casi incapaz de procesar estas noticias.

—Pero ¿y si..., no sé, y si alguien encuentra alguna grabación de seguridad o recuerda verme entrar en la casa? Aún podría...

Rachel la interrumpe.

—No —dice—. Eso no va a pasar. La investigación fue rigurosa y a fondo, créeme. No han dejado nada sin remover y le han dado carpetazo. Está cerrada con llave. Nadie te busca, Lucy. Nadie te volverá a buscar. —Sonríe de oreja a oreja y Lucy le devuelve el gesto.

—Ay, Dios —dice Lucy—. No me lo puedo creer. Llevo pensando en ello meses, cada minuto de cada día. Estaba lista para huir, ¿sabes? Lista para esconderme. Y ahora...

—Sí... Se ha terminado. —Rachel vuelve a sonreír—. Pero tengo que preguntarte una cosa, Lucy. ¿Qué fue lo que te empujó a hacerlo?

Lucy mira al suelo y luego a Rachel, a sus ojos brillantes de lágrimas.

—Fui a recoger los pasaportes. Ese domingo. Sabía que esperaría que le pagara con sexo, pero me parecía un precio asequible a cambio de nuestra libertad. Necesitaba volver al Reino Unido a buscar a mi hija. Así que estaba preparada. Llevaba ropa interior bonita. Estaba lista para hacerlo. No obstante, no era precisamente eso lo que él quería. Me violó en la cocina. Me sentó sobre cristales rotos. Mira. —Lucy se levanta la camiseta para enseñarle a Rachel la cicatriz que, incluso después de un año, seguía teniendo sobre la piel—. Estaba sangrando, me estaba doliendo y él seguía violándome. Entonces vi el cuchillo. El mismo que había usado para cortar los tomates. Y..., bueno. Ya sabes lo que hice.

Rachel la toma de la mano y a Lucy también se le llenan los ojos de lágrimas.

—Lo sé —dice—. No tienes que decir nada más. Ya lo sé.

—¿Y tú? ¿Qué estabas haciendo allí cuando me viste?

—¡Ja! Pues resulta que también había ido a matarlo.

Lucy ahoga un grito.

—¿En serio?

Rachel sonríe.

—No. No va en serio. O quizá sí. Si se hubiera dado el caso.

—¿Por cómo te trató?

—Sí. Por cómo me trató. Porque también me violó a mí, ¿sabes? Me violó mientras dormía. ¡Estaba dormida! —Rachel se lleva las manos a la boca y solloza—. Y luego —sonríe lastimeramente y continúa, tomando aliento antes—, unos meses después, me enteré de que estaba extorsionando a mi padre. Le había sacado todos sus ahorros con amenazas de publicar fotos guarras mías que había sacado de mi móvil en algún momento de nuestro corto matrimonio. Fui a pedirle que le devolviera el dinero. Pensaba coger su pistola... ¿Sabías que tenía una pistola? Y pensaba apuntarlo con ella hasta que aceptara pagarle a mi padre todo lo que le había robado.

—¿Y si se hubiera negado?

Rachel mira a Lucy directamente a los ojos y, tras un momento de silencio, dice:

—Le habría disparado.

—Pero me adelanté.

—Sí. Te adelantaste. Y tú, Lucy, eres mi heroína.

Rachel se acerca a Lucy y la estrecha entre sus brazos.

—Gracias —le susurra entre el pelo—. Gracias por hacerlo.

—¿Y el dinero de tu padre? —pregunta Lucy—. ¿Lo lograste recuperar?

Rachel asiente y sonríe.

—La empresa de gestión de patrimonio donde Michael lo tenía almacenado no quería líos, así que se lo devolvieron todo a mi padre, sin más preguntas. En fin. Felices para siempre. —Vuelve a sonreír y se da una palmada en los muslos desnudos—. ¿Te parece que las diez y media de la mañana es demasiado pronto para una copita de champán?

Lucy parpadea sorprendida. Luego sonríe y dice:

—Para nada.

Sacan el champán al balcón y brindan la una por la otra, por la seguridad, por que los malos se lleven su merecido y por que los buenos salgan adelante. Y Lucy le habla a Rachel de la vieja vicaría de St. Albans, y Rachel le dice que le encantaría verla, a lo que Lucy le contesta que la invitará a tomar una copa cuando esté lista para recibir visitas. Y Rachel le habla a Lucy de su negocio de diseño de joyas y le enseña unas piezas exquisitas en su web.

—Te voy a confeccionar algo, Lucy —dice Rachel—. Lo que tú quieras. Escoge y lo haré.

No obstante, Lucy niega con la cabeza y dice:

—No, no necesito nada.

—Pues algo para Libby, entonces. Para tu hija.

Lucy sonríe y dice:

—Ah, sí. Gracias. —Y ya no hablan de Michael, porque Michael está muerto y ellas vivas; y están a salvo y el sol las baña mientras las barcas pasan por el canal.

68

Agosto de 2019

Max Blackwood, el agente inmobiliario, está delante de la vicaría de St. Albans en una fresca mañana de agosto; lleva un jersey encima de la camisa.

—¡Buenos días, buenos días! —le canturrea a Lucy cuando esta se apea de su coche—. ¡Ha llegado el día!

Lucy espera a que Stella se baje por su puerta mientras Henry sale del lado del pasajero y Marco emerge de la otra puerta trasera. Los cuatro le echan un vistazo a la casa.

—Joder —le dice Henry a Marco—. Ya veo lo que decías.

—¿Ves? Te lo dije —dice Marco, que odia la casa con toda su alma—. Destartalada.

Mientras, Stella aprieta la mano de su madre con entusiasmo. Lleva todo el trayecto deseando llegar para volver a ver su cuarto. Los niños solo han visto la casa una vez, justo después de haber firmado el contrato de compraventa. Hoy es el día en el que se hace efectivo, y Lucy se acerca al agente inmobiliario y toma las llaves de su mano extendida.

—Muchas gracias —le dice—. Es de los días más emocionantes de mi vida. ¿Qué te parece? Es la primera casa que está a mi nombre, a mis cuarenta añazos.

El agente inmobiliario le sonríe y le dice:

—Más vale tarde que nunca. Y la espera ha merecido la pena, diría yo. Es una casa preciosa.

Se despiden de él poco después y, justo cuando se está marchando, aparecen Libby y Miller en la entrada para coches. Libby tiene un gran ramo de flores en las manos y Miller lleva una botella de champán.

—¡Feliz día de la casa! —exclama Libby mientras se acerca para abrazar a Lucy.

Libby ya había estado allí, pero Miller no, y la contempla desde la entrada para coches y dice:

—¡Vaya! Es bonita, pero la de trabajo que tienes por delante...

—Sí, bueno, estoy preparada. Y resulta que la mejor diseñadora de cocinas de Hertfordshire ya me ha hecho unos bocetos, y va a quedar increíble.

Dido supervisará la mayor parte de la reforma. Ha reclutado a un escuadrón de diseñadores de interiores y a un arquitecto. No obstante, primero Lucy quiere entrar, estar dentro de su casa. De su primera casa. Tener a todos sus hijos bajo el mismo techo. Al fin. Mete la llave en la cerradura y nota un escalofrío de placer cuando la puerta se abre bajo su mano, pues las otras veces que ha ido a visitar la casa, siempre la ha abierto el agente inmobiliario. Y entonces entran y, a pesar de que está desaliñada, rota, mal reformada y cayéndose a pedazos, le llena el corazón de una forma que sobrepasa todo lo que ha experimentado hasta ese momento.

Fitz se les adelanta y se dirige hacia la puerta de atrás, tras la que sabe que hay un jardín de sesenta metros solo para él. Stella sube corriendo por la escalera hacia su dormitorio, acompañada de Libby, y Lucy le oye explicarle a su hermana dónde irá su cama alta con escalera y lo bien que lo va a pasar cuando invite a Freya a tomar el té y a dormir, lo que pasará a todas horas, según ella. En la planta de abajo,

411

Lucy está entre Henry y Miller, observando la casa y comentando qué irá dónde cuando los planes de Dido comiencen a tomar forma. Entonces, se vuelve y se percata de que Marco está en una esquina del pasillo, en silencio, dándole patadas al rodapié con la punta del zapato.

—¿Es demasiado tarde para cambiar de opinión? —pregunta.

—Sí —responde Lucy, que lleva dos meses aguantando las insistentes solicitudes de Marco de quedarse en el piso de Henry y seguir yendo al instituto del centro en vez de mudarse con ella al campo.

No obstante, un rato después, Lucy ve que Marco ha salido al jardín con *Fitz* y que le está tirando una pelota de tenis que no sabe de dónde ha salido. El perro corretea feliz por el césped para buscar y traer la pelota, y Lucy ve que las mejillas de su hijo se ruborizan. Es entonces cuando está segura de que le va a encantar vivir allí. Con el tiempo.

Libby pide un montón de *pizzas* enormes y se las comen en el jardín regadas con champán mientras Stella salta en la cama elástica con el perro. Los últimos meses han sido muy estresantes de muchas formas distintas. La noticia del suicidio de Justin, de la muerte de la estrella del pop y de los adolescentes medio desnutridos encerrados en la mansión de Chelsea se ha vuelto viral, como era de esperar. Los periódicos se pusieron las botas durante unos días. Los artículos iban acompañados de fotos de Birdie, de la casa, de Lucy saliendo del apartamento de Henry con el perro, de Libby y Miller saliendo de su casa de St. Albans, de Martina y Henry sénior de recién casados, de la cuna de Harrods con las flores azules en la que habían encontrado a Libby de bebé, de la furgoneta camperizada donde había vivido Justin y hasta del *pub* que frecuentaba.

Incluso circulaba una imagen de un joven llamado Jason

Mott, el guía de *mudlarking* que había descubierto los huesos de Birdie en el Támesis. Tenía un penacho de pelo rubio cobrizo y llevaba un chaleco acolchado con muchos bolsillos encima de una camiseta sin mangas. Dijo:

—He encontrado cosas rarísimas en los años que llevo rebuscando en los bancos de lodo y en las playas de guijarros, desde dentaduras postizas hasta pelotas de golf, pasando por monedas romanas y joyas; pero toparme con esa bolsa de huesos fue el descubrimiento más impactante de mi carrera. Por culpa de ello, ha muerto un hombre. Ojalá la hubiese vuelto a tirar al río. Si pudiera volver atrás, eso haría.

No obstante, la llama de la noticia parece estar apagándose. La prensa ha pasado a otra cosa; el público, también. Lucy tiene su casa. Henry ha recuperado su piso. Les han devuelto los certificados de nacimiento y sus nombres originales —las escrituras de esta casa están a nombre de Lucy Martina Lamb—, y ahora, ambos se han liberado de las sombras que los han seguido durante toda su vida adulta. Ninguno de los dos se tiene que esconder nunca más. La casa de Cheyne Walk al fin se ha alejado de sus consciencias. Sus vidas han vuelto a empezar.

No obstante, aún falta una pieza para completar el rompecabezas, y según el día avanza hacia la tarde, Lucy no deja de mirar la hora en la pantalla de su móvil y el camino de entrada. Con cada momento que pasa, está más distraída y pierde el hilo de la conversación que tiene lugar a su alrededor.

Al final, cuando están a punto de dar las cinco de la tarde, se oye el crujido de unos neumáticos sobre la gravilla y suena el timbre.

—Libby, ¿puedes ir a ver quién es? —le pide a su hija mayor.

Lucy se queda al final del pasillo y observa a Libby abrir la puerta a un hombre de pelo rubio pajizo, una barba sin recortar y una sonrisa tímida.

El corazón de Lucy se eleva al verlo y da unos pasos hacia la puerta, pero se mantiene fuera de la vista. Oye unos pasos detrás de ella y ve que Henry se está acercando. Se lleva el índice a los labios y él asiente y se queda a su lado.

—¿Hola? —dice Libby, con una pregunta en su entonación.

—Hola —dice el hombre—. ¿Eres Libby?

—Sí —responde ella—. ¿Y tú...?

—Yo soy Phin.

—Ah. —Una sílaba diminuta y sin aliento—. Vaya.

Lucy y Henry intercambian una mirada. Ella nota que su hermano le aprieta el hombro y ella le cubre la mano con la suya.

—Asumo que nadie te había avisado... —dice Phin.

Libby niega con la cabeza.

—No —confirma—. Nadie me había avisado.

—¿Te he conmocionado un poco?

—Sí, un poco. —Libby se ríe—. ¿Quieres... entrar?

—Gracias —responde Phin—, me encantaría.

Lucy y Henry se retiran al ver que Libby escolta a Phin hacia la cocina.

—Tendría que haber llegado hace dos horas —dice Phin—. Estaba en Cornualles, con mi madre y con mi hermana. Pillé mucho tráfico. Espero no haber echado el día entero a perder.

—No —escucha Lucy que le contesta Libby—. Para nada. Hemos pasado un día maravilloso. Y ahora... —Lucy contiene el aliento fuerte dentro del pecho—. Ahora es incluso mejor. —Un corto silencio—. En fin. ¿Qué te apetece tomar? ¿Vino? ¿Cerveza? ¿*Pizza* fría y asquerosa?

Suena un trino de carcajadas combinadas. La risa de su hija y la del padre de su hija un viernes por la tarde en casa de Lucy.

Lucy se vuelve hacia Henry y sonríe. Articula la palabra «Gracias» en silencio.

Luego toma a su hermano de la mano y se dirigen juntos a la cocina, con su familia al fin al completo.

69

Dos meses antes

Phin retira el pasador de la puerta de su apartamento. Es tarde y no tiene ningunas ganas de entablar una conversación insulsa con ese tal Jeff. Tiene el piso hecho un desastre y no le apetece enseñárselo. Suspira hondo y le dice:

—Un segundo.

Entonces, de pronto, nota un pie en el quicio de la puerta y que un hombre alto lo empuja hacia el pasillo. El hombre en cuestión tiene el pelo teñido de rubio y los ojos salvajes. Le huele el aliento a vino y a comida, y no recientes. Sus ojos claros parecen desquiciados.

—¿Qué coño te pasa, tío? —dice Phin—. ¿Qué haces?

El hombre se da la vuelta y cierra el pestillo. Phin intenta rodearlo para descorrerlo de nuevo.

—En serio, tío, lárgate.

El corazón le da un vuelco. Desde que encontró la nota de «Jeff» bajo la aldaba había algo que le daba mala espina. Había algo inquietante que lo puso en alerta, y ahora teme estar a punto de morir.

El tío se le echa encima y lo desplaza desde el pasillo hasta la sala de estar, donde lo lanza al sofá y lo inmoviliza por los hombros. Se aparta el flequillo de la frente, le echa el aliento putrefacto en la cara a Phin y le dice:

—Hola, viejo amigo.

Phin se queda mirando al hombre que ha venido a matarlo y de pronto lo reconoce.

—Henry —dice—. Joder. ¿Qué cojones haces tú aquí?

—No me jodas, Phin. Cómo has cambiado.

—Henry, pareces...

—Ya lo sé: parezco tú. Qué locura, ¿eh? ¿No es increíble? ¿Qué clase de pringado patético se pasa toda su adultez intentando parecerse a su primer amor de la infancia? ¿Sabes que a veces digo que me llamo Phin? ¿No te parece patético?

Phin asiente, luego niega con la cabeza y dice:

—Sí. Es una puta locura. ¿Qué estás haciendo aquí? ¿Qué quieres?

—Ay, Phin. Buena pregunta. De verdad. Y ¿sabes qué? No sé si puedo darle respuesta. Es que... tenía que venir. O sea, desapareciste. Me abandonaste. Y, desde entonces, he estado... solo.

—¿Solo?

—Sí. Solo. Hacerme pasar por ti me ha hecho sentirme más unido a ti. Menos solo.

Henry suelta los hombros de Phin y se sienta a su lado pesadamente. Suelta el aire con gran estruendo, se gira hacia Phin y le dice:

—Lo siento.

—¿Por qué?

—Por ser yo.

—No comprendo.

—Siento haber empeorado el doble todo lo malo que nos pasó en aquella casa. Soy demasiado pesado, ¿verdad? Soy un peso muerto. Y lo sé.

—Henry, llevo sin verte unos veintipico años, así que no puedo decir que me hayas lastrado.

—Ay, ponme una copa, por favor. Necesito beber algo.

—No tengo alcohol.

—Ah, no. Claro que no tienes. Tú no necesitas muletas, ¿verdad? Nunca las necesitaste; siempre te bastaste y te sobraste.

—Menuda sarta de gilipolleces.

Henry mira a Phin, confuso.

—¿En serio piensas eso? —pregunta Phin.

—No es que lo piense. Es que lo sé.

—Pues te equivocas. Llevo todos estos años buscándole sentido a la vida. Intentando descubrir para qué estoy aquí.

—Sí, ya, claro.

—En serio. Henry, ¿alguna vez te has parado a pensar lo que es criarse con un padre como el mío? Tú solo lo sufriste unos cuantos años. Yo tuve que convivir con él hasta los dieciocho. Mucho antes de conocerte, yo ya tenía que luchar por mantener mi identidad, por salvar mi vida.

—Pero me hiciste sentir tan...

—¿Qué? ¿Cómo te hice sentir, Henry?

—Poca cosa.

—Y una mierda. Venga ya. ¿Cuál de los dos tenía un casoplón enorme e iba a un colegio pijo y tenía el dormitorio llenito de cosas bonitas? Yo llegué a tu casa sin nada. Con una bolsa de ropa y ya está. Y ahí estabas tú: el pequeño lord que lo tenía todo. Todo lo que un niño pueda desear. ¿Cómo te crees que me sentí?

—No lo sé. No sé cómo te sentiste.

—Me puse a la defensiva, Henry. Me volví hacia dentro. Decidí perderme en los libros y en los sueños y en mundos imaginarios que existían fuera de mi trágica existencia. Y ahí estabas tú. Ansiando, ansiando, ansiando. Mirándome como si yo tuviese todas las respuestas. Y no tenía nada, Henry. ¿No te dabas cuenta? Nada. Y cuanto más esperabas que te diese, más me acordaba de lo poco que tenía para dar. Tú eras el líder, Henry. Tú. Tú fuiste quien nos sacó de allí.

—Pero casi te mato. ¿Lo sabías? Casi te mato. Lo que te enfermó fue que yo te diese aquellos bebedizos. En teoría eran para hacer que me quisieras. Era una poción de amor, Phin, por ridículo que parezca. Y casi te mata.

—No enfermé a causa de tu poción de amor, Henry. Enfermé de desnutrición. De deshidratación. Fue culpa suya, no tuya. —Phin suspira y mira a Henry—. Henry, mira, colega, estamos bien. ¿Lo ves? Tú y yo. Estamos bien.

Henry parece pensativo durante un momento y luego asiente. No obstante, después se vuelve a alterar.

—Pero si estamos bien, ¿por qué escapaste de Botsuana cuando te enteraste de que iba a ir?

Phin mira a Henry alucinado.

—No escapé de ti, Henry —le dice—. ¿Por qué pensaste que huía de ti? Huía de los otros. De Lucy. Y de..., bueno, de su hija. No estaba... —Phin se toma un instante para recomponerse—. No estaba preparado para el reencuentro paternofilial. Para nada. Me dio miedo. Me acojoné.

Phin se encoge de hombros, y Henry suspira y contesta:

—Joder, Phin. Joder. —Luego saca el móvil del bolsillo, abre la galería de imágenes, baja hasta llegar a lo que parecen las fotos de una comida familiar y, entonces, abre una en la que se ve a una joven rubia y dice:

—Phin. Mírala. Es tu hija. Esa es Libby.

Phin se queda contemplando la foto en silencio. Una chica de cara dulce con una sonrisa enorme y un hoyuelo. Se parece a él. Muchísimo.

—Es la persona más amable del mundo, Phin. Sé que no te gustaban los bebés, y lo entiendo. Dan un miedo de la hostia. Pero mírala. Ya no es una niña. Es una mujer adulta con casa propia y trabajo y novio y no necesita un padre. No te necesita. Pero, joder, Phin. —Henry se queda callado un instante y apaga la pantalla del móvil. Se queda mirando a Phin y continúa—: ¿No se te ha pasado por la cabeza que quizá tú sí que la necesites? Vuelve a casa, Phin. Vete a verla.

Phin cierra los ojos. Luego vuelve a abrirlos. Mira a Henry y, desde algún lugar de su interior, le llega una oleada de certeza, de amor. Atrae a Henry hacia él y, durante un largo e interminable momento, se abrazan fuerte.

Cuando al fin se separan, Phin le dice a Henry:

—Vale, iré; lo prometo. Este año. Quizá en agosto. Pero tú prométeme que, hasta entonces, no le dirás a nadie que me has visto.

Henry mira a Phin, le sonríe y dice:

—Lo juro por mi vida. No se lo diré a nadie.

Epílogo
Ocho meses después

—¿Puedo ayudarle en algo, caballero?

Henry se mira en el escaparate con efecto espejo de la tienda. Se acicala sus rizos oscuros y se pasa la mano por su barba de tres días. Luego se vuelve para mirar al vendedor que se le ha acercado y le lanza una sonrisa muy afable.

—Hola —dice Henry—. Sí. Gracias. Estoy buscando una Goldwing. En la web decía que las teníais, pero aquí no las veo.

—¡Maravilloso! —Los ojos del vendedor se iluminan y chasquea los dedos—. Sígame, señor, venga por aquí.

Henry sigue al joven a través de la tienda hasta un expositor que hay en otra zona, más allá de la recepción. Se le pone la piel de gallina al ver cuatro grandes motos una al lado de la otra, en diagonal, subidas en pedestales e iluminadas desde todos los ángulos con focos halógenos.

—Hala —dice.

— Sí —concuerda el vendedor—. Hala. ¿Buscaba algún modelo en particular?

—Eh, sí, la GL 1500.

El vendedor sonríe y le indica una moto roja y negra con un gesto de la mano.

Esa es.

Es exactamente la misma.

A Henry le da un vuelco el estómago.

—Es el modelo de 1998 —le explica el vendedor—. Inmaculada. Solo tiene dos mil quinientos kilómetros. Se ha pasado casi toda la vida cubierta con una lona. Y ahora está lista y ansiosa por seguir con su vida, a poder ser en la carretera. ¿Le apetece subirse a bordo?

Henry asiente.

—Claro —dice—. Me encantaría.

El vendedor aprieta un botón en la pared y el pedestal se hunde hasta que la moto queda al nivel del suelo.

Henry pasa la pierna por encima de la moto y de pronto se siente transportado a las embriagadoras calles de Chicago. Pasa la mano sobre los controles, por el manillar.

—¿No es preciosa? —pregunta el vendedor.

Henry asiente, pero no dice nada. La unidad que lleva sintiendo con el mundo desde que volvió de Chicago, desde que hizo las paces con Phin, desde la gran reunión familiar en la nueva casa de Lucy, ha comenzado a raerse por las costuras. El hecho de que Justin se sacrificara, no por la versión renovada de Henry Lamb, sino por la versión original y ligeramente cutre, le ha llenado el alma de rectitud y sustancia. «Henry Lamb era bastante —pensó—; no necesitaba ser nadie más.» No obstante, desde hace poco, su hermoso apartamento le ha vuelto a parecer vacío y es consciente de su soledad, una vez más; de su extrañeza, de su otredad. Cuando se dejó crecer el pelo en su color natural de ceniza muerta, cuando dejó que los labios se deshincharan, que se desintegrasen los implantes de las mejillas, cuando vio al viejo Henry mirándolo desde el otro lado del espejo, entró en pánico. Ya no quería ser Phin, pero tampoco —supo con una certeza nauseabunda— quería ser el soso del tío Henry. Y su mente no dejaba de retornar, durante las siguientes semanas y meses, a la última vez que había sentido algo, que no se había sentido anestesiado. Al último ser humano que le había parecido digno de imitación.

—Ah, por cierto —dice el vendedor—. Me llamo Theo.

—Hola, Theo —dice Henry, apartándose el pelo oscuro de sus ojos marrones y alargándole la mano para que se la estreche—. Yo me llamo Kris. Kris Doll.

—Encantado de conocerte, Kris —dice Theo—. Tienes muy buen gusto para las motos.

Agradecimientos

En primer lugar, quiero agradecer a todos y cada uno de los lectores de *Dentro de casa* que me escribieron en estos cuatro años para decirme: «Por favor, escribe una secuela, ¡necesito saber qué pasa después!». A mí no me gusta escribir secuelas; lo había hecho una vez y no lo había disfrutado. Me mantuve en mis trece durante un tiempo, negándome a plantearme siquiera el concepto. Pero, entonces, algo hizo clic en mi cabeza y me di cuenta de que lo que más me apetecía en el mundo era pasarme otro año en la mente de Henry Lamb. Así que gracias, lectores, por obligarme a hacer algo que creo que siempre quise hacer, aunque no lo admitiera.

Gracias, como siempre, a mis equipos editoriales del Reino Unido y de Estados Unidos. En particular, a Selina Walker, Najma Finlay, Claire Bush, Sarah Ridley, Laura Richetti y Claire Simmonds, de Cornerstone, y a Lindsay Sagnette, Ariele Fredman, Milena Brown, Jade Hui y Zoe Harris, de Atria.

Gracias al maravilloso equipo de Curtis Brown, mi agencia literaria de Londres. En especial a Jonny Geller, Viola Hayden y Ciara Finan, y a Kate, Nadia y Sophia, de derechos internacionales. Muchas gracias también a mi fabulosa agente estadounidense, Deborah Schneider, de Gelfman Schneider, y a Luke Speed y Josie Freedman, mis agentes de cine y televisión del Reino Unido y de Estados Unidos.

Muchas gracias a todas las editoriales que me han publicado en todo el mundo. Este año ha sido maravilloso en cuanto a ventas en el mercado internacional, y os agradezco todo el trabajo que lleváis a cabo para que mis obras lleguen a vuestros estupendos lectores.

Gracias a todos los libreros y bibliotecarios y a todas las personas a las que he conocido tanto en persona como por internet en los eventos que tanto os esforzáis por organizar.

Gracias, como siempre, a Richenda Todd, la mejor correctora del mundo. Muchas gracias por el amor y cuidado con el que siempre tratas mis textos.

Gracias a Will Brooker, que me acompañó mientras escribía este libro para redactar su propia obra, titulada *The Truth About Lisa Jewell: a year in the life of a bestselling novelist*. Has sido más que una sombra: me reconfortaste y animaste cuando te envié la novela en pleno desarrollo y has hecho que la redacción de este libro haya sido una experiencia divertida y memorable, y por eso te doy las gracias. Y también por proporcionarme sin esfuerzo una solución impecable para el fallo de la trama que detectamos en diciembre.

Por último, como siempre, quiero agradecer a mis amigos y a mi familia por ser los mejores amigos y familia, a mis colegas escritores por ser los mejores colegas escritores y a mi perro por ser, cómo no, el mejor perro del mundo.

Nota aclaratoria sobre el nombre del personaje Oliver Wolfensberger

El año pasado, Spear Camden organizó una subasta para recaudar fondos para sus obras benéficas, y uno de los lotes que subastaron fue un nombre en una de mis novelas. El ganador fue Oliver Wolfensberger, que ha quedado inmortalizado en este libro como el nuevo propietario del famoso número 16 de Cheyne Walk. Aquí os dejo información sobre la organización benéfica.

Spear Camden es una de las organizaciones benéficas respaldadas por el London Lighthouse Community Trust. Ofrece a jóvenes de entre dieciséis y veinticuatro años que tienen dificultades para encontrar empleo un programa intensivo de seis semanas de mentoría, así como un año de acompañamiento adicional. El resultado es que, a pesar de venir de entornos difíciles —orfanatos, prisiones, pandillas violentas, enfermedades mentales o desempleo prolongado—, más del setenta y cinco por ciento de los jóvenes que llevan a término el programa de seis semanas se incorporan al mercado laboral o a un programa de prácticas durante el siguiente año.

Este es un mensaje de Spear Camden:

El dinero recaudado de la subasta de su lote ha servido para cambiar la vida de un joven y medio. ¡Muchísimas gracias a usted y al señor Wolfensberger!

MÁS DE 10 MILLONES DE LECTORES NO PUEDEN EQUIVOCARSE

DESCUBRE LA NUEVA NOVELA DE LISA JEWELL

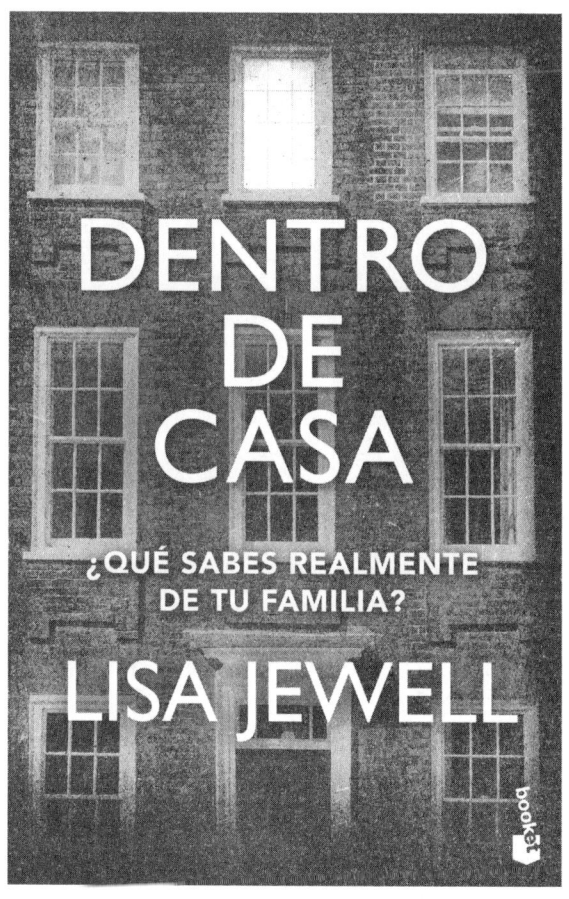

DENTRO
DE
CASA

¿QUÉ SABES REALMENTE
DE TU FAMILIA?

LISA JEWELL

booket